Río de tinieblas

Rennie Airth

RÍO DE TINIEBLAS

Traducción de
M. Rosario Martín Ruano y M. Carmen África Vidal

TROPISMOS

TROPISMOS

Título de la edición original en inglés:
RIVER OF DARKNESS

Copyright © Rennie Airth 1999

© de la traducción: M. Rosario Martín Ruano y M. Carmen África Vidal, 2006

© de esta edición:
2006, Ediciones Témpora, S.A.
Vázquez Coronado, 13, 2.º • 37002 Salamanca
Tel.: 923 21 13 67 • Fax: 923 27 30 29
tropismos@tropismos.com
www.tropismos.com

ISBN: 84-96454-39-8
Depósito legal: S. 424-2006

1.ª edición: abril de 2006

Imprime: Gráficas Varona, S.A., Salamanca
Impreso en España – Printed in Spain

A la memoria de mi madre y de mi padre

Agradecimientos

Me gustaría expresar mi gratitud a Sue Lines, comisaria adjunta del Royal Military Police Museum de Chichester, y al comandante P. E. Atteridge, de la Royal Military Police del Adjutant General's Corps, por su incalculable ayuda.

He vuelto del infierno
Con pensamientos detestables que vender;
Secretos de la muerte que decir;
Y horrores del abismo.

—SIGFRIED SASSOON, «A los belicistas»

PRIMERA PARTE

¿Qué campanas fúnebres tocan por esos
que mueren como animales?

—WILFRED OWEN, «Himno para una juventud condenada»

1

El pueblo estaba vacío. Billy Styles no lo entendía. No habían visto ni un alma en la carretera durante el trayecto desde la estación. Tampoco había nadie en la plaza, y eso que el tiempo invitaba a salir al exterior.

¡El mejor verano desde la guerra!

Los periódicos habían repetido la frase durante semanas, mientras se sucedían los días radiantes sin que se vislumbrara el final de la ola de calor.

Pero allí, en Highfield, el sol era una especie de maldición que caía sobre los jardines vacíos de las casas. Sólo las lápidas del cementerio, que se amontonaban a lo largo de aquella pared de piedra cubierta de musgo que flanqueaba la carretera, eran el testimonio mudo de una presencia humana.

—Están todos en la casa —dijo Boyce, como intentando explicarlo. Era inspector de la policía de Surrey, un hombre delgado y gris con la mirada nerviosa—. Se ha corrido la voz esta mañana.

Boyce había ido a la estación a recoger al inspector Madden y a Billy. ¡Nada menos que en un Rolls-Royce con chófer! A Billy le hubiera gustado preguntar quién lo había enviado, pero no se atrevió. Llevaba menos de tres meses en el Departamento de Investigación Criminal, así que sabía muy bien lo afortunado que era de estar allí, asignado a un caso de tamaña magnitud. La oportunidad no se habría presentado de no haber coincidido con los días festivos de agosto, eso unido al hecho de que en verano había mucha gente de vacaciones. Había pocos agentes en Scotland Yard ese lunes por la mañana cuando llamaron desde Guildford. Minutos después se encontró metido en un taxi con Madden, camino de la estación de Waterloo.

Echó un vistazo al inspector, que estaba sentado junto a él mirando por la ventanilla del coche. Los de menor graduación de Scotland Yard consideraban a Madden un tipo raro. Se habían conocido hoy, pero Billy le había visto antes por los pasillos, andando siempre a zancadas. Era un hombre alto y adusto que tenía una cicatriz en la frente. Parecía más un monje que un policía, pensó el joven detective, una impresión que se consolidaba cada vez que le miraba el inspector. Los ojos hundidos de Madden parecían observarle a uno desde otro mundo.

Tenía una historia extraña; Billy se la había oído a uno de los sargentos. Madden había abandonado la policía unos años antes, tras perder a su mujer y a su hija de muy corta edad, la misma semana, por causa de la gripe. Como era hijo de un granjero, quiso retornar al campo. Pero entonces estalló la guerra. A su término, volvió a su antiguo trabajo en la Policía Metropolitana. Aunque cambiado, decían. Era un hombre diferente. De eso se habían encargado los dos años que pasó en las trincheras.

Ya estaban fuera del pueblo; habían dejado atrás la última casa. Al salir de una curva el chófer frenó en seco. Ante ellos, bloqueando el estrecho sendero solariego y enfrente de unas verjas de hierro, se había congregado una multitud. Había allí, al parecer, familias enteras: los hombres en mangas de camisa y tirantes, las mujeres con el delantal puesto y pañuelos cubriéndoles el cabello. Los niños andaban por allí cogidos de la mano o jugando en las polvorientas cunetas. Un poco más allá había dos niñas con batas de colores lanzándose un aro.

—Mírenlos —dijo Boyce cansado—. Les hemos pedido que se vayan, pero ¿qué cabe esperar?

El chófer hizo sonar el claxon a medida que se acercaban, y la multitud se apartó para dejar paso al coche. Billy sintió el peso de sus miradas acusadoras.

—No saben qué pensar —murmuró Boyce—. Y nosotros no sabemos qué decirles.

El camino que se abría tras las verjas estaba flanqueado por olmos que unían sus copas como si de arcos góticos se tratara. Al final, Billy divisó una casa construida con sólida piedra y revestida de hiedra trepadora. Madden le había dicho que se la conocía por el nombre de Melling Lodge. Allí vivía una familia apellidada Fletcher. Mejor dicho, *había* vivido allí. Billy sintió una sensación de reseco en la boca a medida que se fueron acercando al patio delantero cubierto de grava, donde una fuente coronada por un Cupido que se elevaba con el arco estirado rociaba de agua plateada la soleada tarde. Unos uniformes azules se movían en la parte protegida por la sombra.

—Hemos traído de Guildford una docena de hombres. —Boyce señaló con la cabeza un furgón policial aparcado al lado del patio delantero—. Puede que necesitemos más.

Madden habló por primera vez:

—Tendremos que rastrear el terreno que rodea la casa.

—Espere a ver el otro lado —se quejó Boyce—. Bosques y más bosques. Kilómetros y kilómetros de bosques.

Madden se fijó en un grupo de tres hombres que estaban de pie en un sombrío rincón del patio. Dos de ellos iban vestidos con pantalones de montería. El tercero estaba sudando, embutido en un traje cruzado de sarga.

—¿Quiénes son? —preguntó.

—El mayor es lord Stratton. Un potentado local. Es el dueño de casi todas las tierras de por aquí. El que está con él es el lord lugarteniente del condado, el general mayor sir William Raikes.

—¿Y qué hace aquí? —preguntó Madden con cara de pocos amigos.

—Estaba invitado a pasar el fin de semana en la mansión de Lord Stratton, una malísima suerte. —Boyce puso mala cara—. Ha montado una buena, se lo aseguro. El otro es el inspector jefe Norris, de Guildford.

Madden estaba abriendo la puerta del coche cuando Raikes, que tenía la cara roja y se estaba quedando calvo, se acercó a paso ligero por la grava.

—Ya era hora —exclamó enfadado—. Sinclair, ¿verdad?

—No, sir William. Me llamo Madden, inspector Madden. Éste es el detective Styles. El inspector jefe Sinclair está de camino. Llegará pronto.

La mirada de Madden recorrió el patio delantero.

—¡Pero cómo es posible! —se quejó Raikes, que estaba echando chispas—. ¿Qué le ha retrasado?

—Está reuniendo un equipo. Un forense, una brigada especializada en huellas dactilares, un fotógrafo... —El inspector no intentó disimular su impaciencia—. Todo eso lleva tiempo, especialmente en un día festivo.

—¡Claro! —dijo Raikes fulminándolo con la mirada, pero Madden ya se había dado la vuelta para saludar al hombre mayor, que se había acercado hasta donde estaban.

—¿Lord Stratton? Gracias por mandarnos su coche, señor.

—No tiene importancia. ¿De qué otro modo puedo ayudarle, inspector? —Le tendió la mano a Madden, quien hizo lo propio. La expresión de su cara delataba aún la conmoción: tenía los ojos muy abiertos y parpadeaba perplejo—. ¿Necesita algún medio de transporte? Tengo un coche ahí en la casa. Puede usted utilizarlo cuando quiera.

—¿Hará el favor de decírselo al señor Sinclair? Estoy seguro de que aceptará el ofrecimiento encantado.

—¡Venga a ver esto, Madden! —le espetó Raikes, intentando meterse de nuevo en la conversación. El inspector lo ignoró y siguió hablando con lord Stratton.

—Necesito que me aclare un detalle. ¿Los bosques de detrás de la casa son de su propiedad?

—¿Se refiere a Upton Hanger? Sí, el monte se extiende varios kilómetros. —Parecía ansioso por ayudar—. Tengo al lado un coto de caza de faisanes —añadió mientras señalaba en dirección al pueblo—, pero a este lado es bosque virgen, lleno de maleza.

—¿Cómo actúa usted si entran en su propiedad sin autorización?

—Bueno, estrictamente hablando es propiedad privada. Pero los del pueblo siempre han tenido acceso a los bosques. Al menos por este lado.

—¿Estaría usted dispuesto a cambiar eso, señor? A dejar claro que no se permitirá el acceso y que se pedirá a la policía que lo haga cumplir.

—Ya entiendo. —Stratton frunció el ceño—. Mejor mantener alejada a la gente.

—Estaba pensando en la prensa londinense. Aparecerán muy pronto.

—¡Boyce! —llamó entretanto el inspector jefe Norris.

—Yo me encargo, señor —se ofreció lord Stratton.

—Otra cosa. —Madden retiró a lord Stratton del grupo—. Hay mucha gente del pueblo en la verja. ¿Podría hablar con ellos? Dígales lo que ha ocurrido aquí. No tiene sentido mantenerlo en secreto. Después pídales que vuelvan a casa. Ya les interrogaremos más tarde. Pero no nos ayudan quedándose ahí bloqueando la carretera.

—Por supuesto. Me encargo de eso ahora mismo. —Y enfiló el camino.

Al observarlo, Billy no podía sino maravillarse. ¿Cómo lo hacía Madden? No era de alta alcurnia, eso seguro. El inspector tenía un aire basto y rudo que lo distanciaba bastante de la gente con la que se codeaba el lord. Pero cuando hablaba, ¡le escuchaban! Hasta sir William-como-se-llamase, quien no hacía más que rondar por allí con el ceño fruncido.

—Inspector jefe —ignorando todavía a Raikes, Madden se dio la vuelta hacia Norris—, ¿podríamos hablar un momento?

Madden se alejó unos pasos. Tras dudar un momento, Norris se unió a él. El jefe de la policía de Guildford tenía la cara roja y estaba sudando la gota gorda con su grueso traje de sarga.

—Voy a necesitar unos detalles, señor.

—Hable con Boyce —le dijo Norris, mirándole con perplejidad—. ¡Por Dios, hombre! No puede usted tratar así al lord lugarteniente.

Madden le devolvió una mirada inexpresiva. Norris hizo ademán de querer añadir algo más, pero cambió de opinión. Se dio la vuelta y caminó hasta donde estaba Raikes, quien, dándoles la espalda ostentosamente, tenía la mirada puesta en el camino, por donde se retiraba lord Stratton.

Madden le hizo una señal con la cabeza a Boyce y fue el primero en salir del patio delantero hacia uno de los lados de la casa. En un rincón donde daba la sombra se paró y sacó un paquete de cigarrillos. Billy, al verlo, se animó a encenderse uno.

—Me dijeron que en la casa había cuatro —le dijo el inspector a Boyce.

—Y así es —confirmó el inspector de Surrey mientras sacaba un pañuelo—: el coronel y la señora Fletcher, una de las sirvientas, Sally Pepper, y la niñera, Alice Crookes.

—¿Quién encontró los cuerpos?

—La otra sirvienta, Ellen Brown. Todavía no hemos hablado con ella. Está en Guildford, en el hospital. Sedada. —Se secó la cara—. Brown volvió esta mañana. La señora Fletcher le había dado el fin de semana libre, el sábado y el domingo, pero debería haber vuelto anoche; la otra sirvienta, Pepper, tenía que haber disfrutado hoy de su día libre. Brown, que tiene un novio en Birmingham, perdió el tren, así que llegó esta mañana. La vieron pasar por el pueblo a todo correr desde la estación, temiendo que la señora le echara una buena reprimenda, me atrevería a decir. Media hora después estaba otra vez de vuelta, no diciendo más que locuras, según cuentan.

—¿Media hora? —Madden dio una calada.

Boyce se encogió de hombros.

—Desconozco qué hizo cuando los encontró. Se desmayó, supongo. Pero tuvo la cabeza lo suficientemente fría como para buscar al policía local. Vive a este lado del pueblo. El agente Stackpole. El hombre no sabía muy bien qué pensar, ni siquiera si creerla. Por lo que cuenta, la chica deliraba. Así que se montó en la bicicleta y se plantó aquí como una bala. Llamó a Guildford desde la casa. Yo estaba de servicio e informé al inspector jefe Norris y él telefoneó al jefe de policía del condado, quien decidió llamar enseguida a Scotland Yard.

—¿Cuándo llegó usted aquí?

—Justo antes de mediodía. Con el señor Norris.

—¿Entraron en la casa?

Boyce asintió.

—No tocamos nada. Después llegó sir William con lord Stratton.

—¿Entraron en la casa?

—Me temo que sí.

—¿*Los dos?*

Boyce le miró avergonzado.

—El señor Norris intentó detenerlos, pero... Bueno, de todas formas no estuvieron mucho rato. Ahí dentro empezaba a oler mal. Ya sabe, el calor...

—¿Alguien *más?*

—Sólo el médico.

—¿El forense de la policía?

—No, Stackpole no consiguió que viniera (vive en Godalming), así que telefoneó al consultorio del pueblo.

—¿A qué hora llegó el médico?

—La médica. —Boyce levantó la vista de su cuaderno de notas—. Es la doctora Blackwell, Helen Blackwell.

Madden frunció el ceño.

—Sí, ya lo sé... —prosiguió Boyce, encogiéndose de hombros—. Pero no hubo más remedio. No había otro disponible.

—¿Se las apañó bien?

—Por lo que sé, sí. Stackpole dice que hizo todo lo necesario: confirmar que estaban todos muertos. Fue ella quien encontró a la niña pequeña. —Boyce consultó el cuaderno—. Sophy Fletcher, cinco años. Al parecer es paciente de la doctora.

—¿La niña estaba en la casa?

—Escondida debajo de su cama, por lo que dijo Stackpole. Debe de haber estado allí toda la noche... —Boyce desvió la mirada y se mordió el labio.

Madden esperó un momento.

—Antes me ha hablado usted de una niñera que se encarga de «los niños».

—Tienen un hijo, James, de diez años. Está pasando unas semanas de vacaciones en Escocia con su tío. Ha tenido suerte, supongo, si es que se puede llamar así.

—¿Sabemos si la niña presenció los asesinatos?

Boyce negó con la cabeza.

—No ha dicho una palabra desde que la encontró la doctora Blackwell. Por la impresión, imagino.

—¿Dónde está ahora?

—En casa de la doctora. No queda lejos. Mandé allí a un agente.

—Hay que ingresarla en el hospital de Guildford. —Madden apagó el cigarrillo con la suela del zapato y se metió la colilla en el bolsillo. Billy, que le observaba, hizo lo propio—. ¿Tenemos idea de a qué hora se produjeron las muertes?

—La doctora Blackwell dice que entre las ocho y las diez de la pasada noche, por la rigidez de los cuerpos. No pudo ser antes de las siete. Es la hora a la que se fue la cocinera, Ann Dunn. Vive en el pueblo. He hablado con ella, pero no me ha podido decir mucho. No notó nada anormal. Ni vio a nadie merodeando. —Boyce volvió a dirigir la mirada hacia el camino—. Las puertas estaban abiertas. Pudieron haber entrado con el coche.

—¿Pudieron?

—Tiene que haber sido más de una persona. —Boyce le miró—. Espere a ver lo que hay dentro. Lo más seguro es que haya sido una banda. Se han llevado cosas. Plata. Joyas. Pero ¿por qué tuvieron que...? —Se paró un segundo mientras negaba con la cabeza.

—¿Cómo entraron en la casa?

—Por el lado del jardín. Venga, se lo enseñaré.

Boyce le guió hasta la parte delantera de la casa. Dejaron la sombra para adentrarse en una terraza exterior bañada por el sol. Era por la tarde, pasadas las cuatro, pero el cielo veraniego y sin nubes todavía hacía presagiar muchas horas de luz. Unos escalones bajos conducían desde esa terraza hasta un prado, que estaba bordeado por parterres de flores y tenía un estanque de peces en el medio. Un poco más allá otros escalones llevaban a un nivel más bajo bordeado por unos arbustos. Donde terminaba el jardín, empezaban los bosques de Upton Hanger, que se elevaban como una ola verde que llenaba el horizonte.

—¡Mire! Destrozaron el ventanal —señaló Boyce—. No son atracadores. Por lo menos, no son profesionales.

Habían sacado de sus goznes una de las dos puertas acristaladas de la parte delantera de la casa. El cerco vacío estaba caído en medio de la entrada. Los cristales rotos reflejaban la luz del sol. Madden se agachó para examinar todo aquello. Rompiendo el silencio, Billy oyó el zumbido de las moscas. Procedía del interior de la casa. Arrugó la nariz ante el olor a podrido.

—No los podemos dejar ahí mucho más —señaló Boyce. Con los ojos entornados, miró a Madden—: No con este calor. Hay un furgón mortuorio aparcado en el pueblo. ¿Lo traigo a la casa?

—Mejor espere hasta que llegue el señor Sinclair. —Madden se levantó—. Pero puede ir tomando huellas. Empiece con las personas que han estado en la casa.

Boyce relajó el ceño para esbozar una sonrisa nerviosa.

—¿Eso incluye al lord lugarteniente y a lord Stratton?

—Por supuesto.

—Sir William le dijo al señor Norris que no habían tocado nada.

—Yo aseguraría lo contrario. Tómeles las huellas a ambos.

Madden miró a Billy.

—¡Agente!

—¿Señor? —Billy se puso firme como un resorte.

—Vamos a entrar.

2

En cuanto Billy atravesó el marco roto de la puerta y se internó en la casa, el olor de los cadáveres en descomposición le hizo sentir náuseas, y tuvo que clavarse las uñas en las palmas de las manos para evitar las arcadas.

Aunque le lloraban los ojos, intentó hacer caso omiso del hedor y concentrarse en lo que tenía ante él. Habían entrado en el salón; hasta ahí no tenía dudas. Madden se inclinaba sobre el cuerpo de una mujer joven que permanecía tumbado en el suelo en medio de la estancia. Estaba de lado con las piernas separadas, como un corredor en plena carrera, con las manos intentando agarrarse a la nada. Billy advirtió el vestido negro y los volantes de los puños. Ésta debe de ser la sirvienta, Sally Pepper, se dijo.

Se fijó en la bandeja y en los utensilios para el café, un recipiente de plata y dos tacitas y platitos que yacían esparcidos sobre una alfombra de color crema rematada en el borde por unas hojas de parra. El café derramado había dibujado una flor sobre ella. Pétalos negros para una corona funeraria.

Sabía que habían apuñalado a la mujer, Madden se lo había dicho antes, pero no veía dónde. Entonces se fijó en que el inspector examinaba un pequeño desgarrón en el uniforme de la doncella, en la pechera. Daba la impresión de que el tejido negro había ocultado la sangre.

A Billy le sorprendió lo poco que habían tocado. Aparte de la puerta destrozada y la lastimosa figura sobre la alfombra, el resto de la habitación parecía relativamente intacto. Las mesas y las sillas estaban en su sitio. No había nada desordenado. Una vitrina llena de porcelana seguía cerrada, con el cristal entero. Un par de pastoras adornaban la repisa de la chimenea de piedra labrada, sobre la cual se elevaba un cuadro con el retrato de una mujer sentada en un sofá con dos niños pequeños, un niño y una niña, a cada lado. Los tres eran rubios.

Billy empezó a sudar. El olor era cada vez peor. Se dio cuenta de que Madden no le quitaba ojo.

—Si va a vomitar, agente, hágalo fuera.

—No lo haré, señor. Seguro.

Madden le miró incrédulo. Billy apretó los dientes. Siguió con la mirada al inspector, quien se alejó del cuerpo para después cambiar de opinión y volver a acercarse, esta vez para examinar la espalda. Se inclinó y escudriñó la zona entre los omóplatos. Billy se preguntó por qué. Allí no había nada que examinar. Respiró profundamente y enseguida tuvo que controlarse porque le volvían las náuseas.

No lo entendía. Durante los tres años que llevaba en el cuerpo había tenido una buena ración de cadáveres, no todos precisamente agradables. Cadáveres de una semana hallados en casas abandonadas. Cuerpos flotantes recogidos en el Támesis. A principios de ese año se había enfrentado a su primer caso de asesinato desde que pasó de la policía uniformada al Departamento de Investigación Criminal: un viejo prestamista que recibió una paliza mortal en su tienda de Mile End Road. El cráneo había quedado reducido a una pasta viscosa roja, y sin embargo el detective Styles no se había inmutado. ¿Por qué ahora?

Al intentar buscar una explicación, Billy presintió que se debía a la atrocidad de lo ocurrido en esa casa. Lo había visto en las caras de los habitantes del pueblo y de los hombres que esperaban fuera. Incluso el rostro de Madden, por lo general poco expresivo, dejaba entrever cierta incredulidad mientras le relataba con toda crudeza los detalles del caso en el taxi a Waterloo. Aquello *no debería* haber sucedido: ésa era la conclusión a la que había llegado Billy a modo de explicación. No en la apacible campiña de Surrey, apenas a una hora en tren de Londres. ¡No en Inglaterra!

Madden se levantó. Bordeando el cuerpo, avanzó hasta una puerta interior que permanecía abierta y se paró en el umbral. Billy lo siguió. Ante ellos apareció un vestíbulo del que salía un pasillo que recorría toda la casa. A su izquierda, de una puerta sobresalía una pierna enfundada en un pantalón. Madden fue avanzando por el medio del pasillo alfombrado, con los ojos fijos en el suelo. Billy le iba pisando los talones.

Llegaron hasta el cuerpo, el de un hombre de mediana edad que yacía boca abajo con los brazos extendidos en forma de cruz. Tenía la cabeza girada hacia un lado, los labios estirados con un rictus agónico. Una puñalada en medio de la espalda le había dejado una oscura mancha en la chaqueta a cuadros que llevaba. El chorro de sangre que le salía de la boca y que caía al suelo delataba alguna herida interna de consideración. La forma circular del charco de sangre seca exhibía un entrante.

—¿Ve eso? —señaló Madden—. Alguien ha pisado ahí.

—¿Uno de los asesinos, señor? —Billy atisbó sorteando la figura de Madden.

—Lo dudo. La sangre ya estaba seca. Anótelo para el señor Sinclair.

Madden pasó con cuidado por encima del cuerpo. Billy le siguió al tiempo que buscaba su cuaderno de notas. Llegaron a un despacho forrado de roble, amueblado con un escritorio y dos sillones de piel. Las paredes estaban llenas de retratos, la mayoría de hombres con uniforme militar. En algunas aparecían sentados en sillas, con poses muy rígidas. Otras eran menos formales. También había cuadros de partidos de polo y de tiro al plato. Madden parecía más interesado en un par de escopetas colocadas sobre un estante de la pared.

—¿Estaría intentando alcanzar una de ésas? —dijo pensando en alto.

—O el teléfono, señor. —Billy aprovechó la oportunidad de participar. Señaló el aparato que había sobre el escritorio.

Madden emitió un gruñido. Seguía con la vista clavada en el estante de las escopetas, frunciendo el ceño.

—Falta algo de la repisa de la chimenea, señor —aventuró una vez más Billy. Se encontraba mejor. Allí el hedor era menos intenso—. Esa marca en el papel pintado…

—Muy probablemente un reloj —contestó Madden sin darse la vuelta—. Quizás hubiera otras cosas aquí. Copas de plata. La sirvienta lo sabrá.

Madden salió de la estancia y desanduvo el pasillo, echando un vistazo al interior de cada habitación. Se paró sólo en una, el comedor, sobre cuya mesa descansaban aún los platos y cubiertos de la cena de la noche anterior.

En el extremo del pasillo había una puerta batiente. El inspector la empujó para entrar. A Billy, al seguirle, le dieron arcadas, tan fuertes que estuvo a punto de vomitar cuando un acre olor le invadió los orificios nasales. Se encontraban en la cocina. El sol de la tarde caía, a través de las ventanas desnudas, sobre una mesa en la que descansaba una fuente con restos de pollo asado junto a un refulgente jamón. Al acercarse Madden, se levantó una nube de moscas que enseguida volvió a posarse en la comida. Detrás de la mesa había una silla tirada, y justo a continuación yacía el cuerpo de una mujer sobre el suelo de piedra, medio apoyado contra la pared. Tenía el pelo gris y estaba rellenita. Llevaba puesta una blusa blanca manchada de sangre y una falda larga, hasta el tobillo, de un tejido azul marino. Su cara reflejaba una expresión de sorpresa.

—La niñera —murmuró Madden. Y volvió los ojos a Billy, que había elegido ese momento para cerrar los ojos mientras intentaba controlar sus náuseas—. Deme su pañuelo, agente.

—¿Señor? —preguntó Billy, abriendo los ojos de golpe.

—Tiene pañuelo, ¿no?

—¡Claro, señor! —Se lo dio a Madden, quien lo mojó en el fregadero y se lo devolvió a Billy.

—Póngase esto en la nariz, hijo.

—Por favor, señor, no necesito...

—Obedezca.

Sin esperar a comprobar si se cumplía la orden, el inspector cruzó la habitación hasta donde yacía el cuerpo. Espantando las moscas, se inclinó, le desabrochó la blusa y se la abrió. Desde donde estaba, Billy veía la herida, limpia como un ojal, en el valle entre los nervados pechos. Madden se quedó mirándola mucho rato. Cuando se levantó, sus ojos tenían esa mirada perdida de «otro mundo», y Billy se sintió aliviado. Con la improvisada mascarilla húmeda que se había puesto en la nariz, el apestoso olor de la cocina se hacía más soportable, pero el pañuelo era también como una banda que le hacía sentir vergüenza. En cuanto salieron al pasillo, se lo quitó de un tirón.

Volvieron al vestíbulo, y siguió a Madden escaleras arriba hasta el piso superior. Al llegar al rellano, el inspector se paró en seco.

—¿Lo ve? —preguntó, señalando hacia algún lugar.

Billy escudriñó en las sombras. Incrustados en el pelo de la alfombra de color vino de la escalera se distinguían diminutos destellos de luz.

—¿Qué son, señor? —preguntó.

—Perlitas. Procedentes de una pulsera, diría yo. Las han pisado. Tenga cuidado.

Al final de las escaleras había otro pasillo, como el de abajo, que iba de extremo a extremo de la casa.

—Espere aquí —le ordenó Madden a Billy.

Avanzó por el ala derecha del pasillo revisando las habitaciones, y después volvió a la escalera. Se paró en la primera puerta del otro lado.

—Acérquese, agente.

En la voz del inspector se adivinaba un matiz que le hizo prepararse a Billy, quien recorrió los escasos pasos que le separaban de la puerta y entró en la habitación detrás de Madden. Al principio la penumbra no le dejaba ver nada. Las cortinas, que debieron de correrse por última vez la noche anterior, apenas dejaban pasar la luz del día. Entonces, cuando se le acostumbraron los ojos a aquella semioscuridad, avistó el cuerpo. *La señora Fletcher*, pensó Billy; la esposa del coronel: se acordaba muy bien del cuadro de la pared. Yacía boca arriba sobre la cama, como si hubiera caído atravesada, con las piernas separadas, los brazos extendidos y los dedos apretados. Un salto de cama de seda de diseño oriental, bordado con flores rojas y atado a la altura de la cintura con una banda, se desplegaba a ambos lados de la mujer sobre la cama, como un abanico medio abierto. Tenía las piernas y la parte de abajo del vientre desnudas. La visión del vello púbico hizo a Billy sonrojarse y darse la vuelta. No le veía la cara, pues la cabeza estaba inclinada hacia el otro lado, pero cuando, siguiendo a Madden, dio la vuelta a los pies de la cama, distinguió una melena rubia cayendo en cascada.

—Tenga cuidado —le advirtió Madden bruscamente—. Seguramente haya sangre en el suelo.

Billy se estaba preguntando cómo sabía eso el inspector (¿acaso veía en la oscuridad?), pero enseguida se hizo evidente la respuesta. Cuando al bajar los ojos distinguió un amoratado y profundo corte en aquel tronco de carne blanca, sintió una tremenda sensación de ultraje, la más fuerte de las que había experimentado durante ese día.

—¿Por qué harían eso? —no pudo evitar decir Billy—. ¿Por qué tenían que cortarle la garganta?

*

Al regresar a la terraza, se encontraron a Boyce esperándoles. Se estaba poniendo el sol; las sombras se alargaban.

—Ha llamado el señor Sinclair desde Guildford —le anunció a Madden—. Llegará pronto.

—Puede usted ordenar ya a los hombres que rastreen los jardines. —El inspector encendió un cigarrillo—. Pero de momento no entren en los bosques.

Boyce se preguntó qué conclusiones había sacado Madden del caos de dentro de la casa. Buscó en vano alguna pista en los oscuros y hundidos ojos del inspector.

—¿De verdad cree que llegaron por ahí?

El inspector se encogió de hombros.

—Si hubieran entrado en coche por las verjas delanteras, ¿por qué dar la vuelta hasta este lado para irrumpir en la casa? Podrían haber llamado a la puerta. —Y dirigiéndose a Billy añadió—: Encuentre a ese policía del pueblo... ¿cómo se llama? ¿Stackpole?

Billy volvió poco después con un agente alto con bigote. Madden le saludó.

—¿Conoce estos bosques? —le preguntó.

—Bastante bien, señor. —Stackpole le observaba con recelo. Ya se había hablado mucho del inspector de Scotland Yard que había mandado a paseo al lord lugarteniente.

—Entonces venga conmigo. Usted también, Styles.

Un camino de grava que comenzaba tras los arbustos del fondo del jardín desembocaba en una puerta de madera. Al otro lado del muro encontraron a un agente uniformado patrullando una pequeña pradera en medio de la cual corría un arroyo poco profundo. Era un hombre joven, no mucho mayor que el propio Billy, y de tonos similares: la piel clara y el pelo rojizo. Tenía la cara colorada por haber pasado tantas horas expuesto al achicharrante sol.

—Perdone, señor. —Se acercó con premura hacia ellos.

—¿Qué pasa, agente?

Madden se había parado para quitarse el sombrero y la chaqueta, que dejó colgados en la verja. Cuando se arremangó, Billy vio una maraña de cicatrices que le cubría todo el antebrazo, del tamaño y forma de una moneda antigua de seis peniques.

—La huella de una pisada, señor. Allí abajo, junto al arroyo. La vi antes.

—Enséñemela.

El agente les fue marcando el camino por el suave desnivel de la ribera.

—Allí, señor, junto a las piedras que hay colocadas para cruzar el arroyo —dijo, señalando con el dedo—. Venga por aquí.

El riachuelo, notablemente reducido tras las semanas de sequía, llevaba la mitad de su caudal habitual. El nivel que había alcanzado el agua en otros tiempos se distinguía por la presencia de una capa lisa de fango seco. Y allí precisamente estaba la tenue huella de una pisada, junto a una de las hileras de piedras que atravesaba el arroyo. Madden asintió con aprobación.

—Muy bien visto, agente.

—Gracias, señor.

—Suba hasta la casa. Salude al señor Boyce de mi parte y pídale que mande a un par de hombres aquí abajo con yeso de París. Dígales que, aunque no demasiado marcada, la pisada está muy bien definida, y que si van con cuidado pueden hacer un buen vaciado.

—Enseguida, señor —obedeció el agente, poniéndose en marcha al instante.

Madden se puso en cuclillas. Stackpole le imitó para escudriñar el lecho del arroyo.

—A lo mejor resbaló, señor. Al cruzarlo ayer por la tarde, cuando ya estaba oscureciendo...

—Es un hombre alto. —El inspector frunció el ceño—. Un cuarenta y cinco, diría yo. Tiene pinta de ser la pisada de una bota.

Stackpole arrugó el gesto.

—Claro, que podría ser de cualquiera.

Billy sintió la punzada de la envidia. Primero, aquel agente joven. ¡Y ahora el poli del pueblo!

Madden comenzó a cruzar las piedras del arroyo hasta llegar a la otra orilla. Casi inmediatamente llegaron a los bosques: primero ascendieron por una pendiente entre una plantación de arbolillos; después por una arboleda de altas hayas. Un océano de helechos y maleza cubría el suelo a ambos lados del sendero, que estaba en buen estado y era fácil de seguir. Hacía calor, y no corría ni una pizca de aire.

—¿Suben a menudo aquí los del pueblo? —preguntó Madden, girando la cabeza.

—Pues de vez en cuando, señor —contestó Stackpole pegado a los talones del inspector, que avanzaba a grandes zancadas—. Antes toda la ladera era un coto vedado de caza, pero eso fue antes de la guerra. Ahora lord Stratton no tiene más que dos guardeses, y sólo vienen por aquí muy de vez en cuando.

Jadeando tras ellos mientras intentaba seguirles el paso, Billy debía estar al tanto de las ramas que pudieran rebotarle en la cara. Cuando se le trabó el puño de la chaqueta en un matorral de zarzas, Stackpole se detuvo para ayudarle a soltarse. Bajo el casco se distinguía una sonrisa.

—Un chico de ciudad —musitó.

Billy se puso aún más colorado. Vio que Madden les observaba desde arriba con los brazos en jarras.

La pendiente se hacía aún más inclinada a medida que se aproximaban a la cima. Madden se detuvo. Inspiró profundamente.

—¿Agente?

—Sí, señor. Lo huelo perfectamente...

Stackpole miró en rededor esforzando la vista. A Billy le llegó un tufo a algo. Estaban en medio de una ladera empinadísima cubierta de pinos. La alfombra de helechos se extendía, sin calvas ni claros, a ambos lados.

—No sabría decir de qué lado sopla el viento —se lamentó el agente.

—¡Silencio! —pidió abruptamente Madden.

Se quedaron callados. Billy escuchó un leve susurro a su izquierda, un poco más allá, entre la maleza. Madden cogió un palo y lo lanzó. Un escandaloso chillido rompió la quietud reinante, seguido al momento por el revoloteo de las negras alas de un par de cuervos que se elevaron desde el suelo para huir abriéndose camino entre los majestuosos pinos.

Madden y Stackpole se miraron.

—Echemos un vistazo —ordenó el inspector.

Madden dejó el sendero y se internó en la espesura de helechos, que le llegaban hasta la cintura. Sin dejar de mirar el lugar de donde habían salido los cuervos, fue ascendiendo la pendiente en diagonal. Stackpole le seguía de cerca. Billy, que tenía tanta dificultad como antes para ir a su paso, perdió el equilibrio en el empinado terreno y tuvo que agarrarse a una raíz para evitar deslizarse pendiente abajo. Se le cayó el sombrero. Lo cogió con la otra mano. Durante un instante se quedó allí espatarrado como si fuera una estrella de mar desplegada sobre la colina. Los otros pararon y volvieron la vista atrás.

—Todo bien, señor —dijo Billy con la voz entrecortada—. Ya voy —añadió mientras veía a Stackpole reírse entre dientes.

Cuando les alcanzó, estaban parados dándole la espalda, mirando con detenimiento el suelo. Madden tendió una mano para ayudar al sofocado Billy a subir por la colina. El joven agente vio que se habían parado delante de una zona en la que estaba aplastada la maleza. Ante ellos yacía en el suelo el cuerpo de un perrillo blanco. Más allá, el cadáver de un hombre, vestido con un abrigo harapiento. Estaba tumbado boca arriba, con la cabeza apuntando hacia la falda de la colina. Las manos, apretadas en la pechera, habían desgarrado la camisa manchada de sangre. Por ojos tenía sólo agujeros. Billy se estremeció ante la visión de las cuencas vacías, inundadas de sangre coagulada.

—¿Lo conoce usted, agente? —El tono de Madden no mostraba ninguna impresión.

—Sí, señor. —También Stackpole había palidecido de repente—. Un tal Wiggins, James Wiggins. Es del pueblo.

—¿Y qué podría estar haciendo por aquí?

—Cazar furtivamente, a buen seguro. —El agente se limpió la frente—. Ese abrigo que lleva tiene los bolsillos más profundos del condado. Lo más probable es que encontremos algún pájaro en uno de ellos. Ha debido de llegar hasta aquí desde el coto vedado de lord Stratton para esquivar a los guardeses. —Con el dedo señaló al perro—. Ésa es Betsy, la perra de Jimmy. Tenía un excelente olfato para los faisanes, o eso es lo que decía siempre Jimmy.

—¿Ha tenido usted trato con él?

—Más o menos —refunfuñó Stackpole—. Ha estado detenido alguna que otra vez. Pero no con tanta frecuencia como debería. Un hombre difícil de cazar. —El agente se mordió el labio—. ¡Pobre Jimmy! Yo siempre dije que iba a terminar mal.

Madden tenía la vista fija en el terreno que se extendía frente a ellos. Algo le había llamado la atención. Se agachó y deslizó la mano entre los helechos aplastados, para sacarla después sujetando una colilla de cigarro entre los dedos. Buscó la luz para observarla bien.

—Three Castles. ¿Los fumaba él?

—Lo dudo. Pipa y latas de Navy Cut: ése era más bien el estilo de Jimmy. —Stackpole fruncía con fuerza el entrecejo—. Señor, no sé cómo ha podido pasar esto.

Madden, que en ese momento guardaba la colilla en un pañuelo, lo miró con gesto interrogante.

—Simplemente no me imagino a nadie al acecho, siguiendo a Jimmy. Es imposible acercarse a menos de veinte pies de él. Y, aunque él no se hubiera dado cuenta, la perra sí lo habría notado.

Madden se metió el pañuelo con cuidado en el bolsillo del pantalón.

—Yo creo que fue al revés.

—¿Cómo, señor?

El inspector se volvió, situándose de cara a la pendiente. Los otros siguieron la dirección de su mirada. Justo a sus pies estaba Melling Lodge, perfectamente visible a través de un claro en el bosque de pinos. Billy divisó a un grupo de hombres vestidos de paisano en la terraza. Una línea de uniformes azules cruzaba lentamente la pradera iluminada por el sol.

—Creo que quienquiera que fuese el autor de los asesinatos estaba aquí sentado, esperando la puesta de sol.

Stackpole asintió moviendo la cabeza muy lentamente, como si lo hubiera entendido todo de repente.

—Betsy seguramente los olería —añadió el agente—, y vino a ver quién era. —Dio un leve puntapié al cuerpecillo de la perra con la bota. Un hilillo de sangre se había quedado reseco en sus fauces blancas—. Cuando la apuñalaron, seguro que chilló y montó un buen escándalo, así que Jimmy vino corriendo.

Madden tenía el ceño fruncido.

—No vi ningún perro en la casa —se extrañó—. ¿Tenían uno los Fletcher?

—Sí, señor, Rufus. Un viejo labrador. Pero murió hace poco.

Madden y el agente dejaron a Billy junto al cuerpo y regresaron al sendero. El inspector quería subir hasta lo alto de la colina. Sólo les llevó unos minutos; los pinos se iban haciendo más escasos a medida que ascendían por la pedregosa cumbre. Del otro lado había una buena vista de unas granjas y de kilómetros y kilómetros de bosque. En la distancia, un tanto borrosos por la luz del atardecer, lograron divisar los contornos difusos de las bellas colinas de las South Downs.

No demasiado lejos de la falda de las montañas había un conjunto de casas con un campanario cuadrado en el medio.

—Eso es Oakley, señor —dijo Stackpole sin esperar a que le preguntaran—. Ahí nací yo.

Madden señaló un estrecho sendero que, a través de los campos de trigo en ciernes, conducía desde la aldea hasta donde empezaban los bosques que se extendían a sus pies.

—¿Por ahí puede subir un coche?

El agente lo negó con la cabeza.

—Quizás un tractor. La suspensión de un coche no soportaría las rodadas de los caminos.

Volvieron por el camino y atravesaron la colina hasta donde estaba Billy junto al cuerpo de Wiggins. Madden se detuvo sólo un instante.

—Quédese fuera de la zona aplastada —le dijo al joven agente—. Hay que rastrearla. Mandaré a unos cuantos hombres aquí arriba.

Billy sintió la amargura desbordarse en su interior. El inspector por fin había encontrado una tarea adecuada para él: quedarse vigilando a un cadáver mientras otros llevaban a cabo las labores policiales.

—¿No hay nada que pueda hacer, señor?

—Sí, mantener los cuervos alejados de él —repuso Madden mientras se alejaba apresuradamente—. Van a los ojos.

Stackpole le dio una afectuosa palmada en la espalda al pasar junto a él.

—Pero no a los tuyos —le dijo, con un guiño.

3

El inspector jefe Sinclair se llevó a Madden aparte, marcándole el camino escaleras abajo desde la terraza hasta el prado, donde ya no quedaba nadie. Hacían una pareja extrañamente dispar: Madden, alto y arrugado, con la chaqueta colgada del hombro; Sinclair, menudo y de mediana estatura, casi un dandi con su traje sastre de raya diplomática y su sombrero de fieltro de suave tacto. Estaban muy cerca el uno del otro, y proyectaban una sola sombra en la ya agonizante luz crepuscular.

—Una pregunta: ¿sabemos de qué va lo que tenemos entre manos? —La impaciente mirada del inspector jefe se detuvo en el grupo de policías uniformados que se habían marchado del prado para rastrear la zona de arbustos que se encontraba al fondo del jardín. A instancias de Madden había enviado a dos sargentos del Departamento de Investigación Criminal para ocuparse del cuerpo hallado en los bosques—. Una banda armada, me han dicho; un atraco que les salió mal. —Con la cabeza señaló hacia la terraza, desde donde Boyce y el inspector jefe Norris los miraban—. De ser así, quizás alguien pueda explicarme por qué quedan a plena vista en la casa cosas con mucho más valor de lo que se han llevado. ¿Te has fijado en la porcelana que hay en el salón? ¿Y en ese par de fusiles Purdey en el expositor de armas? Muy amable por su parte no saquear la casa, ¿no crees? Especialmente teniendo en cuenta que tuvieron toda la noche... —Angus Sinclair articulaba las consonantes con la precisión del cristal tallado. Oriundo de Aberdeen, llevaba más de treinta años trabajando en el cuerpo de policía—. ¿Qué piensas tú, John?

Madden encendió un cigarrillo antes de responder. Sinclair escudriñó su rostro. Distinguió en aquellos ojos oscuros y hundidos las

34

ya familiares huellas de la tensión y la fatiga acumuladas. Eran rasgos de Madden que había aprendido a reconocer, recuerdos de la guerra, permanentes e inalterables como la cicatriz que lucía en la frente.

—Si empezamos por la puerta, señor... —replicó Madden alzando su voz profunda poco más del nivel del susurro—, ¿por qué romperla? No estaba cerrada. Y luego las manos y los brazos de las víctimas... Aparte de la señora Fletcher, los mataron a todos de la misma forma, pero ninguno de ellos presenta cortes ni rasguños.

—¿Tú que opinas? —Sinclair lo miraba con atención, ladeando la cabeza.

—Quienquiera que fuese tenía prisa. Las víctimas no tuvieron tiempo de defenderse. Creo que los del piso de abajo murieron pocos segundos después de que hiciesen añicos la puerta.

—Lo que significa que los asesinatos fueron intencionados. Ése era el objetivo desde un principio. —El inspector jefe se quedó callado un instante, recapacitando sobre lo que acababa de decir—. ¡Demasiado para ser sólo un atraco que les salió mal! ¿Algo más?

—El arma, señor. Es poco habitual. No había lesiones ni en las manos ni en los brazos, como le he dicho. Y, por otra parte, que al coronel Fletcher le asesinaran por la espalda de ese modo...

—¿Te importaría ser más concreto? —le instó Sinclair frunciendo el ceño—. ¿Tienes alguna idea de lo que hay?

Madden se encogió de hombros.

—Preferiría saber qué dice el forense. No quisiera condicionarle con mis ideas.

—¿Ni condicionarme a mí tampoco? —preguntó el inspector jefe, arqueando una ceja—. Pero en lo referente al coronel Fletcher capto la idea. Crees que hubiera hecho frente a su atacante. ¿Por qué se giró y echó a correr?

—Quizás intentaba llegar a una de las armas de su despacho.

—Aun así, tratándose de un ex militar... Lo que sería de esperar es que se hubiera enfrentado a un hombre con un cuchillo. Si es que era un cuchillo... —Sinclair hizo un gesto—. ¿Una banda armada? ¿Estarán en lo cierto? —Y señaló con la cabeza hacia la terraza.

Madden lo negó con la cabeza.

—Yo creo que fue un solo hombre —aseguró.

El inspector jefe lo miró fijamente.

—Tenía la esperanza de que no me dijeras eso —confesó.

Madden se encogió de hombros.

—Yo tengo el mismo presentimiento —añadió Sinclair, y desvió la mirada hacia la casa—. Huele a locura total. Eso es obra de un hombre. Pero tenemos que estar seguros. ¿Qué me dices de la mujer que está en la planta de arriba, la señora Fletcher? Podrían haber sido dos.

Madden volvió a negarlo con la cabeza.

—Rompió la puerta y mató a la sirvienta en el salón; luego fue a por el coronel Fletcher. El coronel trató de ir al despacho, donde estaban las armas, pero llegó sólo hasta la puerta, donde le atacó por la espalda. Y, por lo que respecta a la mujer que está en la cocina, la niñera, dudo que supiera siquiera lo que pasaba. Se le ve la sorpresa en la cara.

Mientras Madden se explicaba, Sinclair había sacado una pipa de madera de brezo del bolsillo. En silencio, daba unos golpecitos a la cazoleta contra la palma de su mano.

—Sí, pero eso no explica lo de la señora Fletcher. A ella no la mataron como a los otros.

—Creo que oyó el jaleo y bajó las escaleras. Allí se lo encontró. ¿No vio las perlitas en la alfombra?

El inspector jefe asintió.

—De un brazalete, diría yo. Debió de romperse. Creo que la sorprendió allí y la arrastró escaleras arriba hasta el dormitorio. Dígale al forense que busque moratones en las muñecas y en los brazos.

Sinclair examinó la cazoleta de la pipa.

—Si estás en lo cierto, si no la mató en las escaleras, entonces es que tenía otra cosa en mente. Violarla, por la pinta que tiene. ¡Pobre mujer! Bueno, eso lo sabremos pronto. —Volvió a meterse la pipa en el bolsillo—. Eso explicaría por qué no la apuñaló. La quería viva. ¿Pero con qué la mató entonces?

—Con un arma blanca, diría yo.

—Sí, pero ¿de quién? ¿Del coronel? ¿O traía él la suya?

El inspector jefe volvió a soltar aire emitiendo otro largo suspiro. Observó cómo un detective vestido de paisano pasaba por encima del marco de la puerta roto para depositar un sobre blanco en una caja de cartón numerada, una de las cuatro que estaban alineadas en la terraza. Junto a ellas había también un maletín de cuero, la «bolsa negra» de Sinclair, que contenía el material que creía necesario para la investigación de un asesinato: guantes, pinzas, frascos, sobres. Poco a poco iban implantándose las nuevas técnicas científicas para abordar la investigación criminológica, aunque no sin toparse con reticencias. Los jurados recibían con recelo las pruebas forenses. Ni siquiera los jueces eran demasiado dados a darles valor en las conclusiones de sus dictámenes.

—He mandado venir al furgón mortuorio —prosiguió Sinclair—. Haremos las autopsias en Guildford esta noche, las que nos dé tiempo. Quiero llevar la investigación desde allí, al menos en estas etapas iniciales. Tráete la bolsa de viaje cuando vengas mañana. Te hospedarás en el pub. —Hizo una pausa—. Entretanto, hay una niñita de la que ocuparse. Acércate a la casa de la doctora Blackwell, ¿te importa, John? Averigua si la niña vio algo. Y encárgate de que la trasladen enseguida al hospital. Podemos recoger el informe de la doctora mañana. Tengo que irme. —Volvió a mirar hacia la casa—. Quiero tener controlado a ese forense. No le conozco de nada. Pedí que me mandaran al veterano Spilbury, pero no se encontraba disponible. Está de vacaciones en las Islas Scilly, ¿qué te parece? Tuve que traerme a uno de sus ayudantes del Saint Mary. —Mientras hablaba, el flash del polvo de magnesio de un fotógrafo iluminó una ventana como un relámpago—. ¡Y, por si fuera poco, el lord lugarteniente!

—Le ha visto usted, ¿verdad? —preguntó Madden mientras se ponía la chaqueta.

—Se iba cuando llegaba yo. Con los dedos manchados de tinta y de un humor de perros. Dijo que habías estado muy impertinente. Mejor dicho, *rematadamente* impertinente.

—Pero si hasta entró en la casa; ¿eso también se lo ha dicho?

A Sinclair parecía divertirle la situación.

—Eres consciente, ¿verdad?, de que es la cabeza de la magistratura y la máxima autoridad del condado de Surrey. Ándate con ojo, John. A esa gente le encanta montar lío.

Madden frunció el ceño.

—Estoy hasta las narices de la gente como ésa. —Hizo una pausa—. Y encima alguien ha pisado el charco de sangre que hay en el despacho. A lo mejor mando a un agente a examinarle la suela del zapato, a ver si se le atraganta la cena.

La mirada de Madden, que deambulaba por el fondo del jardín, se detuvo de repente al ver a Styles, que estaba sentado en un banco al fondo. El agente tenía el pelo rojizo aplastado contra la frente quemada por el sol. Se entretenía desprendiendo de los calcetines los hierbajos y semillas que se le habían quedado adheridos.

—Sí, lo siento mucho. —Sinclair le había seguido la mirada—. No debería haberte endosado a un novato. No había nadie más a mano esta mañana. Le relevaré mañana mismo.

Madden negó con la cabeza y esbozó una ligera sonrisa.

—No, déjele —dijo—. Me vale.

4

En el patio delantero había cada vez más gente. Detrás del primero había estacionado un segundo furgón policial, y al otro lado de la fuente, junto a la pared cubierta de hiedra, estaba aparcado un coche, un gran Vauxhall. No había tantos agentes uniformados, pero varios hombres vestidos de paisano formaban un corro cerca de las escaleras centrales. Madden estaba buscando a Stackpole, y lo encontró al lado de una mesa montada sobre caballetes, encima de la cual descansaban unas fuentes con bocadillos y un gran termo de té.

—Cortesía de las mujeres del pueblo, señor. ¿Le apetece una taza?

—Ahora no, gracias. Tengo que ver a la doctora Blackwell. ¿Me podría indicar por dónde queda su casa?

—Haré algo mejor, señor. —Stackpole apuró el tazón de cobre y se limpió el bigote—. Yo mismo voy para allá. El señor Boyce mandó allí a un hombre esta mañana, pero hay que relevarle.

—Usted sí que podría hacer un descanso, agente.

—Ah, yo estoy bien, señor —le tranquilizó Stackpole, a quien se le pasó por la cabeza que bien se podía aplicar Madden lo que acababa de decir. Daba la impresión de que los ojos oscuros del inspector estaban aún más hundidos que de costumbre en su rostro demacrado—. Y al menos yo me iré a cenar después, que es más de lo que se puede decir de éstos.

Seguido por Madden, Stackpole salió del patio y atravesó un huerto. Una puerta en el alto muro de ladrillo daba a un sendero que desembocaba en la carretera un poco más allá de la entrada de Melling Lodge. Madden se volvió y comprobó que ya se había disuelto el tumulto de gente del pueblo, si bien había varios coches aparcados a las puertas de la casa.

—Será la prensa londinense —aventuró.

El sendero serpenteaba entre setos. Los dos hombres caminaban el uno junto al otro. Al cabo de un rato, dijo Madden:

—Sin que esto salga de aquí, agente, le diré que no pensamos que se trate de un atraco. Más bien parece que los asesinatos fueron intencionados, incluso planificados con antelación.

A Stackpole se le cortó la respiración.

—Resulta difícil creerlo, señor. Si hubiera conocido usted a la familia...

—Era gente querida, ¿verdad?

—Más que eso. La señorita Lucy, la señora Fletcher, nació aquí, en Melling Lodge. La mansión tenía que haberla heredado su hermano, pero lo mataron en la guerra. Cuando vino a instalarse con el coronel, para ella debió de ser como volver a casa. Y por lo que respecta al pueblo... Bueno, no encontrará ni a una sola persona que no estuviera encantada de su regreso.

Habían llegado a una zona arbolada, un ramal de bosque que bajaba desde las colinas de Upton Hanger. La carretera giraba hacia la derecha, pero Stackpole le indicó una estrecha vereda que se internaba en el bosque.

—Esto es un atajo para ir a la casa de la doctora, señor. Nos ahorraremos diez minutos.

La vereda, oscura como un túnel, discurría bajo una densa bóveda de hayas y castaños. Faltaba poco para la puesta de sol. Cuando llegaron a la puerta de un jardín, Madden se detuvo. Sacó los cigarrillos.

—Agente...

—Gracias, señor.

—Me dijeron que usted acompañaba a la doctora Blackwell cuando encontró a la niña. —Encendió una cerilla.

—Pues sí. —Stackpole tragó una bocanada de humo—. Ya había empezado a buscarla cuando llegó la doctora Helen... la doctora Blackwell, y nos pusimos otra vez a buscar. Fue ella quien la encontró, metida debajo de la cama en la habitación de los niños. ¡Pobre criatura! Estaba apretujada contra la pared, tumbadita con los ojos cerrados. Debió de oírnos llamarla, pero no hizo nada de ruido. Cuando la doctora Helen la sacó de allí, estaba toda rígida y tenía pelusas pegadas al pelo. No decía ni pío. La doctora la envolvió en una sábana, la metió en su coche y la trajo aquí inmediatamente.

—¿Conoce usted a la doctora Blackwell desde hace mucho?

—Desde que éramos niños, señor. —El agente esbozó una sonrisa—. La señorita Helen es del pueblo. Una buena médica, dicen.

—¿Es que no es la suya?

—Pues... no, señor. —Stackpole parecía avergonzado—. O sea, mi mujer y los niños van a su consulta, pero, como es una mujer, no está bien visto... Además está su padre, el viejo doctor Collingwood. Todavía sigue viendo a algunos pacientes.

Apagaron los cigarrillos. Madden descorrió el cerrojo de la puerta. Cerca, un haya péndula extendía sus ramas sobre un rincón del césped. Se fijó en el perfil de la casa contra el cielo del crepúsculo. Como Melling Lodge, estaba frente a los bosques de Upton Hanger, que mostraban toda su profundidad y misterio a esa hora. El mismo arroyo que habían cruzado en un momento anterior del día separaba los montes de un huerto situado al fondo del jardín, que estaba cercado por una pared baja de piedra.

Avanzaron por la suave pendiente de hierba que conducía a la casa, donde seguían abiertas las cortinas de un amplio mirador. La luz del interior se extendía sobre una gran terraza rodeada de macetas. Las rosas trepaban por un enrejado. Un profundo aroma a jazmín flotaba en el ambiente.

A medida que se iban acercando a la casa, se oyeron unos ladridos y se abrió una puerta. Stackpole se llevó la mano al casco para saludar.

—Buenas tardes, señorita Helen.

—Hola, Will. —La alargada silueta de la doctora se dibujaba contra la luz—. ¡Échate, Molly! —ordenó en cuanto un pointer negro salió disparado por la puerta para acercarse dando brincos hasta los hombres.

—Éste es el inspector Madden, de Londres. Señor... la doctora Blackwell.

Se estrecharon la mano. Helen Blackwell la apretó con firmeza.

—Pasen, por favor. —Los condujo hasta el salón—. Les estaba esperando. Únicamente desearía que las circunstancias no fueran tan atroces.

Madden se quitó el sombrero.

—Siento que la tuvieran que avisar esta mañana, señora —se disculpó—. Supongo que eran amigos.

—Así es. Aquello fue espantoso. —Helen Blackwell tenía el pelo fuerte y claro, peinado hacia atrás, con una coleta adornada por un lazo. Sus ojos eran de un azul insólito, notó Madden: oscuros, casi de un tono violáceo. También se fijó en su belleza, aunque lo que más le impresionó fueron los rasgos de carácter que traslucía su cara. Tenía una mirada muy directa—. Conocía a Lucy Fletcher desde siempre. Crecimos juntas; la gente nos tomaba por hermanas.

Y guardó silencio, pero Madden intuyó que tenía algo más que añadir y esperó.

—No me detuve a examinar con detenimiento los cuerpos esta mañana. No habría estado bien. ¿Me puede decir si Lucy, o sea, la señora Fletcher fue...?

—¿Forzada? —Instintivamente evitó el término más explícito—. No lo sabemos. El forense realizará las autopsias en Guildford, probablemente esta misma noche.

Stackpole tosió. La doctora Blackwell se giró hacia él.

—Tengo entendido que hay un agente aquí, señorita Helen.

—En la cocina, Will. Allí encontrarás a Edith. Le pides que prepare una fuente de bocadillos, si no te importa. Y por favor sírvete tú mismo.

Madden hizo ademán de empezar a hablar en cuanto les dejó el agente, pero ella le interrumpió con un gesto.

—Siéntese, inspector. Debe de estar usted agotado.

Madden la obedeció agradecido. La doctora Blackwell se acercó a una bandeja con bebidas. De una licorera sirvió un vaso de whisky y se lo llevó al inspector.

—Tómeselo. Es prescripción facultativa.

Su sonrisa, franca y amable, le cogió por sorpresa. La doctora se sentó junto a una mesa llena de fotografías en marcos de plata de jóvenes con uniforme militar. Aunque Madden apartó enseguida los ojos de allí, la doctora se había percatado de la dirección de su mirada.

—Los dos de la izquierda son mis hermanos. A David lo mataron en la batalla del Somme. Era el más pequeño. Peter era piloto. Sólo duró tres semanas. Mi madre falleció de un problema cardiaco el año antes de que estallara la guerra, y ahora me parece una bendición. —Se quedó callada un instante. Luego con un gesto señaló otra de las fotografías—: Y ése es mi marido, Guy. También lo mataron. Una bala perdida, me dijeron. —Su mirada se cruzó con la de Madden—. Escenas de un salón inglés en torno a 1921. —Madden no tenía palabras—. Hoy pensaba en ellos cuando fui a la mansión. En que lo que más

42

detestaba de la guerra era cómo se cebaba con ciertas personas seleccionadas al azar y las destruía. Y en que yo creía que, al menos eso, ya había terminado.

Llamaron a la puerta y entró una sirvienta con una bandeja de bocadillos. La puso en una mesa auxiliar que estaba junto a Madden. La doctora Blackwell se recompuso. Después dijo:

—¿En qué puedo ayudarle, inspector? ¿Quiere que redacte un informe?

—Estamos preocupados por la hija de los Fletcher. Quisiéramos trasladarla al hospital de Guildford cuanto antes.

—Me temo que eso es totalmente imposible.

La respuesta fue tan rápida que Madden tuvo que pensar dos veces si la había oído correctamente. Dejó el vaso sobre la mesa.

—Doctora Blackwell, se trata de un asunto *policial*.

—Lo entiendo perfectamente. Aun así, no cambia nada. —Hablaba con voz pausada, pero su expresión denotaba inflexibilidad—. Sophy estaba en un estado de shock agudo cuando la encontré esta mañana. No podía moverse ni hablar. La rigidez, síntoma de una modalidad de parálisis histérica, ha remitido ligeramente, pero aún no ha pronunciado ni una palabra, y no sé cuándo lo hará. Lo peor ahora sería llevarla con extraños. Me conoce a mí y a todos los de esta casa, y confía en nosotros. No hay nada que vayan a hacer en el hospital que no pueda hacerse aquí.

—Es una testigo potencial...

—Soy perfectamente consciente de ello. Por supuesto, tiene mi beneplácito para destacar un policía aquí. O varios, si lo desea. Pero no consentiré que la trasladen.

La firme mirada de la doctora parecía sellar con lacre sus palabras. A pesar de la sorpresa, Madden había escuchado atentamente lo que le había dicho y, mientras tanto, se había dado cuenta de que la blusa de seda pálida de la doctora llevaba bordadas unas hojas verdes. Tomó rápidamente una decisión.

—Creo que tiene usted razón —admitió—. Se lo comunicaré a mi inspector jefe.

La dureza del semblante de la doctora se transmutó inmediatamente en la misma sonrisa franca que lucía anteriormente.

—Gracias, inspector.

—Pero debo ver a la niña.

—Por supuesto. Está en la cama. Venga conmigo.

Lo condujo a través de un vestíbulo y luego escaleras arriba. Tras ella, Madden captó los efluvios de un perfume de jazmín, una especie de resonancia del aroma de la terraza exterior. Se pararon ante una puerta que estaba cerrada en el pasillo de la planta de arriba.

—Un momento, por favor. —Abrió la puerta y echó un vistazo al interior—. Pase. Intente no despertarla.

—¿No está sedada?

—Le di algo antes, pero ya se le habrá pasado el efecto. Está durmiendo con total normalidad. Y me gustaría que siguiera así.

Madden la siguió al interior de un dormitorio en el que estaba encendida una lamparita de noche. Una joven de pelo oscuro con uniforme de servicio se levantó de una silla en cuanto entraron. La doctora Blackwell le hizo un gesto para que volviera a sentarse.

—Ésta es Mary —le susurró—. Sophy la conoce bien. Salen juntas a pasear por el bosque cuando viene de visita.

Madden se acercó a la cama. Al ver la cabecita rubia hundida en la almohada, sintió resucitar un antiguo pesar, y allí permaneció durante un buen rato, inclinado sobre ella, escuchando el ritmo apenas audible de la respiración de la niña, a su modo de ver precioso.

La doctora Blackwell le observaba y se admiró de la mueca de dolor que se le había quedado congelada en la cara. Antes había sentido curiosidad. Le habían asaltado multitud de preguntas sobre aquel hombre de aspecto rudo que llevaba la huella de las trincheras en sus ojos oscuros y ojerosos. Un año de experiencia en un hospital militar le había enseñado a reconocer los signos, pero se había sorprendido al hallarlos en el rostro del inspector. La policía había sido una de las profesiones menos afectadas por la guerra.

Entonces, también de repente, le vino a la mente otra imagen, cruda y desconcertante, que le hizo ruborizarse y morderse el labio. Y pensó en lo cruel que podía ser la vida. Tan descorazonadora e indiferente.

5

Madden vivía con fantasmas. Le rondaban en los sueños: hombres que había conocido en la guerra, algunos de ellos amigos y otros la imagen a duras penas recordada de un rostro.

La mayoría eran los jóvenes con los que se había alistado, dependientes y trabajadores de las pañerías, oficinistas que trabajaban en la City y aprendices. Juntos habían marchado por las calles de Londres vestidos de civil al son de las bandas de metal, héroes por un día ante las multitudes que con vigor agitaban las banderas, llenos de orgullo y coraje, sin que ninguno de ellos se imaginara ni por asomo el destino que les esperaba: las ametralladoras alemanas. El coraje desapareció en el Somme en el transcurso de un sólo día estival.

Al ser uno de los pocos supervivientes de su batallón, Madden había llorado la muerte de sus compañeros. Durante un tiempo su pérdida era como una herida abierta. Sin embargo, a medida que fue avanzando la guerra, dejó de pensar en ellos. Otros hombres morían a su alrededor y sus muertes, también, fueron teniendo menos y menos significado para él. Sin ninguna esperanza de sobrevivir él mismo, se fueron anestesiando sus emociones, y al final ya no sentía nada.

Nunca hablaba de la época pasada en las trincheras. Como muchos otros que regresaron al lograr sobrevivir milagrosamente a la matanza, había intentado apartar la guerra de su mente y había hecho todo lo posible por cerrar el paso a cualquier recuerdo. Cuando le ofrecieron volver a su trabajo, dudó antes de aceptar. Había tomado la decisión de abandonar la Policía Metropolitana antes de la guerra con la esperanza de descubrir una vida nueva en el entorno familiar del campo. Y aunque después de la guerra terminó reenganchándose al camino que en su día había tomado y, ciertamente, en las exigencias del día a día de las labores de investigación logró al menos encontrar un escudo contra el osario de recuerdos que amenazaban con atraparle, no podía librarse de la mano helada del pasado. Siempre sentía un abismo bajo los pies.

Las noches no le concedían tregua, pues lo que apartaba de su mente durante el día lo revivía en sus sueños, en los que le perseguían las caras de antiguos compañeros y otras imágenes, más terribles aún, del campo de batalla. De ellos despertaba, noche tras noche, asfixiado por el olor imaginario del sudor y la pólvora, y por el hedor nauseabundo de los cuerpos semienterrados.

Durante un tiempo albergó la esperanza de que todo aquello pasaría. De que sus recuerdos se irían haciendo cada vez más vagos y de que volvería a encontrar la paz. Pero vivía bajo la sombra alargada de la guerra, y según pasaba el tiempo y se acentuaba esa sombra empezó a verse como un herido crónico, una víctima de un conflicto que no había conseguido matarle pero que le había dejado lastimado para siempre.

Cada vez más solitario, veía su vida como lo único que le quedaba: un velero desvencijado capaz de atrapar el viento, pero que no terminaría llevándole a ningún puerto.

6

A las nueve en punto del día siguiente, el inspector jefe Sinclair se dirigió al equipo de detectives que estaba congregado en el salón parroquial.

—Aquellos de ustedes que tienen experiencia en la investigación criminológica quizá ya se hayan percatado de los problemas a los que nos enfrentamos en este caso en concreto. La mayoría de los asesinatos, como sabemos, bien tienen un origen doméstico, bien son perpetrados como consecuencia de algún otro delito. Posiblemente podemos descartar el primer tipo en éste en particular. Y, si bien el atraco se configura ciertamente como un posible factor en Melling Lodge, también hay razones para creer que éste no fue el móvil principal. De hecho, parece probable que quienquiera que irrumpiese en la casa lo hiciera con la intención de asesinar a todos los que estaban en su interior.

Sus palabras concitaron los murmullos de los allí congregados. Entre la docena de detectives reunidos se encontraban hombres de paisano del Departamento de Investigación Criminal de Guildford y un grupo de Scotland Yard, incluidos Madden, Styles y un sargento detective llamado Hollingsworth. Estaban sentados en sillas de respaldo recto dispuestas de cara a un estrado con una mesa, a la que estaba sentado Sinclair en el centro, flanqueado por el inspector jefe Norris a un lado y un agente uniformado de alta graduación al otro. También en el estrado, pero sentados aparte, estaban lord Stratton y un hombre de mediana edad que Boyce había identificado como sir Clifford Warner, el jefe de policía de Surrey. Al lado había una bolsa de lona cerrada con un cordón corredero.

—En un caso de esta naturaleza es de esperar que surjan las especulaciones. Ya habrán visto algo de eso en los periódicos de esta mañana. Aparentemente estamos buscando a una banda armada. —El inspector jefe se detuvo—. Eso puede ser cierto o no. Ojalá lo sea. Seguro que uno de ellos pronto abre la boca. Veo también que ciertos medios señalan como responsable al Sinn Fein. Quizá sea de utilidad que les proporcione ciertas informaciones sobre el coronel Fletcher. Nació en la India y fue nombrado oficial del Ejército indio antes de regresar a Inglaterra, donde le destinaron al ejército profesional. En la guerra sirvió en el Signal Corps y luego se estableció con su familia aquí en Surrey. Ni él ni su mujer han estado jamás en Irlanda, por lo menos por lo que sabemos.

Sinclair se alisó sus cabellos grises, perfectamente arreglados. Su mirada se detuvo un instante en Madden, que estaba sentado en la primera fila de sillas al lado de Boyce. El inspector tenía un aspecto pálido y demacrado.

—Esta investigación en un primer momento se llevará a cabo en Highfield —prosiguió Sinclair—. El párroco ha puesto a nuestra disposición este salón, y mi intención es usarlo como la principal sede de los interrogatorios y también como punto central de recogida de información. El señor Boyce estará al cargo, junto con el inspector Madden, a quien muchos de ustedes ya conocen. Los ayudará el sargento detective Hollingsworth, de Scotland Yard. La policía uniformada trabajará con nosotros en estas primeras fases bajo la dirección del inspector jefe Carlyle, de Guildford. —Sinclair señaló al policía uniformado que estaba a su lado—. Sus hombres llevan una hora rastreando los bosques que hay detrás de Melling Lodge. Esa tarea proseguirá durante todo el día... y durante el tiempo que sea necesario. —Hizo una pausa—. Unas palabras sobre los interrogatorios. Los del pueblo han sido informados, e irán viniendo por tandas que comenzarán a llegar dentro de unos quince minutos. Quiero saber cómo pasaron el fin de semana, y en particular dónde estaba cada cual entre las ocho y las diez de la noche del domingo. —Calló un instante para imprimir énfasis en lo que iba a decir a continuación—: Hay que hablar con todos los habitantes del pueblo. Necesitamos saber si vieron u oyeron algo fuera de lo normal, por trivial que parezca en un principio. Por otro lado —prosiguió—, en el interrogatorio habrá que preguntarles de manera más general por los forasteros. En una pequeña comunidad rural como ésta, enseguida se fija uno en los que no son del lugar. ¿Vieron a alguien el domingo o los días anteriores? Con la ayuda de la policía de Surrey vamos a hacer la misma pregunta por los pueblos de alrededor. Desgraciadamente, sea por casualidad o por desgracia, esto no se había podido producir en peor momento. —El inspector jefe frunció el ceño—. Me refiero, por supuesto, a la acumulación de días festivos el pasado fin de semana. Parece que la mitad del país se desplazó de sus lugares de residencia, y me temo que nos encontraremos con que incluso Highfield ha tenido su ración de turistas y gente de paso. —Abrió un cartapacio y sacó un folio—. Aquí hay una lista parcial de objetos desaparecidos de Melling Lodge. Ha sido proporcionada por la cocinera, la señora Dunn. No está segura de lo del piso de arriba; tendremos que comprobar ese particular con la sirvienta Brown cuando la traigan de Guildford. Se trata fundamentalmente de objetos de plata y de joyas de la señora Fletcher. —Alzó la vista—. Y, por cierto, no son las mejores piezas. Se está haciendo circular entre el gremio de joyeros y prestamistas por el procedimiento habitual. Consúltenla si es preciso. —Sacó otro folio del cartapacio—. Están cotejando las huellas que se han tomado en la casa con las de sus habitantes y otras personas que se sabe que venían a menudo a la casa. Eso llevará un tiempo. También tenemos una pisada. —Levantó el folio—. Éste es un dibujo del vaciado de la huella que tomaron en el lecho del arroyo que hay al fondo del jardín. Una bota de tipo militar, del cuarenta y cinco. Fíjense en el tacón. —Sinclair mostró el dibujo, en el que se veía cómo del borde del tacón faltaba un trozo con forma de flecha—. Habrá que cotejarlo con las botas de todos los hombres del pueblo, y también con el calzado del coronel Fletcher. El señor Boyce se encargará de organizar esto. —Hizo otra pausa—. Se han encontrado varias colillas de cigarro junto al cuerpo de James Wiggins en los bosques que se extienden por encima de la casa. Se han mandado al laboratorio nacional para analizarlas. Son todas de la misma marca: Three Castles. Wiggins no fumaba ésos. Averigüen quién fuma cigarrillos en el pueblo y su marca habitual. —El inspector jefe extrajo otro folio del cartapacio. Se quedó mirándolo durante unos segundos—. Tengo un informe preliminar del doctor Ransom, el forense —prosiguió—. Una descripción de las lesiones sufridas por las tres víctimas que estaban en la planta baja de Melling Lodge y por Wiggins. Estoy a la espera de recibir a lo largo del día, por correo desde Guildford, un informe más detallado sobre las lesiones sufridas por la señora Fletcher. Las cuatro víctimas a las que me he referido fueron asesinadas con la misma arma, o por armas idénticas. El doctor Ransom la describe como una hoja relativamente estrecha, de no más de dos centímetros de ancho, de sección transversal triangular, con una vertiente afilada y la otra roma. La profundidad de las heridas oscila entre diez centímetros, en el caso de Alice Crookes, la niñera, cuyo cuerpo fue encontrado en la cocina, y quince centímetros, en el caso del coronel Fletcher. No se han encontrado heridas de salida. El doctor Ransom no puede determinar si el autor de las heridas era un hombre diestro o zurdo. La razón es que fueron realizadas con «un notable grado de uniformidad» y, sigo citando, «siendo tanto perpendiculares a la piel como horizontales en su trayectoria». El doctor añade otra observación: «en todos los casos se produjo algún daño colateral al tejido cuando se retiró el arma». —Sinclair volvió a meter el folio con cuidado en el cartapacio. Sus ojos se encontraron con los de Madden—. El doctor Ransom está de acuerdo con el inspector Madden y conmigo mismo en que estas heridas son típicas de las inflingidas por el sable-bayoneta que utiliza habitualmente el Ejército británico. Aquí tengo uno. —Sinclair aflojó el cordón de la bolsa de lona y sacó una bayoneta enfundada. Extrajo el reluciente acero de la vaina y lo alzó—. Fíjense en las similitudes con el arma del delito descrita por el doctor Ransom: una vertiente roma —explicó mientras pasaba el dedo por la parte superior de la bayoneta— y la otra afilada. Quizás les llame la atención que un arma de esta longitud, cincuenta y tres centímetros, fuese la utilizada para ocasionar unas heridas tan poco profundas. El inspector Madden se lo explicará.

Madden se puso en pie y se giró hacia los detectives. Habló con voz monótona:

—Lo que tengo que decirles le resultará familiar a cualquiera que haya combatido en el campo de batalla. Para el resto, describiré brevemente el entrenamiento que recibieron los soldados de infantería durante la última guerra. Un soldado cualquiera, armado con fusil y bayoneta, tendería automáticamente a clavar el arma tan profundamente como pudiera; hasta atravesar el cuerpo, en realidad. Pero tiene que aprender a no hacerlo —prosiguió—. La piel y el tejido muscular se adhieren a la hoja dificultando su extracción. El método correcto, tal y como se enseña en el Ejército, es una incisión corta, una punzada, seguido de un giro de noventa grados para romper la fricción cuando se saca el arma. Todas las heridas de las que se ha hablado presentan estas características.

Uno de los detectives de Guildford levantó la mano.

—Señor, ¿está usted diciendo que en estos asesinatos se usó una bayoneta sujeta a un fusil?

—Efectivamente.

—¿Los mató a todos el mismo hombre?

—Eso creo. —Madden hizo una pausa—. Han oído ustedes lo que ha dicho el forense: «un notable grado de uniformidad». Yo iré un paso más allá y diré que quienquiera que fuese el autor de los asesinatos era un experto en el uso del arma. Sólo necesitó una punzada para cada persona. O se trata de un hombre con mucha experiencia o, lo que es aún más probable, que era él mismo un instructor. Posiblemente un sargento del Ejército.

De nuevo se alzó una ola de murmullos desde donde estaban los detectives. Madden miró a Sinclair y se sentó.

—En fin —dijo el inspector jefe consultando la hora—, si no hay más preguntas, sugiero que nos pongamos manos a la obra.

*

—Gracias, inspector jefe. Un buen resumen, si me permite decirlo. —Sir Clifford Warner se detuvo en lo alto de las escaleras del salón parroquial para estrecharle la mano a Sinclair. Lord Stratton estaba detrás de él—. ¿Me tendrá informado?

—Por supuesto, señor.

El jefe de policía de Surrey lanzó una mirada inquisitiva a Madden mientras se alejaba.

—Hace un momento estaban hablando de ti, John. —Sinclair rellenaba la pipa con tabaco guardado en una bolsita de cuero—. Warner quería enterarse de tu encontronazo con el lord lugarteniente.

—¿Se ha quejado Raikes? —preguntó Madden.

La palidez de Madden llamaba más la atención a la luz de la mañana. Sinclair se preguntaba si le habría perturbado la evocación de los cuerpos acuchillados con la bayoneta. Eran colegas desde hacía mucho tiempo: se conocían desde antes de la guerra, cuando Sinclair ya había reparado en aquel joven detective alto que descollaba entre todos los uniformados. Había llovido mucho desde entonces...

—Ni lo sé ni me importa. Deja que Raikes vuelva a lo que mejor se le da: acribillar pájaros y animales inocentes y estar al margen de los asuntos policiales. —El inspector jefe encendió una cerilla—. ¿A Oakley, decías?

—Sí, señor. —Madden dio una calada al cigarrillo que acababa de encender—. Está al otro lado de las montañas. Me gustaría ir. Creo que es posible que nuestro hombre viniera de aquella dirección.

—Entonces necesitarás un coche.

—Lord Stratton se ofreció a prestarnos uno.

—Pues sí. Y yo lo he aceptado. ¡Dios sabe que no sacaremos nada de Scotland Yard!

La actitud de Scotland Yard hacia el transporte motorizado (el cuerpo no veía justificado proporcionar vehículos a los policías si tenían dos pies en perfectas condiciones) era un motivo recurrente de descontento por parte del inspector jefe, queja sólo superada por su obstinada y hasta entonces fallida campaña en favor de la instalación de un laboratorio policial centralizado.

—Por cierto, Stratton se puso de tu parte —prosiguió—. Admitió que Raikes había hecho mal en entrar en la casa y peor en invitarle a entrar. Le llamó bruto. Me ha alegrado bastante el día su señoría...

Madden pisó el cigarrillo.

—¿Qué me dice de la prensa, señor? ¿Ha hablado usted con ellos?

—Tengo una reunión convocada para el mediodía. Por el momento, y que esto quede entre nosotros, no voy a negar la hipótesis de la banda, si es que alguien la plantea. Un hombre solo por ahí suelto... en estos momentos resulta inquietante.

Se alejaron al ver congregado al pie de la escalera al primer grupo de gente del pueblo que venía a ser interrogada. Vestidos con ropa de ir a misa, observó Sinclair: los hombres de traje y corbata, y las mujeres tocadas con sombrero. Sinclair rezó en silencio su propia oración: *Que alguien recuerde algo, lo que sea, una cara, una descripción...*

Una joven se arrodilló para atarle el gorrito a un bebé. El rostro de Sinclair se endureció al verlo.

—Luego iré a ver a la doctora Blackwell —añadió—. No me agrada que esa niñita se quede en su casa. Debería estar en el hospital. La doctora tendría que entenderlo. ¿No se la puede convencer para que se avenga a razones?

—No es una mujer a la que se convenza fácilmente, señor. —La cara de Madden era una máscara.

—Ah, ¿no? —La mirada del inspector se iluminó—. Ya lo veremos. Cuento con tener unas palabras con ese dragón.

7

El coche estaba aparcado en el patio adoquinado del pub del pueblo, donde Madden había dejado la maleta al dueño por la mañana. Era un Humber muy viejo que tenía una abolladura en el guardabarros trasero. El propio lord Stratton, que ahora no llevaba sombrero, estaba allí hablando con dos hombres del pueblo. Se acercó en cuanto vio a Madden.

—Inspector, debo pedirle disculpas por lo ocurrido ayer. —Su rostro delgado y arrugado mostraba los estragos de una noche en vela—. Raikes no tenía que haberme metido en esa casa y yo no tenía que haber entrado. Bueno, lo he pagado con creces.

—¿Perdone, señor?

—No me lo puedo quitar de la cabeza. La imagen de aquellos cuerpos... ¡Pobre Lucy Fletcher, allí tendida como si de un sacrificio se tratara! ¿Qué clase de hombre haría algo así? Y, además, no dejo de pensar que quizá fuera más de uno...

—No sabemos todavía si fue violada, señor.

—No, no... Por supuesto. —Metió las manos en los bolsillos de la chaqueta de tweed y se quedó con la mirada fija en el suelo—. Los del pueblo no hacen más que preguntarse... Hay cosas que uno prefiere no saber.

—¿Cómo se lo están tomando?

—Muy mal.

Madden preguntó cómo ir a Oakley, y le indicaron. Fue por la misma carretera por la que había venido el día anterior, pasando por Melling Lodge, donde había dos policías uniformados de guardia apostados junto a las puertas cerradas, además de un hombre cargado con una pesada cámara apoyado contra un coche aparcado en el arcén. Un kilómetro y medio más allá descubrió otras puertas, custodiadas también por un agente. Paró y salió del coche.

—¿Es aquí donde vive la doctora Blackwell? —Madden veía la casa al fondo de una avenida de tilos. Hasta ahora, únicamente había visto el otro lado.

—Sí, señor. Tenemos un hombre en el interior, pero el señor Boyce me mandó para vigilar la entrada. La prensa estuvo incordiando a la doctora esta mañana; preguntaban por la niña.

Un kilómetro y medio más allá vio el cartel del pueblo de Oakley, giró a la izquierda y tomó una carretera que bajaba por un collado del frondoso monte hasta la gran explanada que había visto el día anterior desde lo alto de Upton Hanger. Otro cartel señalaba un camino, por el que condujo a través de los trigales, que ya habían adquirido el color dorado durante el largo y seco verano.

La aldea de Oakley se componía de no más de una docena de casas agrupadas en torno a la torre de la iglesia. Madden paró el coche al pie de un edificio encalado, en cuya pared había pintada una diligencia y, en letras descoloridas, la leyenda *Coachman's Arms*, el nombre del pub local. Mientras ponía el freno de mano, un sargento de policía se asomó a la puerta de una casa situada al otro lado de la calle. Miró a Madden con gesto interrogante. El inspector salió del coche y le mostró la placa.

—Gates, señor. De Godalming. —El sargento hizo el saludo militar—. Es por esta historia de Highfield. Me han mandado para hablar con los del pueblo. Como es tan pequeño aquí no tienen policía.

—¿Les preguntará si han visto algún forastero? —Madden le llevó a la sombra de un castaño plantado delante de la iglesia.

—Sí, señor. Y cualquier cosa anormal que hayan notado estos últimos días.

—Sobre todo nos interesa saber si pasó algún coche por el pueblo.

—En teoría no deberían haber sido demasiados, señor. Hay que tener en cuenta que era un día festivo...

—También los coches que estuvieran aparcados en las cunetas. Quizás incluso fuera de la carretera, donde pasaran inadvertidos. —Madden se dio cuenta de que Gates se fijaba en algo situado a sus espaldas. Se le había quedado la mirada petrificada, con gesto de dureza. El inspector se giró y vio a un hombre apostado en el umbral del Coachman's Arms que les miraba con las manos metidas en los bolsillos.

Se volvió de nuevo al sargento.

—Voy a dar un paseo por el campo, pero me gustaría hablar un momento con usted antes de que se vaya. ¿Hasta cuándo estará?

—Una hora a lo sumo, señor. Luego tengo que irme a Craydon, que está a unos cuantos kilómetros, para hacer las mismas preguntas por allí.

—¿Tiene medio de transporte?

—Sólo una bici.

—Espéreme aquí. Le llevaré en coche.

Madden desanduvo el camino por el que había venido y llegó hasta otro punto desde donde salía un sendero, aún peor, que se internaba por los campos en dirección a la colina poblada de árboles. El dibujo de las ruedas de los tractores había quedado grabado en el barro, y al secarse había adquirido una apariencia marmórea. Unas hendiduras de unos treinta centímetros se iban entrecruzando, formando unas rodadas. En un punto el camino desaparecía por completo, si bien las rodadas del tractor seguían trazando unos surcos que luego se reencontraban con el camino otra vez. Stackpole tenía razón. Por allí no hubiera pasado un coche.

Madden sentía el sol como una pesada carga a su espalda, así que se quitó la chaqueta y siguió caminando en dirección a las montañas sin cejar un instante. Al pasar por un pequeño soto oyó el graznido de un arrendajo y la respuesta de otro. Tuvo la tentación de pararse a fumar un cigarrillo, pues el bosque mostraba una cautivadora frescura, pero aligeró el paso y llegó al pie de las montañas.

Madden percibió que aquella vertiente era más empinada que la que daba a Highfield, y que la vegetación era menos densa. A la sombra de un roble, observó un zigzagueante sendero que ascendía por la falda de la montaña. Se fijó bien en ambos lados de la ladera, tanto a la izquierda como a la derecha, pero no distinguió ningún otro camino en las inmediaciones.

El inspector empezó a rastrear cuidadosamente la zona, caminando en círculos cada vez más abiertos. Después extendió sus pesquisas por la base de las montañas donde comenzaban los bosques, a la busca del revelador indicio de una colilla. Encontró varias, pero ninguna de la marca Three Castles.

El sendero que ascendía por la falda también se reveló huero en pistas. En el suelo polvoriento se distinguían algunas pisadas ya prácticamente borradas —parecía tratarse de un camino muy transitado—, pero ninguna mostraba el distintivo contorno con la muesca en el tacón que habían encontrado en el lecho del arroyo. Le llevó veinte minutos ascender hasta la cumbre, y la mitad de tiempo hacer el trayecto inverso.

Fue entonces cuando se sentó a la sombra del roble y sacó los cigarrillos. Las verdes hojas que se cernían sobre su cabeza le recordaban algo: así, de súbito le vino a la mente el placentero recuerdo de Helen Blackwell con aquella blusa bordada. Encendió un cigarrillo.

Lejos, más allá de los campos dorados, una borrosa línea en el horizonte mostraba dónde comenzaba la zona montañosa. Observó a un halcón que sobrevolaba en círculos. Descollando contra el azul brillante del cielo, daba vueltas y más vueltas trazando circunferencias cada vez más pequeñas. Y esas vueltas y más vueltas las daba... ¡para caer después en picado! Las espigas de trigo se estremecieron y luego recuperaron su inmovilidad. El cazador había dado con su presa.

Madden apagó su cigarrillo. En esos momentos aquello no era más que humo.

*

En Oakley, la puerta del Coachman's Arms estaba abierta de par en par. El sargento Gates estaba sentado a una de las mesas del bar. Unas vigas ennegrecidas por el humo sostenían el mugriento techo. El olor a cerveza añeja y tabaco enrarecía el aire. El hombre que antes había visto Madden apostado en la puerta holgazaneaba en esos momentos en la barra, con los codos apoyados en el sucio mostrador. Tenía unos treinta años, el pelo negro y brillante peinado hacia atrás y una sonrisa cómplice.

—Éste es el inspector Madden —anunció Gates con voz monótona—. Señor, éste es el señor Wellings, el dueño. Ahora mismo iba a hacerle unas preguntas.

—Proceda, pues, sargento. No se preocupe por mí. —Madden se sentó.

Wellings dirigió los ojos al inspector.

—Me temo que todavía quedan treinta minutos para la hora oficial de apertura. Pero si el sargento Gates hace la vista gorda, le puedo poner una pinta.

—No, gracias, señor Wellings. —Madden no le devolvió la sonrisa.

—Nos interesa todo lo que pueda decirnos de los clientes que haya tenido este fin de semana —comenzó Gates—. Forasteros, no los de aquí.

—¿Desde cuándo?

—Desde el sábado.

—A mediodía estuvieron por aquí los del Club de Motociclismo de Farnham. Una docena. Aparcaron las motos fuera y entraron a tomar algo. Y también vino un grupo de cuatro en un coche. Dos hombres y sus mujeres, digo yo. Pidieron un plato de embutido, el menú del labriego.

—¿Nadie más?

—Sí, vino otra pareja por la tarde. Un tipo en una moto acompañado de su novia. Me llamó aparte, eso es, y me preguntó si me quedaba alguna habitación. Le dije que el mío no era un establecimiento de ésos, y que a lo mejor tenía suerte en el Tup's Spinney —contestó Wellings con una sonrisilla.

Madden se quedó a la espera de una explicación, pero Gates prosiguió:

—¿Y el domingo?

—Vinieron más. Bastantes más. Cuatro coches entre mediodía y las dos. Seis hombres y cuatro mujeres, si no recuerdo mal. Dos coches viajaban juntos. Iban a la costa. Y luego por la tarde llegó otro coche con un hombre, su mujer y su hijo. Pero lo único que querían era que les indicase. Se habían perdido.

—¿Vio algún otro coche durante el día? ¿Alguno que pasara por el pueblo, aunque no parara?

—¿O alguna moto? —añadió Madden.

Wellings se mantuvo un instante en silencio, con el ceño fruncido, exagerando el gesto de estar concentrado. Lo negó con la cabeza.

—No, no puedo asegurarlo a ciencia cierta. Es que como estoy aquí metido durante las horas de apertura... no me fijo demasiado en lo que pasa fuera. —Volvió a esbozar aquella sonrisilla.

El sargento Gates miró a Madden, quien sacudió la cabeza.

—Gracias, señor Wellings. —Y cerró el cuaderno. Fuera, le preguntó a Madden—: ¿Qué piensa, señor?

—Creo que está mintiendo.

—Yo estoy de acuerdo, pero ¿sobre qué? —El sargento arrugó la nariz—. Es un cerdo en toda regla, si me perdona la expresión. Los dos últimos dueños se marcharon porque no conseguían rentabilizar el negocio. Pero de alguna manera éste se las apaña, y la pregunta evidente es cómo lo hace.

—¿Sigue sirviendo después de la hora del cierre?

—Pues eso y que vende cartones de tabaco a precio inferior al del mercado; por lo menos eso me han dicho. Creemos que trafica con mercancías robadas, pero hasta la fecha no hemos sido capaces de echarle el guante.

—Disponemos de un listado de objetos que han desaparecido de Melling Lodge. Si alguno apareciera por esta zona, deténganle. Da igual que haya conexiones o no. Que pase por el trago.

—Será un placer, señor.

Madden se puso la chaqueta.

—¿Qué dijo de aquel hombre de la moto que iba con la novia?

—Que a lo mejor tenía suerte en el Tup's Spinney. —Gates señaló con el dedo—. Eso está en medio del campo. Es un sitio muy conocido entre los chicos y las chicas de aquí, si me entiende lo que le digo. —Lanzó un resoplido y luego añadió—: Wellings tiene buen ojo para las mujeres, dicen. Especialmente si se trata de la esposa de otro. ¡Menudo tipo asqueroso!

Cargaron la bicicleta del sargento en el maletero del Humber y Madden le acercó hasta Craydon. Cuando volvía por la misma carretera, al pasar por Oakley vio a Wellings en la acera a la puerta de la tienda del pueblo, hablando con una joven de pelo corto. Madden vio cómo hizo un alto en la conversación mientras observaba el coche pasar.

8

Madden aparcó el Humber donde lo había recogido, en Highfield, en el patio del Rose and Crown. Se estaba bajando del coche cuando se abrió la puerta del pub y salió un hombre desgarbado vestido con traje de ciudad. Llevaba la corbata suelta y el sombrero descolocado, hacia atrás.

—El señor Madden, ¿verdad? Soy Reg Ferris, del *Daily Express*.

Extendió la mano a modo de saludo. Madden se la estrechó. Aunque no se conocían personalmente, Madden había oído hablar de Ferris, y recordaba que no era precisamente amigo del inspector jefe.

—Muy mal asunto. —Los ojos vivos del periodista se trasladaron rápidamente desde Madden hasta el coche, para luego posarse otra vez en el inspector, como si al mirarlos conjuntamente esperara recabar algún dato—. Me han dicho que aquello parece un matadero. —Madden se inclinó hacia el interior del coche para recoger su chaqueta—. Estamos esperando al señor Sinclair. Dijo que se reuniría con nosotros.

—Entonces me atrevo a decir que así será.

Ferris se apoyó contra el coche. Se metió las manos en los bolsillos.

—Es diferente, ¿no? —Y miró a Madden para ver cómo reaccionaba.

—¿Diferente?

—No han tenido nunca un caso como éste; admítanlo. Matar a una familia entera, y ¿para qué? ¿Unas cuantas piezas de plata? No tiene ningún sentido.

El inspector se puso la chaqueta.

—Adiós, señor Ferris. —Y se marchó.

El periodista repuso según se alejaba:

—Por lo que he oído no saben ni por dónde empezar.

*

Madden encontró al inspector jefe en los escalones del salón parroquial, mientras hablaba con Helen Blackwell. La doctora, que llevaba una chaqueta de caballero de lino blanco con los puños remangados y, debajo, un vestido de verano de fina tela, saludó a Madden con una sonrisa.

—La doctora Blackwell nos ha entregado un informe. —En los ojos grises de Sinclair, en los que se traslucía una mirada divertida, se adivinaba un toque de ironía—. También me ha explicado las razones por las que desea que Sophy Fletcher se quede en su casa en vez de ser trasladada al hospital. Sus argumentos me parecen... convincentes. Dejaremos a la niña donde está.

—Gracias otra vez, inspector jefe. —La doctora le estrechó la mano con gesto cálido. Sus ojos buscaron los de Madden—. Les deseo una buena mañana a ambos.

Sinclair asintió varias veces con gesto de aprobación mientras la veía marchar.

—Una muchacha bien parecida. —Le miró a Madden de reojo—. Sí que era un dragón. Tenías que haberme advertido, John.

—Me temo que no he encontrado nada en Oakley, señor —anunció Madden con una sonrisa en los labios—. La prensa le espera en el pub. Me he tropezado con Ferris.

—¿Está aquí esa rata? —El rostro del inspector jefe se ensombreció—. Debe de haber olido la sangre.

—Ya se ha dado cuenta de que tenemos problemas.

—No sabe ni la mitad de lo que hay. Ven conmigo. Quiero enseñarte una cosa.

Dentro del salón parroquial, un murmullo de voces se elevaba desde la hilera de mesas donde tomaban declaración los detectives. Madden vio a Styles inclinado sobre un cuaderno, sentado frente a una mujer mayor que había acudido enfundada en un abrigo negro y tocada con un sombrero del mismo color. El inspector Boyce estaba en otra mesa, donde se apilaban los impresos con las declaraciones. Sinclair le hizo un gesto con la cabeza. Luego cogió un expediente y se llevó a Madden aparte, donde no les oía nadie. De la carpeta sacó dos folios grapados, escritos a máquina, y se los entregó al inspector.

—Échales un vistazo.

Era el informe de la autopsia de Lucy Fletcher. Madden dedicó unos minutos a leerlo atentamente. Sinclair esperó hasta que hubo terminado.

—Así que ni la tocó. —El inspector jefe le miraba con los brazos cruzados y los ojos levemente entrecerrados—. Ransom miró por todas partes. Hizo un frotis vaginal y anal. Hasta comprobó la boca de la pobre mujer. Pero no encontró ni rastro de semen.

—La llevó agarrada, no obstante, justo como pensábamos —añadió Madden—. «Moratones en la parte superior de los brazos» —leyó literalmente.

—La agarró y la arrastró escaleras arriba hasta el dormitorio y le cortó la garganta. Pero ¿por qué no la violaría? Nada se lo impedía. La mujer no llevaba nada debajo del salto de cama. ¿Qué haría allí el tipo? ¿Por qué entró en esa casa?

Madden guardaba silencio.

—La mató con una cuchilla, en opinión de Ransom. Pero no era la del coronel, que estaba con sus cosas de afeitar en el baño. No encontró ni rastro de sangre en ella. Se había traído la suya.

Madden colocó el informe otra vez en el expediente.

—¿Le ha enseñado esto a la doctora Blackwell? —preguntó.

—Sí, ¿por qué?

—Eran amigas desde la infancia. Necesitaba saberlo.

Sinclair lanzó un suspiro. Señaló el montón de declaraciones que se apilaban en la mesa de Boyce.

—Examina ésas, John. A ver si encuentras algo. Tengo que hablar con la prensa. A mi regreso nos sentamos juntos. El comisionado adjunto del Departamento de Investigación Criminal ha convocado una reunión para mañana por la mañana. Scotland Yard ha expresado claramente su preocupación —añadió secamente—. Yo me espero que en cualquier momento me digan que quieren ver resultados pronto.

—Dudo que los obtengan esta vez. —Madden sopesó el expediente que llevaba en la mano.

—Piensa mañana en mí cuando tenga que decírselo.

*

Otra vez apareció por allí el termo del té; descansaba sobre una mesa al lado de la puerta. Madden se sirvió una taza y luego cogió un bocadillo de toda una bandeja repleta que había al lado. Recogió el montón de declaraciones de la mesa de Boyce y se acomodó en un rincón apartado.

Las declaraciones, por lo general muy breves, eran fundamentalmente testimonios que daban cuenta del estatismo de la vida del pueblo. La mayoría de los interrogados habían visto a los Fletcher en la iglesia el domingo por la mañana; y ésa resultaba ser, trágicamente, la última vez. Algunos habían hablado después con Lucy Fletcher. «Una mujer encantadora», había dicho de ella, sin que se lo preguntaran, la esposa de Arthur Skipps, el carnicero, comentario que había consignado el detective que la había interrogado.

Una mujer encantadora.

Tom Cooper, el jardinero de los Fletcher, había sido uno de los últimos que los vio con vida. Aunque tenía el domingo libre, había pasado por Melling Lodge por la tarde para regar las rosas que tenía plantadas junto al muro del huerto. El verano había sido bastante ajetreado para él por la larga sequía, y no estaba dispuesto a ver que sus desvelos fueran en balde. El coronel Fletcher le había visto en plena faena, regadera en mano, y le había regañado en broma por estar trabajando en su día libre. El coronel se había mostrado «de buen humor, como de costumbre». Más tarde, la señora Fletcher y su hija Sophy habían pasado por allí paseando y Cooper las había saludado. Hablaban del cachorro que tenían pensado comprarles los Fletcher a Sophy y a su hermano para cuando volvieran de Escocia al final del verano.

Lord Stratton, en su declaración, dijo que había llevado al lord lugarteniente y a su esposa a cenar con los Fletcher el sábado por la tarde. Había sido una «velada muy agradable». Los Fletcher comentaron que tenían planeado atravesar Francia en coche más entrado el verano para visitar a unos amigos en Biarritz.

Helen Blackwell, que también había estado en la cena, se mostró mucho más colaboradora. Sophy Fletcher iba a pasar todo el verano con sus tíos, el hermano del coronel Fletcher y su mujer, en la casa que tenían a las afueras de Edimburgo. Sin embargo, el sarampión la había retenido en Highfield. A su hermano James lo mandaron solo primero. La niña tenía que haber viajado hasta Escocia en tren la semana siguiente en compañía de la niñera, Alice Crookes. Los Fletcher tenían pensado salir hacia Francia poco después.

62

La última parte de la declaración de la doctora Blackwell, donde narraba cómo la habían llamado urgentemente para que fuera a la casa el lunes por la mañana, se ceñía a un aséptico lenguaje médico. Había examinado a cada una de las víctimas para certificar su defunción. El rígor mortis estaba empezando a remitir, por lo que estimó la hora del fallecimiento algo más de unas doce horas antes. Dijo que «algo» le había empujado a mirar debajo de la cama de la habitación de los niños. Empleó la misma frase que había utilizado ante Madden para describir el estado en que había encontrado a Sophy: shock agudo.

En algunas de las declaraciones se trataba también la cuestión de los forasteros que habían pasado por el pueblo durante el fin de semana. Frederick Poole, el dueño del Rose and Crown, informó de que un autocar de la compañía Samuelson lleno de pasajeros paró en el pub a comer el sábado. La compañía le había avisado con antelación. Hasta donde él podía confirmar, todos los que se apearon del autobús habían vuelto a embarcar después. Aparte de eso, durante el sábado y el domingo habían entrado en el establecimiento más de una veintena de motoristas y ciclistas. Nadie le había llamado la atención. Todos habían seguido su ruta.

Freda Birney, la mujer del dueño de la tienda del pueblo, Alf Birney, declaró haber visto a dos excursionistas de picnic en la zona del arroyo, a medio camino entre las afueras del pueblo y Melling Lodge, el domingo, justo antes de las doce. Había salido a pasear al perro antes de preparar la comida para su familia. Madden dejó anotado que buscaran a los excursionistas y los interrogaran.

Mientras leía en diagonal la siguiente declaración del montón, se paró de repente, volvió hacia atrás y la releyó atentamente, comprobó el nombre del agente que había tomado el testimonio y la apartó a un lado.

*

Billy Styles deslizó el documento de la declaración por la mesa, observó cómo lo firmaba su interlocutor y, antes de recostarse y estirarse en la silla, dijo:

—Gracias, señor; por ahora eso es todo.

El décimo interrogatorio del día. Harold Toombs, el sacristán del pueblo. Billy había tenido que esforzarse para mantener el gesto impasible mientras transcribía el testimonio. Toombs había pasado el fin de semana cuidando el jardín. No había visto ni oído nada fuera de lo normal.

No dejaba de ser una sorpresa para Billy seguir en la investigación. Tras las experiencias del día anterior, se había imaginado que lo mandarían de vuelta al Departamento de Investigación Criminal de Scotland Yard.

El sargento detective Hollingsworth, quien le había dado la noticia, parecía tanto o más sorprendido. Aquel hombre fornido y con cara redonda, que llevaba más de veinte años de servicio, hizo notar su estupefacción al distinguir la presencia de Billy en el grupo.

—No entiendo en qué está pensando el jefe. En el árbol genealógico de su familia no hay precisamente sabuesos, ¿no, agente Styles? ¿Ni talento oculto del que no nos hayamos dado cuenta? —había dicho.

Al recibir la noticia, Billy había experimentado un momento de euforia, que enseguida se transformó en preocupación en cuanto se dio cuenta de que ello significaría pasar otro día bajo la oscura mirada del inspector Madden.

Sin embargo, hasta entonces, aparte de un educado «Buenos días, señor» que le había dirigido Billy y el gesto con el que le había respondido distraídamente el inspector, no habían cruzado palabra, y Billy ya estaba ligeramente aburrido de transcribir los testimonios de los del pueblo acerca del largo y soleado fin de semana.

En ese momento vio que Madden, que estaba sentado en un rincón del salón parroquial, le hacía señas. Se levantó de la mesa y se acercó hasta allá.

—¿Señor?

Madden le mostró una de las declaraciones.

—Ésta la ha tomado usted, ¿no?

Billy la observó.

—Sí, señor. May Birney. Su padre es el dueño de la tienda del pueblo.

El inspector se quedó mirándole.

—Bueno, ¿y entonces? ¿En qué quedamos, agente, en que sí o en que no?

—Señor, la muchacha no estaba segura. —Billy se revolvió inquieto—. Primero dijo que sí, pero luego cambió de opinión. Dijo que debía de haberse confundido.

—¿Y por qué hizo eso, cambiar de opinión?

—Pues, señor... no lo sé.

Madden se puso en pie tan de repente que Billy dio un paso atrás.

—Vamos a ver si lo averiguamos, ¿le parece? —Después de hacerle un gesto con la cabeza a Boyce, salió de la estancia. Billy se apresuró a seguirle.

La tienda, a la que se llegaba andando en pocos minutos desde la única calle pavimentada de Highfield, estaba situada entre el pub y la oficina de correos. Alf Birney, un hombre regordete que tenía una corona de pelo gris que recordaba una tonsura monacal, salió desde detrás del mostrador y les hizo pasar a una salita que, separada por una cortina, se encontraba en la trastienda.

—No es justo que haya pasado algo así —musitó—. No a una dama como la señora Fletcher. Ni a ninguno de ellos. —Quitó una caja de natillas de una silla para que se sentara Madden—. Me acuerdo de cuando era una niña. Solía venir a la tienda todos los sábados a comprar golosinas. La pequeña Lucy...

Les dejó un momento solos, y al minuto entró su hija. May Birney no tenía más de dieciséis años. Llevaba una bata de color parduzco y el pelo cortado a lo paje, con un flequillo que le cubría toda la frente, pálida como su tez.

—Concéntrate bien, niña —se oyó decir a su padre, desde detrás de la cortina—. Dile al inspector qué oíste exactamente.

La señorita Birney se había quedado de pie frente a ellos, y se retorcía los dedos con gesto nervioso. Madden miró a Billy y le hizo una señal. Sorprendido, pues había presupuesto que el inspector se encargaría del interrogatorio, Billy se aclaró la voz.

—Es sobre el asunto del silbato que afirmaste que habías oído. O que no habías oído —le dijo con voz fuerte. A continuación vio que la chica se sofocaba y buscaba con la mirada a Madden, quien estaba sentado a una mesa en mitad de la salita.

—Estabas paseando al perro, dijiste —le recordó Billy.

May Birney tenía la vista clavada en el suelo.

—Dinos otra vez lo que pasó.

La chica musitó algo inaudible.

—¿*Qué*? —se oyó a sí mismo decir Billy, casi a voz en grito—. No te he oído. ¿Qué has dicho?

—He dicho que se lo conté antes, pero que usted me dijo que serían imaginaciones mías —dijo embarulladamente, sin levantar la vista.

—Yo nunca te he dicho que... —Billy hizo por controlarse—: Te pregunté si estabas segura de que habías oído un silbato de *policía* y tú respondiste que no, que no estabas...

—Yo dije que era *como* un silbato de policía.

—De acuerdo, *como* un silbato de policía, pero luego dijiste que quizá te habías confundido y que no habías oído nada. ¿Recuerdas haber dicho eso?

La chica volvió a guardar silencio.

Billy se acercó a ella. Sentía la mirada de Madden posada en él.

—Ahora escúchame, May Birney. Éste es un asunto muy serio. No necesito recordarte lo que pasó el domingo por la noche en Melling Lodge. No sigas diciendo que no estás segura o que no lo recuerdas. O bien oíste algo o no oíste nada. Y si te estás inventando todo esto...

La chica se había puesto toda roja, de un rojo brillante.

Madden intervino:

—¿Te apetece sentarte, May? —Y acercó una silla. Aunque lo dudó durante un instante, la chica terminó accediendo—. Veamos, estoy un poco despistado. ¿A qué hora pasó esto?

—Sobre las nueve, señor. O quizá fue un poco más tarde.

—¿Todavía había luz?

—Estaba anocheciendo.

—¿Estabas paseando al perro?

—Sí, señor, a Bessie. Ya está muy mayor, ¿sabe usted?, y hay que sacarla, pero si la dejas en la puerta de casa se limita a tumbarse ahí, así que mamá y yo la llevamos hasta el arroyo y la obligamos a moverse un poco —respondió sin apartar la vista de Madden.

—Y entonces oíste algo que sonaba como un silbato de policía.

—Sí, señor, como ésos. El mismo tipo de tono.

—¿Sólo una vez?

May Birney vaciló, arrugando el ceño con gesto concentrado.

—Bueno, señor, fue como dije antes... —Lanzó una mirada a Billy y prosiguió—: Primero se oyó; luego... como que perdió intensidad y después volvió a escucharse sólo por un instante.

Madden frunció el ceño.

—¿Había brisa? —preguntó.

La cara de la muchacha se iluminó de repente.

—¡Sí, señor! ¡Eso fue! Eso es lo que pasó. Se fue y luego volvió a oírse por el viento. Lo escuché dos veces. Pero era tan débil...

—Que te preguntabas si lo habías escuchado o no, ¿verdad?

La chica asintió enérgicamente. Y, lanzándole otra mirada desafiante a Billy, añadió:

—Es que no estaba segura.

—¿Pero ahora sí lo estás? —dijo Madden, inclinándose hacia delante—. Tómate el tiempo que necesites para responder, May. Piénsalo bien.

Pero la chica sólo precisó un instante.

—Sí, señor —respondió—. Ahora estoy segura. Del todo.

De vuelta al salón parroquial, Madden se paró a la altura del Rose and Crown. Una valla baja de ladrillo cercaba el pequeño patio adoquinado que se extendía frente a la puerta del pub, y, apoyándose en ella, sacó un paquete de tabaco.

—Tengo entendido que fuma, ¿no, agente?

—Gracias, señor. —Sorprendido y complacido a la vez, Billy rebuscó las cerillas en los bolsillos. Madden aceptó que le diera fuego. Se quedó allí sentado un buen rato, en silencio. Al final se decidió a hablar:

—Este trabajo que tenemos... —dijo antes de dar una calada— nos da mucho poder a pequeña escala.

—¿Perdón, señor? —Billy no entendía lo que le quería decir.

—Es toda una tentación emplearlo, particularmente con quienes... con quienes no saben defenderse.

Billy le escuchaba en silencio.

—¿Entiende lo que le digo, agente?

Billy sacudió la cabeza.

—No opte por la vía fácil, hijo. —Madden ahora le miraba fijamente—. No vaya por ahí apabullando a la gente.

A Billy ahora le sabía el cigarrillo a hiel.

—Vaya a ver si el señor Boyce quiere que le haga algún recado.

A la mañana siguiente, el inspector fue vivienda por vivienda por las casas de Highfield situadas en los alrededores de Melling Lodge, para preguntar si alguien había oído un silbato el domingo por la tarde.

La tercera puerta a la que llamó la abrió Stackpole. El policía del pueblo, todavía en mangas de camisa, sostenía en un brazo a una niñita de pelo rizado a quien presentó como «nuestra Amy».

—No puedo ayudarle, señor —le dijo a Madden—. Desde luego, no fui yo quien silbó, eso seguro. El domingo por la tarde mi señora y yo estábamos cenando con sus padres. Viven al otro lado de la plaza.

Un niño con el pelo enmarañado escudriñaba desde una puerta por detrás del agente. Madden oyó los lloros de un bebé.

—Usted me perdonará, señor, pero la joven May Birney no es lo que yo llamaría un testigo fiable. Se pasa la mitad del día con la cabeza en las nubes, la joven esa. Está enamoriscada de un chico que trabaja para uno de los arrendatarios de lord Stratton, pero sus padres no lo pueden ni ver. La he visto abajo en el riachuelo, soñando despierta.

Madden sonrió. Como todos los buenos policías de pueblo, Stackpole se metía en las vidas de los demás.

—Al final parecía estar bastante segura de que lo había oído —insistió.

—Podría haber sido cualquier otra cosa —sugirió el agente—. Jimmy Wiggins silbándole a su perra. O uno de los guardas de lord Stratton.

—Tal vez.

El inspector le comentó su visita a Oakley del día anterior.

—No me gustó nada Wellings. No me pareció de fiar.

—No me sorprende —observó Stackpole—. Ése miente más que habla.

—Gates dijo que trapichea con mercancía robada.

—No estará usted pensando... —El agente arqueó una ceja.

—¿Lo robado en Melling Lodge? —Madden se encogió de hombros—. No puedo negar que se me ha pasado por la cabeza. ¿Usted qué cree?

Stackpole se cambió de brazo a la niña.

—A mí me parece que si alguien le ofreciera a Sid Wellings unos candelabros de plata o una joya, no lo dejaría escapar. Cuando usted habló con él ya debía de saber qué había pasado en la casa, y si hubiera tenido alguna relación con lo sucedido, incluso tangencial, hubiera estado sudando.

Madden asintió.

—En cualquier caso, la próxima vez que vaya usted por allí, hable con él. Formúlele las mismas preguntas. ¿Qué hizo el fin de semana? ¿A quién vio pasar por el pueblo? Déjele claro que no nos satisfacen sus respuestas.

Stackpole miró con curiosidad al inspector.

—¿Todavía piensa que ese hombre llegó desde la parte de Oakley, señor? —Y después, tras una pausa, añadió—: Porque buscamos a un hombre, ¿verdad?, y no a una banda.

—Creemos que es uno solo —confirmó Madden—. Pero de momento no se lo diga a nadie. En cuanto a lo de Oakley, no estoy seguro. Tuvo que venir en algún medio de transporte. Pensamos que traía un fusil, y que cuando se marchó debió de llevarse consigo lo que cogió de la casa. No creo que pudiera entrar en la zona a pie, ni siquiera por los bosques, sin que nadie le viera.

—¿Un *fusil*, señor?

—Los mató con un fusil y con una bayoneta; de eso estamos prácticamente seguros. A todos menos a la señora Fletcher.

—¿Es que es soldado? —preguntó Stackpole con el ceño fruncido.

—Lo dudo. No hay cerca ningún campamento militar. Es más posible que se trate de un antiguo soldado.

—Hay muchos por aquí.

El agente insistió en que Madden entrase a tomar una taza de té, pero él declinó la invitación. Stackpole tenía que reunirse en Melling Lodge con el grupo de hombres que rastreaba los bosques.

—Entre nosotros, señor, es una pérdida de tiempo. Incluso con la ayuda de los guardas de lord Stratton. La mayoría de estos chicos son de ciudad. Es más probable que pisen algo antes de verlo.

Una hora después Madden estaba otra vez en el salón parroquial. No había encontrado a nadie que confirmara lo que había contado May Birney del silbato. El sargento Hollingsworth estaba sentado a la mesa que había ocupado Boyce el día anterior. El inspector de Guildford estaba supervisando el informe sobre el examen de todas las botas del pueblo.

—También tiene un equipo entero de detección de huellas dactilares, señor. Van a tomar las huellas a todos los que solían ir por la casa.

—¿Algo más? —Madden empezó a hojear la pila de declaraciones que había sobre la mesa.

—Sólo la doctora, señor. Vino por aquí preguntando por usted. Algo relacionado con la niña pequeña.

—¿Qué le pasa? —Madden levantó la vista rápidamente—. ¿Ha ocurrido algo?

—No que yo sepa, señor. —Hollingsworth se rascó la cabeza—. La doctora Blackwell únicamente quiere hablar con usted. Pero dijo que era importante.

*

Madden rompió el precinto policial de la puerta principal de Melling Lodge y entró. La casa estaba medio a oscuras, con las cortinas echadas. En el ambiente caluroso y mohoso todavía se percibía el intenso olor acre de la sangre.

Apostado en la entrada empedrada, se imaginó la escena tal y como debió de suceder: el hombre del fusil irrumpiendo en el salón desde la terraza, el cristal haciéndose añicos y el marco astillas que saltaban por todas partes, la sirvienta dándose la vuelta con la bandeja de café antes de abrir la boca para gritar...

¡Metan! ¡Saquen! ¡En guardia!

Las órdenes que tiempo atrás le habían enseñado le volvieron, acompañadas de una imagen escalofriante.

Corriendo de habitación en habitación por el largo pasillo, el asesino había sorprendido al coronel Fletcher antes de que pudiese alcanzar las armas del despacho, y después a la niñera en la cocina.

¡Metan! ¡Saquen! ¡En guardia!

¿Por qué tanta prisa?, se preguntó Madden. *¿Qué le impulsaba?* Al subir las escaleras a la carrera se había encontrado con Lucy Fletcher. Tiró el arma y la cogió por los brazos. El asesino era grande y fuerte, a juzgar por la huella que había dejado en el cauce del arroyo, si resultaba ser suya. Madden lo vio cogiendo a la mujer por los brazos y alzándola para que no rozase el suelo (no habían encontrado marcas de tacón en la alfombra), llevándola a su habitación y echándola sobre la cama como... volvió a recordar las palabras de lord Stratton: como si de un sacrificio se tratara.

Vio la garganta blanca espantosamente cortada, la melena rubia cayendo en cascada...

La habitación de los niños, empapelada con narcisos y campanillas, estaba al final del pasillo del piso de arriba. Tenía dos camas, una de ellas sin hacer. Las muñecas y los peluches se alineaban sobre un estante de madera. Del techo colgaba una maqueta de aeroplano. Madden descolgó una bolsa de ropa sucia que estaba detrás de la puerta, la vació y la llenó de nuevo con ropa limpia del armario y dos pares de zapatos de niña rescatados del zapatero. También metió otros artículos en una bolsa de papel marrón que encontró encima del armario.

Había un agente de uniforme apostado en el patio delantero. Por indicación de Madden, hizo una lista de todo lo que había cogido de la habitación de los niños, que el inspector firmó.

—Me llevo estos artículos de la casa —le dijo al agente—. Salude al señor Boyce de mi parte y asegúrese de que se le informa.

*

La avenida de tilos desembocaba en una bonita casa con entramado de madera y garaje a un lado, donde estaba aparcado un Wolseley rojo de dos plazas. La doncella que Madden había visto en el piso de arriba en su visita anterior abrió la puerta y le condujo directamente hasta el jardín a través del salón. La doctora Blackwell estaba sentada bajo una pérgola en un extremo de la terraza con una niña pequeña a su lado. Sophy Fletcher tenía una melena rubia y larga hasta la cintura. Llevaba puesto un vestido de muselina azul con un fajín amarillo a modo de cinturón.

71

Al ver al inspector saltó de la silla, se echó sobre el regazo de la doctora y hundió la cara en su hombro.

Impresionado, Madden se detuvo.

—Lo siento, no era mi intención asustarla.

Se dio la vuelta para volver a la casa, pero Helen Blackwell le llamó.

—No se vaya, por favor. —Y, dirigiéndose a la niña, añadió—: Sophy, éste es el inspector Madden. Es policía.

La pequeña, con la cara aún escondida, no respondió. Madden vio que estaba temblando.

—Acérquese y siéntese aquí —le urgió la doctora—. Quiero que Sophy se vuelva a acostumbrar a estar con extraños. —En el fondo se preguntaba si no sería el aspecto tan adusto del inspector lo que había asustado a la niña. Se fijó en que Madden llevaba una bolsa en cada mano—. Tome un poco de limonada con nosotras. —Intentó alegrar el rostro sombrío de Madden con una sonrisa—. Mary, sírvale al inspector un vaso, por favor. —Había una jarra y unos vasos sobre la mesa.

Madden abrió la bolsa de ropa.

—He traído algunos de los vestidos de Sophy que había en Melling Lodge —explicó.

—Es usted muy amable —dijo la doctora, emocionada por el gesto—. Iba a pedírselo yo misma. Éste se lo hizo Mary —dijo mientras alisaba con la mano la muselina azul del vestido—. Afortunadamente Sophy se dejó aquí un par de zapatos la última vez que vino.

—¿Quería usted hablar conmigo?

—Sí, por favor. ¿Más tarde…? —insinuó a la par que bajaba la mirada hasta la melena rubia de la niña—. ¿Podría quedarse un rato más? —Madden asintió—. Tengo que ver a un paciente en el pueblo, pero no tardaré mucho.

La doctora le observó sentarse y empezar a vaciar la bolsa de papel marrón que había traído. Sacó varias muñecas y un oso de peluche, y los dispuso en un círculo en el suelo, sobre las piedras cubiertas de césped que había delante de él. Mary le miraba extrañada. El inspector levantó la mirada.

—¿Tiene usted tazas de té viejas? —preguntó—. Cuanto más desportilladas mejor. Y si tiene una jarra de agua…

La doctora Blackwell hizo un gesto con la cabeza a la sirvienta, quien entró en la casa.

—Sophy... —dijo la doctora, empujando suavemente a la pequeña que tenía sobre su regazo—. Mira lo que ha traído el inspector.

La niña ni se movió. No despegó la cara del hombro de la doctora.

La doncella volvió con una bandeja cargada de unas piezas de porcelana. La puso sobre el suelo junto a Madden. Éste empezó a extender la vajilla, haciendo ruido con los platos y las tazas. Helen Blackwell notó un pequeño movimiento. La niña había girado la cabeza. Estaba mirando por el rabillo del ojo.

Madden colocó un plato y una taza delante de cada juguete, y después situó la jarra de agua en el centro del círculo.

—Alguien tendrá que llenarlas —anunció.

Mary se dispuso a hacerlo, pero la doctora Blackwell la frenó con un gesto. La pequeña había reaccionado. Se bajó lentamente del regazo de la doctora. Mirando cautelosa a Madden, se acercó al círculo de figuras y se arrodilló delante de ellas. Estudió durante unos segundos el grupo. Después cogió el osito y lo puso a la cabeza del círculo, cerca de los pies de Madden. Sus ojos se encontraron con los del inspector. Fuera lo que fuera lo que vio en aquella sombría mirada, parecía tranquilizarla; cogió la jarra de agua y empezó a servir.

La doctora Blackwell se levantó.

—Tengo que irme a atender a mi paciente —dijo sin mostrar apremio ninguno—. ¿Le puedo dejar aquí un rato, inspector?

Madden asintió por toda respuesta.

—Sophy, volveré pronto.

La niña, absorta en la tarea de llenar las tazas, no respondió.

Cuando la doctora volvió media hora después no encontró a nadie bajo la pérgola. Mary estaba junto a la barandilla de la terraza con los brazos cruzados y la vista perdida en el jardín. Helen Blackwell se unió a ella y vio a Madden y a Sophy, de la mano, al fondo del prado, cerca del huerto.

—¿La llevó él allí abajo? —le preguntó a la sirvienta.

—No, le llevó ella, señora. —Mary sonrió—. Le está enseñando el jardín.

—¿Está hablando con él? —insistió la doctora Blackwell, sin apenas esperanzas.

—No, sólo señala.

En ese momento, la pequeña levantó la mano para señalar el haya péndula que se erigía al fondo del prado. Fueron juntos hasta allí y desaparecieron de la vista metiéndose debajo de las ramas colgantes.

Un minuto después reaparecieron. La niña estaba junto a Madden con la cabeza agachada mientras el inspector se inclinaba sobre ella y le quitaba con cuidado unas ramitas del pelo.

—*Él* está hablando con *ella* —observó Mary.

La doctora Blackwell no dijo nada. Sintió que se le cortaba la respiración bajo el fuerte sol de mediodía.

—Entremos —ordenó, llevándose consigo a la sirvienta—. No quiero que nos vea mirando.

Desde la ventana del salón observaron cómo la pequeña traía otra vez a Madden en dirección a la terraza. Al llegar a las escaleras se paró y alzó los brazos hacia él. Él la levantó con facilidad, y enseguida la niña se agarró a él, rodeándole con los brazos el cuello y hundiendo la mejilla en su hombro. Madden se había quedado quieto, como si estuviera atónito, y después se dio la vuelta y muy despacio subió los escalones que llevaban a la terraza. Helen Blackwell vio que al inspector le corrían lágrimas por las mejillas.

—¡Ay, señora…! —dijo Mary, que estaba a su lado.

La doctora se alejó de la ventana.

—Mary, por favor, vaya a la cocina a decir que preparen la comida de Sophy —le dijo—. Enseguida la llevo para allá.

En cuanto se hubo marchado la sirvienta, Helen Blackwell se sentó en una silla y encendió un cigarrillo. Sentía que le fallaban las fuerzas. Quería quedarse sentada tranquila y pensar.

Pero había algo que debía hacer inmediatamente, un problema urgente que tenía que resolver. Al cabo de menos de un minuto apagó el cigarrillo, se pasó los dedos por el pelo y salió a la terraza para hablar con el inspector Madden.

10

—¿Quiere mandar a la niña a *Escocia*? Escucha, John, no puedo dejarla hacer eso.

—Puede que sea lo mejor, señor.

Estaban sentados en lo que el señor Poole, el dueño del Rose and Crown, llamaba el reservado, un lugar oculto revestido con paneles en la parte trasera del bar. Lo había ideado para que lo usara la policía. La barra estaba cerrada (era media tarde), pero se oía a la camarera limpiando. Cantaba una canción que Madden recordaba de la guerra.

> K-K-K-Katy, mi hermosa Katy
> Eres la única c-c-c-chica a la que adoro...

—¿Qué les voy a decir a los de Scotland Yard?

—Lo que la doctora Blackwell me dijo a mí. Es su valoración profesional. La niña estaría mejor con su familia (recuerde que todavía le queda un hermano vivo), y también tiene más probabilidades de recuperarse si se aleja de aquí.

Sinclair frunció el ceño desalentado.

—¿Dice usted que sus tíos van a venir desde Escocia para los funerales?

—Sí, el viernes. A la doctora Blackwell le gustaría que Sophy volviera con ellos.

—¿La niña todavía no ha abierto la boca?

—No, pero la doctora Blackwell piensa que no tardará. Empezará a hablar...

—¿Y entonces? —Sinclair arqueó las cejas.

—La doctora cree que es poco probable que hable de lo que ocurrió esa noche. En realidad, puede haberlo desterrado de su mente. «Inhibición de la memoria», creo que se llama. —Madden hizo una pausa—. La doctora Blackwell ya se ha puesto en contacto con alguien de Edimburgo, un psicólogo, para que empiece enseguida a tratar a la niña.

—Se toma muchas molestias, esa doctora suya.

—No es mía, señor. Más bien diría yo que es muy suya.

—¡Vaya, vaya! —gruñó Sinclair—. ¡Maldita sea, todo lo que dice tiene sentido! —Sacó la pipa y empezó a llenarla—. ¿Y ese médico de Edimburgo...?

—Es otra mujer, señor. —Madden sonrió—. Una tal doctora Edith Mackay. Completó la carrera de medicina y cursó los estudios de psicología. Al parecer está especializada en niños. Los tíos de Sophy están a sólo media hora de Edimburgo. Podría ver a la niña regularmente.

—Muy bien. —El inspector jefe levantó las manos como si claudicase—. Pero si la niña dice una sola palabra sobre lo que ocurrió aquella noche...

—Su tío se pondrá en contacto inmediatamente con la policía de Edimburgo. La doctora Blackwell lo prometió.

Sinclair encendió la pipa.

—¿Algo más?

—Sólo esto —dijo Madden al tiempo que sacaba dos trozos de papel doblados del bolsillo de la chaqueta—. La doctora Blackwell le dio a Sophy una pizarrilla y tizas y ella empezó a dibujar enseguida. Siempre es lo mismo, dijo la doctora. —Madden le dio los papeles a Sinclair, quien examinó los garabatos infantiles. En ambos trozos de papel se repetía una y otra vez el mismo dibujo con ligeras variaciones: un globo atado a una cuerda.

—¿Qué significa?

—La doctora Blackwell no tiene ni idea. Pero pensó que debería usted verlo.

El inspector jefe le devolvió los papeles y luego añadió:

—Voy a infringir la ley. Le voy a pedir al señor Poole que nos sirva una copa. Y después te cuento lo que ha pasado en Scotland Yard esta mañana.

*

—Como todo, podría haber sido mejor pero también peor.

Sinclair puso dos vasos de whisky encima de la mesa delante de Madden. Cerró el acceso al bar, cogió la pipa del cenicero y se sentó.

—Parkhurst empezó presidiendo la reunión —sir George Parkhurst era el comisionado adjunto del Departamento de Investigación Criminal; a todos los efectos, el jefe de la sección—, pero sólo habló durante diez minutos. Se limitó a destacar lo indeseables que eran las masacres en las casas de campo, señaló que la prensa ya hablaba de «desconcierto de la policía», y después le pasó todo el asunto a Bennett.

—Eso es bueno, ¿no? —Bennett era el ayudante del comisionado adjunto. Tenía fama de perspicaz entre los detectives que habían trabajado con él.

—Hasta cierto punto. —Sinclair miró de soslayo a Madden—. El superintendente jefe Sampson también estaba presente, y también intervendrá en la investigación.

—¿Sampson, el de Scotland Yard? —preguntó Madden sin alterar la expresión gélida.

—Puede que le resulte divertido —dijo Sinclair mordazmente—, pero le aseguro que ese hombre es una amenaza. Me atrevería a decir que ya ha visualizado los titulares. «¡OTRO TRIUNFO PARA SAMPSON, EL DE SCOTLAND YARD!».

—No irán a ponerlo al mando, ¿verdad?

—Todavía no, pero es que aún no lo ha sugerido. Primero quiere olisquear un poco, ver de qué va todo esto. Al fin y al cabo, hay muchos otros titulares posibles. «SAMPSON, EL DE SCOTLAND YARD, SE DA DE MORROS»; «SAMPSON, EL DE SCOTLAND YARD, NO SE ENTERA DE LA MISA LA MEDIA». —El inspector jefe tenía un aire melancólico—.

77

De momento, está siendo muy astuto. Él y Bennett supervisarán la investigación, pero todavía es nuestra.

Dio unos golpecitos en el cenicero para limpiar la pipa.

—Les hice un resumen del estado de nuestra investigación hasta la fecha. Que no tenemos razones para sospechar de nadie de la zona. Que creemos que los asesinó alguien de fuera. Norris, de Guildford, también estaba allí. Ése todavía cree que hubo más de un hombre involucrado. Hasta aventuró que casi con seguridad las víctimas del piso de abajo y la señora Fletcher fueron asesinadas por personas diferentes. Sampson se mostró de acuerdo con él.

—¿Y por qué hizo eso? —preguntó Madden con cara de pocos amigos.

—¿Para crearnos dificultades? —Sinclair se encogió de hombros—. ¿Quién sabe? Debo advertirte que yo a él le importo un pimiento. No le parecería mal verme *a mí* dándome de morros. Con lo cual oficialmente todavía buscamos a más de un hombre. Dejémoslo así. —Apuró el vaso—. Pero lo importante es que Bennett estaba con nosotros en la hipótesis de la bayoneta. Y cuando Sampson esgrimió objeciones, dicho sea de paso, dijo que las pruebas médicas eran inconclusas. ¿Sabías que más de seis mil soldados pasaron por psiquiátricos al final de la guerra? La mayoría afectados por las secuelas de la metralla, pobres diablos, pero debió de haber también afectados de otro tipo. Bennett va a ir al Ministerio de Defensa. Nos darán una lista de pacientes que recibieron el alta y empezaremos a investigarlos uno a uno. También les pedirá que examinen la hoja de servicios del coronel Fletcher. ¿Tuvo enfrentamientos con alguno de sus hombres? ¿Alguien que le pudiese guardar mucho rencor? —El inspector jefe sacudió la cabeza—. El móvil de los asesinatos sigue siendo nuestro principal problema. Eso les dije. La venganza es una posibilidad, pero la idea esa de que se trata de una banda armada a la que se le cruzan los cables y arman la de San Quintín es una paparruchada, y Bennett lo sabe. Esos asesinatos fueron intencionados.

11

Tras la investigación llevada a cabo por el juez de instrucción en Guildford al día siguiente, se emitieron respecto de cada una de las cinco víctimas veredictos de asesinato a cargo de una persona o personas desconocidas. El juez de instrucción, un hombre mayor de mejillas sonrojadas y párpados caídos, habló del horror que se sentía «no sólo en Highfield sino también aquí, en Guildford» ante los «brutales y despiadados asesinatos del coronel y de la señora Fletcher».

—Parece haberse olvidado de la sirvienta y de la niñera —le comentó Sinclair a Madden después—. Por no mencionar al señor Wiggins, el cazador furtivo.

Estaban en la calle, fuera de la sala del tribunal. Madden saludó a los Birney cuando éstos se dirigían a la comisaría con un grupo de vecinos del pueblo. Los bancos para el público habían estado abarrotados.

Helen Blackwell había sido uno de los testigos. Había llegado con lord Stratton y con un hombre alto de pelo canoso con quien guardaba cierto parecido. Se lo presentó después.

—Inspector jefe, me gustaría que conociese a mi padre, el doctor Collingwood. —Sinclair le estrechó la mano—. Y éste es el inspector Madden.

El doctor Collingwood les dijo que estaba viajando en coche por Francia cuando supo de los asesinatos.

—Pensé que me había repuesto del shock hasta que pasé ayer por la tarde por Melling Lodge. —Tenía los mismos ojos azules oscuros que su hija, y la miraba preocupado—: Querida, esto ha sido más difícil para ti de lo que piensas. Pareces exhausta.

Era cierto, pensó Madden. Estaba más pálida de lo que él la recordaba, tensa y agarrotada, y por primera vez se mostraba fría y distante con él.

—No me trates como a una paciente —riñó a su padre—. En cualquier caso, mi principal preocupación se ha disipado ya gracias al señor Sinclair. —Se giró hacia el inspector jefe—: Nunca le podré agradecer lo suficiente que aceptara que Sophy se vaya a Escocia.

Sinclair la saludó levantándose el sombrero e hizo una inclinación.

—Debería usted agradecérselo al inspector Madden, señora. Fue de lo más persuasivo.

La doctora Blackwell se miró el reloj.

—Deberíamos irnos. Sophy se pone nerviosa si me ausento mucho rato.

El doctor Collingwood se fue hacia el Rolls-Royce de lord Stratton, que estaba aparcado cerca de allí. Sinclair le acompañó. La doctora Blackwell se quedó algo rezagada.

—Casi se me olvida —apuntó—. Sophy sigue pintando esos garabatos, pero hoy ha hecho algo diferente. O, más bien, es lo mismo sólo que mayor.

Abrió el bolso y sacó una hoja de papel de dibujo. Había en él una versión ampliada de las figuras que la niña había pintado antes a menor escala.

—No sé lo que quiere decirnos con esto.

Le dio a Madden el dibujo, que lo estudió.

—Parece un globo —aventuró la doctora—. Pero ¿por qué lo repite una y otra vez?

Madden se quedó mirando el dibujo y frunció el ceño.

—¿Ha hecho algo así con anterioridad?

—No creo. Mary dice que no. Si he de serle sincera, no tengo la menor idea de qué es lo que pasa por su mente. —*Ni por la suya, inspector*, pensó la doctora Blackwell al darse la vuelta y alejarse para unirse a su padre y a lord Stratton.

12

Con paso decidido, maletín en mano, el inspector jefe Sinclair se abrió camino por un sendero entre las lápidas y se reunió con Madden en un rincón del cementerio de Highfield.

—¿Ha ocurrido algo, señor? —Madden le esperaba antes, a tiempo para asistir al funeral, pero un mensaje de Scotland Yard le había anunciado que el inspector jefe llegaría tarde.

—Luego te cuento, John.

Sinclair saludó con la cabeza a lord Stratton, que estaba con un pequeño grupo de dolientes que se dirigían hacia los sepulcros. El sacristán ya estaba manos a la obra, llenando las tumbas gemelas de Charles y Lucy Fletcher. Por la verja del cementerio desfilaba una fila silenciosa de vecinos vestidos de luto.

—Tengo que enseñarle algo —dijo, levantando con esfuerzo el maletín.

Lord Stratton guió hacia un lado a uno de los componentes del grupo, un hombre enjuto y bronceado, con las sienes canosas.

—Es Robert Fletcher, el hermano del coronel —le informó Madden al inspector jefe—. Él y su mujer vinieron ayer desde Edimburgo. Por ahora van a dejar las cosas en Melling Lodge tal como están. Quieren que Sophy vuelva con su hermano cuanto antes.

Observaron a dos hombres cruzar el cementerio hasta donde se hallaba la figura de negro, a la sombra de un cedro. Madden reconoció los rubicundos rasgos de sir William Raikes, el lord lugarteniente del condado.

—Mejor voy yo también a presentar mis respetos a su señoría. —Sinclair miró a su compañero—. Tú no tienes por qué preocuparte, inspector.

Madden se alegró de que le dejaran solo. La escena del funeral le devolvió a su juventud. Cuando falleció su madre era demasiado pequeño como para guardar ningún recuerdo, pero ya tenía dieciséis años cuando murió su padre en el incendio de un granero. Todavía adolescente, mientras se encontraba en casa por vacaciones del colegio de enseñanza secundaria de Taunton, donde estudiaba con beca, ayudó a sacar el cuerpo de entre las maderas en llamas. La visión del cadáver carbonizado, tan impactante entonces, le parecía ahora un anticipo de lo que se había encontrado en los campos del norte de Francia. A su padre lo habían enterrado a finales de verano. Tal día como aquél.

La cara de Helen Blackwell, pálida como si la tuviera cubierta por un velo, apareció ante él.

—Inspector, he venido a despedirme. —Su voz sonaba forzada—. Mi padre y yo nos vamos a Yorkshire para quedarnos unas semanas con unos amigos. Supongo que usted ya se habrá marchado cuando regresemos.

Madden la miró. Finalmente acertó a decir:

—Sí, nos vamos este fin de semana. La policía de Surrey se quedará durante un tiempo.

—Casi no me atrevo a preguntar... ¿Han avanzado algo?

—Algo... —Madden enseguida se lo pensó dos veces. Sentía la necesidad de ser abierto con ella—. Casi nada, me temo. Es un caso en el que las respuestas no son obvias. —Quería añadir algo más, quería retenerla, pero no le salían las palabras.

Ella esbozó una sonrisa y le tendió la mano. Él se la sujetó con fuerza por última vez.

—Entonces, adiós, inspector.

La doctora se reunió con su padre. Madden la siguió con la mirada mientras salían juntos del cementerio.

*

—Leer ese informe es fascinante, ¿verdad?

Sinclair le observaba con las manos en las caderas mientras Madden, que estaba sentado, estudiaba las páginas mecanografiadas. Los dos hombres se habían quitado las chaquetas por el sofocante calor que hacía en el reservado.

—Está muy bien que el doctor Tanner al final nos informara. Es una pena que no nos lo dijera antes. Pero es que el analista del laboratorio nacional es un hombre muy ocupado. Lo que, por cierto, me hace pensar que algún día la policía tendrá su propio laboratorio. ¡Aunque no tengo la más mínima esperanza de vivir para verlo!

—¿Está seguro Tanner de que es ceniza de tabaco? —preguntó Madden.

—Yo le hice la misma pregunta. Dice que no tiene ninguna duda, que lo juraría.

—¿Qué le hizo a usted mirar allí? —Madden sentía curiosidad, pero no le sorprendía. La meticulosidad del inspector jefe era legendaria.

—El inodoro estaba limpio, pero parecía que había polvo en el borde. Me extrañó. El resto del baño estaba impecable. Así que tomé unas muestras y las mandé con el resto de las cosas.

—El coronel Fletcher no fumaba, ¿verdad?

—No, lo había dejado hacía tres años por consejo médico. Tampoco la señora Fletcher. —Sinclair ladeó la cabeza—. Y no me imaginaba a la sirvienta del piso de arriba fumándose un cigarro a hurtadillas en el baño del señor. No, fue nuestro hombre. Le gusta fumarse un cigarro de cuando en cuando, ya verás...

—Restos de sangre en el lavabo y en la toalla de manos... —Madden leía literalmente del informe del analista—. Sangre del grupo B...

—Ahí tenemos suerte. La señora Fletcher era la única de la casa con ese grupo sanguíneo. Es poco común. Le cortó la garganta y después se lavó y se secó las manos. —Sinclair empezó a pasearse de un lado a otro de la pequeña habitación—. Tuvo muchísima prisa en entrar, pero después se tomó tiempo para lavarse y cepillarse. Incluso para fumar.

Madden le miró.

—El robo fue una tapadera, ¿verdad?

—Al parecer, sí —corroboró Sinclair—. El joyero de la señora Fletcher estaba abierto sobre el tocador. El asesino cogió unas cuantas joyas. Lo mismo en el piso de abajo. Un par de candelabros, un reloj de la repisa de la chimenea que hay en el estudio y los trofeos de caza del coronel Fletcher. Todo lo que brillaba o parecía de valor. Debió de pensar un poco mientras lo hacía. Debió de ponerse en nuestro lugar.

—¿Qué habrá hecho con todo eso?

—¿Tirarlo? —aventuró Sinclair, encogiéndose de hombros—. Apuesto a que no llegará a manos de ningún prestamista. No a menos que sea muy descuidado o avaricioso, y tengo el desagradable presentimiento de que no es ninguna de esas dos cosas. —El inspector jefe sacó la pipa y la petaca. Señaló la documentación con el pisadientes de la pipa—. Y ahora viene la parte realmente interesante. Siga leyendo, querido Watson.

Madden volvió a inclinarse sobre el informe. Sinclair rellenó la pipa. El sonido de voces procedentes del bar indicaba que ya se había abierto al público.

—¡Dios mío! —Madden levantó la mirada—. ¿Estamos seguros de esta temporización?

—Bastante seguros... Son las palabras del propio Tanner. Hablé con él por teléfono. —El inspector jefe encendió la pipa—. Está calculada por el grado de humedad del tabaco. Tres de las colillas de cigarrillo encontradas junto al cuerpo de Wiggins eran recientes, no tenían más de cuarenta y ocho horas. Cuatro habían permanecido allí tiradas durante más tiempo, hasta tres semanas. De eso está seguro. Con las otras seis no se compromete, a no ser para asegurar que el estado del tabaco sugiere un periodo aún mayor. Intenté presionarle pero no quiso precisar más. Me dijo que podían llevar allí muchas semanas, hasta meses.

—¿*Meses*? —Madden se percató enseguida de lo que aquello implicaba—. Debía de sentarse allí a observarlos —se atrevió a decir—. Mucho antes de *hacer* nada. Hay una buena vista de la casa y del jardín desde donde asesinaron a Wiggins. Seguramente volvió una y otra vez al mismo lugar...

—A observarlos... como usted dice. —Sinclair se sacó la pipa de la boca—. No tengo ni idea de a qué nos enfrentamos —admitió—. Pero lo que sí sé es que tendremos que seguir dándole vueltas.

13

A las diez en punto de la mañana del lunes, a Sinclair y a Madden se les hizo pasar al despacho del ayudante del comisionado adjunto Wilfred Bennett, en Scotland Yard. Allí los despachos se asignaban en función de la antigüedad, jerárquicamente. Los rangos inferiores trabajaban en la parte superior del edificio, donde más escaleras tenían que subir para llegar. Bennett ocupaba una cómoda sala en un chaflán del primer piso, con vistas al Támesis y a un terraplén bordeado de árboles.

Cuando entraron estaba hablando por teléfono, y les señaló una mesa de roble rodeada de sillas que se encontraba junto a la ventana, abierta de par en par. Londres todavía estaba en plena ola de calor, y ni la más ligera brisa movía los visillos blancos. Para ir al trabajo esa mañana, Madden se había sentado en el piso superior de un ómnibus, pero incluso allí el aire era húmedo y agobiante. Se acordó con pesar de la tranquila habitación del primer piso del Rose and Crown que había ocupado durante la pasada semana. Al despertar de sus atormentados sueños, había sentido la silenciosa respiración de la campiña a su alrededor, donde los bosques y los campos se extendían como un gigante dormido bajo el cielo estrellado.

Cuando Bennett colgó, se abrió la puerta y entró Sampson. El superintendente jefe rondaba los cincuenta y cinco; era un hombre muy corpulento, peinado con brillantina y de tez oscura. Saludó a Sinclair y a Madden afectuosamente.

—¡Otro día abrasador! Y dicen que va a empeorar.

Madden le había tratado bastante, pero sabía que la aparente cordialidad era sólo fachada. La fama de Sampson en Scotland Yard era la de un hombre con quien lo mejor era no cruzarse.

Bennett se sentó a la mesa de espaldas a la ventana. Miró un momento a Madden, y enseguida notó que tenía un aspecto muy sombrío y los ojos hundidos. Sampson se sentó a su lado.

—Hasta que se resuelva este caso, nos deberíamos reunir cada lunes por la mañana a esta hora para ver qué tal van las investigaciones y debatir qué medidas tomar. —Bennett era menudo, no tenía más de cuarenta años; tenía el pelo oscuro y escaso, y aire decidido, y se sabía que era uno de los hombres más prometedores de Scotland Yard—. Usted me dirá, inspector jefe.

—Desde la última vez que hablamos, señor, ha habido novedades. Se las detallaré. —Sinclair abrió el carpatacio. Iba muy elegante con un traje gris perla, y tenía la especial habilidad de parecer fresco el día más caluroso—. Primero, la huella junto al arroyo. Gracias al inspector Boyce y a la policía de Surrey, hemos llegado a la conclusión de que la bota de la que procede no pertenece a ningún vecino de Highfield. Aunque no podemos dar por sentado que la llevara el hombre que buscamos, esto es muy probable, y, si se prueba que era suya, es casi tan fiable como una huella dactilar. ¿Recuerda usted el molde que le enseñé, al que le faltaba una muesca en el tacón?

Bennett asintió.

Sampson tomó la palabra.

—¿Habla usted del «hombre»? —Sus ojos pequeños, negros como el carbón, estaban atónitos—. Pensé que en la última reunión quedó claro que es probable que estuviera involucrada más de una persona.

—Sí, señor, pero como he dicho, ha habido novedades. —Sinclair le miró de manera insulsa.

—Prosiga —le instó Bennett.

—Hemos identificado todas las huellas dactilares recogidas en Melling Lodge aparte de tres series. Una es la de un niño, y presuponemos que pertenece al hijo de los Fletcher, James, que no estaba en la casa en el momento del asalto. Las otras dos las hemos enviado al Departamento de Archivos Criminales. Las están analizando. —Hizo una pausa—. El viernes recibí del analista del laboratorio nacional, con algo de retraso, los resultados de las pruebas realizadas a varios objetos que se le mandaron para analizar. De los resultados, el inspector Madden y yo hemos hecho algunas deducciones. Con reservas, por supuesto. Pero, a pesar de todo, inquietantes. —A continuación hizo un pequeño resumen del informe del analista relativo a la ceniza, a los restos de sangre del baño y a las colillas encontradas en los bosques—. Señor, este hombre, y hablo en singular —recalcó mirando a Sampson— porque no concibo que este crimen lo llevase a cabo una banda o un grupo, estuvo en los alrededores de Melling Lodge semanas antes. Parece haber visitado el lugar con frecuencia para observar la residencia de los Fletcher. Cada vez estoy más convencido de que el robo es una tapadera, un intento de despistarnos. Creo que su única intención era asesinar a los miembros de la casa.

Sampson volvió a intervenir.

—Puras suposiciones —dijo con voz cordial.

Bennett parecía preocupado.

—Hay mucha especulación en lo que dice, inspector jefe...

—Y muy pocas pruebas que lo respalden —añadió Sampson. El tono que utilizó era amistoso, casi jocoso—. Venga, Angus, no sabemos quién se fumó esos cigarrillos. No sabemos si fueron uno o más hombres quienes irrumpieron en la casa, y tampoco si acaso no cayeron presa del pánico en mitad de lo que empezó siendo uno robo corriente.

—En rigor, eso es cierto, señor —admitió Sinclair. Parecía sereno—. Y tiene usted razón. No tenemos pruebas. Un testigo, por ejemplo. Hasta ahora no hemos encontrado a nadie que notase ese día nada fuera de lo normal. Me parece difícil creer que una banda de hombres se moviera por la zona sin que nadie los viera. Pero *un* hombre... eso sí es posible.

Sampson frunció la boca, en absoluto convencido.

—Y, si fue una banda, ¿no nos debería haber llegado algún rumor ya? —continuó Sinclair.

—No necesariamente. No si son profesionales.

La tez oscura del superintendente en jefe se ensombreció todavía más.

—¿Ha terminado? —preguntó.

—No del todo. —Sinclair se giró hacia Madden—. Inspector, por favor...

Madden consultó su cuaderno de notas.

—Los Fletcher tenían un perro —informó—. Un labrador. Murió hace aproximadamente tres semanas, aparentemente de viejo. Al ver lo que el doctor Tanner había dicho sobre los cigarrillos, intenté ponerme en contacto con el veterinario local, pero está de vacaciones, en las islas Hébridas. Sin embargo hablé con el jardinero de los Fletcher, Cooper, quien me indicó dónde habían enterrado el coronel y él al animal. Desenterramos los restos el sábado por la mañana y mandé que los trajeran a Londres para que los examinara el doctor Ransom.

—Eso le debe de haber mantenido ocupado el fin de semana —observó Bennett.

Madden esbozó una sonrisa.

—Me llamó esta mañana, señor. Ha encontrado una fuerte dosis de estricnina en el estómago del perro. No hay duda de que lo envenenaron.

—No hay duda de que *tomó* veneno —interrumpió Sampson con la voz cansada—. Vuelve usted a hacer suposiciones, inspector.

—Posiblemente, señor. —Siguiendo el ejemplo de Sinclair, Madden adoptó un tono conciliador—. Pero fui a hablar con lord Stratton y él me aseguró que sus guardeses tienen terminantemente prohibido poner veneno de cualquier tipo en la finca.

Bennett se aclaró la garganta.

—Muy bien, con eso me basta. De ahora en adelante, a no ser que descubramos algo que indique lo contrario, asumiremos que es obra de un solo hombre.

—Como usted diga, señor.

Sampson se pasó la mano por su pelo lacio y brillante. Tenía la cara inexpresiva.

—Bueno, me he puesto en contacto con el Ministerio de Defensa —continuó Bennett—. Han mandado a uno de los suyos, un tal coronel Jenkins. Ya había leído con atención la hoja de servicios del coronel Fletcher, y de ella se desprende que era uno de los oficiales más queridos de su regimiento. Entre *todos* los rangos, me resaltó Jenkins. En cuanto a la otra pregunta que le formulamos, hacia finales de esta semana nos proporcionará una lista de nombres de pacientes ingresados en psiquiátricos que hayan recibido el alta. —Puso los codos encima de la mesa—. Estoy seguro de que han leído ustedes los periódicos del domingo. La opinión más generalizada es que estamos en las más absolutas tinieblas, y por el momento me temo que nos lo tendremos que tragar. No podemos decir públicamente que anda deambulando por la campiña un loco armado con un fusil y una bayoneta. Más tarde haré pública una declaración sobre las distintas líneas de investigación que estamos siguiendo. ¿Está usted de acuerdo, inspector jefe?

—Sí, señor. —Sinclair se inclinó hacia delante—. Pero me gustaría añadir algo a lo que acaba de decir. Debemos tener cuidado en todo momento con la información que filtramos. No tenemos razón alguna para asumir que el hombre que estamos buscando no lee los periódicos. Le gustará saber qué sabemos *nosotros* sobre él. Mantengámoslo también en la tiniebla en la medida de lo posible. Cuando sea necesario podemos hablar con la prensa o usted o yo. Pero deberíamos decirles a los demás agentes que no hablen del caso.

—Muy bien. Así lo ordenaré. —Bennett reprimió una sonrisa. Se levantó—. Eso es todo por ahora. Nos reuniremos de nuevo la semana que viene. Inspector jefe, antes de que se vaya, quisiera hablar con usted...

Bennett se dirigió a su escritorio. Los demás se levantaron. Sampson y Madden abandonaron la sala. El ayudante del comisionado adjunto esperó hasta que se hubo cerrado la puerta.

—Entiendo que esa última observación iba dirigida al señor Sampson.

—¿Perdón, señor? —Sinclair fingió perplejidad.

—Me han dicho que el superintendente jefe tiene muchos amigos entre los de la prensa. —Bennett se sentó a su escritorio—. Sampson, el de Scotland Yard... ¿No es así como lo llaman?

Sinclair pensó que lo mejor era no contestar.

—Daré la orden, como usted ha sugerido. Pero no espere que él la cumpla. Es el superintendente con más antigüedad en el cuerpo y puede que ni siquiera considere que le atañe. Además, tiene... contactos importantes en este edificio. Haría usted bien en recordar eso. Ambos deberíamos recordarlo. —Bennett torció el gesto—. En cualquier caso, no es sobre eso sobre lo que quería hablar con usted. —Se recostó en la silla—. ¿Está usted seguro de haber elegido al hombre adecuado para que le ayude en este caso? —preguntó sin rodeos.

Esta vez la sorpresa del inspector jefe era auténtica.

—Madden es un buen agente, señor.

—Eso no lo niego. O lo fue... —Bennett hizo un rápido ademán con la mano—. Conozco su historia, inspector jefe. Lo que le pasó antes de la guerra. Su mujer y su hija... Evidentemente, eso no significa que pueda meterme en su piel y saber lo que sufrió en las trincheras, lo que cualquiera de ellos padeció, aunque es fácil vérselo en la cara. Pero no tiene sentido andarse con rodeos: mucha gente piensa que tuvo mucha suerte al ser readmitido en el cuerpo con su antiguo rango. —Miró a Sinclair—. Dicho sea de paso, yo no soy uno de ésos. Pero cuando le miro parece agotado. Exhausto. Así que se lo volveré a preguntar: ¿es el hombre adecuado?

Sinclair se tomó su tiempo para responder.

—Conozco a John Madden desde que era un joven agente —terminó diciendo—. Entonces le escogí porque pensé que tenía talento para ser un buen detective, y no me confundí. Es un viejo oficio el nuestro. El trabajo sólo vale hasta un cierto punto. Llega un momento en el que hay que ver más allá de los hechos, los muchos que se recogen, para averiguar qué es lo importante, lo significativo. Madden tiene ese don. Me disgusté mucho cuando decidió dejar el cuerpo. —El inspector jefe hizo una pausa—. Durante los días festivos de agosto no había muchos nombres para escoger entre los que estaban de servicio, y Madden era la elección obvia. Y desde entonces me he preguntado muchas veces: ¿hubiera elegido a otra persona de haber tenido la oportunidad? La respuesta es: no, señor. —Miró directamente a Bennett—. Tengo al hombre que quiero.

El ayudante del comisionado adjunto asintió enérgicamente.

—Ha sido usted muy claro —reconoció—. Esperemos que no se equivoque.

14

Tres días más tarde el Ministerio de Defensa envió una lista de pacientes que habían recibido el alta de los servicios de psiquiatría de hospitales militares. La entregó el coronel Jenkins en persona. Dejó el grueso sobre de papel Manila encima de la mesa de Sinclair, pero declinó la invitación del inspector jefe para que se sentara.

—Me han pedido que le ayude en la medida de mis posibilidades. Pensé que era mejor que nos conociéramos.

Hasta con ropa de civil, el coronel tenía un aire indiscutiblemente militar, con sus pantalones bien planchados y la corbata de la Brigada de la Guardia Real. Era muy seco, y se mostró un poco impaciente, como si pensase que tenía mejores maneras de emplear su tiempo. Madden le miró con frialdad.

—Es un antiguo cargo del Estado Mayor —le dijo a Sinclair cuando el coronel se había ido—. Lo lleva escrito en la cara. No los vimos mucho durante la guerra. Nunca se acercaban al frente.

Instalados en el segundo piso, en el despacho de Sinclair, Madden y el sargento Hollingsworth emprendieron la ardua tarea de subdividir la lista de pacientes dados de alta para enviarla por partes a las diferentes autoridades policiales de todo el país.

—Les pediremos que averigüen si alguno de estos hombres tiene un historial violento —dijo el inspector jefe—. Aunque, dados los últimos acontecimientos en Europa y el hecho de que eran todos soldados, cabe decir que es una pregunta retórica.

Madden pidió que se les asignara al detective Styles para ayudarles. A Sinclair le resultaba divertido.

—Veo que todavía no te has dado por vencido respecto a ese joven.

—Algún día será un buen policía —insistió Madden—. Sólo necesita que le vigilen. —Miró al inspector jefe—. Me parece recordar que alguien hizo lo mismo por mí una vez.

En otra vida, podría haber añadido. Los años anteriores a la guerra parecían ahora muy lejanos. Entonces había sido esposo y padre, pero también eso ocurrió en un mundo diferente, cuando él era otra persona. De aquello le distanciaba el abismo de las trincheras.

El viernes por la mañana, poco después de haberse reunido para trabajar, sonó el teléfono. Contestó Hollingsworth.

—Para usted, señor. —Le pasó el aparato a Madden—. Es ese agente de Highfield.

*

Stackpole estaba esperándole cuando se bajó del tren.

—Es un placer verle de nuevo, señor. —Estrechó cordialmente la mano de Madden—. Esta vez le tenemos. —Una sonrisa iluminaba la cara ancha y bronceada del agente—. Presentar falso testimonio intencionadamente, obstrucción a la justicia. Con suerte podemos quitar a esa rata de la circulación durante una temporada.

—Sí, pero quiero saber exactamente lo que vio esa noche. —Recorrieron rápidamente el andén hacia la salida—. ¿Ha hablado con lord Stratton? ¿Podemos usar su coche?

—No hace falta, señor. —Stackpole esbozó una sonrisa por debajo de su grueso bigote—. La doctora Blackwell se ha ofrecido a llevarnos.

Madden se paró.

—Creía que se había ido a Yorkshire

—Me debería haber ido a Yorkshire. —Helen Blackwell salió desde la sombra de la parte cubierta del andén para situarse delante de ellos. Le tendió la mano a Madden—. Me hubiera ido a Yorkshire, pero el doctor que me suplía se cayó de un caballo y se rompió la pierna, y hasta ahora no habíamos encontrado sustituto. Llegará esta tarde.

Madden recordó la palidez de su rostro en el cementerio, y se alegró de ver que le había vuelto el color a las mejillas. Estaba colorada por el brillante sol de la mañana. Salieron de la estación. El Wolseley biplaza estaba aparcado a la sombra de un plátano.

—Mientras tanto, como dice Will, me pasaré por Oakley. Tengo que ver a dos pacientes allí. Creo que son las mismas personas con las que quiere hablar usted, pero, aunque he usado con él todas mis artimañas, Will se niega a contarme nada.

—¡Venga, señorita Helen! —Stackpole se puso rojo. Les dejó que sacaran el asiento supletorio del coche y le quitaran el polvo.

La doctora Blackwell le observó, sonriendo.

—Pobre Will. Me besó una vez, cuando yo tenía seis años y él ocho, y a estas alturas no sabe si lo recuerdo o no.

Madden se echó a reír, invadido por el puro placer de estar otra vez con ella.

La doctora le lanzó una mirada escrutadora.

—Debería hacer eso más a menudo, inspector —le dijo.

*

Durante el corto trayecto hasta Oakley, Madden le contó por qué había venido de Londres.

—Así que el primero que te lo dijo fue Fred Maberley. —Girando levemente la cabeza hacia él, la doctora se dirigía a Stackpole, que estaba de cuclillas en el asiento supletorio, agarrándose el casco—. A mí también me llamó. Y después tuve una llamada de Wellings. Al parecer cree que tiene la muñeca rota.

—Tendrá algo más grave cuando haya acabado con él —gruñó el agente inclinado hacia delante, casi rozándole el oído a la doctora.

Ella miró a Madden y sonrió.

—Espero que Fred no fuese demasiado violento con Gladys. —Sus manos, enfundadas en unos guantes, giraron el volante. De la carretera pavimentada pasaron al camino rural que llevaba a Oakley—. Parecía avergonzado cuando me llamó.

—La joven esa tuvo lo que se merecía —aseguró Stackpole—. ¿Qué esperaba después de estar en el Tup's Spinney con un mierda como Wellings?

—Debería darte vergüenza, Will Stackpole. Sólo porque Fred sea su marido no le da derecho a pegarle.

—No, pero… —acertó a decir Stackpole, hundiéndose en el asiento supletorio.

La única calle que atravesaba Oakley mostraba más movimiento que en la visita anterior de Madden. Varias mujeres, cargadas con bolsas de la compra, se apiñaban frente a la tienda del pueblo. Más arriba, a la puerta del Coachman's Arms, tres hombres conversaban muy próximos entre sí, como si estuvieran conspirando. La doctora Blackwell aparcó a la sombra de un castaño que crecía en un jardincito a la puerta de la pequeña iglesia.

—¿Le parecería bien que nosotros viésemos primero a Gladys Maberley? —le preguntó Madden.

—Perfecto. Me da la sensación de que, de los dos, el señor Wellings es el que presenta lesiones de más gravedad.

Madden no la había visto así antes. La doctora estaba de buen humor, casi alegre. Sonriéndoles a los dos, cogió su maletín y se dirigió al pub.

Stackpole le guió hasta una casita blanca situada al final de una hilera de viviendas. La puerta principal la abrió un hombre joven, ancho de hombros, con aspecto rudo. Iba vestido con ropa de campo.

—Fred, éste es el inspector Madden, de Londres. Nos gustaría hablar un momento con Gladys.

Marbeley murmuró algo inaudible. Con la cabeza agachada, los condujo a una pequeña cocina donde estaba sentada a una mesa la joven con melena que Madden recordaba haber visto con Wellings. Tenía un labio partido y un ojo morado e hinchado. El otro estaba rojo y lleno de lágrimas.

—¡Veamos, Gladys Maberley! —El agente se quitó el casco—. Tienes pinta de necesitar una taza de té.

Cuando la mujer hizo ademán de levantarse, el joven habló por primera vez:

—Deja, Glad —murmuró. Y se puso a preparar la tetera en el fregadero.

—Éste es el señor Madden —le explicó Stackpole—. Ha venido desde Londres para hablar contigo, Gladys. —Dejó el casco sobre la mesa y sacó una silla para el inspector y otra para sí mismo—. Bueno, cuéntanos en qué has estado metida, y ¡ojo! —exclamó el agente moviendo el dedo en señal de advertencia—, ¡no te dejes nada!

Veinte minutos después, estaban a la puerta del Coachman's Arms. Stackpole sonreía encantado.

—Estoy impaciente por verle la cara, señor.

Dentro persistía el olor a cerveza rancia. Wellings estaba sentado con el brazo derecho apoyado sobre una mesa. La doctora Blackwell le inmovilizaba la muñeca con una venda tirante.

—No está rota; sólo es un esguince —les dijo cuando entraron—. El señor Wellings saldrá de ésta.

—Quiero presentar cargos. —Wellings amenazó a Stackpole con el otro puño—. ¿Ha tomado nota? El tipo ese me amenazó con una pala. Eso que yo sepa es un arma. ¿Me oye, agente?

—Le oigo, señor Wellings. —Por segunda vez ese mismo día, Stackpole se quitó el casco. Ya no sonreía.

Helen Blackwell cerró con brío su maletín.

—Les dejo —anunció, para salir del pub a continuación.

Wellings se pasó los dedos por el pelo, que llevaba echado hacia atrás con brillantina. Stackpole tomó la palabra.

—¿Recuerda al inspector Madden?

—¿Quién? —Wellings se giró y se percató por primera vez de la presencia del inspector—. ¿Qué hace aquí?

—Somos nosotros quienes formulamos las preguntas —replicó el agente, sentándose a la mesa.

—No pienso contestar ninguna pregunta hasta que sepa qué van a hacer con Fred Maberley. —Wellings adoptó un tono desafiante.

Madden se sentó.

—Hace dos semanas prestó usted declaración ante el sargento Gates. En vista de lo que nos acaba de contar Gladys Maberley, está claro que no dijo usted la verdad en esa ocasión.

—¿Quién lo dice?

—¡Cierra el pico, pedazo de mierda! —exclamó Stackpole en voz baja—. Limítate a escuchar lo que dice el inspector.

Wellings se sonrojó. Lanzó una mirada iracunda al agente.

—Hizo usted, intencionadamente, una declaración falsa a la policía. Eso es obstrucción a la justicia, algo muy serio en cualquier circunstancia, pero que, dadas las características del caso que estamos investigando, resulta particularmente grave. Es muy probable que vaya usted a la cárcel, señor Wellings.

—¿Qué? —Se puso blanco—. No le creo.

—Se lo pregunto ahora: ¿qué hizo la noche del domingo, treinta y uno de julio? Me refiero a bastante tarde, después de cerrar el pub.

Wellings se humedeció los labios. Tenía la mirada perdida en la barra.

—No tendrá usted un cigarrillo, ¿verdad? —preguntó.

Madden sacó su paquete de cigarrillos y lo dejó sobre la mesa junto a una caja de cerillas. Esperó a que Wellings encendiese uno.

—Gladys y yo —dio una larga calada— fuimos al Tup's Spinney. —Sopló la cerilla.

—¿A qué hora?

—Hacia las once y media, tal vez un poco antes.

—¿Dónde estaba Fred Maberley?

—Dormido. —Wellings esbozó una sonrisa que enseguida desapareció.

—Mientras estaban ustedes allí, ¿vieron u oyeron algo?

Wellings asintió.

—Una moto. Justo después de que llegáramos. Pasó junto a nosotros campo a través.

—¿En qué dirección? ¿*Alejándose* de Upton Hanger?

Wellings volvió a asentir.

—¿Qué marca de moto? ¿Lo sabe?

Negó con la cabeza.

—¿*Qué vio* usted? —insistió Madden.

Wellings dio unas caladas al cigarrillo.

—Cuando la oí, me levanté y fui hasta donde empieza el bosquecillo. Pensé que podría ser alguien que venía hasta allí. Ya sabe… —Sonrió a Madden de manera cómplice, pero no se granjeó la solidaridad de la mirada del inspector—. La luna estaba alta; lo vi claramente: era una moto con un sidecar.

—¿*Un sidecar*? ¿Está seguro?

—Sí. Primero pensé que llevaba a alguien, en fin, un pasajero, pero después vi que no era una persona.

Madden y Stackpole se miraron.

—A ver si lo he entendido —dijo el inspector—. ¿Está diciendo que había *algo* en el sidecar?

—Eso es, una sombra. Es lo único que vi. Como he dicho, primero pensé que era un pasajero. Pero no lo parecía; no era una persona. Era demasiado bajo. Apenas sobresalía del sidecar.

—¿A qué velocidad iba?

—No demasiado deprisa. El conductor intentaba evitar las rodadas.

—¿*El conductor*? ¿Lo vio usted?

Wellings movió la cabeza.

—Sólo la silueta. Un tío grande. Llevaba una gorra de tela. Eso es todo, señor Madden. Se lo juro. Sólo fueron unos segundos, después desapareció, rumbo a la carretera.

Madden se quedó mirándolo.

—Nos podría haber dicho esto hace dos semanas —le increpó.

Wellings no contestó.

El inspector se levantó.

—Quédese aquí. —Le hizo un gesto a Stackpole y los dos salieron al exterior. El agente se llenó los pulmones de aire fresco.

—Supongo que ahora se librará, ese capullo.

—En absoluto. —Madden sacudió la cabeza con determinación—. No habíamos hecho ningún trato. Vamos a presentar cargos contra él, pero no se lo comente todavía. Primero que haga una declaración. Dígaselo *después*, pero espere unos días. Puede que recuerde algo más. —Stackpole volvió a sonreír. Sacó su cuaderno de notas—. Antes de que vuelva usted dentro, necesito un teléfono.

—En Oakley sólo hay uno, señor, en la expenduría de correos. Eso está en la tienda de ultramarinos. Tendrá que hacerlo a través de la operadora de Guildford.

Cinco minutos después Madden estaba conectando con la centralita de Scotland Yard. Se encontró con Sinclair en la puerta, camino de una reunión que tenía concertada a la hora de comer.

—Hay que involucrar en esto a la policía de Surrey, señor. Tendrán que volver a empezar, volver a interrogar a las mismas personas en los mismos pueblos. Al menos a este lado de las montañas.

—Pero ahora tenemos algo concreto. Una moto y un sidecar. Un hombre corpulento con una gorra de tela. ¡Buen trabajo, John!

—A quien hay que felicitar es a Stackpole, señor. No se le escapa una.

—Te aseguro que se lo mencionaré a Norris cuando hable con él. ¿Qué llevaría en el sidecar?

Madden se lo pensó antes de responder.

—Si asumimos que tenía un fusil, no iba a llevarlo al descubierto. ¿Tal vez una bolsa de algún tipo?

—Ummm... —El inspector jefe recapacitó un segundo—. Wellings lo vio pasadas las once. Pongamos que saliera de Melling Lodge hacia las diez. ¿Qué estaría haciendo a esa hora? No pudo tardar tanto en volver a su moto.

Se quedaron callados. Luego dijo Madden:

—Regresaré dentro de un par de horas, señor...

—No, John. Ahora mismo, desde aquí, no podemos hacer nada. Tienes que descansar. Tómate el fin de semana. Te veré en la oficina el lunes por la mañana.

—Pero creo que debería...

—¡Inspector!

—¿Sí, señor?

—¡Es una orden! —Y le colgó.

Al salir de la tienda, Madden vio a Helen Blackwell sentada en su coche a la sombra del castaño. Había dos mujeres de pie con los brazos cruzados hablando con ella, pero se fueron en cuanto él se acercó. La doctora aceptó con una sonrisa el cigarrillo que le ofrecía. Cuando él se inclinó para encendérselo, percibió un aroma de jazmín, lo que le recordó la tarde en que había ido a su casa.

—No sé si es poco frecuente —empezó—, pero es usted la primera mujer médico que conozco.

—No es infrecuente en absoluto. Hace veinte años apenas éramos una docena en todo el país. Por supuesto, la guerra ayudó. —Se quedó pensativa un momento—. Es terrible decir eso, pero es verdad. —Le miró con una sonrisa—. Mi abuelo era de familia noble, sabe. Eso es como decir que no hacía nada. Cuando mi padre vino de Cambridge y le dijo que quería ser médico, al pobre estuvo a punto de darle un ataque. Pensaba que era casi tan malo como dedicarse a los negocios. Y lo gracioso fue que mi padre reaccionó prácticamente igual. «Tú no puedes», me dijo. «Eres mujer». Pero al final cedió.

El sol se filtraba por las hojas del castaño y le dejaba en el pelo toques dorados. Madden ya se lamentaba anticipando el momento de la despedida. Se preguntaba si la volvería a ver.

—Empecé a ejercer después de la guerra. La mayoría de la gente del pueblo parece contenta con el cambio. Bueno, aparte de uno o dos. —La doctora sonreía abiertamente, y Madden se dio cuenta de que miraba a Stackpole mientras éste se acercaba desde el pub—. ¿Cómo está mi paciente, Will? —le gritó.

—Más grave que cuando lo vimos, señorita Helen. —El agente se tocó el bolsillo de la chaqueta—. Aquí tengo su declaración, señor, firmada y sellada.

—Creemos que el hombre a quien buscamos llegó aquí en moto —le explicó Madden—. Es un punto de partida.

—No me espere, señorita Helen —dijo Stackpole.

—¿Seguro, Will?

—Todavía tengo que poner por escrito la declaración de Gladys Maberley y después quiero hablar con Fred. Para calmarle. La furgoneta de correos pasará dentro de una hora. Ellos me llevarán a Highfield.

Madden le dio la mano.

—Buen trabajo, agente. ¿Mandará esas declaraciones a Guildford?

—Será lo primero que haga por la mañana, señor. —Se llevó la mano al casco y después se fue.

Madden dio la vuelta al coche hasta el asiento del pasajero. Ella le abrió la puerta.

—No tiene usted prisa para volver a Londres, ¿verdad?

Era más una afirmación que una pregunta, y Madden negó con la cabeza.

—Venga conmigo a casa y comamos juntos.

La doctora le sonreía mientras él se metía en el coche, y, después, inexplicablemente, lanzó una carcajada.

—¿Qué pasa? —preguntó Madden, para añadir ante la falta de respuesta—: ¿Por qué se ríe?

—Me da vergüenza decírselo. —Puso el coche en marcha—. Es que me he acordado de que mi suplente se ha caído del caballo.

15

Le dejó sentado bajo la pérgola de la terraza con una jarra de cerveza.

—Vuelvo enseguida.

Madden alzó la vista más allá del jardín bañado por el sol hacia los bosques, que se elevaban como una ola verde. Las horas de calor no habían hecho sino empezar. Dio un sorbo a la cerveza. Era un momento de paz, raro en su vida, y quería capturarlo y agarrarse a él: parar el tiempo; detenerlo en seco. Oyó un ruido y miró a su alrededor, creyendo que la vería. Pero era Mary, la sirvienta. Llevaba una cesta de mimbre y una manta de cuadros escoceses.

—Buenas tardes, señor.

—Hola, Mary.

Ella le sonrió, puso en el suelo la cesta y la manta encima; después se volvió a meter en la casa, aunque regresó enseguida con un par de cojines.

—He pensado que podíamos ir de picnic —dijo Helen Blackwell saliendo a la terraza. Se había despojado de la falda y de la blusa de por la mañana y llevaba un fresco vestido camisero de algodón blanco. El pelo, que había liberado de la cinta con la que solía atarlo atrás, le caía sobre los hombros. Madden le miró las piernas desnudas—. Gracias, Mary —le dijo a la criada—. Eso es todo.

Recogió los cojines y la manta. Madden se encargó de la cesta. Juntos, bajaron los peldaños de la terraza. Cuando empezaban a cruzar el jardín, el pointer negro que él recordaba de su primera visita se levantó de la sombra bajo el castaño y se unió en procesión tras ellos.

Llegaron al huerto del fondo del jardín y pasaron por debajo de unos ciruelos cargados de fruta madura por el sol. Una pared de piedra marcaba el límite del jardín. La doctora abrió el portón y le dejó pasar, cerrándola antes de que la perra pudiese también seguirles.

—Tú no, Molly.

El animal gruñó desilusionado.

—¡Quieta! —le ordenó sin explicaciones. A continuación, la doctora sonrió a Madden—: No se puede venir de picnic con esa ropa. Por lo menos quítese la chaqueta.

La obedeció. Después se despojó también de la corbata y dejó ambas prendas sobre el gran portón verde de madera.

Iban por la orilla del riachuelo. Al otro lado, los bosques llegaban casi hasta el agua, pero por su lado una alfombra de hierba se extendía todavía un trecho río abajo. Madden la siguió hasta que una densa maleza de acebos les bloqueó el camino.

—Ésta es la zona más complicada —avisó ella antes de quitarse los zapatos y descender por la orilla hasta meterse en el riachuelo—. Cuidado, las piedras están resbaladizas. —Fue avanzando lentamente por el agua, que le llegaba al tobillo, con los cojines y la manta rebujados en un fardo sobre la cabeza. Una vez pasó la maleza, volvió a la orilla.

Madden se quitó los zapatos y los calcetines y los puso encima de la cesta. Se arremangó los pantalones y se metió en el agua fría. Ella le esperaba en la orilla tendiéndole la mano para cogerle la cesta.

—Solía venir aquí con mi hermano Peter cuando éramos niños. Era nuestro escondrijo secreto.

Habían llegado a una pequeña parcela de hierba delimitada por arbustos. Cerca de la orilla, los nenúfares sentían sobre sus tallos la suave corriente del arroyo.

—Era el piloto, ¿verdad?

—Se ha acordado... —La profunda mirada azul de la doctora se encontró por un instante con la de Madden—. Anoche fue terrible. Lo único en lo que era capaz de pensar era en que habíamos pasado la juventud todos juntos, Lucy y Peter y David y yo... y en que ahora estaban todos muertos. Y entonces, al mirarle a usted a los ojos, vi que debió de haber estado también en la guerra, y no pude evitar pensar en todos aquellos muertos... los fantasmas con los que vivimos.

Aunque Madden quería replicar, no encontraba las palabras, así que miró hacia otro lado.

Ella le escudriñó un momento la cara, y después empezó a extender la manta y los cojines sobre la hierba. Madden rescató sus zapatos y calcetines. Iba a ponérselos cuando la vio sentarse junto a él. Se había apoyado sobre una mano, con las piernas dobladas a un lado, y miraba hacia abajo, con la cara oculta por la espesa mata de pelo color miel. En la quietud que les envolvía, se oía perfectamente el batir de las alas de una paloma. Sin saber qué hacer ni qué decir, Madden se desabrochó la manga de la camisa y empezó a arremangársela.

—¡Metralla! —exclamó la doctora, y él sintió sus dedos sobre el antebrazo, donde las cicatrices se extendían como monedas desparramadas—. Trabajé en un hospital militar durante un año. Conozco todas las heridas... —dijo sin despegar los dedos de su piel. Cuando ella le tocaba sentía fuego—. Y esa herida en la frente... —Dejó de acariciarle el brazo para tocarle la cabeza: por debajo del mechón de pelo que le caía a Madden sobre la frente, Helen deslizó los dedos y los pasó con suavidad por la piel—. Eso es muy probablemente también un fragmento de proyectil.

Madden empezó a temblar. Tenían las caras muy juntas, pero se evitaban la mirada. Ella seguía con la vista clavada en la frente de él. Madden le distinguió una ligera línea de sudor sobre el labio superior y una fina capa de vello dorado cubriéndole el antebrazo. A continuación, le estrechó la cintura con el brazo, torpe, inseguro de lo que estaba haciendo. Sin embargo, cuando se inclinó para besarla, la doctora enseguida le cogió con la mano por detrás de la nuca y presionó los labios contra los de Madden, fundiendo la lengua con la suya, besándole con fuerza.

Helen le echó hacia atrás y enseguida terminaron tumbados sobre la manta, pegados el uno al otro. Él notaba que el corazón le latía a toda velocidad y que la sangre le golpeteaba en los oídos. Después, de otro movimiento, la doctora le atrajo sobre su cuerpo hasta ponerle encima de ella. Siguieron besándose. Cuando Madden fue a acariciarle la cadera con la mano, ella se la estrechó con las suyas y se la guió hasta el vientre. Él empezó a desabrocharle el vestido torpemente y ella se incorporó para quitárselo. Luego le cogió otra vez la mano y se la llevó hasta su vientre desnudo, por encima de las bragas, para después guiarle por dentro de la prenda. Madden sintió los rizos del vello y una suave humedad.

Ella se incorporó levemente, y él interrumpió el beso para desabrocharse los pantalones. Luego gimió al sentir su mano. Helen le retiró de sí suavemente para quitarse las bragas. Con la ayuda de Madden, juntos se liberaron de la prenda. Helen abrió las piernas para recibirle y dio un gemido cuando la penetró.

Madden no sabría decir cuánto tiempo estuvieron juntos. A él le pareció que pasó sólo un momento antes de sentir espasmos y los embistes del cuerpo de ella, atrayéndolo hacia sí. La doctora volvió a gritar.

Luego se quedaron descansando juntos, inmóviles. En el silencio, Madden oyó el canto de un mirlo en el bosque, sobrevolando el arroyo. Junto a su oído sentía la respiración de Helen, cada vez más calmada. Todo su peso descansaba sobre ella, aplastándola, pensó. Sin embargo, cuando intentó moverse la doctora le retuvo prisionero entre sus brazos.

—Quédate conmigo —le rogó, y allí permanecieron. Ella le agarraba con fuerza con sus muslos, que estaban resbaladizos por el sudor.

Al final ella se relajó y se hundió debajo de él, y él se movió para tumbarse a su lado. Helen giró la cabeza para sentir en la suya el tacto de su cara, y respondió a sus besos llevando la mano hasta su mejilla para acariciársela. Madden le recorrió el cuerpo con la mirada. Sus largas piernas, una doblada sobre la otra, estaban rojas por el sol. La humedad brillaba en su mata de vello rubio oscuro. Madden distinguía el olor de su propio semen mezclado con el sudor de ambos. Estaba a punto de echarse a llorar.

—¿John...? —le llamó Helen, mirándole con los ojos muy abiertos, sonriéndole—.Te llamas John, ¿no?

Al escuchar la suave risa, Madden sintió el alivio que necesitaba, y también él se echó a reír.

—¡Dios mío! —exclamó la doctora—. No estaba segura de atreverme... y tú no hablabas.

—¿Hablar? —Al principio no la entendió. Y luego se sentía incapaz de decirle que nunca había imaginado una escena como ésa. Que jamás se había imaginado en sus brazos, entre sus piernas. Que no había pensado que la vida le iba a dar esas oportunidades.

—Lo supe esa primera noche. Era horrible; de repente me encontré pensando cómo sería... hacer el amor contigo. Y después me acordé de la pobre Lucy allí tumbada con la garganta cortada y de Charles y los demás, y no me podía creer que yo estuviera pensando en eso. —Se quedó callada, mirando hacia otro lado. Entonces giró la cabeza y le sonrió—. Hablan del demonio del ron, pero creo que mejor sería hablar del demonio del sexo. —Él la rodeó con sus brazos. Ella recostó la cabeza sobre el pecho. Una ligera brisa sacudió los arbustos que había a su alrededor, aliviando un poco el calor—. Después de la guerra, después de que mataran a Guy, tuve una relación con un hombre. Necesitaba a alguien. Pero no funcionó; me di cuenta de que no le quería de verdad y de que tenía que terminar con aquello...

Madden pensó en su propia vida estéril. Pero era incapaz de hablar de ella. En vez de eso, preguntó:

—¿Y no ha habido nadie desde entonces?

Ella rió bajito sin despegarse de su pecho.

—¿Qué decía san Pablo? ¿Casarse o abrasarse? —repuso, arrugando la frente antes de mirarle—. ¡Ay, Dios mío! Ni siquiera te lo he preguntado; simplemente lo di por hecho: no estás casado, ¿verdad?

Él negó con la cabeza.

—Lo estuve, pero hace muchos años. —Necesitaba decírselo—. Tuvimos una niña. Ambas murieron, víctimas de la gripe. Fue antes de la guerra.

Ella le miró durante unos momentos.

—Lo vi en cómo mirabas a Sophy. No sabía lo que significaba. *Ella* sí se dio cuenta... algo notó. La forma en que se fue contigo...

Le besó y, después, se soltó de sus brazos para incorporarse a cubrirse las piernas. Se atusó el pelo con los dedos.

—Tengo que arreglarme. Mi sustituto estará aquí dentro de una hora y tengo que ayudarle a instalarse. Después lord Stratton me va a acercar hasta Londres. Me quedo esta noche en casa de mi tía y mañana por la mañana cojo el tren para Yorkshire.

Le volvió a sonreír.

—Antes te estabas riendo porque se había caído del caballo —dijo Madden—. ¿Por qué?

—Si no se hubiera caído, tú y yo no estaríamos aquí ahora.

—Pero eso fue antes de que... —Estaba impresionado.

—Sí, pero yo sabía que esto iba a ocurrir —le dijo mirándole fijamente—. ¿Te sorprende? —Él la atrajo hacia sí—. Ni siquiera te he ofrecido la comida —prosiguió—. Todavía tenemos tiempo. —Madden notó su aliento en los labios—. O podríamos volver a hacer el amor. Aunque no sé... ¿podemos? —Con una sonrisa, metió la mano en la entrepierna de Madden y con la palma de la mano lo agarró suavemente, como un pájaro—. Ay, sí...

*

Dejaron la cesta con la manta y los cojines junto al portón del jardín.

—Más tarde le diré a Mary que lo recoja. Ahora no tengo fuerzas.

Helen observó, sonriente, cómo se ponía la corbata y la chaqueta. Después caminaron del brazo por las sombras del huerto hasta que vieron la casa, momento en el que él empezó a soltarse. Pero ella le retuvo del brazo y le llevó a la sombra del haya péndula, cerca del portón.

—Estaré fuera dos semanas —le dijo, besándole en la mejilla—. Cuando vuelva, encontraré alguna excusa para ir a Londres.

Madden vio cómo se daba la vuelta y se iba, y ya sentía el dolor de la pérdida. Tenía miedo de que la doctora fuera a arrepentirse de lo que había hecho. De que la próxima vez que la viera sólo fuera para oír excusas y embarazosas explicaciones.

Como si le hubiera leído el pensamiento, Helen se volvió y le dijo:

—Abrázame.

Él la rodeó con los brazos y así permanecieron un buen rato. Después ella se soltó y le besó en la boca.

—Dentro de dos semanas —le repitió.

16

Madden se despertó aterrorizado, creyéndose víctima de un bombardeo, y después se quedó tumbado sudando en la oscuridad mientras el ruido de los truenos era cada vez mayor y más próximo.

Había pasado la noche atormentado por una pesadilla que le resultaba familiar, una imagen tempestuosa que databa de la primera vez que le hirieron: tumbado en un puesto de socorro, había visto cómo un cirujano militar, con la bata llena de sangre, le cortaba la pierna a un soldado anestesiado. Ya despierto, Madden recordaba al cirujano acabando la operación y tirando la extremidad amputada a un rincón de la tienda junto a otros restos humanos. En su sueño, la figura manchada de sangre no hacía más que amputar y amputar, mientras el soldado abría la boca para emitir un grito silencioso.

Se calmó al recordar los besos de Helen Blackwell y la sensación de su cuerpo junto al suyo. Al dolor punzante del deseo, se unía ahora el anhelo del ancla en que se había convertido la mirada serena y tranquila de la doctora.

*

La habitación en la que se despertó era la misma en la que había pernoctado otras veces en el Rose and Crown. Había vuelto al pueblo con la idea de coger un tren para Londres. Pero, bien por capricho bien porque no soportaba la idea de alejarse, habló con el dueño, el señor Poole, y reservó un cuarto donde pasar la noche.

Durante las horas de insomnio le había rondado la cabeza una imagen recurrente: estuvo pensando en su niñez y en los días que había pasado en los bosques con sus amigos. Después del desayuno se fue desde el pub hasta la tienda del pueblo, donde Alf Birney, con su tonsura y su delantal, le saludó desde detrás del mostrador.

—Creíamos que todos ustedes se habían ido ya a Londres, señor. —En su voz se notaba un cierto tono de reproche.

—Supongo que estaremos yendo y viniendo.

—No han cogido a ninguno de ellos, ¿verdad, señor?

—Todavía no, señor Birney.

Madden compró media barra de pan, una lata de sardinas y un paquete de galletas. Al salir de la tienda le paró Stackpole, que estaba paseando por allí.

—No sabía que se había quedado a dormir, señor.

—Lo decidí de improviso. El señor Sinclair me dio el fin de semana libre. Quería zanjar unas cosas. —Miró al agente, bronceado y sonriente bajo su casco. Sentía afecto por ese hombre que también había besado a Helen Blackwell—. ¿Tiene algo que hacer hoy?

Stackpole negó con la cabeza.

—Los sábados suelen ser tranquilos. Viene a comer la hermana de la parienta y su prole. Y si tuviera una buena excusa para largarme... —Sonrió nervioso.

—Demos un paseo —sugirió Madden—. Le contaré lo que me ronda la cabeza.

Stackpole escuchó atentamente mientras se lo explicaba.

—Entiendo lo que quiere decir, señor: si no le importó dejar tiradas las colillas, si comió algo allí deberíamos encontrar restos. Tal vez una lata, migas o algún envase vacío.

—Más que eso —señaló Madden—. No hemos dicho nada de esto, pero estamos bastante seguros de que vino asiduamente a los bosques durante un largo periodo de tiempo para observar a los Fletcher.

—¡Y yo sin enterarme! —El agente parecía deprimido.

—No es culpa suya —se apresuró Madden a decirle—. Debió de poner mucho cuidado en que nadie le viera. Creo que Wiggins le descubrió simplemente por casualidad.

—De todos modos, entiendo lo quiere usted decir, señor. Puede que tuviera algún otro agujero allí arriba. Un escondite o una guarida.

—¿Hasta qué punto rastreó la policía el bosque?

—¿Rastrear? —espetó Stackpole con desprecio—. Se limitaron a andar por ahí pisándolo todo. Lo dejaron a los cuatro días, y tardaron demasiado, si quiere saber mi opinión. —Levantó la mano para saludar a un par de hombres que estaban sentados en un banco del patio delantero del pub—. Mire, señor. Si no le importa, primero me gustaría ir a quitarme la chaqueta. Usted si quiere puede hacer lo mismo. Después iremos allí arriba a echar un vistazo.

Fueron caminando hasta la casa de Stackpole, al final del pueblo. Mientras el agente se preparaba, su esposa se sentó con Madden en el pequeño salón. Era una mujer joven, regordeta, con el pelo rizado, con un profundo hoyuelo. No parecía intimidada por estar en presencia de un inspector de Scotland Yard.

—Más te vale llegar a casa a buena hora, Will Stackpole —le gritó—. Hay que cortar el césped y la silla del bebé se ha vuelto a romper. —Luego, dirigiéndose a Madden, añadió—: Hay que estar siempre encima de ellos.

El agente entró en mangas de camisa portando una bolsa de papel marrón.

—Veo que ha comprado usted algunas cosas en la tienda, señor. Yo también llevo algo. Tendremos suficiente para picar.

—¿Qué significa esto? —preguntó su mujer alzando la mirada hacia el techo—. ¿Un picnic en el bosque?

La mujer no vio el enorme sonrojo del inspector.

*

En Melling Lodge se encontraba de servicio un agente uniformado que habían enviado desde Guildford, pero Stackpole dijo que no mandarían más después del fin de semana.

—Simplemente cerraremos con llave las verjas y echaré un vistazo de vez en cuando al sitio. El señor Fletcher vendrá desde Escocia para ver qué hay que hacer. La casa será para el joven James, me han dicho, pero dentro de muchos años. No creo que nadie quiera vivir aquí. Al menos durante un tiempo.

Todavía salía agua de la fuente del patio central. La figura de Cupido, con el arco tensado, dibujaba una sombra sobre la gravilla blanca del suelo. Madden se dio cuenta de que la hiedra que cubría las paredes de la casa había sido cortada recientemente.

—Le han encargado a Tom Cooper que cuide el jardín —le informó Stackpole—. Pobre Tom, ahora detesta tener que venir por aquí. Ésta era una casa feliz. Cualquiera del pueblo se lo confirmaría.

Fueron por los bancales del prado hasta el portón que se abría al fondo del jardín y cruzaron el riachuelo por las piedras. Un trueno quebró la quietud de la mañana. Las nubes, cual mármol tallado, eclipsaban el sol.

Madden se paró al pie del camino.

—A ver, lo que yo creo es que, si se tumbaba en el suelo, no se pondría de este lado, hacia la finca de lord Stratton y sus guardas, sino en algún lugar en la otra dirección. —Señaló hacia el oeste, hacia las montañas, lejos del pueblo—. Escalemos un poco y despúes busquemos un sendero por donde cruzar.

A lo largo de todo el camino encontraron que los helechos y el monte bajo de ambos lados estaban pisoteados.

—Esa pandilla de Guildford se limitó a ir en fila colina arriba —dijo Stackpole, indignado—. Y al llegar arriba echaron un vistazo y volvieron a bajar.

—¿Qué superficie de bosque rastrearon? —Madden estaba muy sudado debido al sofocante calor.

—No más de un kilómetro y medio. Los guardas exploraron por ahí un poco, pero no encontraron nada.

Cuando llevaban recorridos dos tercios de la pendiente, el camino se bifurcaba a la derecha, y Madden cogió esa senda. Durante un trecho más el monte bajo seguía pisoteado, pero después los helechos estaban vírgenes y el bosque parecía más cerrado. El inspector iba mirando atentamente al suelo, aunque el sendero no presentaba signos de haber sido utilizado recientemente. La estrecha vereda estaba llena de ramitas y hojas.

Se oyó un trueno más fuerte que el anterior. La atmósfera estaba cargada. Stackpole le dio un manotazo a un mosquito.

—No se alcanza a ver más que un trecho —se quejó mientras se fijaba bien en los arbustos que había a cada lado.

—Busque las ramas rotas —le aconsejó Madden—. Cualquier cosa con apariencia de que la hayan movido.

El sendero empezó a descender y llegaron a una hondonada natural en la ladera de la colina rodeada por un anillo de majestuosas hayas. El sendero la bordeaba, retomando su curso recto al otro lado. Cogiendo un atajo, los dos hombres cruzaron la pequeña depresión. Las sucesivas generaciones de hojas secas habían dado a la superficie una apariencia suave y blanda, y mientras cruzaban a Madden le asaltó el repentino recuerdo de una trinchera que, con los cuerpos, parecía mullida como un colchón, y de los ojos de los muertos fijos en él. Estos fragmentos del pasado que había intentado olvidar volvían sin avisar, a menudo acompañados de una sensación de mareo y de vértigo, así que se apresuró a retomar el sendero.

—¿Hemos caminado mucho? —Se dio cuenta de que Stackpole le miraba preocupado, y pensó que seguramente se había puesto pálido durante los pocos segundos que habían tardado en cruzar la hondonada.

—Yo diría que más de un kilómetro y medio, señor. La casa de la doctora Blackwell está ahí abajo —dijo, señalando con el dedo—. La puede ver desde un poco más allá.

En el cielo cada vez más oscuro crepitó un relámpago, al que casi al instante acompañó un trueno. Una repentina ráfaga de viento trajo una lluvia de hojas y ramas.

—Encontremos un lugar donde cobijarnos —sugirió Madden.

Algo más allá llegaron a otro claro, donde había un enorme castaño. Sus amplias ramas, engalanadas con hermosas hojas que parecían puntas de lanza, les protegían de las gruesas gotas que estaban empezando a caer.

—Un buen sitio para tomar un bocado, señor. —El agente todavía estaba preocupado por el inspector.

—¿Por qué no?

Se acomodaron debajo del árbol. Madden abrió la lata de sardinas. Stackpole cortó el pan con la navaja. El agente había traído dos botellines de cerveza. Comieron y bebieron sentados, cómodamente apoyados contra el tronco del árbol, que estaba lleno de marcas. Mientras, primero se oscureció el cielo, aunque después aclaró. Cuando acabaron de comer había vuelto a salir el sol, pero entonces empezó a llover a conciencia; allí sentados, cobijados bajo el gran árbol, observaron caer las gotas, que a la luz del sol parecían monedas de oro.

—No durará mucho —predijo Stackpole con la seguridad de un hombre de campo. Un minuto después se vio que tenía razón. Cesó la lluvia. Sin embargo, contra toda lógica, enseguida volvió a oscurecerse el cielo y siguió atronando.

Madden había estado meditabundo.

—No creo que eligiera un sitio demasiado alejado de Melling Lodge. ¿Hay alguna forma de llegar hasta la cima de la colina? Me gustaría echar un vistazo allá arriba.

—Pasamos uno un poco antes, a unos cuatrocientos metros.

Recogieron los restos de la comida y se pusieron de nuevo en marcha, volviendo sobre sus pasos. A un relámpago siguió un trueno. Madden aceleró el paso, y recorrió el camino a grandes zancadas. Habían llegado al anillo de hayas donde se doblaba el sendero como un arco, y esta vez el inspector lo siguió, evitando la hondonada cubierta de hojas. La polvorienta vereda se había vuelto de un color más oscuro debido a la reciente lluvia. Los ojos de Madden permanecían fijos en el suelo. De repente se detuvo.

—¿Qué pasa, señor? —Stackpole aceleró el paso para reunirse con él.

—¡Quédese donde está!

El agente se paró en seco. Se quedó plantado.

Madden se agachó. Enfrente de él, sobre la tierra mojada, había aparecido, fresca como una moneda recién acuñada, una huella. Al tacón le faltaba un trozo. Rápidamente se fijó en que un poco más allá había más. Seguían la dirección contraria a la suya. Girando la cabeza, miró el camino que había dejado atrás: se veían sus propias huellas sobre el polvo húmedo, pero no otras.

—Señor, ¿qué pasa?

—¡*Silencio*!

Madden miró a su izquierda: sólo estaba el anillo de hayas con la hondonada en el centro. A su derecha, la pendiente se empinaba abruptamente hasta una hilera de encinas cuyas hojas verdes y plateadas se movían con las ráfagas de viento. Entre los troncos, el abundante acebo formaba una impenetrable pantalla. Cuando miró hacia la maleza, la brisa le trajo al oído un sonido familiar: el clic del seguro de un fusil al soltarse.

—¡*Agáchese*! —bramó—. ¡*Agáchese*!

Madden se tiró hacia la izquierda, donde estaba el haya más cercana, y en ese momento explotó el silencio.

¡TRA! ¡TRA! ¡TRA!

Los disparos se sucedieron rápidamente y la tierra salía expulsada hacia arriba, en erupción, mientras Madden se acercaba rodando hacia el árbol. Se oyó otro tiro y un pedazo de corteza del tamaño de un puño le dio en la cara. Después se puso a salvo detrás del enorme tronco.

Miró hacia atrás y vio al agente tirado en el camino, con la cara blanca y aterrorizado.

112

—¡Muévase! —le gritó—. ¡Hacia los árboles!

Impulsado por la orden, Stackpole empezó a rodar. Coincidiendo con un fuerte trueno, otros dos tiros hicieron saltar por los aires la tierra donde se había echado. El agente, avanzando a cuatro patas, se escondió tras el tronco de un árbol.

Madden contó mentalmente: *seis*.

Miró a su alrededor. Se encontraba cerca de la hondonada, pero el terreno apenas estaba hundido allí. Stackpole había tenido más suerte. A pocos pasos de donde estaba agazapado detrás del árbol, se hundía el terreno casi unos sesenta centímetros. El experimentado ojo de Madden saltó de la hilera de encinas hasta el borde de la hondonada, calculando ángulos de tiro. El terror que le había embargado unos momentos antes se había transformado en un familiar aturdimiento.

—¡Will! —Llamó al agente por su nombre, en voz baja—. ¿Me oyes?

—Sí, señor —replicó en un ronco susurro apenas audible.

—No pases de ese árbol, pero retrocede hasta la hondonada que tienes detrás. Cuando llegues allí, túmbate boca abajo y arrástrate por el borde. Asegúrate de no separarte del suelo. No te preocupes, no podrá verte desde donde está. Cuando llegues a donde se endereza el camino, ¡ponte de pie y corre como alma que lleva el diablo!

Stackpole no contestó.

—¿Will?

—No voy a dejarle aquí, señor.

—¡No seas idiota! —La voz del agente le llegaba nítida—. Haz lo que te digo. *¡Ya!*

El agente empezó a retroceder y a alejarse del tronco. Cuando llegó a donde se hundía el terreno, se deslizó dentro de la hondonada y empezó a arrastrarse tumbado boca abajo, alejándose de Madden para regresar por donde habían venido. Sonó otro disparo que hizo saltar la corteza del árbol tras el que se había agazapado.

Siete. Un fusil Lee-Enfield tenía diez balas en la recámara.

Con frialdad, Madden esperó lo inevitable. El hombre pronto descendería de la cortina de acebos para darles caza abajo. Para entonces, tenía pensado levantarse de un brinco y correr por el camino en dirección contraria a Stackpole, dividiendo así los blancos. Sabía que su atacante era experto con la bayoneta. En los próximos minutos descubriría si tenía también puntería. Todavía en ese estado de aturdimiento que le había invadido tras los primeros disparos, Madden consideró lo que iba a ocurrir con un fatalismo cercano a la indiferencia.

Se oyó un trueno, esta vez más lejos. Después oyó otro ruido: alguien estaba aplastando el sotobosque. No procedía de la hilera de encinas, sino de más arriba de la ladera. Arriesgándose, Madden cruzó a la carrera los tres metros y medio de campo abierto que le separaban de la siguiente haya del anillo. Presionando su cuerpo contra el tronco, esperó otro disparo. Pero no llegó.

Volvió a oír un ruido, más distante esta vez. Asomando ligeramente la cabeza vio una figura arriba, cerca de la cima de la montaña.

—¡Está avanzando! —gritó—. Voy a seguirle.

Madden se lanzó ladera arriba, rompiendo a su paso los helechos que le llegaban a la cintura, abriéndose camino a través del denso sotobosque. Bordeó la barrera de acebos y siguió el sendero que le había abierto su presa, una vereda entre ramas partidas y helechos aplastados que llevaba a la parte más alta de la montaña. El grito de Stackpole se oyó detrás de él.

A medida que Madden se acercaba a la cima, el sotobosque se hacía menos denso y el terreno más resbaladizo por la capa de las acículas de los pinos. Al salir de los abetos que crecían desordenadamente, vio la figura de un hombre que corría por la cima desnuda de la montaña, a unos ochocientos metros. Llevaba un objeto voluminoso echado por encima del hombro.

—Voy, señor... —La voz de Stackpole sonaba cercana, y poco después se unió al inspector con la cara enrojecida, jadeando.

Incapaz de articular palabra, Madden señaló hacia un punto. Iniciaron la persecución.

La línea de la cima era irregular, rota por baches y pequeños tesos, y, aunque en dos ocasiones perdieron de vista a su presa cuando el terreno se hundía, lo volvían a ver al subir penosamente la siguiente cuesta. De repente cambió de dirección y viró hacia la derecha. Cuando llegaron al lugar se encontraron con que estaban en la parte más alta del camino que ascendía la montaña desde los campos que se extendían en los alrededores de Oakley. El pueblo yacía a sus pies rodeado por una gran extensión de tierras de labranza.

Se oyeron débilmente las explosiones del motor de una moto que alguien estaba intentando poner en marcha.

—¡Maldita sea! —Madden se puso en cuclillas, desalentado.

—¡Va por ahí! —Stackpole se lanzó por el camino, pero el inspector le llamó.

—No sirve de nada. No le cogerás.

Se quedaron mirando una moto y un sidecar que salió de entre los árboles por debajo de donde estaban para avanzar lentamente por un camino lleno de rodadas entre los maizales. El conductor, encorvado sobre el manillar, no miró hacia atrás. Madden ahuecó las manos en forma de prismáticos.

—Mira a ver si ves algo. Nada.

El agente le imitó. Se agacharon en silencio.

—Lleva una gorra de tela —dijo Stackpole jadeando—. Justo lo que dijo Wellings.

—Un sidecar de carrocería negra. ¿De qué marca es la moto?

—Harley-Davidson... creo. Es difícil decirlo con seguridad desde aquí. Hay algo en el sidecar, señor. Podría ser una bolsa.

Madden se puso de pie.

—Tengo que bajar a Melling Lodge y llamar a Guildford. Quiero que te quedes aquí. Tenemos que saber qué carretera coge al llegar a Oakley. En cuanto lo averigües, baja a la mansión.

—Sí, señor. —Stackpole tenía los ojos clavados en la parte baja del valle.

Madden se dio la vuelta para zambullirse en la empinada ladera.

*

Los uniformes azules pululaban por el patio delantero de Melling Lodge. Mientras se bajaba del coche, al inspector jefe le dio la impresión de que se reconstruía la escena que había ocurrido dos semanas antes. El conocido perfil del inspector Boyce emergió de las pálidas sombras proyectadas por la límpida luz de la tarde.

—Señor. —Le dio la mano a Sinclair—. Nos hemos puesto en contacto con la policía de Kent y de Sussex. Habrá agentes buscándolo por todo el sureste.

Sinclair descubrió la alta figura de Madden, que se acercaba hasta ellos.

—¿John? —Se notaba en su voz cierto tono de preocupación.

—Estoy bien, señor. —Se dieron la mano—. Ni un rasguño. No nos dio a ninguno de los dos.

Sinclair miró a los dos hombres.

—¿Hay alguna posibilidad de que se fuera hacia el norte o hacia el oeste?

—No parece probable —contestó Madden—. Stackpole le vio coger la carretera de Craydon. Eso descarta Godalming y Farnham hacia el oeste. Si pasó por Craydon habrá llegado a la carretera principal entre Guildford y Horsham. Podría haber torcido hacia el norte allí, pero en Guildford le están vigilando. Así que o bien giró hacia el sur, hacia Horsham, o siguió hacia el este, hacia Dorking u otro punto más lejano.

—Eso si sólo va por las carreteras principales —apuntó Sinclair.

—Efectivamente, señor. Si conoce las carreteras secundarias... —Madden se encogió de hombros.

—Y podía atajar hacia Londres, si quisiera.

—Lo dudo. —El inspector sacudió la cabeza—. Es un hombre de campo. —Entonces se encogió de hombros por segunda vez—. Pero son sólo suposiciones —admitió.

Boyce se aclaró la garganta.

—Ya tenemos algo, señor. Tres testigos le vieron cruzar Oakley en la moto esta tarde, dos mujeres y un hombre. —Sacó un cuaderno de notas—. La descripción coincide: un tipo grande con una chaqueta marrón y una gorra de tela. Una de las mujeres cree que tenía bigote. Y pelo castaño, dijo. Respecto a la moto, las mujeres sólo vieron una moto y un sidecar, pero el hombre, un tío joven que se llama Maberley, asegura que era una Harley, sin ninguna duda. Había una bolsa de piel marrón en el sidecar, del cual sobresalía la parte de arriba. Maberley la vio perfectamente... Le interesaba la moto, así que se fijó bien. Se parecía a las de críquet. —Volvió a consultar su cuaderno de notas—. Ah, y el sidecar está pintado de negro o azul oscuro.

—¿Y qué tenemos allí arriba? —le preguntó Sinclair a Madden. Señaló con la cabeza los bosques de Upton Hanger.

—Un gran agujero que alguien ha rellenado, por lo que dice Stackpole. Volvió a subir y lo encontró en una zona de maleza por encima del camino, bien escondido.

Madden explicó que se había parado a escudriñar las pisadas.

—Debió de vernos desde arriba y darse cuenta de que le seguíamos el rastro. Es posible que al ver a Stackpole reconociera al policía.

116

—¿Y eso? —preguntó el inspector jefe.

—Sabemos que ha pasado tiempo en los bosques, pero puede que también haya estado en Highfield. De ser así, conocería de vista al policía del pueblo.

El agente, aún en mangas de camisa como Madden, apareció ante ellos.

—He cogido un par de palas del cobertizo, señor —le dijo a Sinclair—. Si usted esta listo, nosotros también.

Boyce miró el reloj.

—Casi las siete. —Llamó a uno de los agentes uniformados—. Traiga unas linternas del furgón. Vamos a necesitarlas.

*

Tardaron cuarenta minutos en llegar al anillo de hayas. Desde allí Stackpole guió al grupo ladera arriba. Dejaron atrás la hilera de encinas y llegaron a una espesa zona de acebos y maleza. Antes el agente había descubierto un camino que se abría paso entre los matorrales, una estrecha entrada hecha de forma que imitaba la vereda de un animal y que estaba oculta por unas ramas. Para entrar, los hombres tuvieron que arrastrarse uno detrás de otro.

Sinclair y Madden fueron los últimos en entrar. El inspector jefe se entretuvo al pie de la ladera para examinar el haya en la que Madden se había puesto a cubierto.

—Por poco —señaló mientras pasaba los dedos por el tronco hendido por una bala—. Has debido de pasar un rato difícil, John.

Madden recordó la extraña calma que le invadió. Había sido una vuelta a su época de las trincheras, y al pensarlo sintió un escalofrío.

Entre los matorrales descubrieron un montículo de tierra de unos tres metros de largo y forma triangular. Del montículo habían quitado algo de tierra que estaba amontonada al lado.

—Parece que estaba cavándolo cuando vinieron ustedes a molestarle —observó Boyce sacudiéndose los pantalones por las rodillas—. Me pregunto qué tiene ahí abajo. ¡Espero que no sea otro cuerpo!

La respuesta no tardó en llegar. El primer agente al que habían ordenado cavar tropezó con un objeto metálico a la primera palada. Se inclinó y sacó un candelabro de plata oculto en la tierra removida. Poco después descubrían otro. A continuación tres copas de plata, todas con la inscripción «Capitán C. S. G. Fletcher», ganadas en concursos de tiro al blanco. Junto a ellos se encontró un paño enrollado con joyas: un collar granate, dos anillos de oro, varios pendientes (sólo cuatro emparejados) y un relicario con su correspondiente cadena de oro.

Finalmente se sacó un reloj de chimenea engastado en porcelana de Sèvres. La porcelana estaba rota y faltaba una pieza.

—Es todo lo que había en la lista —comentó Boyce.

Bajo la bóveda de árboles la noche era cada vez más cerrada, y Sinclair dio orden de que encendieran las linternas de nafta. Al proyectarlas sobre el suelo, las llamas desnudas daban cierto aire ceremonial a las lúgubres tareas que se estaban llevando a cabo, como si se estuviera ofreciendo a las deidades del bosque un sacrificio sangriento.

Siguieron excavando. Los agentes, que para entonces se habían quitado las chaquetas y subido las mangas, trabajaban por turnos en pareja. A casi dos metros de profundidad las palas dieron con otro objeto. Esta vez resultó más difícil sacarlo, pero al final dejaron al descubierto una amplia chapa metálica. La limpiaron y la pusieron en el suelo, y sobre ella fueron recogiendo una serie de artículos que recuperaron de la tierra removida, ya casi al fondo del agujero primitivo: una pastilla de jabón a la brea de dos por cuatro, varias tablillas de madera cortadas a la medida, muchas colillas, un trozo de corteza de beicon, un frasco de jarabe para la tos, un bote de mermelada de cereza a medias, unas latas vacías de estofado.

Uno de los agentes destapó una jarra de barro cocido.

—¿Para qué es eso? —se preguntó Boyce en voz alta.

—Para el ron —replicó Madden desde las sombras—. Medio galón. De tamaño estándar.

Sinclair le miró. El inspector estaba un poco más allá en la oscuridad, alejado de la luz parpadeante. Su cara era totalmente inexpresiva.

Los dos hombres que estaban trabajando en el hoyo les pasaron las palas a otros y empezaron a escalar para salir.

—Creo que no hay nada más, señor —le dijo uno de ellos a Boyce.

—¡Espere! —Madden se acercó y miró dentro del agujero—. Quiero que levanten toda esa tierra removida, agente. Enseguida.

Boyce hizo ademán de decir algo, pero el inspector jefe levantó la mano para que se callara.

Los dos agentes volvieron al tajo. Madden les vigilaba mientras sacaban la tierra a paladas. Poco después dijo:

—Muy bien, con eso vale.

Los ayudó a salir del agujero y después saltó él dentro.

—Acérquenme una de esas linternas —ordenó.

Fue el propio Sinclair quien se la llevó. Los otros se reunieron alrededor. El hoyo excavado tenía forma de T: del tronco central, donde estaba ahora Madden, sobresalían dos brazos. Señaló a lo que tenía a la espalda, hacia la cabeza de la T, donde se había labrado un ancho escalón en la pared de atrás.

—Ahí es donde dormía —explicó—. Esas tablillas de madera son para hacer un entarimado, para que no suba la humedad, y esa chapa metálica es para el tejado. —Avanzó unos pasos—. Y esto es para hacer una hoguera. —Se subió a un pequeño saliente al pie de la T, de suerte que asomó la cabeza y los hombros por encima del agujero—. Esto es un refugio subterráneo.

—¿Como los de la guerra, señor? —preguntó Stackpole.

—Como los de la guerra. —La voz de Madden estaba llena de amargura—. Esa porquería de ahí (el jabón y el estofado y el ron) es lo que se tenía en las trincheras. Hasta el jarabe para la tos... sobrevivíamos con eso.

Miró a Sinclair.

—Le voy a decir cómo actuó, señor. Se tomó un trago de ron, igual que hacíamos nosotros antes de un ataque, y después enfiló ladera abajo, sopló su maldito silbato, asaltó esa casa y los mató a todos. Y eso no es todo... —Madden se sacó la cartera del bolsillo de atrás y extrajo una hoja de papel doblada que pasó al inspector jefe—. ¿Recuerda aquellos dibujos de Sophy Fletcher? Aquí hay otro.

Sinclair acercó el papel a la luz. Los hombres cerraron aún más el círculo, mirando por encima de su hombro.

—Es una máscara de gas —dijo Madden—. Cuando entró llevaba una puesta, y eso es lo que vio la niña: un monstruo de ojos saltones que llevaba a rastras a su madre por el pasillo. Eso explica que no haya dicho una palabra desde entonces.

SEGUNDA PARTE

Pero ahora las puertas del infierno son una vieja leyenda;
Remota parece la angustia;
Las armas están enfundadas bien lejos,
Sueños dentro de sueños.

Y ya lejanos, muy lejanos, están los lodos de Flandes
Y el dolor de Picardy;
Y la sangre que corre por allí, más allá incluso
Que el ancho y baldío mar.

—ROSE MAUCAULAY, «Picnic, julio de 1917»

1

Vestida con su uniforme de sirvienta y una cofia con un lazo blanco, Ethel Bridgewater se sentó a la mesa de la cocina para leer el *News of the World* del día anterior. Le había llamado la atención un anuncio de media página de un artilugio llamado el «Rizador de pelo Harlene», que garantizaba a los usuarios del producto «una profusa cabellera de pelo sano y gloriosamente bello».

Hacía ya tiempo que Ethel había estado pensando en la posibilidad de cortarse el pelo a lo paje (cada vez lo estaban haciendo más amigas suyas), pero le costaba dar el paso. Aunque era una mujer poco agraciada, poseía un abundante pelo castaño, e instintivamente sentía que sería un error deshacerse de ese atractivo que la favorecía.

Estaba leyendo el anuncio por segunda vez cuando se abrió la puerta que daba al patio de las caballerizas y entró Carver. No dijo nada, ni ella tampoco. Rara vez intercambiaban palabra; cuando coincidía que se encontraban, seguían con sus obligaciones en silencio.

Al levantar la vista, Ethel se quedó impresionada. Carver lucía una nueva imagen desde su último encuentro antes del fin de semana. Se había quitado el bigote y, sin él, la boca se revelaba muy delgada, y en la comisura del labio quedaba visible una pequeña cicatriz. Dado el tipo de relación que mantenían, a la sirvienta ni se le ocurrió preguntarle sobre el cambio de apariencia.

Ethel se levantó de la mesa y empezó a preparar el té para la dueña de la casa, la señora Aylward. Carver abrió la puerta del horno y sacó un plato con comida que le habían dejado allí. Comía a deshoras, y a la cocinera, la señora Rowley, que vivía cerca y no volvía a la casa hasta más tarde para preparar la cena, se le había dicho que le dejase las comidas en el horno para mantenerlas calientes. Llevó el plato a la mesa junto con el cuchillo y el tenedor que había cogido previamente, y empezó a comer.

Ethel se dio prisa con el té. Después de llevar la bandeja al salón, había que limpiar el polvo en el piso de arriba. En realidad, no le gustaba estar a solas con Carver. Si se le preguntara por qué, le resultaría difícil dar una razón. Desde luego nunca la había ofendido en modo alguno. Pero su presencia tenía un efecto extraño, casi físico, en ella. Al cabo de estar un rato con él, el aire parecía más cargado, como si algo invisible estuviera consumiendo el oxígeno, y Ethel sentía que le faltaba la respiración. En cuanto se puso a hervir el agua, hizo el té y se llevó la bandeja.

Carver, cuyo verdadero nombre era Amos Pike, llevó el plato sucio al fregadero y lo lavó. Limpió y secó los utensilios que había utilizado y colocó cada cosa en su sitio. Con el agua caliente que quedaba se hizo una taza de té y la llevó a la mesa. Cogió el periódico y lo leyó con detenimiento, prestando especial atención a las columnas de las noticias. Satisfecho, lavó y secó la taza y salió al patio.

La casa de la señora Aylward, aunque de tamaño modesto, podía alardear de tener unas cuadras en la parte de atrás. Construidas por el propietario anterior, un entusiasta jinete, ya no se usaban para ese fin, y habían sido convertidas en un almacén y un garaje. Pike vivía en una habitación que había en la parte de arriba.

En un primer momento lo emplearon como chófer, pero después también le encargaron el mantenimiento del jardín. Sin embargo, allí tenía muy poco trabajo, dado que el interés de la señora Aylward por la horticultura se limitaba a un invernadero que había añadido a la casa al lado de su estudio.

Ese día tenía que limpiar las ventanas del invernadero, y ya había acabado la parte de dentro. Había puesto la escalera sobre el camino de gravilla que iba junto a la estructura y estaba subido en ella con un cubo y una mopa. Trabajaba de forma automática, con la frente arrugada por alguna preocupación y la mirada perdida.

Pike tenía unos ojos raros. Alicaídos y marrones, pocas veces revelaban pista alguna sobre lo que estaba pensando. A mucha gente le inquietaban.

2

El ayudante del comisionado adjunto, Bennett, se levantó en cuanto Sinclair y Madden entraron en su despacho.

—¡Inspector! Me alegro de verle entero. —Salió a recibirles desde su escritorio y le dio la mano a Madden.

—Una pena que no lo pillase cuando tuvo la oportunidad —señaló Sampson. El superintendente jefe, vestido con un traje color mostaza y corbata a juego, estaba ya en su silla. Sonrió para hacer ver que era una broma—. Iban usted y otro, ¿verdad?

Bennett le miró con severidad pero no dijo nada. Cogió una silla y la llevó a la mesa junto a la ventana. Los otros se le unieron.

—Bien, ¿inspector jefe?

Sinclair abrió su carpeta.

—Lo positivo, señor, es que sabemos a ciencia cierta que es sólo un hombre a quien buscamos, y está claro también que tiene relación con el ejército. El señor Madden me asegura que lo que construyó en el bosque era un refugio subterráneo típico del ejército hasta el último detalle. Uno de los habitantes del pueblo dijo haber oído un silbato de policía en el momento del asalto. El silbato de policía, el silbato del ejército, son todo uno. Parece haber actuado como si se lanzara «al ataque». —Del tono del inspector jefe se desprendía su disgusto por el cliché—. Al parecer llevaba puesta una máscara de gas en ese momento. —Sacó de la carpeta dos trozos de papel y los pasó por encima de la mesa—. Son dibujos que hizo posteriormente la niña de los Fletcher. No sabíamos lo que significaban hasta que el inspector Madden se dio cuenta de que eran un intento de dibujar una máscara de gas.

Sampson tenía el ceño fruncido.

—Hasta ahora no los habíamos visto —observó.

—No los incluí en el expediente —admitió Sinclair—. No parecían tener relación con el caso.

—Si no le importa, en el futuro queremos tenerlo todo, inspector jefe. —Los pequeños ojos de Sampson le miraban con dureza.

—Como usted diga, señor.

Bennett se revolvió inquieto.

—Pero, ¿con qué nos enfrentamos aquí? —insistió—. ¿Qué es este hombre? ¿Un lunático? ¿Tenemos la menor idea?

Sinclair negó con la cabeza.

—Puede que lo sea, señor. Pero a mí me parece que está cuerdo. Terriblemente cuerdo. El caos que provocó en Melling Lodge fue intencionado, igual que su huida; todo estaba planeado al detalle. —Hizo una pausa—. Y si tenemos en cuenta los sucesos del sábado, yo diría que mantuvo la cabeza muy en su sitio. En vez de persistir en su ataque contra el señor Madden y el agente, cortó por lo sano y echó a correr mientras todavía tenía posibilidades de escapar. Tenemos testigos que lo vieron pasar en moto tanto por Oakley como por Craydon, y lo más extraordinario, al menos a mi juicio, es que al parecer no iba a más de treinta kilómetros por hora. Está claro que no quería llamar la atención, si bien debía de tener muchas ganas de apearse de la moto. Es un hombre muy frío.

Sampson chasqueó la lengua impaciente.

—En fin, y en cuanto a los testigos oculares —prosiguió Sinclair—, siento decir que las noticias no son tan buenas. Pasado Craydon, se esfumó. En realidad, nos han llegado noticias de ciertos motoristas que viajaban por el campo, pero, dado que era sábado por la tarde, eso no tiene nada de raro. A algunos los paró la policía, aunque sin resultados. Parece haberse evaporado.

Bennett vaciló.

—En nuestra última reunión usted señaló que con el robo pretendía engañarnos. ¿Sigue pensando lo mismo?

Sinclair parecía triste.

—Eso ahora parece menos probable —admitió—. Pero todavía no me cuadra que se arriesgara a volver a Highfield.

—No, en serio; por ahí no podemos pasar. —Sampson resucitó del silencio dando un puñetazo en la mesa—. Eso tiene una explicación perfectamente obvia y está delante de sus narices. Ese hombre es un *ladrón*: lo he dicho desde el principio. Enterró lo que robó porque no quería que le cogiéramos con todo encima. Dos semanas después fue a recuperarlo. Pensó que para entonces la policía ya se habría marchado de la zona, y estaba en lo cierto. La presencia de Madden en el bosque fue pura casualidad. Pero si incluso llevaba con él una bolsa para cargar las cosas... Limítese a los *hechos*, hombre. —Irguió aún más la cabeza y el pelo lleno de brillantina le brilló con el sol que entraba por la ventana—. Permítame que le sugiera otra cosa, inspector jefe. ¿Ha considerado usted la posibilidad de que este hombre sea un tipo solitario que se escondió en esos bosques, alguien que vio que Melling Lodge era un objetivo tentador y que se dispuso a robarlo pero que perdió el control? Puede que esté trastornado, pero ¡de ahí a afirmar que ese agujero es un refugio subterráneo! ¿Por qué no decir que simplemente se construyó un refugio? Claro que tiene un pasado relacionado con el ejército; lo mismo puede decirse de la mayoría de hombres no discapacitados de este país. Construyó lo que se le había enseñado que debía construir, un sitio donde dormir y protegerse del mal tiempo. ¡Y eso de la *máscara de gas*! —Cogió el dibujo más grande y lo miró entrecerrando los ojos—. Me alegro de que sepa usted lo que es, Madden, porque a mí no se me ocurriría ni por asomo. —Dejó el trozo de papel y se dio la vuelta hacia Bennett—. Lo que *sí* es cierto, señor, es que la niña es un testigo clave y que se le ha permitido irse a Escocia, fuera de nuestro control y protección. Tengo muchas reservas respecto a esta medida. Pero lo hecho hecho está. —Hizo un gesto de desprecio—. Ahora centrémonos en lo que *sabemos* y en lo que podemos *averiguar*, y dejemos de inventarnos teorías absurdas que carecen de pruebas que las respalden.

Se hizo el silencio. Bennett tosió y miró a Sinclair.

El inspector jefe estaba mirando al techo.

—Un tipo solitario que se esconde en los bosques y que posee una moto... No lo creo —dijo, mirando a Bennett—. Señor, creo que este hombre tiene un trabajo. Parece que sólo se desplaza los fines de semana. Ahora bien, es cierto que quizá volviera para recoger lo que robó. Pero hay que mirar el crimen en su conjunto. Los que murieron víctimas de la bayoneta fallecieron muy seguidos; hay pruebas claras al respecto. Por lo tanto, no «perdió el control». Irrumpió en la casa con la *intención* de matar a sus ocupantes, y todavía no sabemos por qué. —Deliberadamente, hizo una pausa—. En lo que respecta a Sophy Fletcher, mi decisión se apoyaba en el consejo médico de que devolverla a su familia era la mejor medida que podíamos adoptar, tanto para la propia niña como para poder obtener de ella un testimonio en el futuro. No se ha producido ningún hecho posterior que me haya inducido a cambiar de opinión.

Fijó sus ojos grises en Sampson. La tez oscura del superintendente jefe enrojeció súbitamente. Bennett miró primero a uno y luego al otro. Parecía estar disfrutando del enfrentamiento.

—Muy bien —dijo, moviéndose en la silla—. ¿Y ahora qué?

Sinclair hurgó en el cartapacio.

—Todavía estamos analizando la lista de pacientes con trastornos psíquicos dados de alta que nos ha proporcionado el Ministerio de Defensa. Nos están ayudando otras autoridades policiales. Es un trabajo largo. Hemos hecho pública una descripción del hombre que estamos buscando, y también de la moto y del sidecar. La empresa Harley-Davidson, a través de sus agentes, nos proporcionará una lista de compradores de los últimos tres años, desde el final de la guerra. Empezaremos por ahí, centrándonos en la región central. Tal vez tengamos que ampliarla después.

—Pudo haberla comprado de segunda mano —observó Bennett.

—También comprobaremos esos archivos. Pero tenemos que enfrentarnos al hecho de que quizá la haya robado, y puede tener matrícula falsa. —Sinclair puso en orden los papeles de su carpeta—. El inspector Madden ha tenido una idea que, pensamos, puede valer la pena considerar —continuó—. Por supuesto, ya hemos consultado los archivos centrales del Departamento de Investigación Criminal y no figura recogido en él ningún asesino con un modus operandi que se parezca ni remotamente al de este hombre. Pero, a pesar de eso, nos gustaría plantear una consulta general a otras fuerzas de seguridad para ver si tienen algo similar a este caso en sus archivos.

—Claro... —acertó a decir Bennett, pero Sampson lo cortó.

—A mí eso me parece una pérdida de tiempo. ¿Varias personas asesinadas en una casa? Creo que la historia es bastante familiar, ¿no?

—Sí, por supuesto, señor. —Sinclair dirigió su tranquila mirada hacia el superintendente jefe—. Pero ¿y si lo intentó y falló? Estoy pensando en un intento fallido, o tal vez un asalto con un arma parecida a la que se usó en Melling Lodge. Algún caso inexplicable que esté todavía sin resolver.

Bennett estaba reflexionando.

—¿Cómo lo haría usted? —preguntó—. ¿A través de la *Gaceta*?

—Sí, señor. —La *Gaceta de la Policía*, que contenía crímenes concretos y criminales en busca y captura, circulaba diariamente entre todas las fuerzas del orden británicas e irlandesas—. Daremos información general sobre el caso, el tipo de lesiones y otros detalles parecidos, y veremos si obtenemos alguna respuesta. —Sinclair cerró la carpeta. Hizo una pausa, como si estuviera reflexionando—. Señor, hay otra cosa que quisiera mencionar. Si bien hay que esforzarse al máximo para coger a este hombre mediante los métodos policiales ortodoxos, tenemos que reconocer que nos enfrentamos a unos problemas excepcionales y debemos estar preparados para adoptar otros modos de investigación. Retomando lo que dijo usted antes, respecto a si está o no en sus cabales, creo que es hora de que consideremos llamar a un experto en el campo de la psicología.

Se hizo el silencio en la habitación. Bennett se movió inquieto en su silla. Sampson, que estaba a su lado, levantó lentamente la cabeza y miró fijamente al inspector jefe.

—Estamos ante una situación única —siguió diciendo Sinclair, al parecer sin percatarse del efecto que estaban produciendo sus palabras—. Estamos ante un criminal cuyos motivos somos incapaces de entender. Mi temor más inmediato es que vuelva a cometer otro u otros crímenes si no lo cogemos. Me sentiría mejor conmigo mismo si estuviera seguro de que no hemos rechazado ninguna posible línea de investigación.

Bennett garabateaba en su cuaderno. No levantó la vista.

Fue Sampson quien habló.

—Me sorprende oírle decir eso, Angus. De verdad. —Su tono era ahora de sorpresa—. Todos sabemos lo que pasa cuando se mete a gente de fuera en estos casos. Antes de darnos cuenta, cualquier adivino pirado o cualquier titiritero nos estará diciendo cómo resolverlo.

—Me parece que está usted exagerando, señor.

—¿Usted cree? —El superintendente jefe se sacó del bolsillo un recorte de prensa—. Del *Express* de esta mañana. Da la casualidad de que lo tengo conmigo. —Con la otra mano rescató unas gafas y se las colocó en la punta de la nariz—. Una señora que atiende al nombre de Princesa Wahletka, una conocida médium, ha ofrecido sus servicios a la policía para ayudarles a resolver «el terrible crimen de Melling Lodge»; cito literalmente, claro. «No tienen más que pedírmelo y pondré todos mis poderes a su disposición». —Sonrió—. Si quiere contratarla, actúa cada noche en el teatro Empire de Leeds.

El inspector jefe se sonrojó.

—Perdone, señor, pero está usted equiparando a un médico con un charlatán.

—No intento equiparar nada, Angus —repuso con cordialidad el superintendente jefe—. Me limito a darle un consejo de amigo. Hasta ahora la prensa no ha sabido cómo abordar este caso; están tan desconcertados como usted, si me permite decirlo. Empiece a llamar a los *psicólogos* y les estará ofreciendo una invitación sin reservas. ¿Sabe lo que es esto? —Blandió los recortes debajo de las narices de Sinclair—. No es más que la punta de su maldito iceberg, eso es lo que es.

—¡Superintendente jefe! —le reprendió Bennett con severidad.

—Lo siento, señor. —Sampson se echó hacia atrás en la silla. Pero siguió sonriendo.

El ayudante del comisionado adjunto tamborileó con los dedos en la mesa, evitando la mirada de Sinclair.

—Gracias, inspector jefe —dijo al fin—. Tendré en cuenta su sugerencia. Caballeros, la reunión ha terminado.

Se levantó de la mesa.

*

—Ha resultado muy instructivo. Espero que hayas tomado nota. —La carpeta de Sinclair cayó sobre el escritorio con un ruido sordo—. Lo del recorte de periódico ha sido todo un golpe. Qué casualidad que lo llevara encima. Y ¿has notado cómo reculaba Bennett al instante? No verás mejor ejemplo del complejo del destripador en acción.

—¿Del *destripador*, señor?

—Jack, el del mismo nombre. Para cuando había dejado de matar, no había ningún listillo entre este sitio y Temple Bar que no tuviera una teoría sobre quién era y cómo cogerlo, y en lo único en lo que estaban de acuerdo era en que el cuerpo de policía estaba formado por un hatajo de inútiles incompetentes que no se enteraban de la misa la media.

Madden esbozó una sonrisa.

—Tú ríete, pero hay gente en este edificio que todavía se despierta con sudores fríos sólo de pensarlo. Les horroriza abrir la puerta, aunque sólo sea un poquito. —El inspector jefe se sentó a su mesa—. No culpes a Bennett —le aconsejó—. Él sabe a lo que nos enfrentamos. Pero si llamamos a alguien de fuera y se entera la prensa (y el superintendente jefe hará que se entere), se armará una buena. Por casos como éste se hacen y se deshacen carreras, y no me refiero a la tuya ni a la mía. El futuro del propio Bennett está en juego.

✳

Al final de la tarde sonó el teléfono del escritorio del inspector jefe.

—¿Diga...? Sí, está aquí. Un momento, por favor.

Le hizo una seña a Madden. Después se levanto y salió del despacho. Madden cogió el teléfono.

—John, ¿eres tú? —La voz de Helen Blackwell le llegó desde muy lejos—. Lord Stratton llamó a mi padre esta mañana. Nos contó lo que os ocurrió a ti y a Will... ¿Estás bien? —Su voz se perdía de vez en cuando.

—Sí, estoy bien... —La sorpresa le había dejado sin palabras. No sabía qué decirle—. ¿Te veo dentro de quince días? —le preguntó incapaz de esperar.

La respuesta de la doctora se perdió en el ruido de la línea defectuosa.

—¿Cómo? —gritó él—. No te oigo...

—...Menos que eso ahora... —le oyó decir. Su suave risa le llegó a los oídos; después se cortó.

Sinclair volvió al cabo de unos minutos. Sin despegar la vista de Madden, se sentó a la mesa.

—¡Pues vaya! —exclamó.

3

Billy Styles estaba en la estación de Waterloo con más de diez minutos de antelación con respecto a la hora en que se le había ordenado presentarse; era un viaje corto en autobús desde Stockwell, donde vivía con su madre. La señora Styles había enviudado muy joven (el padre de Billy murió de tuberculosis cuando él tenía sólo cuatro años) y, para mantenerse, había tenido que trabajar primero de camarera en una cafetería de la calle mayor y después en una planta de municiones durante la guerra. El propio Billy había intentado alistarse el último año de la contienda, cuando tenía dieciocho años, pero el doctor que lo examinó lo rechazó por enfermedad pulmonar, lo cual sorprendió mucho al joven, a quien jamás se le había pasado por la cabeza que tuviera ese defecto en su constitución física. Su sospecha de que el médico había emprendido algún tipo de campaña contra las levas para realizar el servicio militar obligatorio se reforzó cuando algún tiempo después pasó sin incidentes el examen médico para entrar en la Policía Metropolitana. Billy todavía no lo había olvidado, pues sentía que le habían quitado lo que era suyo.

Se había pasado los últimos quince días trabajando con el sargento Hollingsworth. Le habían asignado un pequeño despacho junto al del inspector jefe, y habían estado muy ocupados con la lista de pacientes con trastornos mentales dados de alta, repartiéndoles por regiones y enviando listas específicas a las diversas autoridades policiales de todo el país. Ya habían interrogado a unos cuantos antiguos pacientes, y habían comparado y evaluado los resultados.

El trabajo era pesado y repetitivo, pero, tras el aburrimiento inicial, Billy había encontrado cada vez más satisfacción en el proceso de ir eliminando poco a poco a los potenciales sospechosos que les tenían ocupados al sargento y a él, bajo la supervisión de Madden. Se le había autorizado a estudiar el expediente: una carpeta con los particulares del caso, que el inspector jefe Sinclair mantenía al día.

Cuando leyó los detalles del ataque que habían sufrido Madden y Stackpole en los bosques de Highfield sintió punzadas de celos y envidia. Pensó que era él quien tenía que haber estado con el inspector, y no el policía local. En ocasiones, en su imaginación, se veía en las trincheras bajo las órdenes de Madden.

El inspector apareció tres minutos antes de la hora, y fueron juntos hasta el andén.

—¿Sabe de qué va esto, agente?

—No, señor. —Billy tuvo que acelerar el paso para poder seguir las zancadas de Madden.

—Encontremos primero un compartimento.

Habían llamado por teléfono la tarde anterior. Sinclair había mirado a Madden y había levantado el pulgar.

—Era Tom Derry —dijo cuando colgó—. Ahora es inspector jefe, la cabeza del Departamento de Investigación Criminal de Maidstone. Trabajamos juntos en el asesinato ese de Ashford. Cree que a lo mejor tiene algo para nosotros.

Derry había leído el artículo sobre los asesinatos de Melling Lodge en la *Gaceta de la Policía* dos días antes, pero de momento no lo relacionó con nada.

—No era él quien llevaba el caso —le explicó Madden a Billy mientras el tren salía de la estación—. Pero después recordó uno o dos detalles del expediente. Sabremos más cuando hablemos con él.

Billy escuchaba en silencio. Se sentía muy orgulloso. Era la primera vez que Madden le trataba como colega. Tenía tentaciones de intervenir, de añadir alguna observación propia, pero, pensándolo bien, decidió que sería mejor no hablar. Si el inspector quería su opinión se la pediría.

—¿Dónde vive usted, agente?

Tenían el compartimento para ellos solos. El tren se desplazaba a velocidad constante a través de los verdes campos de Kent, una campiña que todavía no había invadido la mácula blanquirrosa cada vez más extensa de los barrios residenciales.

—En Stockwell, señor.

—¿Con su familia?

—Sólo con mi madre, señor. Mi padre murió.

—¿Lo mataron en la guerra?

—No, señor. Murió antes. —Por alguna razón que no podía racionalizar, Billy sintió vergüenza. Era como si deseara que su padre hubiese perecido en el conflicto, y no de una enfermedad. También deseaba haber llevado él mismo uniforme, aunque sólo hubiera sido un día—. Mi tío Jack, el hermano de mi madre, sí murió en la batalla del Somme.

Billy vaciló. De la expresión del inspector no se desprendía nada. Y, sin embargo, sabía que había estado en la misma batalla. Todo el mundo lo sabía en Scotland Yard. Uno de los sargentos le había contado que el batallón de Madden había entrado en acción el primer día. De los setecientos hombres, dijo el sargento, menos de ochenta supervivientes dieron sus nombres cuando pasaron lista por la tarde. Billy no podía imaginarse semejante suceso ni tantas víctimas en un espacio tan corto de tiempo, y sentía ganas de preguntarle al inspector al respecto. Pero cuando observó la cara de Madden prefirió contenerse.

*

Desde el despacho de Derry en la Comisaría Principal de Policía de Maidstone se veía un rincón de la plaza del mercado. En el alféizar de la ventana había dos maceteros de barro repletos de geranios, y el inspector jefe estaba regándolos cuando hicieron pasar a Madden y a Styles. Dejó la regadera en la repisa y fue a darles la mano.

—¿Cómo está el señor Sinclair? ¿Va tirando? No se olvide de darle recuerdos cuando le vea. —Derry tenía la cara huesuda, gesto inteligente y mirada rápida, en la que se reflejó cierta sorpresa al comprobar la juventud de Styles.

—El señor Sinclair hubiera deseado venir en persona, señor, pero el comisionado adjunto convocó una reunión esta mañana.

—Aquí está el expediente —dijo Derry, pasándole a Madden una carpeta de piel—. Aunque deje que les cuente lo esencial y así sabrán por qué llamé a Scotland Yard. —Señaló a sus visitantes un par de sillas y él se sentó detrás del escritorio—. Ocurrió durante la primera semana de abril, y dio la casualidad de que yo estaba de permiso. Sólo estuve fuera un par de semanas, pero cuando volví ya había acabado todo. Los detectives que lo llevaban pensaban que tenían entre manos un caso clarísimo. Y aún más seguros estaban cuando el tipo se suicidó.

—Estaba detenido, ¿no? —preguntó Madden.

—Lo tenían arrestado en las celdas que hay abajo. Rompió la camisa a tiras y se las apañó para colgarse de las rejas. —Derry movió la cabeza con pesar—. Por supuesto, comprobé el expediente; sin embargo tengo que decir que en ese momento no tuve dudas. Todo parecía cuadrar. De lo que leí entonces, tendría que admitir que se había ahorcado. Madden balanceó la carpeta sobre su rodilla.

—Y ¿cambió usted de opinión cuando vio nuestro artículo en la *Gaceta*?

—No iría yo tan lejos. Digamos que ahora mismo me siento dividido. Simplemente tengo la terrible sensación de que quizá cogiéramos al hombre que no era.

—¿A pesar de que se colgara? —preguntó Madden perplejo.

Derry se encogió de hombros.

—Caddo, que así se llamaba, siempre admitió haber robado los artículos con los que lo encontramos. Tal vez pensó que tampoco podría evitar la condena por asesinato, aunque siempre mantuvo que la mujer estaba muerta cuando él entró en la casa, y nunca cambió esa versión. Pero, ocurriera lo que ocurriese, lo que sí era seguro es que iba a pasar una temporada en la cárcel.

—Veo que era gitano. —Madden había abierto el expediente.

—De pura raza. Dicen que no se les puede encerrar ni un día. No lo soportan. —Derry alargó la mano y metió la regadera que había dejado en la repisa de fuera—. Caddo había perdido a su mujer hacía un par de años. Estaba solo. Un hombre puede verse atrapado en un callejón sin salida, ¿no cree? —Madden no levantó la vista del expediente—. Tenía en propiedad un caballo y una caravana. —Derry se limpió las manos—. Solía venir por la zona regularmente, a las proximidades de un pueblo que se llama Bentham, a unos quince kilómetros al este de aquí. Había llegado a un acuerdo con un granjero del pueblo, un arrendatario de la finca de Bentham Court, y solía acampar en sus tierras durante unas semanas a cambio de arreglarle las ollas y cacerolas y hacerle otros trabajos.

—¿Algún antecedente policial? —Madden pasaba las páginas del expediente.

—Nada importante. Hubo una denuncia por el robo de unas ovejas hace unos años, pero al final todo quedó en nada. En mi opinión, un caso donde se quiso echar el guante al gitano que estaba más a mano. Los problemas empezaron cuando el hombre con quien trataba se fue de la zona y cogió la granja otro arrendatario. Un tipo que se llamaba Reynolds. Al parecer no le gustaban los gitanos, y cuando apareció Caddo a finales de marzo le dijo que quería que se fuese de sus tierras y que le daba una semana para encontrar otro sitio. Tuvieron una violenta pelea presenciada por testigos. A Caddo le oyeron amenazarle. Lo siguiente fue que Reynolds se presentó ante el policía de Bentham y acusó a Caddo de envenenarle a los perros.

Madden levantó la vista muy serio.

—¿Qué pasa? —preguntó Derry, levantando una de sus cejas pelirrojas.

—Eso es algo que no contamos en el artículo de la *Gaceta*, señor. El perro de Melling Lodge fue envenenado unas semanas antes. ¿Recuerda qué les echaron a los animales de Reynolds?

—Estricnina —contestó, asintiendo con la cabeza—. ¿Y en el otro caso?

—Lo mismo. —Madden sopesó el expediente con la mano. Los dos hombres se miraron. Derry chasqueó la lengua en señal de disgusto—. ¡Maldita sea! —exclamó. Y desvió la mirada.

—¿Registraron la caravana? —preguntó Madden.

—Sí, pero no apareció nada. Por supuesto, pudo haberse deshecho de las cosas. De todas formas, el agente habló con él enseguida. Le dijo que Reynolds le quería fuera de sus tierras en veinticuatro horas. Era un sábado. El asesinato ocurrió esa misma tarde.

—Caddo confesó haber ido allí, a la granja de Reynolds. —Madden volvía a estar concentrado en el expediente—. Aquí dice que fue sin ninguna intención.

—Eso dijo al principio. —Derry señaló la carpeta—. Más tarde hizo otra declaración y fue más explícito. Admitió que tenía intención de hacerle daño a Reynolds. Comentó que pensaba pegarle fuego al granero.

—¿A qué hora sería eso?

—Pasadas las seis, según la declaración de Caddo. Estaba empezando a oscurecer. Lo que contó, en su segunda versión, era que se acercó a la casa y vio luces encendidas y la puerta de atrás abierta. Esperó unos minutos y se acercó más. No vio a nadie por allí. Ya no tenía valor para incendiar el granero, o al menos eso dijo; sin embargo, se le pasó por la cabeza entrar y quedarse con lo que encontrase.

Cuando llegó a la puerta notó que habían destrozado la cerradura, pero no se oía nada, así que entró. Cogió una bolsa de la cocina y empezó a meter cosas: un reloj de la repisa de la chimenea, unos tenedores y cuchillos de un juego de cubiertos. Fue al despacho de Reynolds, abrió el escritorio y se metió en el bolsillo veinte libras y un reloj de oro.

—¿Dónde estaba Reynolds durante todo ese tiempo?

—A aproximadamente un kilómetro de allí, buscando unas ovejas. Cuando se le murieron los perros, lo tenía muy difícil para cuidar del rebaño, y se le habían descarriado unas cuantas. Había un vecino con él, un tipo llamado Tompkins, que había ido a echarle una mano. Tompkins vio a la señora Reynolds antes de salir, lo cual dejaba al marido libre de toda sospecha. Ambos hombres estuvieron fuera de la casa durante una hora; eso a lo mejor influyó algo.

—En realidad, puede que eso les salvara la vida —señaló Madden.

Derry ladeó la cabeza.

—¿Cree usted que fue el hombre que buscan?

—Pudiera ser, señor. —Madden frunció el ceño con frustración—. ¿Y qué hizo Caddo a continuación?

—Subió las escaleras, sólo para echar un vistazo, dijo, por si había algo que valiera la pena llevarse. Lo que él cuenta es que encontró el cuerpo de la señora Reynolds en la cama, salió de la casa lo más aprisa que pudo y se fue corriendo hasta donde acampaba. Lo cogieron en la caravana, por la carretera de Ashford a la mañana siguiente.

A Madden le asaltaban las preguntas.

—Si no sabía usted nada del envenenamiento del perro, ¿qué le hizo pensar en que este caso tenía relación con el de Melling Lodge?

—El propio asesinato —contestó Derry—. Que le cortaran la garganta a la mujer de ese modo y que tendieran su cuerpo sobre la cama. Y, bueno, pensará usted que es extraño decir esto... pero también por el hecho de que no la violaran. Igual que la señora Fletcher.

—¿Eso le pareció extraño?

Derry asintió.

—La sacó a rastras de la bañera y la echó sobre la cama. ¿Y con qué fin? Estaba desnuda, y era una mujer guapa. Quiero decir, ¿por qué no la violó? —Parecía incómodo—. Tiene narices que nos tengamos que preguntar estas cosas —murmuró.

—Si le sirve de consuelo, el señor Sinclair tuvo la misma reacción. —Madden volvió al expediente—. ¿Y el arma del crimen? —preguntó.

—Según nuestro forense, probablemente una navaja de afeitar. Caddo tenía una. La examinamos, pero no apareció nada.

—¿Huellas?

—Ninguna. —Derry se levantó—. Me atrevería a apostar que le gustaría echar un vistazo al sitio, inspector.

—Efectivamente, señor. —Madden ordenó los papeles del expediente—. ¿Cómo se llega hasta allí?

—Yo mismo le llevaré —se ofreció Derry—. Este caso lo tengo atragantado. Necesito saber en qué para.

*

Resultó que Derry tenía su propio automóvil, uno de los nuevos Ford de veinte caballos y cinco plazas. Eran coches que se estaban ofreciendo en el mercado a sólo doscientas cinco libras, y Billy albergaba en secreto el deseo de comprarse uno, aunque todavía no hubiera aprendido a conducir.

Salieron de Maidstone por la carretera de Sheerness, pero pronto cogieron una desviación que les llevó por las tierras altas calizas de las North Downs. Les pegaba el fuerte sol de agosto, y la brisa que les daba en el rostro en el descapotable resultaba muy agradable. En Bentham, un pueblo enclavado al fondo de un verde valle, Derry paró ante unas verjas de hierro forjado. Señaló un largo y recto camino sin árboles pero flanqueado a lo lejos por un par de estanques ornamentales. Al fondo se veía una bonita fachada de estilo palladiano.

—Bentham Court —dijo—. Las guías turísticas dicen que es un tesoro arquitectónico. Ahora es propiedad de una familia llamada Garfield. Reynolds es uno de los arrendatarios.

Siguieron con el coche un kilómetro y medio más y después, saliéndose de la carretera, se metieron por un estrecho sendero lleno de rodadas que acababa en una parcela de tierra sin árboles junto a la cual corría un arroyo.

—Aquí era donde acampaba Caddo. La granja de Reynolds está a dos o tres kilómetros. —Aunque no había llevado el caso, el inspector jefe parecía haberse tomado la molestia de familiarizarse con los detalles—. Hay un camino que discurre paralelo al arroyo.

Volvieron a la sinuosa carretera hasta que llegaron a otro camino rural. Derry lo tomó y avanzó por una pequeña pendiente hasta el lecho del riachuelo. Lo cruzó lentamente, metiendo las ruedas en el agua, y después ascendió por el otro lado la ladera cubierta de hierba. Ante sus ojos apareció una casa de labranza con tejado de pizarra y con un granero encalado tras ella. Había ovejas por todo el verde paisaje que se extendía a ambos lados de la carretera. Al tiempo que Derry se acercaba a la casa, salió del granero un hombre con ropa de campo. Se paró a cierta distancia del coche y se quedó mirándolos. No parecía que se alegrara de verlos.

—¿Señor Reynolds? —Derry salió del coche—. No nos conocemos. Soy el inspector jefe Derry, de Maidstone. Éste es el inspector Madden y el detective Styles. Son de Londres. —Al ver que el hombre no contestaba le preguntó—: ¿Quiere que le mostremos las placas?

Reynolds negó con la cabeza.

—Pensaba que ya no me marearían más. —Se acercó, pero no les tendió la mano.

—El inspector Madden quiere hacerle unas preguntas. Y nos gustaría echar un vistazo por aquí, si le parece bien.

—No lo entiendo. —Tendría unos cuarenta años, calculó Billy, pero parecía mayor. Sin afeitar y vestido con una camisa sucia y sin cuello, parecía no preocuparse en absoluto por lo que los demás pudieran pensar de su aspecto. Tenía unos ojos apagados que desprendían indiferencia—. Creía que ese bastardo se había colgado.

—¿Podemos entrar un momento? No le molestaremos mucho.

—No —contestó Reynolds rotundamente. Les lanzó una mirada iracunda.

Madden tomó la palabra:

—Entiendo cómo se siente, señor Reynolds, pero, por favor, permítame. —Billy se quedó impresionado por su tono de voz—. Estoy investigando otro caso y creo que puede tener relación con éste. Me haría un gran favor si nos ayudara.

El hombre no contestó. Se quedó mirando los ojos hundidos de Madden con tal intensidad que Billy empezó a pensar que se estaba produciendo entre ellos una especie de comunicación silenciosa. De repente se dio la vuelta.

—Entren si quieren —dijo, girando la cabeza mientras se alejaba.

En cabeza, Madden cruzó la puerta principal, que daba a una entrada embaldosada donde tuvieron que abrirse paso a través de un montón de botas llenas de barro. Después llegaron a un salón donde olía a tabaco. El sol que se colaba por los sucios cristales de las ventanas iluminaba un montón de ropa que había en el suelo en medio de la sala. Un cenicero se había volcado y su contenido había quedado esparcido por la superficie de una mesa baja de madera, donde se amontonaba una pila de platos y cubiertos usados.

La casa era como el hombre, pensó Billy. Había perdido algo. Bruscamente. El agente siguió a Madden y a Derry hasta la cocina, al fondo de la casa, donde el inspector examinó la puerta de atrás: un trozo de madera nueva en la jamba, todavía sin pintar, mostraba que habían tenido que arreglar la cerradura.

Volvieron a la entrada y subieron por la escalera. La habitación, de techo bajo, mostraba los mismos signos de abandono que las estancias de abajo. La cama de matrimonio estaba sin hacer, la ropa de cama echada a un lado y el cristal que cubría el tocador no tenía brillo porque estaba cubierto de polvo. En la repisa de encima de la chimenea descansaban dos fotografías enmarcadas. Una era de una mujer joven sonriente que portaba una corona de flores sobre la melena rubia; la otra, una foto de Reynolds en uniforme de soldado raso. Billy distinguió los botones oscuros sobre la guerrera y enseguida supo lo que significaban. Reynolds había servido en la brigada de fusileros. *Bastardos de botones oscuros*.

El baño se encontraba al otro lado de un estrecho pasillo, y Madden recorrió todas las habitaciones. Billy vio que estaba midiendo a pasos la distancia entre una enorme bañera con pies instalada en el baño y la cama. Habría unos tres metros y medio, calculó el joven agente. Entendió lo que Derry había querido decir. ¿Por qué llevar a rastras a una mujer hasta la cama y *no* violarla? Si su intención era matarla, ¿por qué no hacerlo en el baño? Se dio cuenta de que las mismas preguntas eran pertinentes también en el caso del asesinato de la señora Fletcher.

Antes de abandonar la habitación le llamó la atención un libro encuadernado en piel que descansaba sobre la mesilla de noche. Miró el título. Era una colección de poemas de un autor del que Billy nunca había oído hablar. Al abrir el libro, encontró una inscripción en la guarda: *Para mi queridísima y preciosa amada, con todo mi amor, Fred.*

Fuera, Madden se detuvo frente a la casa y dejó vagar su mirada por la suave pendiente de la colina. No había sotobosque en aquel terreno calizo.

—¿Hablamos ahora con él? —preguntó Derry. Acababa de ver a Reynolds salir de una hondonada más abajo en la pendiente. Tenía un cachorro al lado. Cuando éste se alejó, lo llamó y le palmeó en los cuartos traseros, obligando así al animal a ponerse a su lado.

—Enseguida —contestó Madden.

Fue hasta un lateral de la casa. Derry y Billy le siguieron. Le encontraron con la vista en lo alto, mirando una colina de las montañas que se elevaba detrás de la granja, a unos setecientos metros, donde había un bosquecillo de hayas.

—¡Allí! —señaló el inspector—. Primero quiero echarle un vistazo a esa zona.

Mientras subían por la suave pendiente tapizada de hierba, Madden le contó al inspector jefe lo del refugio subterráneo encontrado en los bosques de Upton Hanger.

—No lo hemos difundido porque queremos tener mucho cuidado con lo que hacemos público. En cuatro de los cinco asesinatos usó un fusil y una bayoneta. Y pensamos que llevaba puesta una máscara de gas cuando irrumpió en la casa.

Derry resopló.

—Me da la impresión de que tiene usted a un tío raro —comentó.

Billy, que caminaba respetuosamente a dos pasos de ellos, pensó que eso era la manera más fina de decirlo.

El bosquecillo tenía una extensión de apenas uno o dos acres. El suelo estaba cubierto de hojas, y no había signos de haber sido alterado. Madden se detuvo a la sombra donde comenzaba la arboleda y miró hacia abajo, a la granja. El granero de detrás se había construido a un lado de la casa, y desde donde él estaba tenía una perfecta vista de la puerta de la cocina y del patio trasero. Derry se percató de que la cara de Madden expresaba frustración.

—Es aquí... —Madden miró a derecha e izquierda a lo largo de la desnuda cima de la montaña—. Sabemos que le gusta vigilar primero a sus víctimas.

Se quitó el sombrero y se secó la frente con un pañuelo. Derry se fijó en la cicatriz que tenía en el nacimiento del pelo. Con Madden no había notado esa familiaridad que normalmente sentía cuando conocía a otro policía. Se dio cuenta de que aquel inspector de expresión adusta era diferente.

—¿Señor? —La voz de Styles les llegó desde dentro del bosque—. Aquí hay algo, señor: una lata de cigarrillos, creo...

Madden se giró y enseguida se acercó a la hondonada donde estaba el agente. Mientras, Billy se había puesto en cuclillas.

—¡No lo toque!

Los dos hombres mayores se le unieron. Él señaló, y vieron el destello del metal en el sombrío terreno. Madden se agachó.

—Tiene usted razón, agente.

Con un lápiz que sacó del bolsillo de la chaqueta levantó la lata cilíndrica de cigarrillos del suelo y la sostuvo en alto.

—No se ve la marca —se lamentó Billy. Pensaba que se había ganado el derecho a hacer algún comentario.

—El hombre que buscamos fuma Three Castles —explicó Madden.

—Si es suya, lleva aquí desde abril. Le será imposible extraer huellas —observó Derry.

—Cierto, pero nos la llevamos de todos modos. Agente... ¡un pañuelo!

Billy se llevó la mano al bolsillo acordándose, mientras lo hacía, de la vergüenza que sintió la última vez que se le había ordenado que lo sacase. Madden iba a pasarle la lata, cuando, de repente, se paró a mirarla con más detenimiento, alzándola a la luz.

—¿Ve esa marca de tizne? —le preguntó a Derry, y el inspector jefe asintió. El interior de la lata estaba negro—. Quiero rastrear esta zona. Buscamos un trozo de tela, probablemente quemada o calcinada. Cualquier cosa que sirviera de mecha. Esta lata se ha usado como infiernillo de campaña. Si uno no tiene a mano una cocina, se puede calentar sobre ella una taza de té. Las tropas solían poner una mecha en el fondo y empaparla en alcohol de quemar.

Billy, con la lata bien guardada en el bolsillo, empezó a inspeccionar el terreno que había a su alrededor. Madden y Derry se le unieron enseguida. Para disgusto de Billy, fue el inspector jefe quien encontró lo que andaban buscando.

—¿No es esto un trozo de trapo? —Derry estaba en cuclillas, quitando las hojas de en medio.

Madden cogió la bola de tela calcinada. Todavía se veía un pequeño trozo de franela no consumido por las llamas. Sacó su pañuelo y envolvió con él el fragmento quemado. Después volvió al lugar donde había encontrado la lata Billy y se arrodilló. Los otros dos observaban mientras Madden se ponía cuerpo a tierra y escudriñaba el borde del terraplén. Estaban a una docena de metros de donde comenzaba el bosquecillo. Y, sin embargo, el inspector veía perfectamente la granja de Reynolds a través de los árboles.

—Allí... ¡eso es! —exclamó Madden con satisfacción.

Cuando bajaron la colina, Reynolds no aparecía por ninguna parte. Como antes, su figura surgió de repente de una hondonada en la ladera. El perro trotaba junto a él. El animal se paró y levantó las orejas cuando se acercaron. Reynolds esperó inexpresivo, con las manos en los bolsillos.

Madden fue al grano.

—Señor Reynolds, ¿recuerda qué hora era cuando salió usted de la casa y cuando volvió? Quisiera saber cuánto tiempo estuvo usted fuera.

Reynolds parpadeó perplejo. Tragó saliva.

—Salimos de la casa, Ben Tompkins y yo, justo a las cinco y media, y vinimos hasta aquí buscando a las ovejas descarriadas. Volvimos poco después de las seis y media. Digamos hacia las siete menos veinte como muy tarde.

—¿Era ya de noche?

Asintió.

—Durante todo ese tiempo ¿no se les veía desde la casa?

—No. Estábamos allá abajo. —Reynolds se dio la vuelta y señaló—. Hay una hondonada que no se aprecia desde aquí.

—Me consta que no vio usted nada —dijo Madden. Billy volvió a sorprenderse por su tono de voz. Ahora trataba a Reynolds de una manera formal, impersonal. Con todo, Reynolds contestaba inmediatamente a sus preguntas—. Pero ¿oyó usted algo? Es importante.

—No, ya se lo dije a la policía. —Por primera vez parecía dispuesto a ayudar.

—¿Nada en absoluto? Piénselo bien.

Reynolds frunció el ceño.

—¿De qué ruido me habla?

Madden negó con la cabeza.

—No se lo voy a decir; no quiero influirle.

Reynolds le miró.

—Sé que no oí nada —repitió—. Pero recuerdo que Ben me dijo algo...

—¿Qué? —El inspector se le acercó.

—Encontramos una oveja con la pata atrapada en un socavón abajo junto al arroyo. Estábamos liberándola cuando Ben levantó la vista. Ahora lo recuerdo... —Seguía mirando a Madden—. Me dijo: «¿Has oído eso? Parecía un silbato».

*

Eran más de las siete cuando Madden volvió a Scotland Yard. Sinclair le esperaba en su despacho.

—Tenemos suerte de que Tom Derry esté al frente en Maidstone. No muchos hubieran tenido su olfato. —Estaban de pie junto a la ventana, observando cómo un barco de vapor de recreo, iluminado por luces de colores, avanzaba lentamente río abajo—. Pero ¿es nuestro hombre?

—Creo que sí, señor. La cuchilla de afeitar, los perros, el silbato.

—¿Y qué me dice de que no la violó?

—Sobre todo, eso.

En el atardecer les llegaba el sonido de una banda de jazz.

—En esta ocasión no hay pruebas de que usase la bayoneta —observó el inspector jefe.

—Eso no significa que no la llevase. Desde el bosquecillo no se ve la puerta de entrada de la casa. No podía saber si Reynolds estaba o no.

—Bueno, si asumimos que fue nuestro hombre, seguramente estaba dispuesto a matarlo también a él, y para eso hubiera necesitado algo más que una cuchilla de afeitar. La cuchilla es para la mujer.

—Eso parece —asintió con firmeza Madden.

Sinclair se dio la vuelta dando un suspiro y se acercó a la mesa.

—Tengo que irme a casa. La señora Sinclair me amenaza con el divorcio, alegando la deserción como causa. —Miró a su colega—. Y tú también, John. Descansa un poco. —El inspector jefe observó con preocupación la palidez del rostro de Madden y sus ojos hundidos. ¿Es que ese hombre no dormía nunca?

—Sin embargo, hay diferencias. —Madden se sentó a la mesa y encendió un cigarrillo—. Se dio más prisa que en Melling Lodge.

Entró y salió de la casa en cuestión de minutos. No había ni rastro de él cuando llegó el gitano justo después de las seis. Y no hubo tanto preparativo. Debió de envenenar a los perros el viernes por la noche: Reynolds los encontró el sábado por la mañana. A la señora Reynolds la mató esa misma tarde.

—En Highfield se tomó su tiempo —corroboró Sinclair—. Tal vez le esté cogiendo el gusto. —Se estremeció al pensarlo.

—Pero no actuó a tontas y a locas —insistió Madden—. Conocía el terreno. Esperó a que cayera el sol en el bosque. Debió de fichar el bosquecillo en una visita anterior.

—Una visita anterior... —Sinclair repitió las palabras—. Pero, en primer lugar, ¿por qué fue allí? ¿O a Highfield, que en eso estamos? ¿Y qué le llamó la atención? ¿Qué le hizo volver?

Metió un montón de papeles en un cajón abierto.

—No dejo de pensar que son las mujeres. *Tienen* que ser las mujeres. Pero ni las toca. Así que ¿podría ser algo más? —Miró a Madden de manera inquisitiva.

El inspector movió la cabeza.

—No lo sé —confesó—. La verdad es que no lo sé.

4

Madden salió de Scotland Yard a primera hora de la tarde y fue paseando por la orilla del Támesis hasta Westminster. Como el verano tocaba a su fin, la ciudad se estaba volviendo a poblar. Sentado en el piso superior de un ómnibus con destino a Bloomsbury, bajó la vista al asfalto lleno de mujeres jóvenes, secretarias de oficinas del gobierno que volvían a casa a la carrera al final de la jornada. Se acordó de una época anterior a la guerra en la que, en esos mismos lugares, sólo hubiera encontrado empleados con bombín y cuellos almidonados. Le gustaba el cambio que se había operado.

Al final de esa mañana, uno de los conserjes le había dejado sobre la mesa un telegrama. Era de Helen Blackwell. PODEMOS QUEDAR EN LONDRES ESTA TARDE SIGNO DE INTERROGACIÓN. Le daba una dirección en Bloomsbury Square y una hora: las seis.

Las dos semanas acababan de concluir, y Madden no había osado albergar la esperanza de tener noticias suyas tan pronto.

Antes, en la reunión de todos los lunes en el despacho de Bennett, había explicado su viaje a Maidstone y las conclusiones a las que habían llegado él y Sinclair.

—Creemos que es el mismo hombre.

El superintendente jefe Sampson había respondido con incredulidad.

—A ver, Madden, tiene usted a un gitano que se colgó estando detenido. A mí eso me suena a una clara admisión de la culpabilidad. ¿Y dónde está la relación con los asesinatos de Highfield? Es verdad que en ambos casos se le cortó la garganta a una mujer. Pero el hombre que mató a los de Melling Lodge también robó en la casa. Eso *lo sabemos*. Lo que se llevaron de la granja lo hurtó el gitano. Las dos cosas a la vez no cuadran.

—El caso de Bentham salió en los periódicos —terció Sinclair—. Creo que nuestro hombre pudo haber leído algo sobre el robo y decidió hacer lo mismo en Melling Lodge. Sigo pensando que intentó engañarnos.

—Usted *piensa, cree...* —Sampson se rascó la cabeza—. El problema con esta investigación es que no hay más que conjeturas.

—Sin embargo, debemos considerar la posibilidad de que estos dos casos estén relacionados —insistió el inspector jefe—. Y, si así se demuestra, lo que ello implica es muy grave. Hasta espeluznante. Significa que tenemos a un hombre cometiendo asesinatos, aparentemente al azar, por motivos que son un misterio para nosotros. Repito, quizá sea necesario buscar nuevas formas de encauzar esta investigación.

Madden miraba a Bennett, pero era incapaz de saber lo que pensaba. El ayudante del comisionado adjunto escuchaba sin hacer ningún comentario.

*

La dirección que tenía Madden era la de una bonita casa victoriana situada en Bloomsbury Square. Al lado de la puerta había una placa de latón en la que figuraba la inscripción: «Sociedad Británica del Psicoanálisis». En la entrada no había más que una recepcionista sentada a una mesa.

—Me temo que llega usted tarde a la conferencia del doctor Weiss —le dijo—. Debe de estar a punto de terminar.

El inspector le explicó por qué estaba allí.

—¿La doctora Blackwell? ¿Es la señora rubia? Si quiere, la puede esperar aquí abajo, o bien puede usted subir. —Le señaló una escalera que estaba detrás de él—. Entre sin hacer ruido; nadie le dirá nada.

Madden subió por una escalera alfombrada decorada con retratos solemnes de hombres en atuendo formal. Cuando llegó al primer piso, oyó una voz que emergía tras una puerta cerrada. La abrió con sumo cuidado y ante sus ojos apareció una gran sala en la que había sentadas unas cuarenta personas en unas cuantas hileras de sillas. Frente a ellas, un hombre bajo de pelo negro estaba de pie detrás de una mesa revestida de cuero verde, sobre la que descansaba una jarra de agua, un vaso y unos folios. Se estaba dirigiendo a la gente.

—… pero puesto que se ha planteado la cuestión de la anormalidad, déjenme decirles que creo (y aquí vuelvo a citar al profesor Freud) que los impulsos de la vida sexual forman parte de los que, incluso normalmente, están controlados por las funciones más elevadas de la mente. Hablando en términos generales, sabemos que cualquiera que es anormal desde un punto de vista psíquico es anormal en su vida sexual. Lo que quizá sea más interesante es que, bajo la tiranía del instinto sexual, ciertas personas cuyo comportamiento se corresponde en otros aspectos con la norma pueden perder la capacidad de dirigir o controlar sus vidas.

Madden vio la melena rubia de Helen en la segunda fila de sillas. Quedaban sitios vacíos al fondo de la sala y se sentó en uno.

—… algo que dijo usted antes. ¿Significa eso que sancionaría usted las perversiones? —Un hombre de mediana edad de la primera fila se había levantado para hacer una pregunta. Madden se había perdido la primera parte de la cuestión—. En líneas más generales, a quienes no pertenecemos a esta profesión nos parece que en el mundo de la psiquiatría todo gira en torno al sexo. ¿O tal vez le he entendido mal, doctor Weiss?

—Es más probable que yo le haya inducido a error... —El conferenciante esbozó una sonrisa—. No hablo su lengua tan bien como quisiera. —A Madden le parecía que se expresaba perfectamente, aunque con mucho acento—. Pero deje que le diga primero que, como psiquiatra, yo no usaría normalmente la palabra «perversión» como un término de reproche en la esfera sexual. Para decirlo sin rodeos, la mayoría de nosotros se regocija con cierto grado de «perversión» frente a la norma.

El público soltó unas risas embarazosas. En ese momento, Helen Blackwell giró la cabeza y sus ojos se encontraron con los de Madden. A él se le aceleró el corazón. Por un instante la cara de la doctora pareció expresar sorpresa. Después sonrió.

—Sin embargo —prosiguió el doctor Weiss, inclinándose hacia delante mientras ponía las manos sobre la mesa—, en cuanto a la cuestión más general, si bien yo no llegaría a afirmar que «todo» en nuestro trabajo tiene que ver con el sexo, no puedo negar la importancia que tiene el más poderoso de los instintos. Hablando claro, considero que la sexualidad humana es la fuerza motriz más importante de nuestras vidas, como individuos pero también como miembros de la sociedad. Tenga simplemente en cuenta que está en la raíz de nuestra capacidad para amar a otros seres humanos aparte de a nosotros mismos. Sin duda, es la semilla de nuestra felicidad. —Hizo una pausa—. Pero la cosa no acaba ahí; es triste decirlo, pero esto es indudable a partir de muchos estudios que se están haciendo en mi profesión. El instinto sexual fluye como un río por nuestras vidas y si, para muchos, es un río soleado, para otros puede ser fuente de dolor y de angustia. Un río de tinieblas. Afrodita se nos aparece de formas diversas, algunas extrañas y terribles. Deberíamos sentir respeto por ella. En este sentido —prosiguió—, y para contestar con más precisión a su pregunta anterior, lo mejor que puedo hacer es volver a remitirle a los escritos del profesor Freud, cuya obra ha sido citada tantas veces esta tarde. Como ha señalado mi antiguo profesor, la mente humana es capaz de transformar incluso los actos sexuales más repulsivos, hasta el punto de convertirlos en creaciones idealizadas. Acabo con un fragmento de *Tres ensayos sobre la teoría de la sexualidad,* en traducción libre: «La omnipotencia del amor nunca queda tan patente como en aberraciones como éstas. Lo más elevado y lo más abyecto están siempre próximos».

El conferenciante sonrió a su público e hizo una reverencia. El público prorrumpió en un cortés aplauso mientras empezaba a recoger sus notas de la mesa. A continuación se oyó un barullo de pasos y sillas. Madden fue hasta el fondo de la sala. Helen le esperaba. Sus ojos se cruzaron cuando el inspector estaba todavía a cierta distancia, pero la doctora le mantuvo la mirada mientras él se aproximaba.

—John, querido... —Le estrechó la mano—. Temía que no pudieses venir por notificártelo con tan poca antelación. —Mientras la gente pululaba a su alrededor, Helen se le acercó—. Volví ayer por la tarde y me encontré con una invitación para esta conferencia, así que decidí arriesgarme y venir.

Llevaba un vestido oscuro de talle alto con una toca de terciopelo a juego. Le caía por los hombros un mantón con flecos de seda roja. Helen desvió la mirada, y él se percató de que alguien había ido a reunirse con ellos.

—Franz, es estupendo volver a verte.

—Helen, querida... —El doctor Weiss le cogió las manos entre las suyas y las besó; primero una, después la otra. La doctora le sacaba aproximadamente una cabeza, y le sonreía desde arriba.

—Éste es mi amigo John Madden.

—Señor Madden. —El doctor Weiss juntó los pies e hizo una pequeña reverencia. Su oscuro pelo ondulado empezaba a canear en la sien. Sus límpidos ojos marrones, arrugados en los extremos al sonreír, lanzaban una mirada de atribulada inteligencia.

—*Inspector* Madden. John trabaja en Scotland Yard. Debes de haber leído algo sobre esos horribles crímenes de Highfield...

—Desde luego. Nuestros periódicos publicaron varios artículos. —Miró a Madden con curiosidad.

—Yo viví con Franz y su familia en Viena antes de la guerra —le explicó Helen a Madden—. Él y papá son viejos amigos, y fui allí a estudiar alemán.

—Todavía te echamos de menos. —El doctor Weiss la tenía en gran estima—. Mina se moría de envidia al pensar que tal vez te vería en este viaje. Mina es mi mujer —le explicó a Madden—. No es la única. Jakob dice que te recuerda muy bien y quiere saber cuándo volverás.

Helen soltó una carcajada.

—Puesto que Jacob tenía sólo tres años en aquella época, me parece un poco difícil de creer.

—Algunos recuerdos los llevamos en el corazón. —El doctor Weiss se tocó el pecho.

—Querido Franz... Por favor dales muchos besos de mi parte y diles que *sí* volveré a veros.

—¡Pero todavía no, por favor! —El doctor Weiss levantó la mano con gesto disuasorio—. Viena no es un sitio para hacer turismo en estos momentos.

—¿Tan mal están aún las cosas?

—Muy mal. Al cambio, los modestos ingresos que recibo por estas conferencias parecerán una fortuna. —El doctor sonrió irónicamente—. Una fortuna ilusoria. Dicen que pronto se necesitará una maleta de billetes para comprar una barra de pan.

—¡Ay, Franz!

—No obstante, aprendemos del sufrimiento. ¿No es eso lo que nos enseñaron los griegos? —Se animó—. El invierno pasado tuvimos que quemar parte de los muebles para caldear la casa. A los pacientes que venían a la consulta los arropaba con mantas cuando se echaban sobre el diván. Como probablemente sabe, el profesor Freud ha desarrollado una técnica de libre asociación en el psicoanálisis —dijo, dirigiéndose de nuevo a Madden—, pero es difícil que un paciente se concentre en recuperar recuerdos del pasado cuando lo único en que puede pensar es ¡si llegará al final de la sesión sin convertirse en un carámbano!

La risa de Helen Blackwell le recordó a Madden a una ribera tapizada de hierba y a la llamada de un mirlo.

—Así que aquí estoy, ganándome el pan, como se suele decir. —Miró a su alrededor—. La Sociedad cree que sería beneficioso difundir en Gran Bretaña el psicoanálisis entre un público más amplio. Muy bien, digo yo. Desgraciadamente, para la mayoría de personas ajenas al tema la psiquiatría es sinónimo de Freud y de sexo. —Parecía divertido con la situación—. Basta con mencionar su nombre ante un auditorio lleno de ingleses y al punto media docena se pondrán rojos de vergüenza.

Alguien rondaba detrás de él. El doctor Weiss se giró.

—Sí, por supuesto, perdóneme. Sólo un minuto más. —Dirigiéndose a Helen, añadió—: Me voy a Manchester mañana. Después a Edimburgo. Pero volveré a Londres dentro de una semana y me pondré en contacto contigo. ¿Podríamos comer juntos? ¿Sí?

—Claro, Franz. Pero tienes que ir a Highfield para volver a ver a papá.

Él le cogió las manos y se las besó como antes. Hizo una reverencia a Madden.

—Inspector... —Con una sonrisa dirigida a ambos, se dio la vuelta y se reunió a un grupo de hombres que le estaban esperando.

Helen cogió a Madden por el brazo y se alejaron por el pasillo que discurría entre las sillas.

—¿Eres tú uno de esa media docena, John Madden?

—Por supuesto que no.

—Sí, creo que te estás sonrojando.

Bajaron las escaleras y salieron a la suave luz de la tarde. Los plataneros de la plaza estaban inclinados por el peso del follaje de verano. Corría un aire caliente cargado con el polvo de la ciudad.

—¿Quieres que te dé noticias de Sophy? Hace una semana que empezó a hablar de nuevo. Hablé con la doctora Mackay en Edimburgo. Hasta ahora no ha dicho ni una palabra sobre esa noche, y, de hecho, cuando la doctora Mackay le preguntó a ese respecto estuvo sin hablar otros dos días. Fue un aviso: «¡Eso está prohibido!». Pero no ha preguntado por su madre, y la doctora cree que la niña sabe y tiene asumido que no la volverá a ver.

Madden le contó lo de los dibujos.

—Creemos que el hombre que entró llevaba una máscara de gas. No sé si has visto una alguna vez. Son bastante horrorosas. A un niño le daría mucho miedo.

Siguieron paseando despacio por la plaza. Ella seguía cogida de su brazo, caminando junto a él, rozándole el cuerpo con el suyo.

—¿Te apetecería ir a cenar? —preguntó Madden, poco seguro de cómo proceder. No quería que Helen pensase que daba nada por sentado en aquella relación.

—Sí, por favor. No he probado bocado en todo el día —repuso con la mirada fija en él—. Y, luego, ¿podríamos ir a tu casa? Me estoy quedando en Kensington con una amiga. Me gustaría llevarte allí, pero es muy puritana y no me atrevo.

Helen le sonrió y él le devolvió la sonrisa. Él se animó. Le resultaba difícil creer que pudiera haber algo en el mundo a lo que ella no se atreviera.

*

En el restaurante se sentaron uno enfrente del otro. A la luz de la vela, el cabello de Helen desprendía destellos de oro. Le habló de su matrimonio:

—Conocí a Guy cuando éramos estudiantes, pero él dejó medicina y decidió cambiarse a la facultad de derecho. Todavía estaba en eso cuando empezó la guerra. Cada vez que venía a casa de permiso se hacía más duro. Yo tenía que intentar recordar por qué me había casado con él, por qué le había amado. Cuando le mataron, sólo pensé que le había fallado, y que ahora nunca tendré la oportunidad de enmendarlo.

La mujer de Madden había sido maestra de escuela. No habían perdido el pudor entre ellos; tras dos años de matrimonio seguían siendo casi unos extraños. Ahora le resultaba difícil acordarse de sus rasgos, y también de los de la niña que había muerto cuando tenía seis meses, pocos días después que la madre. Durante la guerra casi llegó a olvidarlas, como si sus muertes hubiesen perdido importancia en comparación con la tremenda matanza que estaba ocurriendo a su alrededor. Más tarde intentó recuperar sus sentimientos, llorarlas, pero su recuerdo seguía borroso en la memoria. Ahora nunca hablaba de ellas.

152

Por eso prefirió hablarle del caso. Le contó lo del asesinato de la mujer del granjero en Bentham.

—No lo hemos hecho público, pero creemos que lo hizo el mismo hombre. No entendemos el móvil del asesinato. No encontramos un motivo que tenga sentido.

Helen quería saber qué les había pasado a él y a Will Stackpole en los bosques de Highfield. Lord Stratton simplemente les había mencionado que habían sufrido una emboscada, por lo que se quedó muy impresionada cuando oyó los detalles.

—Os podrían haber matado a los dos. ¿Pasasteis mucho miedo, allí atrapados? Debió de ser terrible...

—En realidad no... No lo suficiente... —Paró, consciente de lo que había dicho.

Como no añadía nada más, Helen preguntó:

—¿Fue así como te sentías en la guerra?

Asintió. Le resultaba difícil hablar.

—Hacia el final, sí. Para entonces ya no tenía sentido tener miedo. O sobrevivías o no. Pero cuando sentí lo mismo en los bosques, era como si nunca hubiera escapado de esa sensación de que ya nada importaba.

Ella le cogió las manos entre las suyas.

Las dos últimas semanas no habían sido fáciles para Helen Blackwell. Le había dado muchas vueltas a cómo cuadrar un romance en su ajetreada y estructurada vida. Pero también se había descubierto reflexionando sobre si era inteligente por su parte empezar una relación con un hombre con tan atormentada vida interior.

Su trabajo durante la guerra le había enseñado mucho sobre las consecuencias de haber pasado mucho tiempo en la guerra de trincheras. Por doquier abundaban los hombres que se levantaban cada mañana incapaces de controlar los temblores de las extremidades y los párpados; hombres que se sobresaltaban al oír un portazo y que se ponían a cubierto al notar el petardeo del motor de un coche. Era consciente del enorme esfuerzo mental que tenían que hacer quienes lograban permanecer activos y con el control de sus vidas.

Al volver a Londres y encontrarse con Madden de nuevo, no le había sorprendido sentir renacer el deseo físico. Los misteriosos lazos de la atracción sexual la llevaban hacia ese hombre silencioso. Era algo que no deseaba evitar. Pero para lo que no estaba preparada era para sentir un repentino torrente de ternura como el que la había invadido cuando, al girarse, se había topado con los ojos ansiosos y preocupados del inspector buscando los suyos.

*

Más tarde, la llevó a sus aposentos cerca de Bayswater Road, y sintió vergüenza de la pintura descascarillada y el papel pintado manchado y el agrio olor de los muebles alquilados. Estaba ante una verdad que no podía ocultarle: que le había dejado de importar cómo vivía. Una fotografía de sus difuntas esposa e hija que descansaba sobre una mesa auxiliar era lo único que había salvado de su pasado. Helen le preguntó sus nombres, y se los dijo: Alice y Margaret; Margaret por su madre, que había muerto cuando él era un niño.

Cuando hizo ademán de hablar para disculparse por el lugar al que la había traído, ella le paró los labios con los suyos.

—Ven. —Le cogió la mano y le llevó a la habitación.

Al ver su cuerpo desnudo, de tonalidades albas, sonrosadas y ocres, Madden empezó a temblar, y cuando se tumbaron juntos siguió tiritando sin poder hacer nada por evitarlo. Helen le estrechó entre sus fuertes brazos, sin decir nada, apretando su cuerpo contra el suyo, acercando su mejilla a la suya. Después empezó a besarle, primero en la cara y el cuello, después en el pecho, dejando su aliento cálido sobre su piel. Madden tenía el cuerpo marcado por las heridas: una con forma de estrella debajo del esternón, el legado de una bala que le había atravesado limpiamente, sin tocarle el corazón; la otra una protuberancia irregular de tejido sobre la cadera procedente de la misma metralla que le había desgarrado el brazo. Los labios de Helen se desplazaban libremente por aquel cuerpo lleno de cicatrices, hasta que él no lo pudo soportar más. Cuando se echó sobre ella, ya estaba preparada.

—He estado pensando en este momento todos los días.

Aunque la penetró enseguida, esta vez ella le fue frenando. Le hizo ir más despacio.

—Es tan maravilloso… Hagamos que dure.

Aun así, para él acabó demasiado pronto. Demasiado pronto. Pero Helen le besó y le apretó contra su cuerpo, y él volvió a oír su suave risa.

—¿Qué era lo que decía Franz? —preguntó la doctora, casi sin aliento, bajo el peso de Madden.

Él se quedó dormido y soñó con un joven llamado Jamie Wallace, que en tiempos había sido alumno del conservatorio en Londres. Era uno de los jóvenes con quien Madden se había alistado y recibido instrucción, y poseía una dulce voz de tenor con la que solía entretener a los demás. La primera mañana de la batalla del Somme él y Madden se encontraban uno junto a otro en la trinchera de primera línea de batalla. Se había oído durante toda la noche fuego de artillería. Al amanecer cesó, y había ocurrido un pequeño milagro. Las alondras levantaron el vuelo desde los campos malditos y los canales de alrededor, y el cielo se llenó con su canto.

—¿Oyes eso? —había preguntado Jamie Wallace, mientras se le iluminaba la cara.

En el sueño de Madden, sus labios dibujaban la misma pregunta silenciosa. *¿Oyes eso?* Poco después había sonado el silbato que marcaba el inicio del ataque, y los hombres habían subido por las escaleras hacia la mañana inundada de cantos.

Cuando Madden se despertó llorando, la encontró dormida junto a él, con el pelo desparramado sobre la almohada. Antes de desvestirse había colocado el chal de seda rojo sobre la lamparilla de noche, y, al ver su cuerpo, desnudo y brillante bajo la luz sonrosada, Madden sintió alivio. Al ir a coger la sábana para arroparse, Helen extendió la mano entre sueños. Él aprovechó para hundirse entre sus brazos, con cuidado de no despertarla.

5

Levantando con esfuerzo su bolsón de piel, Amos Pike saltó la cerca, mirando hacia atrás mientras lo hacía para asegurarse de que no le seguía nadie. Como siempre, estaba dando un rodeo para llegar a su destino. Había crecido junto a un bosque poblado por animales salvajes (zorros, tejones y depredadores similares), y muy pronto su padre le había enseñado cuán hábiles eran para hacer desaparecer sus huellas.

Se internó en una zanja que separaba dos propiedades y continuó su camino sin ser visto, avanzando a grandes zancadas a la sombra de un seto de espino. Era martes, un día que normalmente no tenía libre, pero la señora Aylward había cogido un tren para ir a quedarse una semana con su hermana, que vivía en Stevenage, así que, aparte de las tareas del jardín, tenía todo el tiempo para él hasta el viernes por la tarde. Por regla general libraba un fin de semana de cada dos, aunque a veces la señora Aylward cambiaba de planes en el último minuto y en esos casos esperaba de él que se adaptase y alterase sus propios compromisos. Pike obedecía sin protestar. Su trabajo tenía extrañas ventajas. Se le presentaban oportunidades que él no había buscado.

Se estaba acercando a una pequeña aldea formada por un grupo de casas apiñadas en torno a un cruce, rodeadas de campos y huertos. Se paró a la sombra del seto unos minutos mientras oteaba el panorama. Era casi la una. Quienes estuvieran en casa seguramente estarían comiendo. No quería que le viera nadie. Tranquilo, siguió andando, y llegó a un estrecho camino rural que desembocaba en la puerta de la verja trasera de una casita con el tejado de paja, separada del resto del pueblo por un huerto de manzanos y campos sin arar.

Descorrió el cerrojo de la puerta y entró en el jardín. Se paró para observar la pequeña extensión de hierba y las malvarrosas y los guisantes que crecían junto a la pared de la casa, y decidió dedicar la siguiente hora a cortar el césped y desherbar el terreno. Tenía como norma mantener el sitio bien cuidado, porque pensaba que de este modo disuadiría a otros de ofrecer el mismo servicio a la ocupante de la casa. A Pike no le preocupaba ni el jardín ni su propietaria. Lo que le interesaba era el amplio cobertizo de madera situado junto al jardín, y pretendía, por medios indirectos, mantener a otros alejados de él.

Dejó el bolsón en el suelo junto a la puerta del cobertizo, soltó las correas y extrajo una bolsa de papel marrón. Con ella en la mano volvió a cruzar el césped y llegó hasta la puerta de la cocina. Entró en la casa sin llamar.

—¿Quién anda ahí? —La voz ronca y temblorosa provenía de una de las salas interiores.

Pike no contestó, sino que, desde la cocina, fue a través del vestíbulo hasta un pequeño salón situado en la parte delantera de la casa, donde una mujer mayor sentada junto a la ventana con los visillos corridos cuidaba de un gordo gato atigresado.

—¿Es usted, señor Grail? —Una película grisácea cubría los ojos que se volvieron hacia él. A pesar del calor, tenía echado un chal de lana sobre una desteñida bata acolchada—. Le esperaba la semana pasada.

—No pude venir, señora Troy —dijo Pike con su habitual voz fría—. Tuve que trabajar.

—Me he quedado sin té —replicó la anciana con voz tímida, como si se disculpara—. He tenido que pedirle prestado a la señora Church.

Pike frunció el ceño.

—Debería haberme dicho que le quedaba poco —apuntó. Como la vio estremecerse ante sus palabras, intentó controlar la natural dureza de su tono de voz—. Le he traído un paquete. Y también unas galletas de mantequilla. Usted me las pidió.

—¿Me ha traído pescado? —preguntó casi en susurros, volviendo la cara hacia otro lado, como si temiera su respuesta.

—No. —Estaba perdiendo la paciencia. Aquella mujer no le preocupaba en absoluto, aunque sí sabía que tenía que seguir viva—. Donde yo vivo no venden pescado —mintió cruelmente—. Le he traído huevos, beicon y jamón. Y pan y arroz. Lo pondré en la alacena.

Poco después volvió a salir y atravesó el jardín en dirección al cobertizo. Si Winifred Troy todavía conservara la vista, apenas hubiera reconocido la construcción. Pike había cambiado el tejado primitivo por uno de chapa metálica, había tapiado la única ventana que tenía la edificación y había instalado una puerta nueva con un enorme candado, que se abría con una llave que él llevaba consigo en todo momento.

El cobertizo había sido construido unos años atrás, cuando la señora Troy y su marido, que falleció al poco, le habían dejado la casa a un artista de la ciudad. Con su consentimiento, había construido un estudio en el pequeño jardín y había usado la casa como refugio de fin de semana y residencia estival. Con mucho, la modificación más notable realizada por Pike había sido la de derribar la pared del fondo e instalar un par de sólidas puertas en su lugar. Éstas daban a un camino rural que discurría unos setecientos metros entre los campos y huertos antes de unirse a la carretera.

Pike arrugó la nariz al notar un fuerte olor a humedad y a falta de ventilación, y echó el cerrojo de la puerta tras de sí. En el cobertizo estaba oscuro; por eso encendió enseguida una lámpara de queroseno. Mientras lo había ocupado el artista, la iluminación había sido excelente gracias a un par de claraboyas abiertas en el tejado, pero ahora ya no estaban. A Amos Pike no le gustaba la idea de ser observado.

Prácticamente todo el interior del cobertizo estaba ocupado por un gran objeto que se hallaba cubierto con una tela de franela en medio del suelo de cemento. Pike la retiró de un tirón: debajo apareció la moto con el sidecar.

El cobertizo se calentaba enseguida: a la radiación de la lámpara se unía el calor del sol sobre la chapa metálica del tejado; la estancia era un horno. Pike se quitó la camisa. Su musculoso cuerpo estaba marcado por las cicatrices, grandes y pequeñas. Dejó la bolsa sobre una mesa y sacó de ella una lata de pintura roja y un par de brochas. Había comprado la pintura esa mañana en una ferretería, tras asegurarle el vendedor que se adhería al metal. Con un escoplo levantó la tapa de la lata, extendió una hoja de periódico sobre el suelo y, sentado con las piernas cruzadas, empezó a dar una capa de pintura sobre la carrocería negra.

158

Como todas sus acciones físicas, los movimientos que hacía eran precisos, gobernados por un sentido del orden y de la economía. Había adquirido este modelo de comportamiento a una edad temprana, a raíz de un acontecimiento catastrófico en su vida. Si había conseguido salir hacia delante, sin duda se debía a la férrea disciplina con la que mantenía el control de todo lo que hacía en las horas de vigilia.

Si bien durante años había estado atormentado por el terror y la angustia que le causaban sus sueños, últimamente había notado una disminución en su frecuencia e intensidad. Aunque no era capaz de racionalizarlo de ese modo, se diría que su subconsciente había claudicado ante su voluntad de hierro.

Tras vivir un tiempo con sus abuelos, se había alistado como soldado a los dieciséis años. Así había encontrado un modo de vida que se ajustaba perfectamente a sus necesidades: las estrictas exigencias de la práctica militar encajaban con su propio código, aún más riguroso. Había ido ascendiendo en virtud de sus propios méritos, y cuando estalló la guerra ya tenía el rango de sargento. Durante un tiempo se le había empleado como instructor en un campo de entrenamiento, pero cuando destinaron a su batallón al frente asumió su anterior posición como sargento de una compañía.

Herido en varias ocasiones, se las apañó sin embargo para sobrevivir en la lotería de la guerra de trincheras, y el verano de 1917 le había encontrado, en aquella ocasión como sargento mayor de una compañía, con su batallón en la ofensiva británica al sur de Ypres, en el inicio de una agonía que duraría meses y que pasaría a la historia con el nombre de la batalla de Passendale.

Durante la amarga lucha por el control del camino de Menin, la compañía de Pike se había encontrado con el intenso fuego de la artillería alemana. Agachado detrás de un tocón, vio que a un hombre le volaban la cabeza tan limpiamente como si se la hubieran cortado con un hacha, y que el tronco se tambaleaba unos pasos antes de desplomarse. Al minuto siguiente Pike salía disparado por los aires por efecto de la explosión de un proyectil que se había quedado enterrado en el suelo a pocos metros.

Se despertó y se encontró tumbado en un cráter del terreno mientras el fragor de la batalla rugía a su alrededor. Conmocionado y apenas consciente, escuchaba el sonido de los proyectiles que le sobrevolaban la cabeza. Una enorme nube de humo y polvo se cernía sobre el campo de batalla. Vio pasar a su lado a unos hombres que volvían a filas, pero cuando abrió la boca para llamarlos sus labios no fueron capaces de emitir sonido alguno.

Durmió unas horas pero se despertó hacia la tarde, y se dio cuenta por primera vez de que tenía una pequeña herida en la muñeca. Aunque no tenía lesiones en las extremidades, no sentía deseo alguno de moverse de donde estaba, tumbado en la suave pendiente de aquel cráter del terreno, absorto en la visión del cielo violeta. Por pura costumbre, quitó el botiquín de campaña que llevaba cosido a la solapa de su guerrera y se echó yodo en el corte de la muñeca. Se dio cuenta de que aún tenía con él la cantimplora y bebió un poco.

En ese momento se percató de que no estaba solo. Un hombre de su propia compañía llamado Hallett yacía en la otra vertiente del cráter, acurrucado de lado, con los brazos pegados a la guerrera ensangrentada. Llamaba en un tono de voz apenas audible, suplicando agua. Pero la lástima nunca había hecho mella en el gélido corazón de Amos Pike, que se quedó observando en silencio cómo moría el hombre.

Durante la noche empezó a llover. Un aguacero torrencial e incesante convirtió el seco y polvoriento campo de batalla en un lodazal. La batalla se reanudó antes del amanecer. Los proyectiles de los morteros alemanes le pasaban silbando por encima. Sobre el cráter caían humeantes terrones de tierra. Iluminado por el blanquecino destello de un misil, Pike vio avanzar a las tropas cargadas de rollos de alambre y cestas con palomas mensajeras, picos y palas, pero no hizo intento alguno por llamar su atención.

Llegó la mañana. El cuerpo de Hallett había desaparecido. Pike no veía nada más que barro a su alrededor. Barro y trozos de árboles; cuerpos enteros o miembros sueltos: cerca descubrió una mano sosteniendo una taza, nada más. El cráter se convirtió en un lago de barro licuado. Al quedarse dormido se había ido deslizando ladera abajo, y tuvo que volver a subir a zarpazos, embarrándose de lodo arcilloso. Había dejado de llover y en ese momento lucía el sol. Pike volvió a dormirse. Cuando se despertó descubrió que el barro se había endurecido formando una dura costra alrededor de su cuerpo. No hubiera tenido más que romperla, pero se encontraba bien allí tendido, inmóvil, con las extremidades atrapadas en el abrazo del barro.

Empezó a revisar su vida, y entonces se le formó en la mente una extraña imagen. Se vio envuelto en una mortaja, como las momias egipcias, incapaz de moverse y prisionero de un rígido e implacable régimen que estaba machacándole la vida y convirtiéndola en polvo. Sintió una feroz necesidad de liberarse, de romper las ataduras. Sin embargo, la mortaja le traía la muerte a la mente, y supo que si decidía quedarse allí tumbado, sin moverse, moriría. Y eso también sería una solución.

Hizo el esfuerzo de hacerse una idea de la situación, de intentar tomar alguna decisión. Mientras el barro seguía aprisionándolo, oyó un ruido similar al de una ventosa y de repente emergió en la superficie del cráter el cuerpo abotargado de Hallett, que fue a parar más abajo, a la superficie de la ladera. Uno de los ojos se le había quedado abierto, y le observaba con una mirada acusadora. Pike sintió la necesidad de darse la vuelta, pero no podía moverse sin quebrar la capa de barro que le cubría el cuello y la mandíbula. Una parte de él quería quedarse como estaba, rígido e inmóvil; otra parte deseaba liberarse.

Al romper el alba al día siguiente le encontró una pareja de camilleros que lo devolvieron a las filas británicas, aún revestido con su traje de barro. Lo dejaron en manos de un enfermero que le liberó golpeteando aquella armadura de lodo con un cucharón de cocinero, igual que si estuviera pelando un huevo duro, quitando la cáscara trozo a trozo.

—¡Ya está! —exclamó—. Como un polluelo recién salido del cascarón.

Aquellas palabras tuvieron un gran efecto en Pike. De repente se sintió libre. ¡Resucitado! Un oscuro impulso, como el despertar de un dragón, se agitó en sus entrañas.

El médico principal del batallón le diagnosticó conmoción cerebral y se le envió, después de pasar por un centro de evacuación de heridos, al hospital de la base de Boulogne, donde le tuvieron en observación una semana antes de devolverle a su compañía.

El batallón de Pike, retirado de la línea de fuego, descansaba en las proximidades de un pueblo en medio de una región agrícola, en parte de la cual todavía se dedicaban a la labranza algunas familias de campesinos.

En cuanto volvió, comenzó a escudriñar la zona.

6

Al final de la semana, por orden de Bennett, Sinclair y Madden redactaron un informe sobre el estado de las pesquisas.

La larga investigación sobre el paradero de los pacientes con trastornos psíquicos que habían recibido el alta de hospitales militares prácticamente había tocado a su fin. No se había identificado a posibles sospechosos. Se había interrogado a quienes habían adquirido recientemente motos de la marca Harley-Davidson en la región central, y se había ampliado la investigación a otras zonas. También se estaba tomando declaración a los comerciantes de artículos de segunda mano. Se había mandado una circular a las autoridades policiales con la descripción del hombre en busca y captura, y Sinclair había mandado otro mensaje a las comisarías del sur de Inglaterra solicitando a sus responsables que ordenasen a los agentes de las zonas rurales estar atentos a los motoristas que se desplazaran por carreteras secundarias durante los fines de semana. En la medida de lo posible, había que detenerlos, interrogarlos y consignar sus datos personales. A los agentes se les pedía que mostraran extrema prudencia.

—¡Viernes otra vez! —Sinclair estaba junto a la ventana de su despacho, mirando el lento fluir de las mansas aguas del Támesis—. ¡Y pensar que yo solía esperar los fines de semana como agua de mayo! Ahora estoy aquí sentado, esperando a que suene el teléfono. Me pregunto que estará tramando nuestro amigo el de las botas del cuarenta y cinco.

Cuando llegó al despacho por la mañana, Madden se había encontrado al inspector jefe cariacontecido ante un ejemplar del *Daily Express,* cuya portada estaba ocupada por fotografías y un artículo sobre el dirigible R38 que se había estrellado hacía unos días en el estuario del Humber dejando un saldo de más de cuarenta víctimas.

—¡Gracias, Dios mío, por todas las calamidades, sean grandes o pequeñas! Cualquier otro día, habríamos sido nosotros a los que hubieran puesto verdes en la portada.

Abrió el periódico y se lo pasó a Madden, quien leyó el titular: «MISTERIO DE MELLING LODGE. LOS ASESINATOS SIGUEN SIN RESOLVERSE. INTRANQUILIDAD EN SCOTLAND YARD».

—Sampson ha estado hablando con esa comadreja de Ferris.

El artículo comenzaba resumiendo la información ya publicada sobre el caso y constataba que la policía seguía «desconcertada» por los misteriosos asesinatos. «En opinión de diversos observadores, no está ahora más próxima a resolver el crimen que al principio de la investigación».

Y seguía así:

> Los rumores cada vez más insistentes de que ciertos agentes se muestran a favor de buscar ayuda en otras fuentes dan cuenta de hasta qué punto alcanza su desesperación.
> Si bien esa táctica rara vez ha resultado productiva en el pasado y topa con la fuerte oposición de ciertos detectives con demostrada experiencia, sin embargo cada vez son más las voces a favor de esta medida entre quienes están más estrechamente relacionados con la investigación, al cargo de la cual se halla el inspector jefe Angus Sinclair.

—Sampson ha escogido bien el momento —reconoció Sinclair.

—Bennett se va a reunir esta tarde con el comisionado adjunto. Parkhurst querrá saber qué se está haciendo para avanzar en la investigación. Está claro a qué juega el superintendente jefe. Piensa que nos tiene acorralados. Está esperando a que gritemos: «Que venga Sampson, el de Scotland Yard».

—¿Ya no le dará miedo el caso? —preguntó, sorprendido, Madden—. ¿Piensa acaso que puede descifrarlo?

—¿Y por qué no? —respondió, encogiéndose de hombros, Sinclair—. Con la descripción que tenemos, unida a la moto, tenemos suficiente para identificarle. Con un poco de suerte.

—Y tiempo —puntualizó Madden.

—Sí, claro... Tiempo. —El inspector jefe parecía apesadumbrado—. Pero ¿y si Sampson tiene razón? ¿Qué pasa si ese hombre no es más que un ladrón que perdió la cabeza? Podríamos estar yendo por el camino equivocado. De momento sólo tenemos conjeturas. No sabemos nada a ciencia cierta.

—¿Y cómo explica lo sucedido en Bentham, entonces?

—No podemos asegurar que fuera él. Sólo estamos seguros de que cometió los crímenes de Highfield, y a lo mejor es lo que dice Sampson: que, presa del pánico, lo echó todo en el refugio subterráneo después de perpetrar los asesinatos, y que hasta más tarde no se le ocurrió volver a recogerlo.

Era la primera vez que Madden veía a su superior desanimado.

—No estoy de acuerdo —le dijo—. Hay algo más. Ambos lo sentimos en Melling Lodge. No fue allí a robar, como tampoco era ésa su intención en la granja de los Reynolds. Yo sigo pensando que es por las mujeres.

—Pero ¿por qué? ¿Qué quiere de ellas?

Madden no tenía respuesta. Pero sí una idea que le rondaba la cabeza.

*

Más tarde, ese mismo día, el inspector prolongó el descanso de la hora de comer, un hecho poco habitual en él. Helen Blackwell había venido a Londres.

—Se supone que estoy de compras. Necesitamos cortinas para el salón, pero no sé por qué no creo que encuentre la tela hoy. —Se rió y le besó en la mejilla. Habían quedado en un restaurante al lado de Piccadilly. Cuando llegaron no había mesas libres, y se sentaron en unos taburetes en la zona de espera, que estaba atestada de gente. Estaban flanqueados por unas jóvenes muy maquilladas, con el pelo cortado a lo paje, que hablaban con voz aguda y que hacían caer la ceniza de los cigarrillos golpeteando en las larguísimas boquillas con las uñas pintadas de un rojo intenso. Escondido en algún lugar, un pianista tocaba *ragtime*. Aquél era un mundo desconocido para Madden.

—No pongas esa cara de pocos amigos. Así tienes pinta de policía. —Madden se rió, y ella deslizó su brazo por detrás del suyo—. Tengo que estar de vuelta en Guildford sobre las cuatro. Andan escasos de personal en el hospital y estoy echando una mano. Ojalá no estuvieran tan ocupados.

Llevaba un vestido plisado de algodón y un sombrero de paja adornado con cerezas. Madden se acercó para aspirar el aroma de jazmín. Helen le escrutó el rostro con su mirada clara.

—No estás durmiendo lo suficiente. Te recetaré algo antes de que me vaya.

—Quiero comentarte una cosa —le dijo Madden—. Tengo que pedirte un favor.

—¿De qué se trata?

—Te lo digo después. —No quería estropear el momento. Estaba feliz simplemente por estar con ella, sentarse a su lado y sentir en el suyo el roce de su brazo. Sin pensarlo siquiera, dijo en voz alta—: ¡Dios, cuánto te echo de menos!

Ella seguía con la vista clavada en los ojos de Madden. Entonces, sin importarle el hecho de que se encontraban en un lugar público, se inclinó y le besó en los labios.

Madden sintió cómo le subía un súbito calor por las mejillas.

—Olvidémonos de este plan —le instó—. Vamos a mi casa.

Ella se levantó enseguida, atrayéndolo hacia sí.

—Estaba esperando a que dijeras eso. —Se reía—. De hecho, iba a sugerírtelo yo misma, pero temía que pensaras que soy demasiado lanzada.

Madden la llevó a su casa e hicieron el amor aquella calurosa tarde. Aunque corrieron las cortinas, tenían la ventana abierta, y el griterío de los niños jugando en la calle ascendía hasta la estancia. Cuando terminaron, ella se quedó tumbada entre sus brazos, con el cuerpo ardiendo y empapado de sudor. Luego le besó con los labios muy abiertos, deleitándose en el sabor salado de su piel.

—No dejes que me quede dormida —le pidió. Madden la estrechó y sintió los latidos de su corazón unirse a los de Helen.

La semilla de nuestra felicidad.

A la mente le vinieron esas palabras, y se acordó de dónde las había oído. También se acordó de que tenía que pedirle un favor.

*

Cuando Madden volvió a Scotland Yard, encontró a Sinclair sentado a su mesa, fumando en pipa con gesto meditabundo.

—Siento la tardanza, señor.

—No te preocupes, John. De todas maneras, no ha pasado nada de nada. —El inspector jefe se quedó observando cómo ascendía una espiral de humo azulado desde la cazoleta de su pipa de madera de brezo—. Acabo de estar con Bennett. Se había reunido con Parkhurst. La consigna de los de arriba es «dejar las cosas como están».

—Y eso ¿qué significa?

—Significa que esta investigación se queda entre las cuatro paredes de Scotland Yard. Parkhurst lo dejó bien claro. No quiere un «carnaval»: así lo dijo. Nada de llamar a expertos de otro lado. Sampson les ha metido miedo. Algo se nos tendrá que ocurrir.

7

El hotel estaba en una trasera de Russell Square. El doctor Weiss esperaba en una mesa situada en un rincón del salón desierto. Las sucias hojas de un ficus le rozaron en el hombro cuando se levantó a saludar a Madden.

—Inspector, es todo un placer.

—Es muy amable por su parte recibirme, doctor Weiss.

—Para mí siempre es una alegría reunirme con los amigos de Helen.

La cadena de un reloj de oro destacaba contra la sobria negrura del chaleco del doctor. Tras esbozar una sonrisa amable, lanzó una mirada inquisitiva a su interlocutor. En su último encuentro se había percatado de lo hundidos que tenía Madden los oscuros ojos y de aquel aire de cansancio acumulado. Para él, cualquier hombre que hubiera conseguido captar el interés de Helen Blackwell era afortunado, y se preguntaba cómo sería su relación.

Se sentaron a la mesa. El doctor esperó mientras Madden hizo una señal a un camarero y pidió consumiciones para ambos.

—De todas formas, me sorprendió mucho la llamada de Helen. ¿Quiere de verdad hablar conmigo acerca de los asesinatos de Melling Lodge? Inspector, yo no soy criminólogo.

—Lo sé perfectamente. Pero ésta no es una reunión oficial. En realidad, le agradecería que no comentara nuestro encuentro con nadie.

—¡Ajá! —En los ojos marrones del doctor Weiss se percibió un destello de luminosidad—. Aun así, no veo en qué puedo serle de ayuda.

Madden vaciló un instante. Caminaba sobre terreno desconocido.

—De lo que dijo usted en su conferencia la otra noche, hay algo que no me quito de la cabeza. Cuando hablaba de perversiones sexuales, dijo que la mente humana puede idealizar incluso las acciones más terribles.

—Así es —corroboró Weiss, con el ceño fruncido—. Pero aún sigo perdido. Por lo que he leído de los asesinatos de Highfield, no había móvil sexual.

—No había móvil sexual evidente.

—Ya veo... Pero ¿usted tiene otra opinión? —La conversación le había picado la curiosidad.

—Lo cierto es que... no sabemos qué pensar. Sabemos que los asesinatos fueron obra de un solo hombre. Tenemos una descripción aproximada de su físico y sabemos la marca de la moto en la que se desplaza. Pero, aparte de eso, estamos en las más absolutas tinieblas. No tenemos ni idea de *a quién* buscamos.

Las cejas casi canas del doctor se arquearon con gesto de perplejidad.

—Y ¿cree usted que *yo* puedo decírselo?

—Nos puede usted dar alguna indicación.

—¿Que esté basada en pruebas?

—Sería una guía, ciertamente.

—Una guía, claro. Pero ¿para llegar adónde? —Weiss sacudió la cabeza compungido—. Inspector, no sabe usted lo que me está pidiendo. El margen de error en ese procedimiento sería inmenso. La psicología no es una ciencia exacta.

—Lo sé perfectamente.

—Podría llevarles por la dirección equivocada.

—Ése es un riesgo que asumo —insistió Madden.

Aquel hombre mayor le miró en silencio durante unos segundos. En sus labios se dibujaba una ligera sonrisa. Finalmente se encogió de hombros.

—Muy bien, entonces, si insiste... —Se acomodó en la silla—. Hábleme de ese tipo. Con tantos detalles como le sea posible, por favor. La clave está en los detalles.

Madden pasó los siguientes veinte minutos hablando. Le narró el transcurso de la investigación, sin omitir nada. Le describió la emboscada a la que habían sobrevivido él y Stackpole en los bosques de las montañas de Highfield y el posterior hallazgo del refugio subterráneo.

—En ese momento creíamos que estábamos ante un incidente aislado. Hace poco, sin embargo, hemos sabido que asaltó de una manera muy similar otra casa hace algunos meses. La única persona que estaba en la casa era una mujer, y la mató de una forma muy parecida a la que mató a la señora Fletcher.

—¿De una forma *muy* parecida?

—Prácticamente idéntica. Le cortó la garganta y dejó el cuerpo tumbado sobre la cama. La mujer se estaba bañando, y desde allí la llevó a rastras hasta la cama, igual que llevó a la señora Fletcher desde las escaleras. Yo me acordaba de algo que me había dicho alguien antes refiriéndose a Lucy Fletcher: que estaba allí tendida como si de un sacrificio se tratara.

—¿Ve usted un componente de ritual en ambos asesinatos? —El doctor Weiss se inclinó hacia adelante. Su cara encarnaba la concentración.

Madden asintió.

—Ésa es la impresión que me dio.

—¿Y no abusó en modo alguno de ninguna de las dos mujeres?

—Exacto.

—¿Buscaron restos de semen?

—Por todas partes. Al menos en el caso de la señora Fletcher.

—¿Tanto por los orificios corporales como por la superficie de su cuerpo?

—Sí, ¿por?

—¿Y en la ropa de cama?

Madden arrugó el ceño.

—No lo sé. ¿Eso es importante?

—Puede serlo. —El doctor Weiss pareció entonces caer en la cuenta por vez primera de que tenía un vaso de whisky frente a él. Dio un sorbo—. Así que éstos son los hechos. —Miró a Madden directamente a los ojos—. Detengámonos un momento en su primera pregunta: ¿tienen estos asesinatos un móvil sexual? A lo que yo respondería: sí. Fuera de toda duda.

—¿Por qué? —Madden estaba asombrado por la certeza que destilaba la voz del doctor.

—En parte, por eliminación. Una vez se excluyen otros motivos como la venganza o, más aún, el robo, es difícil imaginarse otra razón que desencadenase los hechos. Pero sobre todo por las grandes similitudes entre los asesinatos de la señora Fletcher y de la señora Reynolds. El elemento de la repetición, o del ritual, como se figura usted, es uno de los indicios clásicos que apuntan a muertes con móvil sexual. Y estoy convencido de que usted lo sabe, inspector.

—Sí, pero estábamos desconcertados por la ausencia de pruebas claras. Porque, por decirlo llanamente, ¿por qué *no* las viola? ¿O por qué no abusa de ellas de algún otro modo?

El doctor Weiss ladeó la cabeza.

—¿Se han planteado la posibilidad de que el hombre sea impotente? ¿De que estos asesinatos sean una manifestación de ira?

Madden asintió.

—Pero en ese caso lo esperable sería que lo demostrara más a las claras, sobre los cuerpos de las víctimas. Limitarse a cortarles la cabeza parece insuficiente.

—Estoy de acuerdo con usted —reconoció Weiss asintiendo vigorosamente con la cabeza—. Pero puede haber otra explicación. Quizá sienta que no puede encontrar satisfacción de manera directa. Es decir, por penetración normal, o incluso anormal.

—¿Y a qué podría deberse eso?

—A que piense que está prohibido. Tabú. Eso no significa que no sea capaz de eyacular. Sólo que es incapaz de llevar el acto a término por las vías ortodoxas. Pero, de nuevo, quizá sea eso lo que persiga. Conseguir el coito de alguna manera. —Los dedos del doctor Weiss ensayaron una escala sobre el cristal de la mesa. A modo de respuesta, se oyeron las hondas notas de un violonchelo que procedían de una estancia próxima, donde había empezado a tocar una orquesta. Interpretaban una melodía clásica: *Just a song at twilight*.

—Pero ¿podemos estar seguros? —Madden se sentía obligado a interpretar el papel de abogado del diablo—. ¿Qué me dice de la relación con la experiencia en el ejército durante la guerra? ¿La bayoneta, el refugio subterráneo, la mascarilla de gas? ¿No cabe la posibilidad de que simplemente esté trastornado? ¿De que esto sea una reacción a alguna experiencia vivida en las trincheras?

Weiss lo negó con la cabeza.

—Por supuesto que debemos considerarlo. Pero la semilla de estos delitos queda plantada mucho antes en la vida. En la niñez. En la más tierna infancia, quizás.

—¿De eso se puede estar seguro? —preguntó Madden con escepticismo.

—¿Seguro? —El doctor se encogió de hombros con gesto elocuente—. En mi profesión rara vez puede uno estar seguro de nada. Hay un dicho que le encanta citar a Freud: «El alma del hombre es un país lejano, imposible de explorar». Aun así, con respecto a la sexualidad humana, en la actualidad determinadas certezas están, *con toda seguridad,* fuera de toda duda. En primer lugar, la de que se configura muy pronto en la niñez. En segundo lugar, la de que cualquier daño ocasionado entonces se traslada a la vida adulta y se magnifica. De esto no hay duda.

Madden le prestaba total atención.

—Pero si el daño lo sufrió de niño, como sugiere usted, ¿no habría mostrado señales antes? Si aceptamos que vivió la guerra, como poco debe de rondar la treintena.

—Eso es algo que me inquieta —admitió el doctor Weiss irónicamente—. ¿Han comprobado también los archivos policiales tanto anteriores como posteriores a la guerra?

—Sí, y no hay nada de esa índole en los expedientes.

—Entonces tenemos que seguir haciendo hipótesis. —El doctor se revolvió en la silla. Sacó el reloj de oro del bolsillo del chaleco y comenzó a balancearlo como un péndulo ante él. Tenía el ceño muy fruncido—. Supongamos que este hombre se amolda a un arquetipo clásico en la psiquiatría. En las primeras fases de su vida habría mostrado síntomas de desorientación sexual: infligir sufrimiento a animales, perros y gatos, es uno de los más frecuentes. Para esa clase de niños la primera experiencia sexual completa, es decir, el orgasmo, a menudo viene asociado a un ritual de sangre ya existente, que establece una pauta difícil de romper. Podemos suponer que pasó por esa experiencia al principio de la adolescencia. Pero, como no dejó huellas de joven, cabe deducir que o bien sus deseos sexuales eran moderados o poseía una fuerza de voluntad excepcional con la que lograba inhibirlos. Dada la brutalidad de los actos cometidos en la actualidad, yo me inclino a desechar la primera hipótesis. —Hizo una pausa—. Entonces, ¿a qué nos enfrentamos? —El doctor Weiss meditaba sobre sus propias preguntas—. A un hombre con una capacidad de autocontrol inusual que de repente rompe las cadenas que le mantienen atado para revelar su verdadera identidad sexual. Para que se dé esta circunstancia, es muy probable que haya sufrido una experiencia, o trauma, como lo denominamos en la profesión, bastante demoledora. Y ahí es donde vemos una conexión muy clara con la época vivida en el ejército. En lo que se refiere a las lesiones sufridas por la psique humana, no hay necesidad de buscar más allá de la experiencia del soldado raso en las trincheras. —Weiss calló un instante. Su mirada comprensiva se quedó posada en el inspector—. Hablo sólo en calidad de psicoanalista —dijo amablemente—. Mis conocimientos sobre el tema son meramente indirectos: los he recabado de los numerosos pacientes que trato en Viena. Los suyos, sospecho, son más inmediatos y personales.

Al principio Madden no respondió. Luego se limitó a asentir con la cabeza.

—Entonces —prosiguió el doctor—, esta base por lo menos nos permite elaborar una explicación teórica de las razones por las que el hombre que buscan ha empezado, ahora, en este momento, a cometer estos crímenes. ¡Sin embargo, le recuerdo que esto es sólo una teoría! —El doctor Weiss reforzó la advertencia levantando el dedo—. Pero, si la aceptamos, quizá se nos abra una línea de investigación. Lo que me ha contado de su comportamiento parece indicar que la conexión con el periodo vivido en la guerra es más que una mera casualidad.

—Lo siento, no...

—Los asesinatos de esas dos mujeres tienen su origen en alguna experiencia de la niñez. O por lo menos así lo creo. —El doctor frunció el ceño—. Pero los detalles que lo rodean (el refugio subterráneo, la máscara de gas, el ataque feroz y la masacre de los demás con la bayoneta)... ésos no parecen sino una especie de refinamiento del acto que está en su origen. Un complemento, incluso.

—¿Un complemento? —Madden se percató de la relevancia de la palabra—. ¿Está diciendo que quizá cometió otro asesinato de esta clase *durante* la guerra?

—Y que ahora intenta perfeccionar el acto. Sí, cabe esa posibilidad —respondió el doctor Weiss asintiendo enérgicamente con la cabeza.

—¿Mientras estaba en las trincheras?

—¡No, no! —Weiss lo negó con idéntico vigor—. El asesinato, si es que se perpetró, habría estado separado de la matanza general. La figura de la mujer desempeña un papel crucial en este acto.

—Entonces ¿durante su época de soldado? ¿Mientras estaba en el frente, quizás? —Madden sintió una palpitación—. Podríamos preguntar al Ministerio de Defensa. Estará en los archivos del jefe de la policía militar.

—Sólo si las autoridades militares lo investigaron —matizó el doctor Weiss—. Y únicamente si llegó a producirse. Recuerde, inspector, que éstas son sólo conjeturas.

Madden esbozó una sonrisa grave.

—Para un policía suena a pista.

Weiss reaccionó al comentario levantando la cabeza. Apuró el vaso. Cuando sus ojos se encontraron con los del inspector, otra vez se le había ensombrecido el gesto.

—Me encuentro en una posición insólita para mí.

—¿Por qué?

—Debo esperar equivocarme en todo lo que le he dicho. Esperar que este hombre no sea como le imagino.

—Pero ¿y si lo es?

—Entonces deben prepararse para lo peor. Mi dictamen es que es un psicópata, un caso extremo. Un hombre que ha perdido todo contacto con la realidad. No ve a sus víctimas como seres humanos, sino como objetos que le proporcionan satisfacción. Esté seguro, con todo, de que no está asesinando al azar. Esas mujeres significan algo para él. Esas mujeres en concreto. De otro modo, no se habría tomado la molestia de tanto preparativo, particularmente en el caso de Melling Lodge. Podemos presuponer que las vio antes, ya en sus casas o en el vecindario, y que le llamó la atención algún rasgo de su apariencia física. Fuera lo que fuera, le llevó al pasado. —El doctor Weiss se paró un instante. Aparentemente, ponía en orden sus ideas—. Sólo puedo ofrecerle indicaciones generales —prosiguió—. A todas luces puede tenerlas en cuenta, pero no confunda mis comentarios con hechos probados. Es posible que este hombre viva en una fantasía, y eso hace que sea difícil predecir sus acciones. Piense, por ejemplo, en su regreso a Highfield. Una decisión estúpida, aparentemente. Pero en su propio mundo las razones que le llevaron a ello le debieron parecer imperiosas. Quizá quería un recuerdo de la señora Fletcher: una de sus joyas. Un trofeo, si quiere pensarlo así. Eso no es inusual en este tipo de casos. —Lanzó una mirada intensa al inspector—. Con ello no estoy diciendo que ésa fuera la razón, por supuesto. Sólo trato de poner de relieve el problema al que se enfrentan a la hora de comprender su comportamiento.

Madden estaba sorprendido por la sombría expresión que había adquirido el rostro del doctor.

—Quizá se acuerde de mis comentarios de la otra tarde sobre el instinto sexual —prosiguió—. Aquí tenemos a un hombre en el que ha estado inhibido, casi hasta el punto de desaparecer, durante años. Ése es el río de tinieblas del que hablaba. Ahora que se ha desatado, nada puede ponerle freno. La vergüenza, la repugnancia, la moralidad... Éstas son barreras que normalmente actúan contra las perversiones y los actos de desesperación sexual. Pero contra el tipo de fuerza que veo operar en este hombre no tienen ningún poder. A este hombre lo empuja la obsesión.

—¿Está diciendo que no va a dejar de matar? —preguntó Madden, sacudiendo la cabeza—. Eso es lo que nos temíamos.

—No, estoy diciendo algo distinto. —Weiss asintió con gesto triste—. Estoy diciendo que *es incapaz* de dejar de matar.

8

—Pero ¿cómo se te ha ocurrido, John? ¿Es que has perdido la cabeza? ¿Sabes qué pasará si sale a la luz? —El tono del inspector jefe delataba angustia. Recorría la sala de extremo a extremo por delante de la mesa de Madden. La puerta que daba al despacho contiguo estaba cerrada a cal y canto—. Si por casualidad a Sampson le llega algún eco de esto irá directamente a los periódicos. ¡Dios, ya me imagino el titular: «SCOTLAND YARD LLAMA AL TEUTÓN»!

—El doctor Weiss es austríaco, señor.

—Dudo que al superintendente jefe le importe la distinción. Y te puedo asegurar que a los periódicos les traerá al fresco. —Sinclair se detuvo en medio de su ir y venir para mirar fijamente al inspector—. ¿He dicho algo gracioso?

—Lo siento, señor. —Madden intentó ponerse serio—. Es sólo que nosotros no teníamos esa imagen de ellos.

—¿Qué imagen?

—Uno tenía que volver a casa de permiso para oír a la gente hablar de los teutones o desear que ahorcaran al Káiser. Nosotros los llamábamos Fritz o Jerry. Y no teníamos ninguna gana de ahorcar al Káiser. Queríamos ahorcar a la plana del Estado Mayor. Primero a ésos y después a todo el Comisionariado.

—Poco importa a quién quisierais ahorcar. —El inspector jefe hizo un esfuerzo por controlar su ira. Se había dado perfecta cuenta de que nunca había oído a Madden hablar así—. No tenías ningún derecho a hacer lo que hiciste. ¡Por el amor de Dios! ¿Por qué no me pediste permiso?

—Porque no me lo hubiese concedido —respondió Madden con toda franqueza.

—Al menos en eso estás en lo cierto.

—Se habría visto en la obligación de negármelo.

—¡Vaya! ¡Se empieza a hacer la luz! —El rostro de Sinclair se iluminó—. O sea que no necesitabas preguntar. Que ya sabías lo que yo pensaba.

—Bueno, pues... sí, señor —dijo Madden, a esas alturas ya avergonzado—. Eso pensé.

—¡Increíble! Nunca me imaginé que fuera tan transparente. ¿Dónde conociste a ese Fritz?

—En una conferencia sobre psiquiatría.

—A la que asististe por casualidad, ¿no? Deja, no me lo digas. —En el rostro del inspector jefe se adivinaba la consternación—. Prefiero no saberlo.

Se acercó a la ventana y, con los brazos en jarras, se quedó mirando al río. Un instante después, giró la cabeza y preguntó:

—¿Entonces?

*

—Perdóneme, señor, ¿se trata de un avance en el caso?

Sampson, que había llegado tarde y sin aliento, se colocó en su asiento junto al ayudante del comisionado adjunto.

—No, superintendente jefe. Pero el señor Sinclair ha dado con una nueva línea de investigación que quiere seguir.

—Se trata solamente de una idea —explicó Sinclair. Él y Madden estaban sentados al otro lado de la mesa—. Pero, puesto que implica ponerse en contacto otra vez con el Ministerio de Defensa, he creído oportuno consultar al señor Bennett.

—El inspector jefe baraja la posibilidad de que este hombre haya cometido delitos, o incluso crímenes similares, mientras servía en el ejército.

—Es el elemento de la repetición lo que me inquieta. —Los ojos grises de Sinclair mostraban una angelical inocencia—. Dado que también fue el autor del crimen de Bentham, y de eso estoy convencido, entonces parece que sigue una pauta. Pero ¿cuándo comenzó? No tenemos constancia de que se produjera ningún crimen similar durante el periodo de paz, pero no hemos examinado con detenimiento los años de la guerra. Y el hecho de que va armado y equipado como un soldado me hace preguntarme si no empezaría entonces. En el extranjero, quizás. En Francia o en Bélgica. Necesitamos pedir al ejército que compruebe sus archivos.

En la sala reinaba el silencio. Finalmente, intervino Sampson:

—¿Con quién han hablado? —preguntó.

—¿Perdón, señor?

—¿Han hablado del caso con alguien?

—Con nadie fuera de este edificio.

Madden sabía que Bennett le observaba atentamente, así que siguió con la mirada fija en otro lado, esquivando la mirada del ayudante del comisionado adjunto.

—¿Y todo esto lo han cavilado solitos?

—No es más que una posibilidad remota, señor. No tengo reparos en admitir que nos agarramos a cualquier cosa.

Bennett se aclaró la garganta.

—Así que lo que queremos es que comprueben los archivos de la Jefatura de la Policía Militar. No veo nada malo en ello. Me pondré otra vez en contacto con el Ministerio de Defensa. Caballeros... —Se levantó de la mesa.

—Bueno —comentó Sinclair cuando estaban de vuelta en el despacho—, hemos estado cerca. —Con el dedo aplastó el tabaco en la pipa—. Durante un instante creí que se lo había olido.

—Siento ponerle en esta situación, señor —dijo Madden, reconcomido por los remordimientos—. De todos modos, creo que Sampson sólo planteaba una hipótesis.

—Me alegra oírlo. —El inspector jefe encendió una cerilla—. No me gustaría pensar que me ha tocado lidiar con *dos* videntes en el mismo día.

9

Una vez apagó la lámpara de parafina, Amos Pike abrió la puerta doble que se hallaba al fondo del cobertizo del jardín y salió al frío aire de la noche. Llevaba una cazadora de cuero con cinturón, una camisa de color caqui, unos pantalones de franela grises y unas botas. Se abrigaba la cabeza rapada con una gorra plana de lana.

Miró a su alrededor. No se veían luces en ninguna de las casas. Pasaba ya de la media noche.

Volvió al cobertizo, soltó el freno de la moto y empujó la máquina hasta la puerta. Una leve rampa conectaba con el camino, y Pike dejó que la moto avanzara un trecho montado de medio lado y sin pedalear, hasta que el vehículo se paró. Luego puso el freno y volvió al cobertizo a cerrar las puertas con candado.

En el sidecar había metido a presión una gran bolsa de lona llena de diversos objetos que en tiempos había pertenecido a un pescador, quien la utilizaba para transportar sus aparejos. Pike la había comprado en un mercadillo en Brighton el mismo día en que había robado la moto de una calle en la trasera de un pub. Había encastrado uno de los extremos de la bolsa en la parte delantera del sidecar; el otro sobresalía por encima del borde del cajón. Comprobó que iba segura, y después encendió la lámpara de carburo que le hacía las veces de faro, y manipuló la llave que regulaba la salida del gas hasta que le complació el tamaño de la llama. Entonces se montó en el sillín y arrancó la moto, aunque enseguida dejó de acelerar, en cuanto el bramido del motor quebró el silencio de la noche. Una vez se acomodó en el ancho asiento de cuero, soltó el freno y se puso en marcha.

Pike viajó a ritmo regular, sin excederse en ningún momento de los cincuenta kilómetros por hora. Dadas las características de la ruta que había elegido, una tortuosa maraña de carreteras secundarias y caminos rurales, tenía que cubrir unos ciento treinta kilómetros hasta llegar a su destino. Ya allí, pensaba pasar durmiendo la primera parte del día, un sábado, y luego levantarse y cumplir su misión. El domingo seguiría la misma rutina: primero dormir, luego trabajar. Por la tarde se prepararía para el largo camino de regreso. Los lunes eran el día más difícil de la semana. Aunque con déficit de sueño, tendría que cumplir sus obligaciones normales sin ceder ante la fatiga. Afortunadamente, era algo a lo que estaba acostumbrado. Había pasado muchas noches en vela durante la guerra, tumbado durante horas bajo el fuego de la artillería, al mando de patrullas y comandos de asalto que hacían incursiones en una tierra de nadie. A pesar de todo, nunca había fallado; siempre se había presentado, fusil en mano, preparado en primera línea de fuego a repeler un ataque enemigo, y también cuando les llamaban a formar rutinariamente justo antes del amanecer.

Apenas pasadas las cuatro, por fin llegó a Ashdown Forest. Dejó la carretera para tomar un camino sin asfaltar. Aquel legendario bosque estaba lleno de senderos y veredas abandonados, algunos de ellos anteriores a la invasión romana. El que tomó Pike seguía un trayecto sinuoso entre bosques y campos, y a veces casi desaparecía para reaparecer después bajo la luz fluctuante de su peculiar faro. Conducía despacio. Sólo había ido una vez por esa ruta.

El amanecer lo sorprendió en pleno bosque. Se paró al pie de un gran roble americano, que extendía su sombrilla de densas ramas sobre un claro bordeado de arbustos y helechos. Tras dejar el sendero, metió la motocicleta por unos matorrales, separándolos, y paró en una pequeña hondonada que quedaba oculta tras las ramas de los acebos. Al apagar el motor y bajarse del sillín, sintió las piernas un poco entumecidas. De debajo de la bolsa de lona que llevaba sobre el asiento sacó una esterilla, y después de extenderla sobre la hierba se tumbó, quedando sumido casi al instante en un profundo sueño.

*

A las cinco de la tarde del domingo había acabado la primera fase de la tarea que se había propuesto. Con un pico de zapador —un piolet de mango corto con una cabeza de hacha en el otro extremo—

179

había construido un refugio subterráneo similar al que había excavado en los bosques de Highfield. Presentaban algunas diferencias. Éste no tenía chapa metálica —aquél había sido un hallazgo casual— pero se hizo el propósito de construir un techado de sauce y mimbre trenzados en la siguiente visita. Unas ramas cortadas a la medida harían las veces de tosco cañizo con el que proteger el suelo de la humedad.

El refugio estaba situado en una zona de densa maleza, a un kilómetro y medio de donde había aparcado la moto. Había patrullado la zona hacía unos meses para marcar el lugar donde tenía pensado excavarlo. Después se había olvidado de ese aspecto durante un tiempo; otros asuntos le habían tenido ocupado. La tarea que se había propuesto requería una dedicación considerable, pero en lugar de impacientarse se daba cuenta de que la sensación de satisfacción —o, mejor dicho, el presentimiento de una satisfacción inminente— crecía prácticamente día a día. Se sentía como un recipiente a la espera de verse lleno. Pronto se sentiría incluso desbordado...

Había descubierto las bondades de este método de trabajo más pausado y calculado después del asalto a la granja de Bentham, que se había saldado con desilusión. Había pasado poco tiempo observando la casa y a la mujer antes de bajar corriendo la pendiente en un arrebato de intranquilidad. La sensación de alivio posterior había sido efímera.

En Highfield lo había estado preparando todo durante cinco fines de semana esparcidos a lo largo de tres meses. Había observado a su presa durante horas y horas. El largo periodo de espera le había proporcionado una sensación de placer que no había experimentado hasta entonces. Un sentimiento de impaciencia que había ido madurando muy lentamente, pero que había aplazado de manera indefinida. Hasta el último minuto había estado indeciso, y aunque el alivio y la satisfacción físicos que había experimentado en el momento del clímax habían sido intensos, sin embargo, cuando le venía a la mente el recuerdo de aquellos días, le embargaba un dulce pesar.

*

Tras haber recorrido toda la zona de sotobosque que rodeaba el refugio para cerciorarse de que no se veía desde ningún punto, emprendió la marcha hacia el noroeste, y caminó a pie durante más de tres kilómetros a través de bosques y pastizales. Su meta era un cerro de escasa altura plantado de robles y hayas, a cuya cima ascendió.

En busca de una posición estratégica, pasó un rato yendo de un lado para otro. Finalmente, se acomodó en un terraplén cubierto de hojas al lado de las raíces de un haya gigante que afloraban a la superficie. A sus pies, en la falda de la colina, se extendía una vega a lo largo de aproximadamente un kilómetro, a cuyo extremo se elevaba un muro cubierto de musgo. Al otro lado del muro se veía una casa solariega de piedra rodeada por un jardín.

Desde donde estaba sentado, Pike divisaba un sendero que cruzaba la vega y que hacía una curva para sortear un estanque, para luego seguir recto hasta que llegaba a la casa. Allí daba a otro camino que bordeaba el muro de piedra. Este segundo sendero llevaba hasta una puerta de hierro forjado que comunicaba con el jardín.

La mirada fría de Pike pronto divisó un camino oculto por los arbustos que salía de la puerta, unía con un callejón que discurría entre altos setos de tejo y desembocaba en el extenso jardín frente a la casa. Un par de ventanales de cristal, similares a los de Melling Lodge, permitían el acceso. Pike se veía corriendo por el callejón al anochecer. Mientras imaginaba una y otra vez la escena, empezó a sentir una erección.

En su anterior y única visita había visto a toda la familia sentada a la mesa durante la hora de comer del domingo, semioculta por la parra que crecía en el patio delantero empedrado situado a un lado del jardín. La comida les había llevado casi dos horas, y Pike les había estado vigilando sin moverse, fascinado por la calidad cinematográfica de una escena parpadeante: el sol y la sombra jugueteaban sobre las figuras sentadas bajo la parra. Los niños, a quienes se les permitió abandonar la mesa antes de terminar, habían salido corriendo entre gritos hacia el callejón, jugando a pillar. Pike no les había prestado atención. Sólo tenía ojos para la mujer.

Había estado allí sentado una hora, durante la cual se fumó cuatro cigarrillos sin presenciar ningún atisbo de movimiento. Entonces se abrió uno de los ventanales y apareció una doncella cargada con una bandeja repleta. Empezó a poner la mesa. Pike miró al cielo. No faltaba demasiado para el atardecer. Se preguntó qué aspecto tendría el cabello de la mujer a la luz de las velas.

Por un instante, se distrajo para contemplar a dos niños en pantalones cortos que de repente aparecieron en el panorama recorriendo descalzos el camino que atravesaba la vega. Llevaban cañas de pescar y sedal, y se pararon unos minutos junto al estanque, como si estuvieran ponderando las ventajas de pararse a pescar. Finalmente siguieron la marcha y desaparecieron de la vista de Pike cuando doblaron la esquina del muro que rodeaba el jardín. Pike sabía que había un pueblo a aproximadamente un kilómetro. Una vez había pasado por allí.

Al mirar otra vez hacia la casa, percibió más signos de actividad. Se abrió la puerta y, desde el umbral, una mujer de pelo cano con falda larga salió a contemplar el jardín. Un spaniel asomó por la puerta, rozando con la cabeza la rodilla de la mujer. Pike frunció el ceño. Los perros eran un problema, una distracción engorrosa. La mujer apenas se quedó unos instantes en el umbral; enseguida volvió a refugiarse en la vivienda. El débil eco del rugido de un motor llegó a sus oídos. El garaje y la puerta principal estaban situados al otro lado de la casa, fuera de su campo de visión.

Pike apagó el cigarrillo. De las profundidades del bolsillo de su cazadora de cuero sacó unos prismáticos.

La puerta se abrió por tercera vez. Una mujer más joven que lucía un ligero vestido de algodón rematado con un ribete rojo salió al jardín. Pike contuvo la respiración. Llevaba un sombrero de paja de ala ancha adornado con lazos rojos. Pike se ajustó los prismáticos en los ojos y la observó zarandear la cabeza, dejando caer el pelo que tenía pegado al cuello.

Se le secó la boca.

La mujer miró al cielo. Luego, sin volverse, giró la cabeza para hablar con alguien que estaba dentro de la casa. Tenía la tez muy clara, y Pike se imaginó que quizá estaría cubierta de suaves pecas.

Un hombre salió de la casa al jardín. Le dijo algo a la mujer, y ésta sonrió y se le acercó. Él la estrechó por la cintura.

Ante aquella visión, de los labios de Pike escapó un gruñido apagado. Ahora ella le pertenecía.

*

Al cabo de unas horas, desanduvo el camino hasta el agujero que había cavado y recogió la bolsa de lona. Ya había sacado parte de lo que traía en ella: entre otras cosas, la comida enlatada y un infiernillo Primus. Durante la siguiente visita tenía intención de terminar el refugio y hacerlo habitable. Luego sería cuestión de esperar hasta que llegara el momento oportuno.

Era poco probable que fueran a preguntarle alguna vez por qué había construido los refugios, y en cualquier caso le habría sido imposible dar una respuesta coherente. En un principio, en los bosques de Highfield, simplemente había decidido construir un lugar donde cobijarse. Aquello había ido tomando la forma de refugio subterráneo casi sin intención deliberada por su parte. Una vez lo terminó, sin embargo, se dio cuenta de que estaba bien. Allí sentado en una oscuridad parecida a la del vientre materno había experimentado momentos de paz y bienestar que le eran desconocidos, tanto que al principio había llegado a preguntarse si no serían síntomas de alguna enfermedad.

Después, había dejado que el instinto gobernara sus acciones, y fue precisamente un impulso irreflexivo el que le había hecho volver a Highfield sólo quince días después de haber asaltado Melling Lodge. Había sentido la imperiosa necesidad de volver. Sólo un leve rastro de duda le había hecho pasar toda la noche junto a la motocicleta y esperar hasta el alba para asegurarse de que la policía no estaba rastreando los bosques.

Cuando después descubrió que le estaban siguiendo dos hombres, el que reconoció como el agente del pueblo y otro, su reacción instintiva fue ceder a una efímera sensación de pánico. Hasta entonces se había creído invulnerable, casi invisible en sus movimientos: pensaba que había logrado pasar inadvertido, sin levantar sospechas. Ahora sabía que no era así.

Con todo, en ningún momento se planteó parar. Era incapaz de hacerlo. La necesidad que se había desatado en su interior había empezado a regir su vida, a colmar sus pensamientos y a convertirse en el único motivo de su existencia. Moriría con él, no antes que él.

Pero la experiencia vivida en los bosques le había convencido de que debía ser más cauto. Había alterado su aspecto físico afeitándose el bigote, y había pintado la carrocería del sidecar. Esos cambios le hacían sentir más seguro. También creía acertada su decisión de viajar en plena noche y por vías poco transitadas. De ahí que no sin razón se alarmara cuando, pasada la medianoche, después de cruzar la carretera de Hastings, un policía con casco le hizo una señal para que parara en un estrecho camino rural que discurría entre setos.

El agente balanceó una lámpara de un lado a otro desde donde se hallaba apostado, en medio del camino. Pike, que no se había excedido de los treinta kilómetros por hora, detuvo la moto a un lado. El policía le pidió que apagara el motor. Pike obedeció. La lámpara le deslumbraba.

—¿Hacia dónde se dirige, señor? —La voz no era la de un joven. Pike no le veía la cara, cegado como estaba por la luz.

—A Folkestone —respondió.

—¿Me dice su nombre, por favor?

—Carver —replicó Pike—. George Carver.

—¿Profesión?

—Jardinero.

—¿Y qué hace un jardinero circulando a estas horas de la noche?

—He pasado el fin de semana con mi hermana en Tunbridge Wells. Se me averió la moto y no me la arreglaron hasta tarde. Tengo que estar de vuelta antes de mañana por la mañana. —Pike estaba empezando a crisparse con tanta pregunta.

—Este camino no lleva a Folkestone.

Se trataba de una verdad incontestable. Pike no dijo nada.

El agente movió la lámpara desde el rostro de Pike hasta el sidecar.

—¿Qué lleva en la bolsa? —preguntó.

—Herramientas.

—Ábrala, si es tan amable.

Pike se bajó del sillín. Sacó la bolsa de lona del sidecar y la depositó en el suelo. Estaba cerrada por dos correas de cuero. Se dispuso a descorrerlas. Cuando estaba con la segunda, la luz dejó de enfocarle las manos. Pike miró hacia arriba y vio al policía escudriñar con la lámpara el sidecar. Los ojos de Pike siguieron la luz y distinguieron unos rayones en la capa reciente de pintura roja; seguramente los había hecho al meter la moto por los matorrales. En un sitio se había levantado todo un desconchón, dejando al descubierto la capa de pintura negra original. Pike siguió enfrascado en la correa. La luz volvió a enfocarle a la cara.

—Querría ver algún documento que le identifique. —El agente recrudeció el tono de voz—. Y también alguna prueba de la titularidad de este vehículo.

—Aquí la tengo —dijo Pike, hurgando dentro de la bolsa. Se levantó y, girándose hacia el agente, con la mano apretada arremetió contra la boca del estómago. El policía soltó la lámpara y se dobló retorcido de dolor. Luego de sus labios salió un grito ahogado. Pike retiró la bayoneta mientras el agente se llevaba las manos al estómago, moviendo los labios. Pike dio un paso atrás y le apuñaló una segunda vez, en esta ocasión en el pecho. El agente cayó desplomado: emitió un gruñido y luego quedó inerte.

Pike cogió la lámpara y recorrió con el haz de luz los lados de la carretera. A pocos metros distinguió un hueco en el seto. Dejó la lámpara apoyada en el sidecar y, agarrando el cuerpo del agente, lo transportó hasta allá. No sin cierta dificultad lo introdujo por el hueco y lo dejó abandonado en la cuneta del otro lado del seto.

Volvió al sidecar en busca de la lámpara y pasó unos minutos escudriñando el suelo. Encontró dos pequeños charcos de sangre, sobre los que echó unos puñados de tierra para dejarlos tapados. Satisfecho, apagó la lámpara, la limpió con un pañuelo y luego la tiró lo más lejos que pudo, a los campos que se extendían al otro lado del seto.

10

Cuando Sinclair regresó de comer, se encontró a Madden inclinado sobre un mapa que tenía extendido encima de la mesa. Hollingsworth estaba de pie detrás de él.

—Tengo el mapa del Servicio Oficial de Cartografía, señor —explicó el sargento—. Está marcado: Elmhurst.

Madden levantó la vista y vio a Sinclair.

—Ha caído un agente en Sussex, señor. Asesinado. Lo mataron en un camino rural el domingo por la noche.

—¿El domingo? —El inspector jefe se acercó a ellos mientras se quitaba la chaqueta—. ¿Por qué no se nos ha comunicado antes? —Ese día era martes.

—No encontraron el cuerpo hasta ayer. He estado hablando con el Departamento de Investigación Criminal de Tunbridge Wells. Allí es donde llevaron el cuerpo. Vieron que lo habían apuñalado, pero hasta que no lo examinó el forense no descubrió que se trataba de incisiones infligidas por una bayoneta.

—¿Está seguro de eso... el forense, me refiero?

—Parece que sí. Ejerció como médico militar en Étaples durante dos años.

Sinclair se puso detrás de Madden.

—Muéstramelo.

Madden cotejó el mapa del Servicio Oficial de Cartografía que había traído Hollingsworth con el suyo propio, impreso a menor escala. Señaló un punto.

—Aquí más o menos. A unos treinta kilómetros al sur de Tunbridge Wells. Muy cerca de la carretera de Hastings. El agente, un tal Harris, estaba destinado en un pueblo que se llama Hythe. Aquí está. El que está marcado.

Sinclair se concentró en el mapa grande.

—Un poco lejos de donde debería estar de ronda, ¿no?

—Por eso se tardó tanto en encontrar el cuerpo. Elmhurst está a seis kilómetros. Al parecer, habían interpuesto una denuncia por las peleas de gallos que se organizaban en el distrito. El detective con el que hablé dijo que creían que Harris fue allí el domingo para ver si los cogía con las manos en la masa. De vuelta a Hythe fue cuando debió de encontrarse con el lío.

—¿Dónde estaba el cuerpo?

—Tirado en una cuneta, junto al camino. Encontraron rastros de sangre que habían intentado tapar. Y nada más, me temo.

El inspector jefe se inclinó para ver mejor el mapa.

—¿Qué crees? ¿Intentaría detenerle? Maldita sea, ¡si les dije que fueran extremadamente cautos!

—No tenemos la certeza de que fuera él —previno Madden con el ceño fruncido.

—Efectivamente, pero supongamos que sí fue. —Sinclair tamborileó con los dedos en la mesa—. Era domingo, de madrugada. Volvía a casa, al trabajo o a lo que haga. Pero ¿dónde pasó el fin de semana? —Se concentró en el mapa.

—Habría que saber hacia dónde iba —terció Hollingsworth—. En qué dirección, me refiero.

—Estaba cerca de la carretera de Hastings —dijo Madden—. Pero no circula por carreteras principales. Así que o la acababa de cruzar o iba a cruzarla. Iba hacia el este o hacia el oeste.

Analizaron el mapa en silencio.

—No hay gran cosa hacia el este —intervino Hollingsworth otra vez—. No hasta llegar a Romney Marsh.

El dedo índice del inspector jefe se detuvo en un punto. Madden emitió un sonido bronco en señal de asentimiento.

—El bosque de Ashdown.

—¿A cuánta distancia está? —Sinclair comprobó la escala—. A menos de treinta kilómetros. Si volvía de allí... —En señal de frustración, emitió un chasquido con la lengua—. ¡Maldita sea! Son cuatro mil hectáreas. O quizá más. No nos da tiempo ni a empezar a rastrearlo.

Hollingsworth se aclaró la voz.

—¿Qué nos quiere decir, sargento?

—Un montón de gente transita esos bosques, señor. Excursionistas, botánicos, scouts. Podrían sernos de ayuda.

—Lo que debemos evitar a toda costa en estas circunstancias —dijo sin ambages el inspector jefe— es una masacre de boy scouts.

—Sí, señor, pero podemos pedirles que estén con el ojo avizor. A través de las comisarías del lugar. Ante cualquier rastro de que hayan excavado el terreno recientemente. Lo único que tienen que hacer es informar.

Sinclair miró a Madden, quien asintió.

—Buena idea, sargento. Daremos la orden inmediatamente.

Sinclair esperó hasta que Hollingsworth se hubo marchado. Luego dijo:

—He estado comiendo con Bennett. Todavía no hay noticias del Ministerio de Defensa. Ha tratado de mandarles un recordatorio, pero allí van a su ritmo.

Madden seguía enfrascado en el mapa. Sinclair le miró con magnanimidad.

—Tómate el domingo libre, John. Yo estaré en casa.

—¿Está seguro, señor? —preguntó Madden alzando la vista. Habían acordado que uno u otro tenían que estar localizados en un teléfono durante los fines de semana.

—Segurísimo. Puedes preguntarle a mi señora, si tienes la menor duda. Te garantizará que el jardín requiere urgentemente mi atención.

El inspector jefe había notado últimamente un cambio en el aspecto de su colega: parecía menos sombrío. Se le ocurría al menos una explicación.

—Si estuviera en tu pellejo, me escaparía de Londres —sugirió Sinclair, con cándida inocencia—. Date un homenaje con un poco de aire fresco del campo.

11

Le esperaba en la estación. El Wolseley rojo biplaza estaba estacionado en el mismo sitio donde lo recordaba Madden, a la sombra bajo el plátano. Los bronceados brazos que descansaban sobre el volante le recordaron aquel momento en el que se besaron junto al arroyo.

—Mi padre está fuera, en una cacería de faisanes —dijo Helen, cogiéndole de la mano y llevándosela a la mejilla—. Tenemos todo el día para nosotros.

Las mesas del patio del Rose and Crown estaban llenas de gente que había ido a comer. Al pasar con el coche algunos volvieron la cabeza para observarles.

Helen rió.

—Las habladurías están aseguradas.

Pero le desapareció la sonrisa del rostro cuando pasaban por delante de las puertas cerradas de Melling Lodge.

—Me da tanto coraje cuando pienso en ello... No había *razón* para que sucediera. Al párroco no se le ocurrió otra cosa el domingo pasado que hablarnos durante el sermón de los misterios de la Divina Providencia. Luego fui a preguntarle si también pensaba que los asesinatos eran un designio del Señor. Desde entonces no me habla.

Madden posó la mano sobre la de la doctora.

—Quizá no hubiera razón. Pero puede que haya una explicación. ¿Has vuelto a ver al doctor Weiss? —Se le hacía extraño estar allí consolándola.

—Franz vino a comer el día antes de volver a su casa. Me contó que os habíais reunido, pero no me dijo de qué hablasteis.

—Le pedí discreción. En mi caso, estaba infringiendo el reglamento al ponerme en contacto con él de aquella manera.

Más tarde, cuando ya estaban en casa, Madden le contó la conversación que había mantenido con el psiquiatra, sin inhibirse en absoluto, como siempre hacía cuando hablaban de su trabajo, dejando a un lado las reservas que habría tenido con cualquier otra persona ajena a él. Nunca había sentido la necesidad de ocultarle nada; no veía nada que pudiera acobardar a Helen.

—No es lo que me imaginaba —admitió la doctora—. Pensé que fue la casualidad lo que le trajo a esa casa. Franz tiene razón; seguramente había visto a Lucy antes. ¿Eso significa que estuvo en Highfield?

—Es muy probable. Pero no sabemos cuándo. Ni por qué.

*

Comieron bajo la pérgola de la terraza, que daba al césped del jardín maltratado por el sol. Las hojas verdes del haya péndula estaban adquiriendo un color rojizo, y detrás del huerto la ladera de Upton Hanger mostraba unas tonalidades encarnadas y ocres.

Luego Helen propuso ir a dar un paseo.

—Quiero ver dónde os disparó a ti y a Will. Le pedí que me lo enseñara, pero se negó. Aunque no se atrevió a decirme que no era asunto de mujeres, vi que se quedaba con las ganas. —Esperó hasta que la doncella terminó de limpiar la mesa y de llevarse la bandeja al interior de la casa—. Le he dado el día libre a Mary. Así tendremos la casa para nosotros cuando volvamos.

Su mirada era inequívocamente tentadora, y Madden sintió bullir la sangre en su interior. No había conocido a ninguna mujer como ella. Nadie tan franca a la hora de expresar sus deseos, ni tan exenta de vergüenza o necesidad de fingir. Cuando se pusieron en marcha por la hierba, llamó al perro.

—Está bien, Molly. Esta vez puedes venir —dijo Helen, y se echó a reír cuando su mirada se cruzó con la de Madden.

Atravesaron el huerto hasta llegar a la puerta que estaba al fondo del jardín. Madden se detuvo, al cruzar el arroyo, para aspirar profundamente.

—Va a llover.

—¡Vaya, John Madden! No sabía yo que eras un hombre de campo. —Le cogió de la mano y le dejó ayudarla a subir el terraplén.

—Crecí en una granja. No nos trasladamos a Londres hasta después de que falleciera mi padre. —Se dio cuenta de lo poco que le había contado sobre su vida. De cuánto había confiado Helen en él—. Después que murieran Alice y la niña, dejé el cuerpo. Me veía incapaz de seguir con la misma vida. Tenía intención de volver a mi tierra.

—¿Y por qué no lo hiciste?

—Porque se declaró la guerra.

—¿Y después...?

—Después ya no tenía sentido.

En realidad, podría haber dicho de todo corazón que nada había tenido sentido hasta que la conoció.

Cuando llegaron a la plantación de hayas en aquella hondonada cubierta por una capa de hojas secas, notablemente espesa por la reciente caída de la hoja otoñal, se acordó de la imagen que le había venido a la mente uno de esos días, en la que se veía caminando sobre un colchón de cadáveres. La última vez que se habían visto, Helen le había dicho que dejara fluir sus recuerdos de la guerra.

—Por eso son tan intensos tus sueños. Tienes que intentar sacar todo eso a flote, a la conciencia.

Madden pensó que ella no le entendía y había tratado de explicárselo mejor. Lo único que quería era dejar atrás el pasado.

—Sé cómo te sientes. Es justo lo que le ocurre a Sophy, que se niega a hablar de aquella noche. Pero nuestra mente no nos deja hacer eso. Tenemos que recordar antes de poder olvidar.

Le debía ya tantas cosas a Helen... Sentía que estaba remitiendo la angustia del pasado; ya no tenía esa sensación constante de que se le abría un abismo bajo los pies. No sabía cómo se había obrado el milagro; sólo que lo había encontrado mientras se hallaba recostado entre sus brazos y protegido por la seguridad de la mirada serena de Helen. Quería decirle todas esas cosas, pero no encontraba palabras que no le impusieran a Helen un compromiso; un compromiso que, sentía Madden, no tenía ningún derecho a pedir. Aún se consideraba un hombre herido. No un hombre entero.

Madden le indicó el lugar del camino donde estaban Stackpole y él cuando sonaron los primeros tiros y le indicó la zona de maleza en plena pendiente.

—Creo que reconoció a Will y que sabía que era policía. Yo estaba agachado examinando la pisada cuando oí cómo soltaba el seguro del fusil.

—¿Qué hacía allí arriba? —preguntó Helen mientras se cubría los ojos del sol con la mano, con la mirada fija en el oscuro horizonte que formaban las encinas.

—No estamos seguros. Puede que volviera a recoger lo que había robado en la casa. Ya había empezado a excavar.

—¡Menuda locura volver! Le podrían haber cazado tan fácilmente...

—Según el doctor Weiss, esa circunstancia no le habría frenado en absoluto. Dice que actúa movido por la obsesión.

Helen miró al haya a cuyo abrigo se había situado Madden, e introdujo sus dedos en un agujero irregular que se había abierto en el tronco. Cuando Madden le preguntó si quería subir hasta donde estaba el refugio, ella se lo negó enseguida con la cabeza.

—No, vámonos de aquí.

El pronóstico de lluvia que había lanzado Madden se materializó en un golpe de agua, y decidieron volver hacia la casa. Para cuando llegaban a la falda de la montaña y cruzaron el arroyo, llovía a cántaros. En el huerto no había dónde cobijarse, y corrieron de la mano hasta situarse al abrigo del haya péndula. Madden vio que en la casa las luces estaban encendidas. Helen también las había visto.

—¡Vaya! Mi padre ya ha vuelto.

Riéndose a carcajadas, se abrazó a él bajo las ramas encorvadas del árbol. Estaban ambos empapados. Cuando Madden la besó, ella le respondió al instante, abrazándose a su cuello, internándole aún más en la penumbra.

—¿Estás así bien? Dime qué debo hacer...

El sonido entrecortado de su respiración se perdía entre el tamborileo de la lluvia al caer sobre las hojas.

Cuando terminaron, Helen estaba contenta, y no dejó de reírse mientras, fuera aún de la vista que se obtenía desde la casa, trataban de recomponerse la ropa. Había parado de llover.

—No sé qué pensará mi padre.

Madden le pidió que se estuviera quieta mientras le retiraba del pelo unas hojas y unas ramitas que se le habían quedado enzarzadas. Helen permaneció inmóvil frente a él, con la cabeza agachada.

—¿Recuerdas cuando le hiciste esto a Sophy? —le preguntó de pronto—. Yo te observaba desde la terraza. Tenías un aspecto tan solemne, tan decidido. Creo que fue entonces cuando supe que seríamos amantes.

Él le regaló una sonrisa por respuesta, pero aquellas palabras le hirieron en el corazón. El lazo que les unía le parecía muy frágil. Quizás era verdad que en esos momentos eran amantes, pero no podrían serlo durante toda la vida. La casualidad les había hecho encontrarse, pero temía que llegara un momento en que fuera a perderla.

Durante la guerra, Madden se había hecho a la idea de que su vida era algo efímero. Había aprendido a vivir un día, incluso una hora, como si fueran los últimos.

Ahora, otra vez, tenía miedo de mirar hacia el futuro.

Y es que no podía imaginárselo sin Helen.

TERCERA PARTE

¡Oh, Amor! Aliméntate de manzanas mientras puedas,
y siente el sol y viste con atavíos reales,
jovial e inocente en la calzada celeste,

aunque un oído horrorizado esté al acecho del grito
que espeluznantemente se eleva en la oscuridad,
la bestia ciega y necia, la paranoica furia...

—ROBERT GRAVES, «Amor enfermizo»

1

De aspecto frágil y cabello cano, pero con una curiosidad en absoluto mermada por la edad y los problemas de salud, Harriet Merrick se detuvo junto al estanque para contar el rosario de bolitas de pluma que avanzaba chapoteando tras la gran silueta de la madre. Seis. Hacía apenas unos días había ocho. O bien rondaba un zorro por allí, o bien uno de los gatos del pueblo había descubierto su coto de caza particular en aquella vega. La oscuridad se cernía sobre la tarde a medida que una nube se interponía delante del sol. Se oyó tronar muy cerca.

La señora Merrick miró al cielo. No sabía si volver a la casa. No pudo evitar sonreír al pensar en la reprimenda que le esperaba. Sus habituales paseos solitarios eran un motivo de preocupación para su hijo y su nuera, hasta el extremo de que la anciana se veía obligada a escaparse cuando no la veían. La señora Merrick preservaba con una serena calma su independencia.

Decidió seguir andando. Se había puesto un jersey encima del vestido y un cómodo sombrero de paja. Al sentir las primeras gotas de lluvia, aceleró el paso; luego lo pensó mejor y decidió ir más despacio. El doctor Fellows le había recomendado moderación en el esfuerzo físico. «No se exceda», había dictaminado tras examinar con detenimiento su historial. Le había dicho que tenía el corazón «en buen estado para unos años», aunque no había aventurado cuántos. Harriet Merrick, quien tenía escasa fe en los médicos, estaba convencida de que contaba con una salud razonablemente buena y de que podía albergar la esperanza de vivir aún una temporadita. A menos que la Providencia designara lo contrario.

Tenía pensado dar un paseo por Shooter's Hill siguiendo el camino que rodeaba la pequeña colina arbolada —una caminata agradable que no le llevaría más de media hora—, pero al verse sorprendida por el repentino aguacero decidió refugiarse bajo los árboles que jalonaban el sendero. El tiempo había cambiado en los últimos días. Las primeras lluvias tras la sequía estival habían llenado de humedad la tierra y la alfombra de hojas del bosque. Al abrigo de las grandes ramas del haya roja, aspiró los suaves aromas otoñales.

Impulsivamente, decidió subir a la colina. Se decidió por la ruta menos directa: un sendero que ascendía en zigzag por la pendiente, dibujando una línea de suaves curvas que llegaba hasta la cumbre. No lo había hecho desde hacía dos años, pues el doctor Fellows se enojaba si se enteraba de que subía cuestas, y se sintió satisfecha al llegar a la cima sin notar dificultades para respirar ni sentir aquel habitual silbido admonitorio en el pecho. Aunque seguía lloviendo, el denso follaje de los árboles la salvaguardaba de las gotas. Cerca de la cumbre encontró un lugar donde sentarse al pie de un terraplén cubierto de hojas secas que se alzaba junto a las raíces de un haya gigante que habían aflorado a la superficie.

Desde ahí había una buena vista de Croft Manor. La mansión había pertenecido a los Merrick durante casi tres siglos. Allí habían nacido sus dos hijos. En primer lugar, William, que acababa de cumplir los treinta y seis años, y que padecía una atrofia en un brazo que al principio habían recibido como un maleficio, pero que había resultado ser una bendición. Y su queridísimo Tom. La última vez que había estado de permiso, habían salido de paseo los tres juntos por el bosque (su marido, Richard Merrick, había fallecido cuando los chicos eran aún pequeños). Tom les había hecho reír con sus historias de aquel invierno que había pasado en las trincheras en las proximidades de Arrás. Les había contado que el té se les quedaba helado en pocos minutos y que la carne de lata en conserva quedaba convertida en cubitos de hielo de color rojo. Al describirles un asalto nocturno a la tierra de nadie logró que sonara como una novela de aventuras. Voluntarios y rostros ennegrecidos; cuchillos y porras.

Un mes después la señora Merrick se había despertado en plena noche atenazada por la angustia. Era tal la conmoción, mayor si cabe que las secuelas de cualquier pesadilla, que había despertado a su hijo mayor, quien había tratado de consolarla. Los dos días siguientes los pasó en un estado de shock y confusión, incapaz de identificar el trastorno psicológico experimentado con ninguna otra experiencia. Como si tuviera miedo de enfrentarse a lo que le tenía deparado lo desconocido. El segundo día por la tarde, llegó un telegrama del Ministerio de Defensa. Su queridísimo Tom.

Se acomodó en aquel lugar tranquilamente, sumida en sus recuerdos. Acongojada aún por la pena. De repente cesó el tamborileo que hacía la lluvia al caer sobre las hojas y salió el sol. Casi al instante se abrieron las puertas de cristal y salieron los niños, que bajaron corriendo por el sendero entre los tejos hacia el campo de cróquet situado al final del jardín. La señora Merrick se había percatado de que se habían inventado un juego nuevo, con unas complicadas reglas, en el que habían desechado las mazas de madera y habían colocado los aros por el campo con una disposición que sólo ellos entendían. Antes de que hubieran llegado al final del sendero apareció en la puerta la figura de Enid Bradshaw, la niñera. Los llamó, o eso le pareció a la señora Merrick, quien observaba aquella escena muda desde la lejanía. Los niños se pararon a ver qué decía. Se produjo un intercambio de frases, sin duda en torno a la posibilidad de que fueran a mojarse los pies, tras el cual la señorita Bradshaw volvió a entrar en la casa y los niños continuaron su camino.

Alison, la mayor, había heredado el pelo rubio de Charlotte, y ya a los siete años mostraba sus gráciles ademanes. No había llegado a conocer a su padre, que falleció durante los primeros meses de la guerra. William se había casado con la joven viuda y de esa unión había nacido Robert, que tenía cinco años. Harriet Merrick había visto cómo su tímido hijo, siempre acomplejado por su discapacidad, se hacía un hombre al hacerse responsable de la esposa de un difunto y convertirla en su mujer.

De pronto sonrió. En el jardín había hecho su aparición otra persona. Llevaba una falda larga que ya estaba pasada de moda incluso antes de la guerra, y se había recogido la espesa mata de cabello cano en la nuca, en un moño que le daba un aspecto severo. Se llamaba Annie McConnell y en tiempos, cuando ambas jóvenes vivían en Irlanda, en el condado de Tyrone, había sido la sirvienta de la señora Merrick. Annie había acompañado a su ama hasta Inglaterra cuando ésta se casó. Desde entonces no se había separado de ella. Durante una época fue la niñera de Tom y de William, y después ejerció como ama de llaves. Ahora era simplemente Annie, mitad criada, mitad amiga. Harriet Merrick la quería mucho.

Se quedó contemplando cómo, con paso vigoroso, Annie avanzaba por el sendero entre los tejos hasta el campo de cróquet. A cierta distancia, la silueta rígida de aquella mujer con la falda negra ofrecía un aspecto intimidatorio; en los niños, sin embargo, parecía surtir el efecto contrario. De hecho, fueron corriendo hasta ella para saludarla, pues Annie había estado cuatro días fuera, en Wellfleet, visitando a su hermana, y se lanzaron sin reservas hacia aquella mujer que se acercaba con los brazos abiertos. En una ocasión, la señora Merrick había pasado todo un día llorando en aquellos brazos.

En ese momento se alegró ante la perspectiva de los días que pronto pasarían juntas. William y Charlotte tenían pensado llevarse a los niños a Cornualles, a casa de unos amigos. A las criadas les darían unos días libres. Ella y Annie tendrían la casa para ellas solas. Charlarían y rememorarían los viejos tiempos.

Mientras le rondaba esa idea por la mente, Robert rebuscaba con las manitas en el profundo bolsillo de la falda de Annie. Lo que encontró allí parecía complacerle. Alison siguió su ejemplo. Annie lanzó una mirada llena de culpa hacia la casa. Todo indicaba que se trataba de algún tipo de contrabando. Como no quería seguir espiándoles, la señora Merrick se puso en pie y se sacudió el polvo del vestido. De repente, le llamó la atención un leve movimiento en el terreno que se extendía a sus pies, y se quedó quieta contemplando un par de ardillas rojas que estaban muy ocupadas en recoger nueces bajo un nogal.

Al comenzar a descender por la pendiente otra cosa captó también su interés: media docena de colillas perfectamente alineadas en la tierra, muy cerca de donde había estado sentada. Al parecer, también a otra persona aquel terraplén le había parecido un buen sitio para sentarse a meditar.

2

El lunes por la mañana, a los cinco minutos de haber llegado a su despacho, Sinclair recibió una citación urgente del ayudante del comisionado adjunto, Bennett. Estuvo ausente de su oficina durante media hora y cuando volvió llevaba un sobre de papel manila con los sellos de lacre abiertos.

—¡Del Ministerio de Defensa! —le anunció a Madden mientras le lanzaba el paquete. Luego, asomándose al despacho contiguo, llamó—: Sargento, ¡venga para acá! ¡Y usted también, agente!

Hollingsworth y Styles pasaron al despacho desde su cuchitril. Sinclair se sentó en el borde de la mesa. En los ojos del inspector jefe se notaba un brillo especial.

—En septiembre de 1917 se produjo en Bélgica una agresión criminal muy similar a las que estamos investigando. Asesinaron a un granjero y a su mujer en su propia casa. El ataque guarda un considerable parecido con los asesinatos de Melling Lodge. Apuñalaron con la bayoneta al marido y a sus dos hijos. A la mujer le cortaron la garganta.

Billy emitió un silbido que le reportó una mirada de reprobación por parte de Hollingsworth.

—Los servicios de investigación de la Policía Militar de la Corona se encargaron de investigar los asesinatos —prosiguió Sinclair—. Por lo que consta en el expediente, parece que existen pocas dudas de que el asesino o asesinos fueron soldados británicos destacados en el país. Lo que nos manda el Ministerio de Defensa es el expediente de la investigación. Contiene un informe detallado de la escena del crimen, las conclusiones del forense y una transcripción literal de los interrogatorios.

Madden no pudo evitar fruncir el ceño al observar la portada del expediente que tenía en sus manos.

—El caso aparece clasificado como «cerrado» —dijo.

—Efectivamente. —Sinclair se bajó de la mesa y comenzó a pasearse por el despacho—. El oficial al cargo de la investigación era el capitán Miller. Una vez decidió poner fin a la investigación adjuntó al expediente una nota en la que explicaba las razones que justificaban su decisión. La nota aparece registrada en el índice del expediente, pero desafortunadamente ha desaparecido. No hay nada siniestro en ello, me han dicho: el ministerio está absolutamente desbordado con los archivos de los tiempos de la guerra. En algún lugar de Londres tienen un almacén atestado hasta el techo de papeles. Hemos tenido suerte en que consiguieran sacar esto.

—¿Podemos localizar al capitán Miller? —preguntó Hollingsworth.

—No, está muerto —respondió sin preámbulos Sinclair—. El coche oficial en el que viajaba fue alcanzado por un obús detrás del frente. Fue algunas semanas más tarde, pero para entonces ya habían zanjado el caso. Permítanme proseguir. —Se sentó a la mesa—. Por alguna razón que resulta imposible de esclarecer después de tanto tiempo, la sospecha recayó en un batallón del Regimiento de Nottinghamshire del Sur. O más bien en una compañía; mejor dicho, en un pequeño segmento de ésta: quince hombres, para ser exactos. A todos se les tomó declaración.

—¿Estuvieron todos juntos? —preguntó Madden.

—Al parecer fueron todos a la granja para comer. El batallón estaba de descanso. Habían luchado en el frente, habían sufrido muchas pérdidas y estaban esperando refuerzos. En cualquier caso, lo que a nosotros nos interesa es que ésos fueron los únicos a los que se interrogó en relación con los asesinatos. El capitán Miller debía de tener razones de peso para creer que el asesino se encontraba entre ellos.

—Pero, entonces, ¿por qué cerraron el caso? —se apresuró a decir Billy Styles sin poder contenerse.

El inspector jefe le respondió con una sonrisa complaciente.

—¿Por qué no nos lo dice usted, agente?

Billy enrojeció. Hollingsworth, que estaba unos pasos detrás de él, se sonrió.

—¿Sargento? —le instó Sinclair.

—Porque debió de suponer que el autor del crimen había muerto, señor —contestó Hollingsworth.

—Exactamente —corroboró Sinclair, sacudiendo la cabeza en señal de asentimiento—. El batallón volvió al combate al cabo de una semana. En aquel episodio de Passendale. De los quince hombres, sólo sobrevivieron siete. El coronel Jenkins ha hecho alguna comprobación: Miller cerró el caso más o menos cuando el batallón se retiró por segunda vez, con lo cual al parecer estaba convencido de que el asesino era uno de los ocho hombres que murieron en combate.

A continuación se hizo el silencio. A través de la ventana llegó el eco de la sirena de un remolcador. Hollingsworth ladeó la cabeza.

—¿Pudo haberse equivocado de hombre, señor?

—Eso es lo que me pregunto, sargento. —Sinclair se inclinó hacia delante en su asiento. Sus ojos se cruzaron con la mirada de Madden—. De los siete que salieron con vida, sólo cuatro sobrevivieron a la guerra. Sus nombres y hojas de servicio están en el archivo, y el coronel Jenkins ha obrado con diligencia y se ha puesto en contacto con el ejército para verificar dónde cobraron las veinte libras.

—¿Veinte libras? —Billy no entendía la alusión.

—Es lo que les pagaba el gobierno a todos los soldados rasos que combatieron en la guerra. Una gratificación. Dos la cobraron en Nottingham, uno en Brighton y otro en Folkestone.

Madden sacó una hoja del expediente y se la entregó al inspector jefe.

—Aquí tengo un listado con los nombres, sargento —prosiguió Sinclair, pasándoselo a Hollingsworth—. Miren a ver usted y Styles si se agencian un par de teléfonos y si para la hora de comer tienen localizadas cuatro direcciones actuales. Pero actúen con cautela —advirtió, enfatizándolo con el dedo—. Digan simplemente que queremos hablar con ellos. No levanten la alarma.

El inspector jefe esperó hasta que se quedaron solos en el despacho. Sacó la pipa y la bolsa de tabaco y los depositó sobre el expediente que tenía delante. Con los dedos tamborileó una vertiginosa melodía sobre la mesa.

—¿Y bien, John?

—¿La violaron?

—No.

Madden resopló. En esos momentos leía un abanico de documentos desplegado ante sus ojos.

—Estas transcripciones literales de los interrogatorios... no dicen demasiado.

—«Sí, señor», «no, señor», «no fui yo, señor»... Tendremos que repasarlas, en cualquier caso. —Sinclair empezó a rellenar la pipa—. ¡Maldita sea, John! A lo mejor hasta tenemos suerte. Podríamos dar con un nombre y un rostro.

Madden no contestó. Pero, enfrascado en la lectura como estaba, sonreía.

Sinclair encendió una cerilla.

—Acabo de recibir una calurosa felicitación de Bennett —anunció.

—¿Ah, sí, señor?

—Y en presencia del superintendente jefe. Había venido por aquí para nuestra habitual reunión de los lunes, pero, en lugar de eso, Bennett le puso al corriente de todo lo que yo había descubierto gracias a «un arrebato de imaginación». Yo creí que a Sampson le daba un soponcio allí mismo.

Madden sonrió.

—¿Conque un arrebato de imaginación, señor?

—Ésa fue la expresión que utilizó. Yo no sabía qué decir. Me quedé sin palabras, vaya. —El inspector jefe soltó una bocanada de suave humo—. Por cierto, ¿cómo se encuentra el doctor Weiss? Supongo que regresó bien a Viena, ¿no?

*

Llegó la hora de comer, pero no las noticias: hasta las cuatro no anunció Hollingsworth que había conseguido localizar a tres de los cuatro supervivientes.

—El otro tipo, Samuel Patterson, parece haber desaparecido del mapa. Se fue de Nottingham hace dos años porque le salió un trabajo en una granja situada en las proximidades de Norwich, pero lo dejó a los pocos meses y desde entonces nadie sabe nada de él. La policía de Norwich está intentando localizarlo.

El segundo hombre, Arthur Marlow, que había cobrado la gratificación en Nottingham, estaba ingresado en un hospital militar.

—Tiene una herida en la pierna que no termina de curar. Lleva un año postrado en la cama.

La policía de Brighton les había proporcionado la dirección de Donald Hardy, que trabajaba en Hove como oficinista en el despacho de un abogado. El cuarto hombre, Alfred Dawkins, había cambiado varias veces de dirección en Folkestone durante el último año y medio.

—La policía no sabe dónde reside en la actualidad, pero saben bien dónde encontrarlo... Con esas palabras nos lo dijeron. —Hollingsworth se rascó la cabeza—. Yo no quise entrar en más detalles, señor. No quería levantar la liebre.

Después de pensarlo durante un instante, Sinclair dio instrucciones:

—John, vete a Folkestone mañana por la mañana. Llévate contigo a Styles. Hollingsworth y yo nos encargaremos del señor Hardy en Hove. Dejemos una cosa clara de antemano: si hubiera la más mínima sospecha de que alguno de ellos es el hombre que buscamos, antes de abordarlo hay que pedir refuerzos a la policía armada. No quiero más víctimas.

3

Antes siquiera de salir de la estación de Folkestone al día siguiente, Madden y Styles ya sabían que Alfred Dawkins no era el hombre que buscaban.

—Así es, señor: sólo una pierna. ¿No se lo habían dicho? —El sargento detective Booth del Departamento de Investigación Criminal de Folkestone había venido a buscarles a la estación. Era un hombre fornido con los ojos de color marrón oscuro y aparentemente muy observador—. La perdió un mes antes de que terminara la guerra, o eso me han dicho.

Billy miró detenidamente al sargento y se percató de que tenía los dedos amarillos, propios de un fumador empedernido. Llevaba los pantalones un poco caídos a la altura de la cintura; probablemente estaría siguiendo alguna dieta, conjeturó Billy. Éste había tomado la resolución de fijarse más. De *caer en la cuenta* de las cosas. Sabía que tenía un carácter ingenuo, una inocencia que le llevaba a hacer comentarios desafortunados y a preguntar estupideces, como aquella con la que había pasado tanta vergüenza la víspera en el despacho del inspector jefe. Y es que era evidente por qué había cerrado el caso el capitán Miller, si uno se paraba a pensarlo. El problema estribaba en que no pensaba las cosas lo suficiente. O, mejor dicho, en que solía abrir la boca antes de pensar.

Durante el viaje en tren desde Londres, se había ratificado en esta determinación gracias a la conversación que mantuvo con Madden. El inspector parecía de mejor humor. No se le notaba tanto ese aire un tanto angustiado al que ya se había acostumbrado Billy. Incluso se había tomado la molestia de explicarle al joven agente por qué estaba resultando tan difícil de resolver el caso que les ocupaba.

—Casi todos los asesinatos se producen entre conocidos, así que desde el principio la conexión se hace evidente. Pero este hombre asesina a gente que no conoce. Al menos, eso es lo que creemos, aunque no podemos asegurarlo con certeza. ¿Cómo elige, entonces, a sus víctimas? ¿Qué le llevó a Highfield y a Bentham en un principio? ¿Es un vendedor ambulante? ¿Dispone de una furgoneta u otro vehículo? En cualquier caso, sea cual fuere su trabajo, parece que le permite viajar por el país. Sin pistas como estamos, tenemos que hacer acopio de toda la información que esté a nuestro alcance, de todos los detalles, por triviales que parezcan, porque en uno de ellos puede estar la clave del caso.

Eso coincidía con lo que se había estado diciendo Billy. *Estate alerta.*

Durante el trayecto en coche fueron pasando por unos trigales de tonalidades doradas y por campos llenos de fruta. Sin embargo, en un momento dado, ese paisaje de fincas cercadas por setos cesó de repente para mostrarles el brillo plateado del mar en un plano inferior. Madden señaló una tanda de edificaciones bajas situada a las afueras de la ciudad.

—Es el campamento militar de Shorncliffe —explicó—. Llegó a ser cinco o quizá diez veces mayor. Había kilómetros y kilómetros de tiendas de campaña. Por aquí pasaron prácticamente todos los soldados británicos que estuvieron en Francia. ¿Lo sabía, Styles?

Billy lo negó con la cabeza. Era la primera vez que oía al inspector hablar de la guerra.

—Al final llegaron a alojar hasta a nueve mil al día. Les hacían desfilar por la ciudad antes de que embarcaran en los ferris, rumbo a Francia. Por la noche, toda una hilera de barcos pesqueros iluminados indicaba el camino hasta la costa francesa.

En el andén de la estación de Folkestone, el sargento detective Booth les había puesto en antecedentes sobre Dawkins. (Para satisfacción de Billy, esta vez lo captó todo a la primera).

—No tenemos su dirección actual, señor. Cambia de domicilio con frecuencia, por problemas con las caseras. Pero a estas horas suele estar por el puerto. Estoy convencido de que lo encontraremos allí.

—No es el perfil que esperaba —admitió Madden—. Pero, en cualquier caso, me gustaría hablar con él.

Booth tenía esperando a la salida de la estación un taxi que les llevó a través de la ciudad por una sinuosa calle. Cuando hubieron bajado hasta el muelle le indicó al taxista que parara. Frente a ellos, Billy distinguió el puerto en una cala esculpida en la roca calcárea de los acantilados. En primer plano vio un pequeño barco de vapor amarrado al embarcadero. Una multitud, compuesta en su mayoría por mujeres, se apiñaba frente a la pasarela. De la chimenea rojiblanca del barco salía humo. El sargento Booth señaló hacia allí con el dedo.

—Allí está, señor, al pie de la pasarela. —Billy distinguió entre el gentío la silueta de un hombre con muletas—. Todas esas mujeres son una expedición de viudas de combatientes que sale hacia los cementerios de Francia y Bélgica. Pusieron la idea en marcha el año pasado. Quizás hayan leído algo en los periódicos...

Madden lo negó con la cabeza.

—Alf Dawkins viene por aquí cada vez que sale un barco, o sea, casi todos los días en tiempo de verano —prosiguió—. Se planta ahí con las muletas y con las medallas prendidas en la pechera. Se asombrarían de cuántas mujeres le dan media corona. Seguramente se saque un par de libras. Luego va hasta el pub —Booth les indicó una hilera de edificios un poco más allá en el malecón— y se pide algo de beber. Un par de vasos o tres, para ser más exactos. Por eso le conocemos. Ha estado detenido, por embriaguez y desorden público.

—No quiero hablar con él aquí. Le esperaremos en el pub —determinó Madden secamente.

Veinte minutos más tarde, cuando ya estaban sentados en aquel bar que olía a pescado y a tabaco rancio, oyeron la sirena que anunciaba la salida del barco. En ese preciso momento se abrieron las puertas del pub, y entró Dawkins con sus muletas. El pálido rostro de aquel hombre bajo y corpulento estaba salpicado de marcas rojas. Billy se percató de que tenía un tic nervioso que le hacía temblar el párpado.

Madden se puso en pie.

—Si no les importa, prefiero hablar a solas con él.

Mientras observaba cómo se alejaba Madden, Booth comentó arqueando una ceja:

—No habla mucho, ¿verdad?

Billy sintió el deseo de defender al inspector, pero no se le ocurrió ninguna contestación apropiada.

—¿Sabe? A mí no me gustaría estar en su piel —insinuó Booth.

—¿A qué se refiere?

—Por ese asunto de Melling Lodge —aclaró Booth meneando la cabeza—. Es el peor caso que le puede tocar a un poli.

—¿Y eso?

—Porque uno tiene que lidiar con algo que no entiende. —El sargento bebió un sorbo de cerveza—. La mayoría de la gente hace las cosas por algún motivo, y los criminales no son una excepción. Pero el tipo ese... —Volvió a sacudir la cabeza—. En un caso como ése, es difícil saber por dónde empezar.

Billy observó cómo Madden conducía a Dawkins desde la barra a una mesa situada en un rincón. El inspector llevaba los vasos de ambos. Luego sacó una silla para Dawkins y se aseguró de que se encontrara cómodo.

—Me acuerdo de un caso en el que estuve una vez —prosiguió Booth—. Habían asesinado a una mujer; la estrangularon. Encontraron el cadáver en un paraje justo a las afueras de la ciudad. Pillamos al tipo. Escribía un diario, y lo presentamos como prueba.

—¿Hacía mención del crimen? —preguntó Billy, anonadado.

Booth asintió.

—Pero sobre todo es lo que escribió... aún no lo he olvidado: «Hace buen tiempo. Llovió por la tarde. Hoy he matado a una chica».

—¿Así, sin más? —preguntó Billy con voz incrédula.

El sargento se encogió de hombros.

—Era la primera, gracias a Dios. Pero me acuerdo de que entonces pensé que debe de haber por ahí gente que vive otra vida diferente de la nuestra. Es como si fueran de otro mundo. Para entenderles uno tendría que meterse en su cabeza, y ¿hasta qué punto es posible?

Madden fue hasta la barra con el vaso de Dawkins y regresó a la mesa con otra consumición. Sonreía y asentía ante lo que le contaba el hombre. Dawkins acompañaba sus palabras de numerosos movimientos con las manos. De vez en cuando se tocaba el muñón cubierto por un pantalón. Sonreía al inspector, que estaba frente a él.

—¿Cómo le cogieron? —quiso saber Billy.

—Por un pequeño detalle. —Booth apuró el vaso—. Se llevó consigo un recuerdo de la chica, un broche con forma de hebilla, con una piedrecita de ámbar en el medio. No era nada de gran valor, pero hicimos circular una descripción precisa del objeto. Un par de semanas más tarde, un agente que estaba de servicio vio a una chica por la calle con uno similar. Cuando le preguntó de dónde lo había sacado, le dijo que se lo había regalado un joven. Y resultó que era el tipo.

—¡Menuda suerte!

El inspector se puso en pie y se despidió de Dawkins. Billy vio un billete cambiar de manos.

—Sobre todo para la chica —replicó Booth—. Para mí que hubiera sido la siguiente. Pero así son las cosas en un caso como aquél... o en la historia esa de Melling Lodge. No se resuelven de la manera habitual. Hay que esperar a que aparezca algo. Algún detalle nimio... —añadió, reincidiendo sin saberlo en la idea que antes había expresado el inspector—. Hay que estar con los ojos bien abiertos.

En el viaje de vuelta a Londres apenas hablaron. Madden iba mirando por la ventana, aparentemente enfrascado en sus pensamientos. Billy, consciente de que se había desvanecido otra línea de investigación, pensó que seguramente esa idea era la que ocupaba la mente del inspector.

¿O estaría quizá pensando en todos aquellos hombres que desfilaban por la ciudad hasta el puerto y que luego embarcaban en los ferris?, se preguntó el joven agente. El sargento Booth les había dicho en el taxi que después de la guerra habían cambiado el nombre de aquella calle. Ahora se llamaba la Calle del Recuerdo. Con todo, al acordarse de la estampa de Alf Dawkins con sus muletas y su tic nervioso mendigando unas coronas, a Billy le parecía que, más bien, lo que ponía de manifiesto era lo rápido que sobrevenía el olvido.

*

—El señor Hardy tiene tres hijos y canta en el coro de la iglesia. Es bajito y rechoncho y si sube unas escaleras le cuesta respirar. Espero que tuvierais más suerte con Dawkins, John.

La respuesta de Madden hizo que Sinclair levantara las cejas hacia el cielo.

—¡Sólo una pierna! ¡Pobre diablo! Pero ¿es que no podían habérnoslo dicho antes?

Hacía una hora que el inspector jefe había regresado de Hove. Estaba sentado a su mesa, fumando en pipa. A sus espaldas, el sol crepuscular se fundía con el río como si de lava se tratase.

—Se acuerda perfectamente de aquel episodio. El sargento mayor les hizo alinearse y pasar uno a uno a prestar declaración. Dawkins dijo que estaban muy asustados, pero jura que ninguno de ellos era culpable. Esa misma noche regresaron en grupo a la granja.

Madden se acomodó a la mesa. Encendió un cigarrillo.

—Dice que Miller fue muy duro con ellos; que se comportó como si creyera que ocultaban algo. No obstante, una vez regresaron del frente al cabo de unos días, no volvieron a oír ni una sola palabra del caso.

—Lo mismo me dijo Hardy —explicó Sinclair, antes de dar una calada a la pipa—. ¿Qué opinas de eso?

El inspector se encogió de hombros.

—Me pregunto por qué Miller no volvió a hablar con ellos. Aun cuando creyese que el culpable había fallecido en combate, supongo que habría querido interrogar al resto para obtener de ellos toda la historia.

—Yo pienso lo mismo —corroboró Sinclair, asintiendo—. Es obvio que Miller ya no los consideraba sospechosos. Debía de tener a otra persona en mente. ¡Maldita sea, hemos estado siguiendo una pista equivocada!

—Aun así, se trataría de alguien que él creyó que había muerto —se apresuró a apuntar Madden—. Acuérdese de que cerró el caso.

El inspector jefe lanzó un gruñido y sacudió la cabeza con aire pesimista.

—He estado pensando cuál es el siguiente paso. Se me ha ocurrido que a lo mejor la policía belga puede ayudarnos, así que he mandado un telegrama a la Sûreté de Bruselas hace una hora para pedirles que comprueben sus archivos. No en vano, las víctimas de los asesinatos eran ciudadanos belgas. —Lanzó un suspiro—. El problema estriba en que Bruselas se encontraba ocupada por los alemanes en esa época, y no estoy seguro de que hicieran partícipe de la investigación a la policía civil. Tengo la horrible sensación de que simplemente nos remitirán a las autoridades militares británicas y de que nos encontraremos de nuevo en el punto en el que empezamos: con esa nota de Miller que se perdió Dios sabe dónde.

4

Harold Biggs se había hecho ilusiones de pasar la tarde del sábado en las carreras. Él y su amigo, Jimmy Pullman, tenían pensado ir hasta Dover en el Morris de segunda mano de Jimmy, perder unos cuantos chelines apostando por algún jamelgo viejo y luego dar una vuelta por el hotel Seaview, donde había baile todos los sábados. Si tenían suerte, a lo mejor conseguían ligarse a un par de chicas. Pero el viernes por la mañana se les fueron al traste los planes cuando recibió una llamada del señor Henry Wolverton, socio principal del bufete Dabney, Dabney y Wolverton.

—Quiero que haga una cosa mañana, Biggs. Un antiguo cliente de la empresa. En realidad, la viuda de un cliente. Se ha puesto nerviosa por algo. Me ha escrito una carta. —Wolverton, un hombre corpulento de mediana edad con la cara roja y aspecto poco sano, solía hablar con frases muy cortas, como si no pudiese hacer acopio de suficiente aire para pronunciar otras más largas—. Quiere que vaya alguien a verla mañana por la tarde. Tiene que ser entonces —recalcó, mirando a Harold por encima de los anteojos—. Sí, ya sé que es fuera de las horas de trabajo. No le importa, ¿verdad?

—No, señor —respondió Biggs, a quien sí le importaba, y mucho.

—¡Qué cara tiene! —hizo notar Jimmy Pullman horas más tarde, en el pub Bunch of Grapes, donde habían quedado para tomar algo a la hora de comer. Jimmy trabajaba en una tienda de ropa para caballeros—. ¿Te crees que ese puñetero Henry Wolverton pasaría la tarde del sábado pateándose el campo? Tendrías que haberle mandado a paseo, Biggsy.

Harold se encogió de hombros, fingiendo indiferencia. Cogió un huevo duro empanado de la bandeja que le acercó Jimmy, arrastrándola por la barra. El trabajo que tenía como oficinista en el bufete era exactamente el que tenía antes de la guerra y se había alegrado mucho de poder reclamarlo a raíz de una desmovilización temprana de efectivos. Otros hombres no habían tenido tanta suerte al regresar a la vida civil.

—¿Y entonces qué tienes que hacer? —preguntó Jimmy—. ¿Y por qué precisamente mañana por la tarde?

Biggs sacó la carta que le había entregado el señor Wolverton y, a través de sus gafas de montura de concha, esforzó la vista para descifrar una caligrafía prácticamente ilegible que subía y bajaba por la página.

—Lo único que dice esta señora es que necesita a alguien y que tiene que ser mañana por la tarde. Ha subrayado la palabra «tarde» varias veces. Dice que es muy importante. También ha subrayado eso. —Biggs dio un sorbo a la cerveza.

—¿Y vive en Knowlton, nada menos? —preguntó Jimmy con el ceño fruncido—. ¿Cómo se llama?

Biggs volvió a mirar a la carta.

—Troy —respondió—. Winifred Troy.

*

El primer autobús de la tarde hacia Knowlton salía a las dos menos cuarto, y Biggs llegó a la estación con cinco minutos de antelación después de haber pasado la mañana trabajando en el despacho. Había tenido el tiempo justo para volver a toda prisa a su casa a cambiarse el traje oscuro y el bombín negro que llevaba y ponerse unos pantalones bombachos y una gorra de cuadros. Un par de zapatos de dos colores que había comprado hacía poco a precio de saldo gracias a la mediación de Jimmy Pullman completaba el conjunto. De aquella guisa, estaba listo para viajar al campo.

Tardaron cuarenta minutos en llegar hasta Knowlton. La línea de autobuses que unía Folkestone con Dover pasando por toda una retahíla de pueblos del interior era una novedad que había traído el fin de la guerra, y todo parecía apuntar a que el negocio marchaba bien. No había ni un solo asiento libre en el vehículo verde. De hecho, Harold tuvo incluso que compartir el suyo con una mujer con cara de pan que se encontraba en avanzado estado de gestación.

Para pasar el rato, y para apartar de su mente la incómoda idea de que la respiración jadeante y entrecortada que oía a su lado podía ser el anuncio de un inminente nacimiento, comenzó un ejercicio mnemotécnico. Hacía poco había terminado un curso por correspondencia sobre el pelmanismo, un método para ejercitar la mente con el objetivo de frenar las distracciones y fomentar la concentración. El curso, que gozaba de gran popularidad entre la panda de amigos de Biggs, se había promocionado con una fuerte campaña de publicidad. *Cómo eliminar la fatiga mental*, decían los anuncios. Harold estaba convencido de que con el curso había mejorado su memoria, y se puso a recordar todo lo que pudo de lo que había leído el día anterior en el periódico.

El artículo que ocupaba la portada versaba sobre las negociaciones de paz con Irlanda que se habían desarrollado en Londres durante todo el verano. Pronto se inauguraría una cumbre que reuniría a las partes, pero las facciones más intransigentes del Sinn Fein se oponían a cualquier acuerdo que excluyese de una Irlanda unida la provincia del Ulster. El reportaje recordaba que recientemente se habían incautado de una remesa de quinientas metralletas cuyo destinatario era el Sinn Fein.

Por otra parte, en la Cámara de los Comunes proseguía el debate sobre la decisión gubernamental de admitir la incorporación de las mujeres al funcionariado en el plazo de tres años. Asimismo, a pesar de las últimas lluvias, la mayor parte del sur de Inglaterra aún se encontraba asolada por la sequía e iba a ser preciso economizar durante el resto del año. El precio del whisky había vuelto a subir. Una botella costaba doce chelines y seis peniques.

En la mayoría de los casos, sólo había ojeado por encima los artículos (aunque, para su satisfacción, había conseguido retener los datos más importantes). Pero sí había leído a fondo un reportaje, un artículo largo sobre la investigación policial en torno a los asesinatos que habían tenido lugar en Melling Lodge, en Surrey, hacía dos meses.

Biggs había seguido el caso desde el principio con mucho interés. En realidad, era un tema de conversación recurrente en el trabajo y en el pub donde solía pasar la hora de comer. Ese crimen sin móvil aparente había disparado la imaginación de la gente. Había quien pensaba, por ejemplo Jimmy Pullman, que era obra de un maniaco, pero Harold creía que tras los asesinatos había mucho más de lo que se percibía a simple vista. «Ya verás como resulta ser quien menos te lo esperas», había pronosticado. «El cartero, por ejemplo».

Se había sentido un poco decepcionado porque la idea del encabezado del artículo («Se espera que pronto se produzcan importantes avances en la investigación en curso sobre los horribles asesinatos de Melling Lodge») no se desarrollaba en los párrafos siguientes. En lugar de eso, el artículo resumía el progreso hasta la fecha. O, mejor dicho, la falta de progreso, puesto que era evidente que la policía apenas había logrado avanzar. El periodista se preguntaba si la investigación iba bien encaminada. Si alguna vez lo había estado, en realidad.

Según el periodista, la conmoción que habían causado los asesinatos parecía haber extendido cierto sentimiento de «pánico». Desde un principio se habían propagado un sinnúmero de «salvajes teorías» sobre el asunto. Aun en aquel momento, en el que cada vez se hacía más evidente que se estaban enfrentando a «un episodio aislado de violencia injustificada», se percibía, sin embargo, cierta oposición, incluso entre algunos cargos policiales con dilatada experiencia, a abordar la resolución del asunto de «manera directa».

A Harold le complació descubrir que era capaz incluso de rescatar palabras y expresiones literales del texto.

Gracias a la rápida intervención al «más alto nivel» de Scotland Yard, se había frenado una iniciativa que proponía buscar la ayuda de «expertos ajenos al caso». Con todo, a decir de muchos, la investigación seguía tambaleándose; en efecto, eran multitud quienes se preguntaban si se había prestado la suficiente atención a los «aspectos básicos de la investigación criminológica».

La policía tenía desde hacía tiempo la descripción del hombre en busca y captura, pero el artículo ponía en entredicho que se hubiera puesto «el énfasis suficiente» en esta línea de investigación. Otra «pista sólida» era la motocicleta y el sidecar que, como se sabía, había utilizado el asesino. El articulista comentaba lo raro que resultaba que una pista material como ésa no hubiera llevado a ninguna parte en la investigación policial, una opinión que implícitamente dejaba entrever la convicción de que los detectives que llevaban el caso no le habían sacado suficiente partido.

En algún sitio en Inglaterra hay un propietario de una motocicleta que responde a la descripción que maneja la policía. Para descubrir

215

su identidad bastaría con que los servicios de policía de la zona que están coordinados en este caso actuaran de manera metódica.

Esta afirmación no exenta de dramatismo le había quedado grabada literalmente a Harold en la memoria que tanto había mejorado últimamente. Pero no dejaba de sentirse algo perplejo por el artículo en conjunto. No era capaz de determinar si tales aseveraciones eran opiniones del periodista o de esas «fuentes fiables de Scotland Yard» que citaba de cuando en cuando. Es más, únicamente en el cierre del artículo se revelaban los «importantes avances» anunciados en el primer párrafo:

> La falta de progreso ha puesto de manifiesto la necesidad de recurrir a otros métodos. Se ha filtrado que el cargo actualmente al frente de la investigación, el inspector jefe Sinclair, será sustituido en breve por el hombre que se considera el más preparado para resolver satisfactoriamente el caso, el reconocidísimo detective británico superintendente jefe Albert Sampson, más conocido entre la gente como «Sampson, el de Scotland Yard».

*

Knowlton no era el destino final de Biggs. La señora Troy vivía en un lugar que se llamaba Rudd's Cross, situado, según le habían informado, en las proximidades del pueblo. Al preguntar en el pub donde paraba el autobús, se enteró de que en realidad estaba a más de tres kilómetros de distancia y de que sólo se podía llegar por un sendero que discurría campo a través.

Mientras se alejaba de Knowlton, llegó a sus oídos el rugido de unos truenos en la lejanía. Al oeste, se estaban formando unas nubes que amenazaban tormenta. Soplaba un aire cálido, bochornoso. Harold se quitó las gafas y se limpió la cara con un pañuelo. No había traído paraguas.

Aceleró el paso entre los campos cubiertos de rastrojo sin dejar de mirar con preocupación al cielo. Se detuvo junto a una cerca, y allí se quitó la gorra y se secó la frente dándose pequeños golpecitos en cada una de las entradas. Otra vez se oyó tronar, esta vez más fuerte. Además, le mordían los zapatos nuevos.

La sensación de resentimiento que se había ido acrecentando en su interior durante toda la mañana fue dando paso a otra de ira al reconocer que le habían utilizado. ¡Y explotado, incluso! Ciertamente, no estaría tan dolido si por lo menos el señor Wolverton hubiera hablado de algún tipo de recompensa cuando le dio el encargo.

Cuanto más lo pensaba, su amargura no hacía sino intensificarse. No en vano, el mes pasado se le había denegado la petición de un aumento de sueldo. Se había sentido engañado. Y es que, después de las numerosas privaciones sufridas durante el conflicto bélico, las tiendas rebosaban con productos que merecía la pena comprar. El propio Harold había pasado meses ahorrando para comprarse una radio, pues para el próximo año iba a comenzar a retransmitir en abierto la BBC. Y, si miraba hacia el futuro, veía resplandecer el espejismo de un automóvil.

Jimmy tenía toda la razón del mundo, admitió enojado antes de ponerse otra vez en camino. Ya era hora de que se hiciera valer.

*

Biggs estaba desesperado. No entendía nada de la perorata que le estaba soltando aquella anciana. Empezaba por un tema, luego saltaba a otro y al final perdía el hilo de ambos.

—¿Edna Babb? ¿Es ésa la chica que «venía a casa»? ¿La he entendido bien, señora Troy?

Había encontrado la casa sin problemas. Era justo como se la había descrito el señor Wolverton: aislada, separada por un manzanal y unos terrenos baldíos del resto de las que se agrupaban en torno al cruce que daba su nombre al pueblo. Pero había tenido que dar varios aldabonazos antes de oír cómo en el interior alguien se acercaba hasta la entrada arrastrando los pies y le abría la puerta.

—¿Señor Wolverton?

Desde el sombrío vestíbulo le miraba una anciana toda agachada. Tenía el pelo cano y ralo recogido en un moño despeinado. Sobre los hombros llevaba un chal grueso de punto que le caía encima de una falda larga y sucia de bombasí de color oscuro. Extrañado de que le hubiera confundido con su jefe, Biggs se presentó. Hasta que no entró en la casa, hasta que no vio a la mujer en el saloncito al que le había conducido, sentada en un sillón junto a la ventana por cuyos visillos entraba el sol iluminándole la cara, Biggs no se percató del color lechoso de aquellos ojos nublados por las cataratas.

Sentado en una silla que arrimó al sillón de la anciana, la dejó hablar. La señora Troy le mencionó a una serie de personas de las que jamás había oído una palabra (una tal «Edna», un tal «Tom Donkin» y un «señor Gray») como si él los conociera de toda la vida. Mientras hablaba movía las manos sin cesar, acariciando a un gato que se había encaramado a su regazo en cuanto se había sentado en el sillón, un gran minino atigresado que no apartaba sus ojos semicerrados de Biggs. Su grave ronroneo llenaba los silencios que de vez en cuando se alternaban con aquella voz temblorosa y entrecortada. Al escuchar de refilón los sonidos del exterior, donde retumbaban los truenos cada vez más cerca, Harold pensó con angustia en el aguacero que le esperaba. Los rayos de luz que hacía un momento se filtraban por los visillos desaparecieron para dejar paso a un tenue resplandor.

—¿Tom Donkin se encargaba del jardín?

Poco a poco se fue haciendo cargo de la situación. Donkin era un hombre del pueblo, alguien a quien había encontrado una tal señora Babb para cuidar del jardín y hacer un poco de todo en la casa. Al parecer había algo entre ellos, una relación, pero se habían peleado (habían salido tarifando, en palabras de la señora Troy) y Donkin se había marchado. Se había ido de la comarca, y Edna Babb había estado intentando averiguar su paradero.

—Ha estado buscándolo por todas partes —explicó la señora Troy volviendo hacia Harold su rostro, donde sus ojos azules lechosos centelleaban como si fueran los de alguna criatura ciega del mundo subterráneo—. ¡Pobre chica! Yo diría que está embarazada.

Todo había ocurrido hacía unos meses y desde entonces Winifred Troy ya no podía contar con Edna Babb. Todavía venía a limpiar, pero muy de cuando en cuando: un día por semana, en vez de los tres que tenían convenidos. A veces ni eso.

—¿Por qué no ha buscado a otra persona? —preguntó Biggs, cada vez más impaciente.

Al parecer, no había nadie más, por lo menos en Rudd's Cross. Edna «iba a otras dos casas» y también esas familias habían expresado su descontento. A veces la chica permanecía ilocalizable durante días.

En absoluto conmovido por la situación de la anciana, Biggs se estaba diciendo para sus adentros que no podía resolver el asunto (al menos si la pobre Babb era la única mujer que limpiaba por las

218

casas), cuando para su sorpresa descubrió que, después de todo, aquel no era el verdadero problema. Era simplemente la situación. La señora Troy se había acostumbrado a soportar las ausencias de Edna. El hecho de que la casa no estuviera limpia como la patena (y eso era evidente, dada la capa de polvo que Biggs divisaba sobre la chimenea y la suciedad que empañaba los cristales de la vitrina donde se guardaba la plata) no parecía molestar en absoluto a la anciana. El problema era otro. Para ser más exactos, el problema era el señor Grail.

¿El señor Grail?

Harold ya se había olvidado de él. Tendría que seguir allí sentado, escuchando a la señora Troy explicarle, con aquellas pausas largas y yéndose por las ramas, que se trataba del hombre que se hacía cargo del jardín desde que Tom Donkin se marchara.

Pero ahí no acababa el tema.

Una de las obligaciones de Edna consistía en hacerle la compra en Knowlton. No obstante, como ya no se podía contar con ella, la señora Troy se había visto obligada a buscar otra alternativa.

—Le dije al señor Grail que podía utilizar el cobertizo del jardín, por el que había mostrado interés, pero que a cambio tenía que traerme la compra.

¿Por qué?, se preguntaba Biggs. ¿Por qué no se lo pedía a cualquier mujer del pueblo? ¿A qué se estaba aferrando la anciana de esa manera? ¿A su independencia? Esa mujer no debería vivir sola, pensó sin poder evitar sentir irritación. ¿Es que no tenía a nadie que la cuidara?

—Entonces, ¿qué puedo hacer por usted, señora Troy?

—Quiero que le ordene que se marche. —Por primera vez hablaba sin rodeos—. No quiero volver a verle por aquí.

Biggs la miró perplejo.

—Pero usted ha hablado con él, ¿no? ¿Le está dando algún problema?

La anciana lo negó con la cabeza.

—Yo no puedo hablar con él —repuso—. Quiero que lo haga usted.

Cuando por fin entendió el quid del asunto, Harold no sabía si hablar o permanecer callado. ¡Le habían hecho ir hasta allí en su tarde libre simplemente para darle la carta de despido a un hombre! Como si ratificase su furia, desde arriba se escuchó un gran trueno.

A continuación comenzó a oírse el tamborileo de las primeras gotas de lluvia al caer sobre el tejado, que pronto dieron paso a un auténtico diluvio. ¡Dios santo, se iba a calar hasta los huesos!

Intentó contener la ira en lo posible.

—¿Dónde puedo encontrarle? —preguntó secamente.

—Por lo general viene los sábados —respondió la señora Troy, volviendo hacia él sus ojos casi ciegos—. Los sábados por la tarde. Por eso quería que vinieran hoy.

Sin decir una palabra, Biggs se puso en pie y salió al estrecho vestíbulo. Allí encontró lo que buscaba (un paraguas que estaba metido en un gran jarrón de porcelana decorado con motivos florales) y recorrió la casa hasta llegar a la cocina del fondo. Enseguida sintió un olor a rancio. En el escurridero junto al fregadero se apilaba un montón de platos sucios. A través de la ventana divisó el cobertizo al fondo, situado en el lateral de un pequeño jardín jalonado por parterres con flores.

Abrió la puerta de la cocina. La lluvia caía formando una cortina ante sus ojos. Lanzando resoplidos, abrió el paraguas y salió al jardín, y salpicándose al caminar sobre el césped empapado, se dirigió hasta el cobertizo. La puerta estaba cerrada con un gran cerrojo. Llamó.

—¡Grail! —exclamó—. Grail, ¿está usted ahí?

No hubo respuesta. Aunque pegó la oreja a la puerta de madera, no oía nada más que el martilleo de la lluvia golpeando el tejado de chapa y cayendo en chorro por un lateral justo encima de su paraguas.

Volvió a llamar, también sin resultado, y deshizo el camino por el jardín encharcado. Al entrar a la cocina se dio cuenta de que la parte blanca de sus zapatos bicolores de piel se había teñido de un sucio marrón. Furibundo, los secó con un paño de cocina. Volvió al salón.

—Grail no está en el cobertizo, señora Troy. Dudo que venga con la que está cayendo. ¿Dónde vive, en cualquier caso?

La mujer desconocía la dirección. Grail no se la había dicho. Poco a poco Harold se fue enterando de que apenas sabía nada de aquel hombre. Había aparecido de manera misteriosa hacía algunos meses, a principios de la primavera. Solía venir los sábados, aunque no todos. Por lo general le traía la compra, comestibles de diversos tipos, si bien no siempre lo que le había pedido.

—Traía lo que le daba la gana —dijo la anciana dejando entrever de repente un feroz resentimiento.

¡Así que ésa era la cuestión!: Grail no había cumplido con su parte del trato. Ahora que se encontraba mucho más calmado, Biggs pensó las cosas con frialdad. Por lo que veía, el jardín sí estaba cuidado. Si sólo se trataba de la comida que traía, entonces valdría con hacérselo notar.

Se sentó otra vez junto a la anciana y comenzó a explicarle su propuesta: si se llamaba a Grail aparte y...

—¡De ninguna manera! ¡Eso no es lo que quiero! —En sus pálidas mejillas aparecieron dos arreboles, como dos manchas de fiebre. El tono histérico de su voz sorprendió a Biggs—. No quiero tener que tratar con ese hombre. *¡Por favor, haga caso de lo que le digo!*

Biggs, que se había puesto colorado, se incorporó en la silla. Era imposible razonar con ella, se dijo con amargura. Era mayor y terca, y probablemente no le funcionaría bien la cabeza. Debería estar en algún asilo. El oficinista no alcanzaba a ver qué era lo que aquel pobre Grail había hecho tan mal. ¡Cualquiera pensaría que era el diablo en persona! Por un instante, en cualquier caso, se paró a pensar si a lo mejor había algo que no había entendido. Algo que la anciana no había dicho explícitamente. Pero enseguida apartó ese pensamiento de su mente. Lo único que quería era zanjar aquel asunto y ponerse otra vez en camino.

—Bueno, pues me va a ser imposible decírselo si no está aquí —resolvió secamente—. No puedo quedarme eternamente.

Inmóvil en su sillón, la anciana había girado la cara en otra dirección.

—Quiero que venga el señor Wolverton —dijo en voz queda—. Con *él* quiero yo hablar.

La amenaza implícita en sus palabras hizo que Biggs se sonrojara otra vez.

—Una cosa sí puedo hacer —salió rápidamente al paso—. Puedo escribirle una carta. Al señor Grail. Se la dejaré en el cobertizo y, así, si viene mañana, allí se la encontrará. Le notificaré que tiene que irse, que tiene que dejar el cobertizo. ¿Le parece, señora Troy?

La anciana no contestó. Pero Biggs la vio encoger levemente los hombros por debajo del chal.

Biggs se puso en pie, sintiendo cómo se le agolpaba la sangre en las sienes. Tan mayor e indefensa como parecía la anciana, había conseguido humillarle. Le daba la impresión de que aquella mujer le había puesto una cadena al cuello y que de repente había tirado de ella. Se dirigió hasta un pequeño escritorio situado detrás de donde estaba sentada la anciana, junto a la pared, y se sentó. Le temblaba la mano al desenroscar la estilográfica y sacar un folio de uno de los casilleros del mueble.

Estimado Sr. Grail:

He sido informado por la Sra. Troy de que durante algún tiempo se le ha permitido utilizar el cobertizo del jardín como contraprestación a ciertos servicios...

Mientras escribía, la habitación se llenó súbitamente de luz. Al levantar la vista, vio un rayo de sol colarse por los visillos. Hacía unos minutos se había dado cuenta de que había parado de llover. Y, con la luz del sol, desde la vitrina acristalada refulgió un destello plateado que atrajo la mirada de Harold. En el estante superior vio un juego formado por dos jarras de cerveza sobre una bandeja de plata. Al verlas le vino a la mente el recuerdo de un episodio reciente. Hacía poco había ido con el señor Wolverton a Folkestone a una subasta, a supervisar la venta de una serie de objetos que habían pertenecido a un cliente recientemente fallecido. Tenía grabada la estampa del subastador enseñando un par de jarras de plata muy parecidas a las que estaban en la vitrina.

—Georgianas —había dicho el rematador. Por el par habían pujado hasta ciento veinte libras.

En estos momentos la Sra. Troy considera necesario poner fin al acuerdo entre ambos. A tal efecto le escribo la presente. Dada la inexistencia de contrato por escrito entre usted y la Sra. Troy, entiendo que será suficiente concederle un plazo de una semana a partir del día de hoy...

¡Ciento veinte libras por el par! Podría comprarse una radio con esa cantidad. En realidad, por bastante menos, pero podía guardar el importe sobrante para el coche.

Harold Biggs seguía sentado inmóvil como una estatua, con la pluma pendiendo sobre el papel, mientras la perspectiva del hurto se deslizaba en su mente como una serpiente y se aposentaba allí, toda enroscada.

222

Miró la silueta de la anciana sentada en el sillón. Parecía dormitar. Con sigilo se levantó, salió de la habitación y fue hasta la cocina. Sentía el corazón latir con fuerza en el pecho. Necesitaba tiempo para pensar. Llenó un vaso de agua del grifo y se quedó junto a la ventana, observando el exterior. A la luz se veían caer todavía algunas gotas de lluvia. Al fondo de las nubes, que se estaban desplazando hacia el este, se abría un cielo azul. Al final, no iba a tener que mojarse.

Con los labios secos, se dijo a sí mismo que tenía todo el derecho del mundo a recibir un pago, una recompensa por todas las molestias que estaba tomando. Pero no era eso. Lo sabía. Era la excitación que sentía correr por sus venas. El darse cuenta de que estaba a punto de hacer algo que jamás se habría planteado hacer. Que jamás se habría atrevido a hacer. Era como meterse en la piel de otro. Ser otra persona.

Volvió al salón. La señora Troy no se había movido. Tenía el mentón apoyado contra el pecho y los ojos cerrados.

Biggs contuvo la respiración. El gato, encaramado en el regazo de la anciana, le siguió con la mirada mientras atravesaba sigilosamente la habitación en dirección a la vitrina.

¿Sería capaz de hacerlo? ¿Sí? ¿No?

Abrió las puertas acristaladas y sacó las jarras, una con cada mano, sopesándolas, calculando su peso. Tras los cristales de las gafas, comenzaron a humedecérsele los ojos.

—¿Señor Biggs? ¿Está usted ahí?

Harold se quedó helado. Estaba de espaldas a la anciana.

¿Está usted ahí?

Despacio, volvió la cabeza, y enseguida se relajó, expulsando lentamente la respiración. La anciana miraba hacia la puerta. No veía a través de la habitación. De hecho, ese detalle era lo que le había animado a obrar así.

—¿Señor Biggs...?

Con cuidado de no hacer ningún ruido, devolvió las jarras a su sitio y cerró las puertas acristaladas de la vitrina. Los ojos le hacían chiribitas.

—Estoy aquí, señora Troy. —Sin apresurarse lo más mínimo, volvió a cruzar la sala para situarse junto al escritorio—. Enseguida termino con la carta.

Le ruego que saque todas sus pertenencias del cobertizo y no cierre con cerrojo...

La pluma de Biggs rechinaba al escribir sobre el papel.

Volveré en el plazo de una semana, el próximo sábado, para comprobar que, en cumplimiento de la petición de la señora Troy, el cobertizo ha quedado libre.

Atentamente,

Harold Biggs
Auxiliar del bufete

—Pensándolo mejor, señora Troy —dijo Biggs desde el escritorio mientras escribía en un sobre, en mayúsculas, el nombre del destinatario, SR. GRAIL, EN MANO—, creo que una carta no es suficiente. Me encargaré de esto personalmente. Volveré el próximo sábado para cerciorarme de que el tipo ese capta el mensaje. No se preocupe: lograré que se largue de aquí con todas sus cosas; se lo prometo.

Y es que no quería llevarse las jarras entonces. No en ese momento. Lo había pensado todo en la cocina. Primero había que echar de allí a Grail. Así, se le creería responsable de cualquier cosa que faltase en la casa. A ojos del resto sería el culpable automático, un hombre resentido. Además, para Harold, se añadía la ventaja de que no tenía por qué tener remordimientos de conciencia: aun cuando la policía interrogara a Grail, no hallarían pruebas del hurto, ningún objeto robado, con lo cual pronto olvidarían el asunto.

Siempre suponiendo, claro, que se llegara a ese punto. Siempre suponiendo que Winifred Troy se diera cuenta de que habían desaparecido las jarras.

Biggs cerró el sobre, se levantó y se acercó a donde estaba sentada la anciana.

—¿Lo ha entendido, señora Troy? —Volvió a sentarse junto a ella—. Esta carta es la notificación del desahucio. Volveré dentro de una semana para cerciorarme de que se ha marchado. Usted no tiene que tratar nada con él. Si le pone pegas, remítale a nosotros, al bufete. Dígale que somos nosotros quienes nos ocupamos del asunto.

A Biggs no le gustó que la anciana volviera la cara y le mirara de frente. Cierto, el intercambio de miradas formaba parte de cualquier conversación: uno mira a su interlocutor a los ojos para tratar de evaluar sus reacciones. Pero la mirada nebulosa de la señora Troy no dejaba entrever lo que sentía. A continuación notó el tacto de los dedos de la anciana sobre los suyos.

—Gracias, señor Biggs —dijo en un murmullo apenas audible—. Siento mucho haberle causado todas estas molestias.

Demasiado tarde, pensó Biggs con ira, retirando enseguida la mano. No quería pensar en ella, en su vida. En lo poco que le quedaba por vivir.

—Ahora tengo que irme —le anunció mientras se ponía en pie—. Volveré a verla dentro de una semana.

Sin esperar a que le contestara abandonó el salón. Salió de la casa por la puerta de la cocina. Atravesó el jardín y se paró frente al cobertizo para introducir la carta por debajo de la puerta. Los charcos que había dejado el aguacero en el camino al cruzar la verja reflejaban el azul del cielo.

Se paró un instante para saborear los extraordinarios acontecimientos de la última media hora. Había atravesado la estancia en presencia de la anciana y había sacado las jarras de la vitrina. Había hecho lo que tenía planeado. ¡Debía hacerse valer! ¡Ojalá se lo pudiera contar al señor Wolverton! ¡Hacérselo tragar, de algún modo!

En realidad, ni siquiera podría contarle a Jimmy Pullman lo que había hecho ni lo que pensaba hacer. Tendría que mantenerlo en secreto.

Hasta entonces siempre le había faltado valor, concluyó mientras buscaba una explicación a la mediocridad que dominaba su vida. Sin embargo, sentía que, si podía dar aquel paso (regresar a la semana siguiente y llevarse las jarras), su futuro daría un vuelco. A pesar de todo creía firmemente en su buena fortuna.

¡Eres un diablo con suerte!

Harold sonrió al recordar aquellas palabras. Las había pronunciado una mujer que había abordado una noche en la calle principal de Folkestone. Fue durante el segundo año de la guerra. Ya no se acordaba de cómo se llamaba.

Habían ido paseando de bracete desde el centro hasta uno de los pubs del muelle, bajando por la misma calle sinuosa que, día tras día, retumbaba con el paso militar, ese paso de marcha que aún oía

Harold mientras dormía, de los miles de hombres que se dirigían hacia los ferris amarrados en el puerto, y de allí a Francia. Ella le contó que a su prometido le habían matado en Lood. Biggs se preguntó entonces si esa chica de mirada viva y aspecto chabacano no sentiría desprecio por un hombre que, gracias a sus problemas de visión y a una tos que había aprendido a exagerar, había logrado hacerse con un cómodo puesto en la sección de intendencia del campamento de Shorncliffe. Pero ella le sacó enseguida de dudas.

—Prefiero tener a mi lado a un hombre vivo cada día que a un héroe muerto —le espetó, y se lo demostró al cabo de unas horas, de pie contra la pared en un callejón oscuro situado detrás del pub.

¡Eres un diablo con suerte!

Nunca la volvió a ver, pero aquellas palabras permanecieron grabadas en su memoria. A medida que seguía su curso la guerra, se engrosaba la lista de víctimas y una mala visión y unos pulmones de poco fiar dejaron de ser excusa suficiente para librar a un hombre de las trincheras, Harold estaba resignado a que llegara el día en el que su propio nombre se sumara al de aquellos hombres que marchaban en fila hasta el borde del mar. Pero ese día nunca llegó. Siguió en su puesto en intendencia. Y, con el paso del tiempo, se dio cuenta de que lo que le había dicho la chica era cierto, aunque en un sentido que ésta no imaginaba. Biggs estaba bendecido de un modo especial. Ungido, podría decirse. Era uno de esos que, gracias al destino o a la casualidad, estaban destinados a escapar de la matanza.

Todavía conservaba el simbólico chelín brillante que, como a todos los que se enrolaban en el ejército, le dieron cuando se alistó: había taladrado en él un agujero y lo había metido en el llavero. Aún entonces, en momentos de duda o indecisión, se sorprendía a sí mismo metiendo la mano en el bolsillo y pasando el pulgar por el canto serrado de la moneda.

5

Amos Pike entró sigilosamente en la cocina y depositó en la despensa el paquete de comida que había traído. Se quedó allí, esperando a oír la voz de la anciana preguntar que quién andaba por ahí. Al no oírla, se adentró más en la casa y la encontró sentada en el sitio habitual, junto a la ventana. A la luz tenue del crepúsculo, parecía más pálida y encogida de lo habitual, y no pudo evitar mirarla con una fría preocupación.

—Le he traído algunos víveres —le dijo con su voz monótona.

—Gracias, señor Grail.

Sonaba apagada, inquieta.

—Compré pescado, como me pidió —insistió. Al escudriñarle el rostro, se percató de que le temblaba levemente el labio inferior.

—Gracias —repitió la anciana, en un susurro.

Pike frunció el ceño. Aunque no solía conversar con la gente, tenía muy desarrollados los instintos, como los de los animales.

—¿Ocurre algo? —le preguntó.

Ella se lo negó rápidamente con la cabeza.

—No, nada. Gracias por traerme la comida —reiteró.

Pike sabía que para la anciana su presencia era incómoda, pero en aquel momento percibía algo más en su comportamiento: una especie de tensión que intentaba disimular. Se acercó un poco. Quería asegurarse bien. La desconfianza y la sospecha eran, junto con aquel sentimiento perentorio de necesidad, rasgos dominantes de su carácter. Y precisamente ese último, la pulsión constante de un vehemente deseo, fue lo que le hizo súbitamente cambiar de opinión, alejarse de la anciana y dejarla allí sentada.

Ya averiguaría más tarde lo que la afligía.

Un cambio de última hora en el itinerario de la señora Aylward le había obligado a retrasar varias horas la salida hacia Rudd's Cross. Normalmente aceptaba sin inmutarse que se trastocaran sus planes. Podía permitirse ver las cosas a largo plazo.

Sin embargo, por primera vez, aquella tarde había sentido impaciencia. El día a día, con su rutina de obligaciones y responsabilidades, se le estaba convirtiendo en una pesada carga. Aunque no era consciente de ello, estaban empezando a desgastarse los frágiles agarraderos que lo mantenían sujeto a la realidad cotidiana.

Cuando abrió la puerta del cobertizo, se estaba haciendo de noche, y no vio la carta que había caído en el suelo, a sus pies. Cuando encendió la lámpara de queroseno un minuto después, ya había quitado la tela con que protegía la moto del polvo y la había arrojado a un lado. Al caer al suelo, había tapado el sobre blanco.

*

Llegó al bosque antes de la medianoche y, arropado con la esterilla, durmió junto a la moto hasta el amanecer. A las primeras luces del alba se puso en marcha, con la pesada bolsa cargada al hombro. Con paso firme, sigiloso y fantasmal, avanzó entre la espesa niebla que se concentraba junto a los troncos de los árboles.

Encontró el refugio tal y como lo había dejado, salvo por la capa de lodo que se había acumulado en el fondo por efecto de las últimas lluvias. Usó el pico de zapador para extraerlo de la fosa y luego pisoteó el suelo hasta endurecerlo. A continuación recorrió el bosque en busca de algún corro de árboles jóvenes, para regresar al cabo de una hora con dos brazadas de tallos que fue limpiando de ramas. Luego los colocó, uno junto a otro, sobre el suelo embarrado para aislar el agujero de la humedad.

A mediodía hizo un descanso para abrir una lata de carne de ternera en conserva. Durante toda la mañana se había concentrado hasta el más mínimo detalle en las tareas que iba realizando: en dejar las ramas que podaba al tamaño deseado, en que el suelo quedara perfectamente a nivel. Pero en todo momento había notado que en su interior se iba amasando una conjunción de fuerzas: un maremoto de emociones cuyas pulsiones sentía en las terminaciones nerviosas, lo que le producía un picor y una quemazón en la piel, cual alud de lava que se desplazaba por sus venas.

Lo que sentía le hacía estremecerse. Al mismo tiempo, no podía dejar de sentir cierta inquietud. Toda su vida había procurado mantener un autocontrol, algo que le había asegurado cierto equilibrio durante los muchos años vividos en un estado de angustia casi insoportable, afligido por aquella necesidad perentoria. El temor de perder el control en aquel momento bastaba para calmarlo y para permitirle concentrarse en las tareas que le quedaban por hacer.

Cuando terminó de comer hizo otra nueva salida, esta vez en dirección al estanque cercano, del que regresó con un haz de ramas de sauce. Ya antes había ensamblado un marco con algunos de los tallos que le habían sobrado. Con el sauce empezó a trenzar una retícula para acoplarla al marco. Era una tarea muy entretenida, y en dos ocasiones tuvo que regresar a la zona del estanque para traer más ramas. Sin embargo, cuando dieron las cinco ya había terminado de hacer y colocar aquel invento a modo de tejado para el refugio.

En él se retiró tras recoger la bolsa y las herramientas. Como ya había ultimado todos los preparativos, podía relajarse: encendió un cigarrillo y calentó una taza de té en el infiernillo de campaña que había traído la vez anterior. Antes de que se hiciera de noche repasó lo que traía en la bolsa y sacó las cosas que tenía intención de dejar allí. Envolvió el infiernillo con un hule y lo colocó en un rincón junto con la comida enlatada. Actuaba conforme al plan que había trazado, preparándose así para volver en sucesivas ocasiones a lo largo del que preveía un prologado periodo de espera.

Aun así, sentía la duda palpitar en su interior. No estaba seguro de poder esperar. La experiencia vivida en Highfield había sido única, un tiempo durante el cual parecían haberse detenido las horas, un periodo de dulce indecisión postergado hasta el punto de haber perdido temporalmente la capacidad de actuar. En retrospectiva, le parecía que había pasado infinitas tardes allí sentado, en medio de los bosques que dominaban el pueblo, mientras en su interior iba acumulándose poco a poco la excitación, tan lentamente como el proceso de formación del coral.

Lo que sentía en aquel momento era diferente. En el pecho notaba la presión como un puño. De día en día percibía cómo se acrecentaba el deseo.

Lo último que hizo antes de abandonar el refugio fue cortar unas ramas de maleza para camuflar el lugar, que entrelazó con los matojos circundantes hasta que quedó como si fuera un denso matorral.

Después de inspeccionar por última vez la zona para asegurarse de que todo estaba en orden, volvió a donde había dejado la motocicleta, llevando consigo la bolsa.

Antes de colocarla en el sidecar, desató las correas para sacar de ella un trozo de carne envuelto en papel de estraza. Se lo metió en el bolsillo de su cazadora de cuero, sin poder evitar arrugar la nariz al notar el fuerte olor. Lo había comprado el día anterior y ya estaba empezando a estropearse.

*

Las puertas acristaladas del salón estaban abiertas de par en par, y habían descorrido las cortinas para que la luz del interior de la estancia iluminara parte del césped. Dos criadas iban de aquí para allá con bandejas, en un continuo vaivén desde la casa hasta una mesa colocada bajo la parra. Donde terminaba la zona iluminada, comenzaba el jardín, apenas visible a la luz plateada de la luna.

Pike no despegaba los prismáticos de los ojos.

Llevaba más de dos horas observando, sin moverse, apoyado contra el tronco de un haya, sumido en un pozo de oscuridad que no alcanzaba a iluminar el resplandor de la luna.

Los adultos de la familia estaban cenando. Eran tres, pero él apenas se fijaba en dos de ellos. El objeto de su atención era la mujer rubia que estaba sentada de cara a él. Sus brazos y hombros desnudos resplandecían como el mármol a la luz temblorosa de las velas.

Estaban celebrando algo. Los tres llevaban traje de noche. Habían servido champán al inicio del ágape y habían levantado las copas en honor de la mayor de las mujeres. Aun a esa distancia, Pike distinguía la espuma y las burbujas en las copas.

Había hecho lo mismo en Highfield. Había estado observando en la penumbra. Con todo, por más que lo intentara, no lograba volver a sentir lo que entonces: la sensación de un placer continuamente aplazado, pero que sentía a su alcance. Una fruta que podía arrancar del árbol en cuanto quisiera.

La bestia que se agitaba en su interior no encontraba satisfacción en la paciencia y el distanciamiento. Cada vez era más insistente su llamada. Pike cambió de postura, aliviando así la presión que sentía en la entrepierna.

Dejó de enfocar la mesa para centrarse donde terminaba el jardín, desde donde salía el sendero jalonado por tejos, y luego siguió con la mirada la vereda que cruzaba el jardín hasta el campo de cróquet. Pasadas las tres cuartas partes del sendero entre los tejos, salía una bifurcación que iba hasta la puerta que franqueaba el muro cubierto de musgo. Allí se detuvo la mirada de Pike.

No durante mucho rato, no obstante. Poco a poco, tan atentamente como le fue posible, deshizo el camino mirando por los prismáticos, regresando por ese camino secundario hasta el sendero entre los tejos y desde allí hasta el jardín y la casa.

Se lo imaginó todo mentalmente.

El ataque, con el fusil y la bayoneta en ristre.

El estruendo al romperse los ventanales.

Oyó los gritos. Ya los había oído antes. Y eso no hacía sino acrecentar la excitación.

Mientras el corazón casi se le salía del pecho, enfocó con los prismáticos la silueta distante de la mujer. Se le secó la boca al contemplar sus brazos desnudos. Al imaginarse el tacto de su cuerpo bajo el suyo no pudo evitar soltar un gruñido.

Llámame Sadie... Quiero que me llames Sadie.

Pronunció estas palabras en susurros.

En Melling Lodge había sido incapaz de controlarse. Había llegado demasiado pronto al orgasmo, y había manchado los pantalones mientras forcejeaba con la mujer sobre la cama, mezclándose así la vergüenza, la sangre y el placer.

Al recordar aquellos momentos, hizo una promesa en silencio: esta vez sería diferente; esta vez haría valer su capacidad de férreo autocontrol.

Pero las dos últimas horas le habían mostrado que no podía esperar. La necesidad que sentía le urgía a satisfacerla. Esa misma noche le parecía ya tarde.

Dejó los prismáticos y encendió un cigarrillo, con la intención de calmar su ardor.

El sábado por la mañana de la semana siguiente, la señora Aylward cogería el tren rumbo a Londres. Ya se había informado de sus planes. De allí iría a visitar a sus amigos en Gloucestershire, y no regresaría hasta el siguiente martes. Tendría todo el fin de semana libre, e incluso el lunes, si quería.

Pike aspiró con fuerza el cigarrillo y, en aquel preciso instante, tomó la decisión.

Simplemente le quedaba una cosa por hacer.

Apagó el cigarrillo, se levantó y, poniéndose en camino colina abajo, se deslizó entre los árboles, con paso seguro como un felino, una sombra en la oscuridad. Cuando llegó al pie de la colina, salió del bosque y se internó por el sendero que atravesaba la vega, y avanzó sigilosamente entre los estanques sobre cuyas negras aguas estaba suspendida, inmóvil, la luna.

Al llegar al jardín se detuvo y se puso en cuclillas. Oía las voces. A sus oídos llegaron en la noche calma las brillantes notas de una risa femenina. Pensó en la blancura de su cuello.

Pike empezó a silbar. Al principio, eran unos silbidos sordos, prácticamente inaudibles. Luego dio otros algo más fuertes. Siguió así durante un rato, siempre aumentando la intensidad de ese sonido crispante.

Al minuto obtuvo como recompensa unos ladridos procedentes del jardín. Enseguida escuchó otro sonido: una mezcla de aullidos, jadeos y correteos. Al instante, apareció en el camino ante sus ojos un perro que derrapó al coger la curva de la bifurcación desde el sendero entre los tejos, con las orejas golpeándole repetidamente en las sienes.

Lanzando un amenazador gruñido, se abalanzó a la carrera sobre la figura que le aguardaba en cuclillas tras la puerta.

*

Pasaba la medianoche cuando, de regreso en Rudd's Cross, apagó el ensordecedor motor de la motocicleta a una distancia prudencial de la casa. Le había dado problemas durante el viaje de vuelta: necesitaba limpiar el carburador. Empujó la máquina los últimos metros por el camino encharcado que conducía al cobertizo.

Una vez en el interior, no perdió ni un minuto: sin siquiera encender la lámpara de queroseno, en la más absoluta oscuridad localizó a tientas la tela y la colocó sobre la moto. Tenía prisa por volver a casa. Al día siguiente le esperaba un largo viaje: la señora Aylward tenía un cliente en Lewes.

Antes de marcharse miró rápidamente a las ventanas ahora ensombrecidas de la casa. No se había olvidado del extraño comportamiento de la anciana. Algo la preocupaba, sin duda. Debía averiguar de qué se trataba.

Vendría pronto el sábado siguiente. Tenía muchas cosas que hacer.

Con el rostro apesadumbrado, Sinclair avanzó lentamente por el pasillo alfombrado, flanqueado por Madden.

—Así que Ferris piensa que tengo los días contados. ¿Has visto el artículo en el *Express* del viernes? «¿ES HORA DE CAMBIOS?». Me pregunto si estará al tanto de algo que nosotros no sabemos.

Debido a una avería en el metro, el inspector jefe se había retrasado media hora en llegar a Scotland Yard. Se entretuvo en su despacho sólo lo justo para vaciar encima de la mesa lo que traía en el maletín, sacar del cajón el expediente cada vez más voluminoso y hacerle una señal a Madden para que le acompañara.

—Eso lo dejaremos para más tarde, John —replicó Sinclair cuando el inspector comenzó a comentarle una idea que se le había ocurrido—. Ocupémonos primero de esto otro.

Al ver la cara que traía su compañero, Sinclair se alegró de comprobar que parecía descansado y atento. Se permitió conjeturar si entre las actividades del fin de semana de Madden se había incluido una visita a Highfield.

—»Ciertos círculos de Scotland Yard con información contrastada» —citó, según entraba en la antesala que precedía al despacho de Bennett—. Así califica Ferris a sus informantes. ¿Crees que el superintendente jefe tendrá la gentileza de ruborizarse siquiera esta mañana?

En la reunión no tuvo ocasión de averiguarlo. Bennett estaba solo en el despacho. Encontraron al ayudante del comisionado adjunto vestido de riguroso negro, apostado junto a la ventana con los brazos en jarras, observando las aglomeraciones matutinas del tráfico en la zona del río. Se giró al oírles entrar.

—Buenos días, caballeros. —E hizo un gesto invitándoles a sentarse en sus puestos habituales en la pulida mesa de roble. Para llegar hasta allí tuvieron que pasar por delante de su mesa, donde estaba desplegado, con ostentación manifiesta, un ejemplar del viernes anterior del *Daily Express*.

—Estamos solos esta mañana —dijo Bennett mientras se sentaba frente a ellos. Sus ojos marrones no denotaban ninguna expresividad—. El señor Sampson tiene otra reunión.

Sinclair abrió el expediente. Sin prisa ninguna empezó a hojear las páginas mecanografiadas. En su rostro no se adivinaba ninguna muestra de tensión o nerviosismo.

—Como sabe, señor, teníamos la esperanza de que unos asesinatos acaecidos en Bélgica durante la guerra nos aportaran alguna pista de utilidad para la investigación actual. —El inspector jefe levantó su mirada pétrea del expediente y miró directamente a Bennett—. Me temo que hasta la fecha no nos han llevado a ningún sitio.

—Me apena escucharlo. —Bennett se removió ligeramente en su asiento—. Entonces, ¿ninguno de esos hombres encaja con el perfil?

—El señor Madden y yo hemos interrogado a dos de los cuatro supervivientes de la compañía B. Ninguno de ellos es el hombre que buscamos. El tercero, Marlow, está hospitalizado y, en cuanto al cuarto, Samuel Patterson, la policía de Norwich ha rastreado su paradero. Trabaja en una granja cerca de Aylsham. Se han podido comprobar todos sus movimientos.

—Y, entonces, ¿el capitán Miller sólo interrogó a esos hombres y a los compañeros que fallecieron después en combate?

—Según consta en los archivos, así es.

—Y tenemos la certeza de que dio por concluido el caso... —Bennett frunció el ceño—. Entonces, por lógica cabe deducir que creía que el culpable era uno de los que murieron en el campo de batalla... Ésa es la conclusión a la que han llegado; no me equivoco, ¿no, inspector jefe?

—Así es.

—Pero lo que usted pensó era que quizás se hubiera equivocado, ¿verdad? Es decir, que a lo mejor había sido uno de esos cuatro...

—Contemplé esa posibilidad, efectivamente —reconoció Sinclair, asintiendo—. No lo tengo tan claro ahora.

—Ah, ¿no?

—Me ha llamado la atención que ninguno de estos hombres, o sea, ninguno de los supervivientes, volviera a ser interrogado después de abandonar el frente. Eso no tiene sentido. He analizado con suma atención la transcripción de los interrogatorios. Miller no se anduvo con chiquitas al tomarles declaración. Está clarísimo que estaba convencido de que ocultaban algo. Aun si creyera que el culpable había caído en el frente, habría vuelto a hacer pasar a los otros por el proceso. No habría dejado escapar esa oportunidad.

Bennett arrugó el gesto.

—Entonces, el asesino no pertenecía a la compañía B. Miller debió de llegar a la conclusión de que era otro.

—Eso parece —corroboró Sinclair.

—Pero sin esa nota que se halla desaparecida no podemos descubrir de quién se trata.

—Exacto.

Bennett lanzó un suspiro. Luego apartó la mirada.

—¿Alguna cosa más, inspector jefe?

—Sólo esto, señor. —Sinclair rebuscó en el expediente. Sacó un papel y lo sujetó frente a los ojos de su interlocutor—. La semana pasada envié un telegrama a la Sûreté de Bruselas pidiéndoles que comprobaran sus archivos. Tenía la esperanza de que apareciera una copia del informe de Miller. Pero no la tienen. —Por encima del folio, su mirada se cruzó con la de Bennett—. En realidad, si atendemos a sus archivos, el caso sigue abierto.

—¿*Cómo?* —El ayudante del comisionado adjunto se incorporó en el asiento, estupefacto—. No entiendo. ¿Qué significa eso?

—Pues, para empezar, que las autoridades militares británicas no informaron a la policía civil belga de que se había cerrado el caso.

Los dos se miraron fijamente. Pasaron así, quizás, hasta cinco segundos. Luego Bennett arrugó el gesto, esforzando la vista. Sinclair, que tenía en alta estima su agilidad mental, vio que empezaba a caer en la cuenta.

—¡Ese maldito informe! No está perdido, ¿no? ¡Simplemente es que no quieren dárnoslo!

Sinclair hizo una leve mueca expresando su desacuerdo.

—No necesariamente, señor. Puede que sí esté perdido. *Por lo menos en estos momentos.*

—O sea que, en su opinión, puede que alguien se haya desecho de él intencionadamente... Pero no sabemos ni quién ni cuándo...

—Ésa es una posibilidad.

—¿El propio asesino?

Sinclair lo negó con la cabeza.

—Lo dudo. A menos que fuera un miembro del Parlamento... y ni siquiera en ese caso. —Volvió a colocar el folio dentro de la carpeta—. Hablé con el coronel Jenkins el viernes y le pedí que nos pusiera en contacto con el oficial que fue el superior de Miller durante la guerra, más que nada porque cabe la posibilidad de que se acuerde del caso. Por cierto, Jenkins me hizo saber que aún estaban buscando el informe en los archivos del Ministerio de Defensa. No tengo razones para no creerle. Pero sí se me ocurren diversos motivos por los que alguien, en septiembre de 1917, creyera oportuno destruir esa hoja de papel, sobre todo si daban por muerto al culpable. Fue un crimen brutal con víctimas civiles. A lo mejor pensaban que no tenía sentido señalar con el dedo al ejército. Mejor dejar a los muertos tranquilos.

Bennett se miraba las uñas con detenimiento. Al cabo de unos segundos se levantó y se acercó a la ventana. Allí se quedó cruzado de brazos, mirando al exterior. Arqueando una ceja, Sinclair lanzó una mirada interrogadora a Madden. El ayudante del comisionado adjunto volvió a sentarse a la mesa.

—En resumen, si me permiten... —Se aclaró la garganta—. Entonces, ¿no sirve de nada que insista en el Ministerio de Defensa? ¿No va a ser posible obtener de ellos esa nota?

—Eso creo, señor. A fin de cuentas, si es que todavía existe, es decir, si la están manteniendo oculta deliberadamente, no van a cambiar su política. Y, en caso contrario, lo único que conseguiremos será enemistarnos con ellos.

Bennett asintió al hacerse cargo de la situación. Volvió a fruncir el ceño.

—Si por lo menos tuvieran un nombre, alguna pista por la que proseguir... —Bajó la mirada. Parecía temeroso de seguir hablando—. Claro que, en cualquier caso, puede ser que no haya ninguna conexión entre ambos casos; entre los asesinatos en Bélgica y los de aquí... De eso no estamos seguros.

—Pues no, señor. —Sinclair organizó los papeles y los volvió a meter en el expediente.

Bennett levantó la vista.

—A lo mejor, después de todo, es hora de mirar... en otra dirección —dejó caer con una mirada cómplice.

El inspector jefe recibió la indirecta asintiendo levemente. Bennett se puso en pie y se volvió a Madden.

—¿Haría el favor de dejarnos a solas, inspector? Quisiera hablar un momento en privado con el señor Sinclair.

*

Al cabo de veinte minutos, el inspector jefe volvió con paso vivo a su despacho. Según entraba lanzó al aire el voluminoso expediente, que aterrizó sobre la mesa haciendo un ruido sordo. A modo de respuesta, el agitado teclear de la máquina de escribir del despacho contiguo enmudeció. Sinclair se quedó de pie delante de su mesa.

—Yo me había hecho ilusiones de que la ausencia del superintendente jefe esta mañana constituyera un indicio de que lo habían mandado a la Torre de Londres para su inmediata ejecución. Sin embargo, parece que Ferris estaba en lo cierto: somos nosotros a quienes tienen previsto ahorcar.

—Lo siento mucho, señor —le compadeció Madden con el rostro sombrío desde su mesa—. Creo que cometen un error.

—Puede ser. Pero de lo que no cabe duda es de que Sampson goza de las simpatías del comisionado adjunto. Con él estaba esta mañana, por cierto, ultimando algunos detalles con sir George para asegurarse de que no cambia de opinión en el último momento.

—O sea que ya es oficial... ¿nos han retirado de la investigación, entonces?

—Todavía no, aunque apostaría que así sería si Parkhurst no tuviera que estar esta tarde en Newcastle en un congreso regional. No volverá hasta el jueves. Ése es el día señalado. Ha convocado una reunión en su despacho. Nos han invitado a ir a Bennett y a mí. A ti te excusan la asistencia, John. —El inspector jefe sacó la pipa del bolsillo. Se sentó en el borde de la mesa—. ¡Pobre Bennett! Él es quien está en peor posición, a horcajadas sobre una verja de alambre de espino. Sabe de sobra que nosotros vamos por el buen camino, si bien la cosa no termina de cuajar... Pero si sigue apoyándonos se expone demasiado. Creo que hasta cierto punto sospecha que lo que en realidad quiere Sampson es quitarle el puesto.

—¡No puede ser! —exclamó Madden con incredulidad.

—No, evidentemente no lo conseguirá —repuso con una sonrisa Sinclair—. Pero la imaginación de nuestro superintendente jefe no tiene límites. En fin, da igual... Antes me dijiste que tenías una idea. Supongo que ahora es buen momento para que me la comentes.

El inspector se tomó un instante para poner en orden sus pensamientos.

—Todo depende de cómo llevase las cosas Miller —acertó a decir.

—No te sigo.

—Evidentemente, no trabajaría *solo*. Seguramente tendría siempre a un suboficial para que le tomara notas y le mecanografiase los informes. Lo que no sabemos es si cada vez escogía al azar a uno distinto, cualquier escribiente que estuviera disponible, en cuyo caso no nos sería de gran ayuda, o si tenía siempre al mismo ayudante.

—O sea, ¿que a lo mejor formaban un equipo?

Madden asintió.

—Si siempre trabajaba con el mismo hombre, entonces sería quien transcribió los interrogatorios de la compañía B y quien mecanografió los informes que constan en archivo. Estaría al tanto de las particularidades del caso. Puede ser, incluso, que hablaran en privado sobre ello.

—¿Lo que me estás sugiriendo es que ese supuesto ayudante estaría al tanto de lo que tenía Miller en la cabeza; que sabría quién era en su opinión el culpable...? —preguntó el inspector jefe con escepticismo.

—Más que eso, señor. Lo más seguro es que él mismo mecanografiara la nota que buscamos. Y evidentemente no habría sido un trabajo ordinario más. Aún hoy recordaría su contenido.

Sinclair examinó la cazoleta de la pipa.

—Entonces, ¿qué dato buscamos? ¿El nombre del ayudante de Miller, si es que lo tuvo? No estoy seguro de que nos quede tiempo. El jueves se nos termina el plazo.

—Lo sé, pero se me ha ocurrido un atajo —dijo Madden—. Miller viajaba en un coche oficial cuando falleció. Es muy probable que saliera de viaje en el curso de una investigación, con lo cual seguramente llevaba con él a un ayudante, quizás el conductor. Ése podría ser nuestro hombre.

—¡O sea, que me estás diciendo que está muerto!

—Puede que sí —respondió Madden sin inquietarse lo más mínimo—. Pero aún no lo sabemos con certeza.

—Cierto, cierto —contestó Sinclair tras unos segundos, asintiendo—. ¡Tienes razón, John: merece la pena intentarlo! Volveré a incordiar a los del Ministerio de Defensa. Me siento de humor para seguir dándole a alguien la matraca.

7

Al pasar junto a un tocón que le pareció adecuado, Harriet Merrick se paró, se sentó y se abanicó la cara con el amplio sombrero de paja que se había puesto para complacer a Annie McConnell; en vano habían sido todas sus protestas de que era muy improbable que el débil sol de octubre fuera a causarle insolación. Ese día la suave pendiente hasta la cima de Shooter's Hill se le estaba haciendo muy pesada. Había sentido un ligero dolor en el pecho, una especie de presión que la había hecho pararse y descansar un poco. Estaba esperando a que se le pasase esa sensación.

Era reacia a admitirlo, pero durante los últimos días no se había encontrado demasiado bien. Tenía un fastidioso dolor de cabeza que había empezado la noche de su sesenta y un cumpleaños, y que todavía le molestaba mucho. Por sugerencia de su hijo, habían aprovechado la calidez excepcional de aquel otoño para cenar al aire libre esa noche, y la señora Merrick pensó al principio que tal vez había cogido frío. Pero, en vez de desarrollar el constipado que ella se temía, el dolor se le fijó en la cabeza, lo cual le impedía dormir por la noche y le creaba un estado de ansiedad cada vez más acusado.

Todo había empezado con la muerte de Tigger. Envenenado, creía Hopley, quien le echaba la culpa a los granjeros. Según decía, éstos ponían estricnina y otro tipo de veneno para los zorros que se cobraban numerosas víctimas en los gallineros de la zona. El jardinero se había encontrado con el pobre animal arrastrando la panza por entre los arbustos a primera hora de la mañana. Tigger había estado desaparecido durante toda la noche, a pesar de que Annie lo había llamado repetidamente antes de irse a la cama.

Mientras llevaban al perro al cobertizo, donde murió enseguida, distrajeron la atención de los niños. Después de comer, su padre les contó lo ocurrido. Se pusieron a llorar, pero, como suele ocurrir con los más pequeños, en cuanto se secaron las lágrimas, mostraron mucho interés por cómo lo iban a enterrar, tarea que le tocó a Hopley. Esa tarde estuvieron junto a sus padres y a Annie mientras se rezaban unas oraciones y daban sepultura a los restos del spaniel en una tumba cavada detrás del campo de cróquet.

Su padre les había asegurado que no iba a dejar las cosas así, y que había dado parte ya al policía del pueblo, el agente Proudfoot, quien había expresado su intención de investigar el caso. Al día siguiente Harriet Merrick prometió a sus nietos comprarles otro cachorro cuando volviesen de vacaciones de Cornualles.

Pero, igual que sucede con las ondas de la superficie de un lago, los cambios acaecidos en la vida cotidiana de Croft Manor siguieron buscando nuevas víctimas. El martes por la noche el pequeño Robert se puso otra vez a llorar, porque, como comprobaron, tenía fiebre. Su madre lo mandó inmediatamente a la cama. Ya en ese momento todos pensaban lo mismo: si resultaba ser algo serio, la familia tendría que retrasar su salida hacia Penzance al final de la semana.

Esto a su vez pareció disgustar a la señora Merrick, quien no tuvo inconveniente en admitírselo a Annie.

—No quiero que se retrasen. Quiero *que se vayan*.

—¿Sabe lo que está diciendo? —se burló Annie —. Son de su propia sangre, y no ve usted el momento de que se vayan.

—Tengo muchas ganas de que nos quedemos solas tú y yo, Annie.

—Venga, no se preocupe, señorita Hattie. —Cuando había gente delante, Annie la llamaba señora Merrick, pero siempre señorita Hattie cuando estaban a solas, igual que lo había hecho durante los últimos cuarenta años—. Ya verá como tenemos mucho tiempo para nosotras. Estarán fuera tres semanas.

—Si no se van, no —observó la señora Merrick con una lógica incontestable, ante lo cual Annie se limitó a mover la cabeza.

—¡Pero qué tonta es usted! Siempre preocupándose sin razón.

Annie estaba en lo cierto. No había razón alguna para preocuparse. Sin embargo, paradójicamente, esto parecía inquietarla aún más, y la noche anterior casi no había pegado ojo por la preocupación.

—¡Ay, Annie! No sé qué me pasa. ¿Por qué *quiero* que se vayan? —le comentó mientras paseaban juntas por el jardín después del desayuno—. Me empiezo a sentir igual que cuando murió Tom. ¿Te acuerdas? Tenía muchísimo miedo, incluso antes de enterarme.

Annie la había llevado hasta un recoveco del sendero entre los tejos y la había rodeado con sus brazos.

—A ver, querida mía —murmuró—. ¿No se olvida de que ya han pasado cuatro años desde que mataron al pobre chico?

—¿Cómo me iba a olvidar?

—Ya se acerca el día...

—¡Ah! ¿Crees que es por *eso*? —La señora Merrick se soltó del abrazo. A Tom lo habían matado la segunda semana de octubre. El aniversario estaba próximo—. Eso *espero* —acertó a decir. Y enseguida se quedó sin respiración ante sus propias palabras, preguntándose cómo podía haber dicho semejante cosa.

Pero, a pesar de todo, aquello era indudable, y ese pensamiento la reconfortó durante el resto del día.

*

Se sintió aún mejor cuando fue más tarde al cuarto de los niños con Annie y vio que al enfermo le había bajado la fiebre. El niño dijo encontrarse bien para jugar una partida a las cartas de las familias, y aunque su niñera, Enid Bradshaw, se opuso a la idea, tuvo que ceder ante Annie, cuya autoridad era incuestionable en todos los ámbitos domésticos. La señora Merrick sonrió al ver a la hermana de Robert, de siete años, preocuparse por él, mulléndole la almohada y poniéndolo cómodo en la cama. También se rió con ellos dos cuando Annie miró fijamente al paciente para interrogarle:

—A ver, dígame la verdad, señorito Robert (y que nunca una mentira manche sus labios), ¿tiene usted por casualidad secuestrada a la señorita Hogaza, la hija del panadero?

El juego siguió hasta la llegada del doctor Fellows, quien, tras un sucinto examen, aseguró que Robert estaba reponiéndose.

—Son nervios, en mi opinión. Perder al perro debe de haberle afectado más de lo que nos imaginamos. ¡Pobre animal! ¿Saben ya cómo ocurrió?

Era también el día que le tocaba a la señora Merrick la revisión semanal, y el doctor Fellows se disculpó por haber llegado una hora más tarde que de costumbre.

—Me estaba marchando de la consulta cuando trajeron a Emmett Hogg con un tobillo roto. Al parecer tuvo que ir cojeando y a rastras hasta que encontró ayuda. Se cayó en un hoyo en el bosque, dice. —El doctor Fellows levantó una ceja, con un gesto muy elocuente—. No hay muchos hombres de por aquí que sean capaces de estar completamente borrachos a las dos de la tarde; sin embargo, Hogg lo ha convertido en todo un hábito. Pero, bueno, ¿qué ha estado haciendo *usted*, señora? —Al médico le cambió el semblante ante lo que indicaba el aparato de medir la tensión. Volvió a insuflar aire en el artilugio que había puesto a la señora Merrick en el brazo y frunció el ceño—. Nos hemos estado pasando de la raya, ¿a que sí?

La señora Merrick, a quien no le gustaba ni que la llamaran «señora» ni que la hablasen refiriéndose a ella con la primera persona del plural, reconoció que un rato antes había estado dando un paseo. Pero no tenía intención alguna de mencionar que había sido a Shooter's Hill.

—No haga esfuerzos durante los próximos días —le aconsejó el doctor Fellows—. Digamos mejor una semana. Ni un paseo más allá del jardín hasta que yo la vuelva a ver.

La señora Merrick estaba pensando en otra cosa. El médico había dicho algo que le había refrescado la memoria.

—¿Ha dicho usted que se cayó en un hoyo?

—Eso es lo que dice Hogg. —El doctor Fellows cerró de golpe su maletín—. Yo tengo mis dudas.

Harriet Merrick se estremeció.

—Si ocurrió en Ashdown Forest, debe dar parte —dijo con firmeza—. La policía quiere estar al tanto de cualquier hoyo que se haya excavado allí recientemente. Me lo dijo mi hijo el otro día.

William era juez de paz.

—No creo que nadie se vaya a creer lo que cuente Emmett Hogg —señaló el doctor Fellows, deteniéndose en la puerta de la habitación.

—Aun así, Hogg debe dar parte. —Hizo una pausa—. Y *usted* debe asegurarse de que lo hace —añadió la señora Merrick, complacida por una vez de estar en posición de mandar.

8

Se abrió la puerta del despacho contiguo, y entraron Hollingsworth y Styles. El inspector jefe Sinclair, impecable con un traje gris de raya diplomática y un alfiler de corbata nacarado, estaba sentado a su mesa. Las ventanas situadas detrás de él, que tantas veces habían destellado durante el verano con un brillo parecido al de los diamantes, estaban salpicadas de lluvia. Un relámpago surcó el negro cielo de Kennington. Sinclair hizo señas a los dos hombres para que se acercaran.

—Estoy seguro de que les ha llegado el rumor de que me van a sustituir como jefe de esta investigación. Siento tener que decirles que es cierto. Voy a ver al comisionado adjunto dentro de unos minutos. Según tengo entendido, le pasará el caso al superintendente jefe Sampson.

Hollingsworth murmuró unas palabras entre dientes.

—¿Sargento? —preguntó Sinclair, arqueando una ceja.

—Nada, señor. Lo siento, señor.

—Quiero aprovechar para agradecerles a ambos el trabajo que han hecho. A lo mejor piensan que han sido muchas horas invertidas para obtener pocos resultados. Pero les aseguro que no es así. No tengo ninguna duda de que la información que guardamos en esta carpeta llevará finalmente a detener y, espero, a condenar al hombre que buscamos —aseguró al tiempo que daba unas palmaditas sobre la gruesa carpeta de piel que descansaba sobre la mesa—. En lo que al futuro se refiere, ni el inspector Madden ni yo mismo tenemos la esperanza de desempeñar ningún papel en esta investigación. El superintendente jefe Sampson formará su propio equipo, y creo que es muy probable que quiera incluirles a ustedes dos debido a lo familiarizados que están con la historia y los detalles del caso. Sé que serán tan cumplidores y diligentes con él en este difícil trabajo como lo han sido conmigo, y por todo ello quería expresarles mi agradecimiento. —El inspector jefe se levantó, le tendió la mano a Hollingsworth y éste se la estrechó. Styles hizo lo propio—. Se les informará en breve de cualquier cambio que les afecte. Eso es todo.

Los dos hombres retornaron al despacho de al lado, cerrando la puerta tras de sí. Sinclair se volvió a sentar y sacó su pipa. Miró a Madden, que había estado escuchando en silencio sentado a su mesa.

—¿Y bien, John?

—Creo que es una verdadera lástima.

—Una opinión que no comparte la señora Sinclair, a quien le complace pensar que voy a pasar más tiempo en casa. Trata de consolarme diciéndome que no es que vaya a ser menos útil en el futuro, sino que simplemente va a cambiar el tipo de actividades que voy a realizar. Escardar, por ejemplo. ¿Sabes lo que es?

La sonrisa que apareció en la cara de Madden le recordó al inspector jefe que, de las semanas de trabajo que habían compartido, podía sentirse satisfecho al menos por una cosa: en un primer momento se había alegrado de que su compañero hubiera recuperado su carácter de otros tiempos, y más contento se había sentido aún durante un breve periodo de tiempo cuando todo parecía indicar que el plan de Madden de localizar al ayudante del capitán Miller iba a dar sus frutos.

Contra todo pronóstico, el Ministerio de Defensa había sido capaz de facilitarles, inmediatamente, la identidad del conductor del coche oficial de Miller. Los nombres de ambos hombres aparecían en el atestado.

El cabo Alfred Tozer había sobrevivido a la explosión que se había cobrado la vida de su superior, y llegado el momento se le concedió la baja por invalidez y se le devolvió a un hospital de Eastbourne, en cuyos archivos del periodo posterior a la guerra constaba una dirección que le situaba en Bethnal Green.

Madden se había ido allí a toda velocidad en un taxi con Hollingsworth, aunque solamente para descubrir que, aunque seguía siendo la residencia de los Tozer (el hombre vivía allí con su hermana y su cuñado, con los cuales regentaba un kiosco), no se encontraba en ese momento en casa.

—¿Que está de acampada? ¿En el Norte de Gales? —El inspector jefe levantó la mirada al techo con incredulidad.

—Es excursionista, señor. Todos los años pasa así las vacaciones, según su hermana. Visita diferentes partes del país.

—¡Increíble! Habría que recomendarle a la oficina de turismo. Así que todavía no sabemos si era el ayudante habitual de Miller, ni siquiera si sabe algo concreto de ese caso...

Madden lo negó con la cabeza.

Aferrándose a una última esperanza, Sinclair había telefoneado a la policía de Bangor y les había pedido que ordenasen a todas las comisarías del distrito que localizasen a Tozer y le pidieran que se pusiese enseguida en contacto con Scotland Yard. Eso mismo le habían comunicado a su hermana, quien no esperaba verle de vuelta antes del fin de semana.

—Incluiré una nota en el expediente, pero no me imagino al superintendente jefe tomándose la molestia de intentar poner en marcha ninguna idea que haya salido de *nosotros*.

La última posibilidad que tenían de avanzar en la investigación llegó esa misma mañana con otra información del Ministerio de Defensa sobre el superior de Miller en la Policía Militar durante la guerra, un tal coronel Strachan, que ya estaba retirado y vivía en un pueblo de Escocia tan remoto que el inspector jefe ni siquiera había oído hablar de él.

El telefonista de Scotland Yard se había pasado la mañana lidiando con otras centralitas de norte a sur del país. Sinclair no estaba en el despacho cuando al final contactaron con el coronel, y fue Madden quien habló con él.

—Dice que recuerda el caso y sabe que se cerró —le informó al inspector jefe a su regreso—. Pero no se acuerda de cómo se llamaba el hombre que Miller identificó como el asesino. En cualquier caso, murió en combate. Es lo único que recuerda.

—¿Y cómo sabía Miller que era él?

—De eso tampoco se acuerda.

—¡Vaya, vaya...! —El inspector jefe se rascó la cabeza—. Recuérdame que no me jubile demasiado pronto, John. Parece que tiene un efecto pernicioso en las neuronas. ¿Qué conclusión sacaste?

Madden frunció el ceño.

—Es difícil asegurar nada cuando se ha hablado con la otra persona por teléfono. Le oía muy lejos, pero yo diría que no parecía muy dispuesto a colaborar.

—¿Crees que le habían alertado? —Sinclair metió el limpiador en la caña de la pipa. Miró a Madden.

—Posiblemente, pero no el Ministerio de Defensa. Parecía sorprendido de verdad de recibir mi llamada. Si alguien dio la orden de callar, fue en aquellos tiempos, justo como sospechábamos.

—Pero entonces no fue iniciativa *suya*.

—Seguro que no. Era policía militar. Hubiera infringido la ley. No, la orden debió de venir de más arriba.

—¿Del cuartel general?

El inspector se encogió de hombros.

—Me imagino a un tipo. —Sinclair sacó el limpiador de la pipa y sopló por la caña—. Tal vez un general. O un coronel obeso con una banda escarlata en la gorra e insignias en la solapa. Ahí, sentadito en su despacho, situado por cierto en un *château*. Reposando el atracón de una buena cena, bien lejos del frente.

—¿Está usted hablando de un oficial del Estado Mayor? —dijo Madden, frunciendo el ceño.

—¿Eso te parece? Bueno, pues pongamos que tiene delante un expediente. —Sinclair examinó el limpiador de la pipa—. Un asunto peliagudo. Y lo que le molesta es el informe del investigador. «Ni hablar», dice apartándolo. —El inspector jefe recalcó las palabras con un movimiento, dejando caer el limpiador de la pipa a la papelera que tenía al lado—. «No, eso no nos conviene». —Miró la pipa—. Me pregunto dónde radicaba el problema. Tal vez no quería que se hiciera público el nombre del asesino. Quizás eso le hubiera resultado embarazoso a alguien. —Se encogió de hombros—. Y, en cualquier caso, puesto que el hombre en cuestión estaba muerto, realmente daba igual. Ya se había hecho justicia. —Sinclair se metió la pipa en el bolsillo—. Sí, me gustaría conocer a ese oficial del Estado Mayor. ¡Vaya si me gustaría! —Miró su reloj—. Bueno, ya es hora de que me vaya de aquí. —Se levantó y cogió el expediente de su mesa—. Lo dejo aquí con todo gusto —dijo, levantando la abultada carpeta—. No le voy a dar a Sampson la satisfacción de verme mal. Los presos hacen una salida digna tras la condena. Al fin y al cabo, esto no es más que un trabajo, como le dijo el obispo a la actriz…

Empezó a dar la vuelta a la mesa, pero después se paró. Entonces, con un repentino gesto estampó el expediente sobre el escritorio y exclamó:

—¡No, *por Dios, no lo es!*

Madden se sorprendió. El inspector jefe miró por la ventana y contempló la mañana pasada por agua. Luego dijo con un tono bajo y enfadado:

—Ahí afuera, en algún sitio, hay un hombre empeñado en asesinar. Sólo es cuestión de tiempo que vuelva a actuar. Por alguna parte hay una mujer, una familia entera quizás, que está en peligro. ¡Y ahora se me ordena que deje esta investigación (y las vidas de esas personas, quienes quiera que sean) en manos de un… *papanatas*! —Volvió a agarrar la carpeta, y en ese preciso instante vio a Billy Styles apostado a la entrada con dos tazas de té en las manos y mirándole con cara horrorizada—. Usted no me ha oído decir eso, agente. ¿Queda claro?

—Sí, señor —repuso el joven, temblando.

—¿*Totalmente* claro?

Billy sólo fue capaz de asentir.

El inspector jefe miró a Madden y, dando grandes zancadas, salió del despacho.

9

Una hora más tarde Sinclair acabó el resumen de la investigación seguida hasta la fecha. Le había sorprendido que el comisionado adjunto se lo pidiese. Pensaba que sería una reunión corta: un simple agradecimiento de sir George por sus semanas de duro trabajo seguido del rápido traspaso del expediente al superintendente jefe Sampson, que, sentado junto a Parkhurst a una pulida mesa de roble, parecía un buitre posado en una rama.

La mesa era idéntica a la que adornaba el despacho de Bennett. En cambio, las dependencias del comisionado adjunto estaban más amuebladas. Había una alfombra peluda cubriendo el suelo y de las paredes colgaban paisajes de la verde campiña inglesa. Entre dos ventanas que daban al Támesis descansaba un gran escritorio de caoba detrás del cual colgaba una enorme fotografía de sir George con su tocayo, el rey Jorge V. El perfil difuminado de un caballo al fondo hacía pensar que la foto se hubiera tomado en las carreras. Parkhurst, con chaqué, estaba de pie con la cabeza un poco inclinada y girada atentamente hacia el monarca, quien le observaba con expresión vidriosa.

El inspector jefe se sentó solo. Parkhurst estaba enfrente de él al otro extremo de la mesa, con Sampson a un lado y Bennett al otro. El comisionado adjunto rondaba los sesenta. Era mofletudo, con las mejillas marcadas por lívidas venillas. Mientras hablaba Sinclair, no hacía más que mirar por toda la sala, como si fuese incapaz de fijar la vista en un sitio concreto, en contraste con Sampson, quien estaba sentado a su lado y no apartaba la vista del rostro del inspector jefe. Bennett estaba sentado un poco apartado de ambos, como si deliberadamente se quisiera distanciar. La cara del ayudante del comisionado adjunto no mostraba emoción alguna.

—Permítanme subrayar la importancia que en mi opinión reviste este reciente aspecto de la investigación, señor.

Cuando le dieron la oportunidad de explicarse, el inspector jefe se había olvidado de su intención inicial de lavarse las manos de todo el asunto en cuanto le fuera posible. Ahora disfrutaba alargando el proceso, observando a Sampson moverse impaciente y a sir George no acabar de armarse de valor para dar por finalizada la reunión. ¡Iba a decir lo que tenía que decir y punto!

—Creo, y el inspector Madden coincide conmigo, que el autor de los asesinatos cometidos en Bélgica en 1917 es el mismo que estamos buscando ahora. Lo malo es que no hemos podido precisar su identidad. Pero lo lograremos... o, mejor dicho, lo hubiéramos logrado, estoy seguro. —Sinclair hizo una pequeña pausa—. Señor, nunca recalcaré lo suficiente que no se debería abandonar esta línea de investigación y que tendríamos que seguir presionando al Ministerio de Defensa para que nos dé un nombre.

Parkhurst se movía inquieto en la silla.

—Sin embargo, inspector jefe, admitirá que no hay *necesariamente* una conexión entre esos asesinatos y los de Melling Lodge. Al fin y al cabo, se mueve usted en el reino de la especulación.

—En efecto, señor. —Sinclair asintió vigorosamente—. Pero la especulación es algo a lo que nos ha obligado este caso. Y, hablando de las conexiones, éste ha sido nuestro principal problema. Creo firmemente que no había relación personal entre el asesino y las víctimas de Melling Lodge, a no ser la que existía en su mente, y que hemos estado intentando aclarar.

Sampson chasqueó la lengua irritado.

—Venga, Angus, ya hemos oído todo esto antes. Ha tenido usted su oportunidad. Desde el principio ha insistido en que este hombre no era un criminal cualquiera. Muchas pruebas, en cambio, nos hacen pensar que irrumpió en la casa para robar. Lo que pasó después fue trágico. Terrible. Pero intentar convertir a un hombre violento y posiblemente perturbado en una especie de... —Hizo una mueca de disgusto— en una especie de fuerza del mal no nos va a ayudar a *cogerlo*. —Hizo una pausa—. Dice usted que mató a esa mujer de Kent, la señora Reynolds. Sin embargo, no lo *sabe*. Es cierto que hay algunos parecidos superficiales entre los dos crímenes. Pero lo que usted ha hecho es una *asunción*, porque le viene bien a su teoría. Lo mismo puede decirse de esta historia en Bélgica hace cuatro años. Ahora resulta que ha cometido una cadena de asesinatos y por eso nos ha estado advirtiendo durante semanas que va a volver a matar. *¿Cuándo?*, si me permite la pregunta. —El superintendente jefe se pasó la mano por su pelo con brillantina y se inclinó hacia delante—. Lo que hay que hacer aquí, lo que se tenía que haber hecho desde el principio, es aplicar los procedimientos policiales normales. Nada de modernidades ni sofisticaciones. No hay que intentar meterse en la mente del criminal, pensando que vamos a ser capaces de leerle el pensamiento. Basta con buen trabajo policial a la antigua. Mucho sudor, muchas caminatas. Así es como hay que proceder.

Sinclair le había estado escuchando atónito. Ahora habló él:

—¿A qué se refiere exactamente, señor?

Sampson se recostó en el asiento.

—Yo creía que eso era obvio —contestó—. ¿Qué sabemos de este hombre? No mucho, se lo reconozco. Pero sí sabemos *una* cosa. Tiene una moto y la usa. Bueno, ya sé que ha repasado usted esa lista de compras recientes provista por Harley-Davidson. ¡Pero, hombre, por Dios! ¿Y qué hay de las matriculaciones?

—¿De las matriculaciones de motos? —repuso el inspector jefe, con cara de estar desconcertado por la idea—. Sí, el otro día leí un artículo sobre eso en el *Express*. De un tal Ferris, creo. Parecía contener la misma idea. Me pregunto de dónde la sacó el autor.

Sampson se puso colorado como un tomate.

—De hecho, señor —prosiguió Sinclair, dirigiendo su atención al comisionado adjunto—, es algo que he considerado y descartado. ¿Sabe cuántas motos están matriculadas en el sur de Inglaterra? Cerca de ciento cincuenta mil. Aun dejando de lado la enorme carga de trabajo que lo que está proponiendo el señor Sampson supondría para diversas autoridades, hay que preguntarse qué se conseguiría con ello. Teniendo como tenemos únicamente una imprecisa descripción física (un hombre corpulento de pelo castaño oscuro y bigote, que a estas alturas puede o no haberse afeitado), los agentes de policía supuestamente tendrían que interrogar a cada uno de los propietarios para ver si se parecían a esta descripción. Pero, aun así, se me ocurre: ¿qué garantía tenemos de que ese vehículo esté legalmente matriculado? ¿O de que no lo mantiene oculto en algún sitio y sólo lo utiliza cuando lo necesita? Es verdad: en muchos sentidos este hombre es un enigma para nosotros. Pero en cualquier caso sabemos que no es un completo burro. —«Y no como otros», pensó el inspector jefe al tiempo que decía estas palabras.

Sampson le miró enfadado. Su cara mostraba abiertamente el enfado.

—Muy bien, Sinclair. Creo que ya hemos oído bastante.

Parkhurst se aclaró la garganta.

—Sí, me parece que es hora de… —Y se calló porque llamaron con fuerza a la puerta, que se había abierto, adonde giró la cabeza. Madden apareció en el umbral. Tenía en la mano un trozo de papel. Una secretaria revoloteaba detrás de su alta figura, haciendo gestos nerviosos.

—Siento interrumpir, señor. Es urgente.

—No me diga, Madden. —El tono del comisionado adjunto delataba irritación—. ¿No puede esperar, hombre?

—No, señor. Me temo que no.

Madden cruzó la alfombra en pocas zancadas con sus largas piernas. Se dirigió hasta donde estaba Sinclair y le dio el papel que llevaba en la mano, al tiempo que se inclinaba y susurraba algo al oído del inspector jefe. Sinclair dio un respingo. Se le iluminó la cara.

—Señor, tengo que pedirle que suspenda esta reunión —dijo, levantándose bruscamente.

—¿Qué? —Parkhurst se le quedó mirando boquiabierto.

—A ver… ¡un momento! —empezó a decir Sampson.

—¡Hemos dado con él! —Sinclair blandió al aire la hoja de papel—. Éste es nuestro hombre.

—¿Lo ha *encontrado*? —preguntó Parkhurst.

—Todavía no, señor. Pero sabemos cómo se llama. —Al inspector jefe le brillaban los ojos—. Es más, antes de que acabe el día tendremos una fotografía suya.

—¿Una *fotografía*?

—Cortesía del Ministerio de Defensa. Estuvo en el ejército, tal y como pensábamos. Señor, debo rogarle que me permita seguir con esto sin demora alguna. Cualquier retraso podría ser peligroso. —Sinclair recogió su carpeta y se puso de pie con intención de irse.

—Bueno, no sé… —El comisionado adjunto recorrió la sala con su mirada acuosa. Sampson intentó mirarle.

—¿Puedo decir algo, señor? —terció Bennett, interviniendo por primera vez—. El inspector jefe Sinclair ha estado al frente de esta investigación desde el principio. Se conoce todos los detalles. De ser posible una rápida detención, creo que deberíamos dejarle seguir. Como ha dicho, un retraso es lo último a lo que nos queremos arriesgar en este momento.

—¿Señor...? ¿Señor...? —musitó Sampson, tirándole de la manga a sir George—. No deberíamos precipitarnos con esto.

—¡Ahora no, superintendente jefe! —Parkhurst hizo un chasquido, impaciente. Su mirada se detuvo en los ojos de Sinclair—. Muy bien, inspector jefe. Siga con ello. Pero aquí no zanjamos el tema. ¿Me he explicado con claridad?

—Con total claridad, señor.

—Y me mantendrá usted informado.

Sinclair ya había emprendido el camino hacia la puerta, seguido por Madden. Cuando estaba a punto de salir, Bennett le llamó.

—Por cierto, ¿cómo se llama?

El inspector jefe lo miró. Luego echó un vistazo al trozo de papel que llevaba en la mano y levantó la vista.

—Pike —dijo resueltamente—. Sargento mayor Amos Pike.

10

—¿Estamos seguros de lo de la fotografía, John? ¿Estás seguro de que el Ministerio de Defensa tiene una?

—Sin duda, señor. El coronel Jenkins la está buscando. Tozer se lo explicará.

Los dos hombres subieron corriendo las escaleras desde el primer piso y, un pasillo desnudo, llegaron hasta el despacho de Sinclair.

—Más nos vale estar en lo cierto respecto a esto —dijo entre dientes el inspector jefe—. Si no es así, tú y yo nos veremos obligados a buscar refugio cada uno por su lado. ¡En mi caso, Tombuctú puede que no esté lo suficientemente lejos!

Abrieron de golpe la puerta y entraron en el despacho. El sargento Hollingsworth estaba sentado a la mesa de Madden ante un bloc de notas. Styles estaba de pie detrás de él; enfrente, en otra silla, estaba sentado un tercer hombre. Era delgado y de piel morena; tenía el pelo rubio muy corto y llevaba puesto un traje marrón bien planchado y una corbata roja con dibujos.

—Éste es el señor Tozer —le presentó Madden—. Señor Tozer, el inspector jefe Sinclair.

El hombre se levantó y le tendió la mano a Sinclair, quien se la estrechó. Tenía en la cara una cicatriz que le recorría desde la parte exterior del ojo hasta debajo del pómulo.

—Encantado de conocerle, señor Tozer. Supongo que recibió nuestro mensaje.

—Sí, señor. Anoche cuando llegué a casa. —Hablaba con un marcado acento cockney.

—Su hermana no le esperaba hasta el fin de semana.

—Regresé antes de lo previsto, señor. Ha estado lloviendo tres días seguidos en el norte de Gales. Cuando Milly me dio el recado, pensé que era mejor venir aquí en persona. Siempre había deseado ver el interior de Scotland Yard. En realidad, siempre tuve la esperanza de trabajar aquí algún día —dijo con una mueca.

—¿Ah, sí?

El inspector jefe cogió la silla de Tozer y la situó enfrente de su propia mesa. Hollingsworth se había levantado para irse, pero Sinclair le ordenó sentarse.

—Quédese ahí, sargento. Necesitamos tomar nota de esto. —Y, dirigiéndose a Styles, añadió—: Traiga una silla para el señor Madden, agente. Y después tráigale al señor Tozer una taza de té.

Esperó hasta que Madden estuvo sentado en una silla junto a su mesa.

—Estaba usted diciendo que quiere ser policía.

—Así es, señor. Siempre he tenido la impresión de estar hecho para el trabajo de policía, sobre todo tras la época que pasé con el capitán Miller. Pero cuando recobré el conocimiento después de que impactase en nuestro coche aquel proyectil, me di cuenta de que me faltaba una aleta. —Con una sonrisa, levantó el brazo izquierdo, dejando al descubierto, debajo de la chaqueta, la manga de la camisa prendida con alfileres que cubría el muñón de su muñeca—. Vaya, ¡todas mis esperanzas de unirme al cuerpo se fueron al traste!

El inspector jefe inclinó la cabeza.

—Lo lamento mucho. Con respecto al nombre que nos ha facilitado, Pike, ¿está usted seguro?

—Sí —contestó Tozer sin dudarlo—. Como le estaba diciendo al inspector, recuerdo muy bien todo el asunto. No es algo fácil de olvidar. —Entrecerró los ojos—. Espero que no le moleste la pregunta, señor, pero ¿por qué quiere usted saber sobre eso ahora?

—No me molesta en absoluto, señor Tozer. —En los labios del inspector jefe se dibujó una sonrisa—. Pero por ahora le agradecería mucho que contestase a nuestras preguntas. Andamos mal de tiempo.

Madden interrumpió:

—Vine a buscarle en cuanto conseguí el nombre de Pike, señor, y después de haber hablado por teléfono con el coronel Jenkins, del Ministerio de Defensa. Pero creo que a usted le gustaría oír toda la historia desde el principio.

—¿Le importaría, señor Tozer? —preguntó Sinclair, volviéndose hacia él—. Empiece por la escena del crimen, por favor. Tengo entendido que se asignó el caso al capitán Miller. ¿Trabajaba usted con él habitualmente?

—Sí, señor. El capitán siempre me empleaba como su ayudante. Parecía que congeniábamos.

—¿Y durante cuánto tiempo trabajaron ustedes juntos?

—Casi seis meses. Desde principios de 1917. Fue entonces cuando se me destinó a la sección de investigación. Podría decirse que fue el día más feliz de mi vida. —Tozer levantó la cabeza y vio a Styles a su lado, sosteniendo una taza de té de pie—. Póngala ahí usted mismo, por favor, hijo —le pidió al agente. A continuación, justificándose, le enseñó el muñón con una sonrisa. El agente se puso colorado y dejó la taza y el platito sobre la mesa del inspector jefe.

—Me decía que había sido el día más feliz de su vida, ¿verdad, señor Tozer?

—Sí, señor. Me enviaron a Francia a principios de 1916, así que allí estaba cuando la batalla del Somme y después.

—¿Combatió usted en el frente?

—No, señor. —Tozer bajó sus ojos azules—. No, a nosotros nos pusieron en la retaguardia. Los hombres iban a las trincheras de primera línea de fuego, pero nosotros teníamos que esperar por si alguno se volvía. A veces perdían el valor, y nuestra labor era cogerlos. Muchos no eran más que chiquillos... pero a pesar de eso los seguían llamando desertores. —Tozer levantó la vista—. Los Tommies, los soldados rasos, solían quedarse mirándonos mientras se iban al frente. Yo nunca he visto tanto odio en los ojos de nadie... —Se calló. Nadie hablaba. Dejó de mirar al inspector jefe para buscar los ojos de Madden—. Me parece que usted sabe de qué hablo, señor.

Madden hizo un gesto con la cabeza.

—Ahora eso es el pasado, señor Tozer —dijo con amabilidad—. Es mejor quitárselo de la cabeza.

—Gracias, señor. Lo intento.

Sinclair dejó pasar unos momentos. Después volvió a tomar la palabra:

—Así que se unió usted a la Brigada Especial de Investigación.

—Sí, señor... —Tozer se preparó—. Bueno, no se llamaba así exactamente, pues la brigada como tal no se formó hasta después de la guerra, pero la Policía Militar ya estaba destinando a ciertos escuadrones para hacer trabajo de investigación, y a mí me asignaron a uno que estaba unido a una compañía de la Policía Militar destacada en Poperinge. Es allí donde conocí al capitán Miller. Estábamos trabajando en otro caso, un robo de mercancía en los almacenes de la compañía ferroviaria, cuando le llegó la orden de dejarlo todo y dirigirse inmediatamente a Saint Martens.

—Ése es el pueblo más próximo a la granja, ¿no? —Sinclair se removió en su silla—. ¿A qué distancia estaba el campamento militar?

—Sólo a un par de kilómetros. Era una zona que usaban mucho para campamentos de descanso. Las tropas procedentes de las trincheras pasaban alrededor de una semana allí antes de volver. Este batallón en concreto, el del Regimiento de Nottinghamshire del Sur, había estado allí cuatro o cinco días.

—Del informe se desprende que únicamente se consideró sospechosos a los soldados. ¿Por qué?

Tozer se tiró del lóbulo de la oreja.

—Bueno, por una razón: no había demasiados civiles por allí. La guerra había acabado con ellos. En algunas granjas todavía se trabajaba y había gente en el pueblo. Pero la policía belga y la *gendarmerie* habían hecho su labor antes de que llegásemos nosotros, supervisando a sus propios ciudadanos. Pensaron que podían responder por todos ellos. Y, además, estaban los cuerpos, señor. Bueno, tres de ellos. El del marido y los dos hijos. Les habían apuñalado con una bayoneta; de eso no había duda. Además, lo había hecho un experto. Una sola estocada a cada uno.

Sinclair miró a Madden.

—¿Así que Miller tomó las riendas del caso? ¿Pasó, pues, a ser una investigación británica?

—No del todo, señor. Las víctimas eran civiles. Pero, como los belgas habían solicitado nuestra ayuda, se entendía que el capitán Miller dirigiría la parte militar y mantendría informadas a las autoridades belgas.

—La mujer asesinada, la esposa del granjero, ¿dónde encontraron su cuerpo? Describa la escena, si es tan amable.

Tozer se inclinó hacia delante para coger su taza de té. Tomó un sorbo y volvió a poner la taza sobre el platito. Se pasó la lengua por los labios.

—Estaba en la habitación del piso de arriba echada sobre la cama con la falda y las calzonas arrancadas. Le habían cortado la garganta.

—¿Se pensó... el capitán Miller pensó que la habían violado? —El inspector jefe lo planteó en forma de pregunta.

—Desde luego, señor. De hecho, cuando leyó el informe del forense belga le pidió que volviese a examinar el cuerpo. Creyó que se debía de haber equivocado. Pero el forense confirmó que no había restos de semen ni señales de penetración.

—¿Así que el capitán se sorprendió?

—Sí. Y no sólo por eso. Una de las cosas que percibió, puede que lo haya visto usted en el expediente, fue la diferencia entre el piso superior y la planta baja. En la cocina, donde se encontraron los cuerpos de los hombres, uno se preguntaba cómo pudo haber sucedido. No había un plato roto, sólo una silla dada la vuelta, me parece recordar. Debieron de matarlos en cuestión de segundos. En el piso de arriba la historia era diferente. Ella se había defendido. El espejo estaba roto y las cortinas de una de las ventanas desprendidas. —Meneó la cabeza con pesar—. Era una mujer fuerte y guapa. Tenía un maravilloso pelo rubio. «Lolandés», la llamaban en el barrio.

—¿Cómo, cómo? —preguntó Sinclair.

Tozer se sonrojó.

—No lo sé decir mejor, señor. Es una palabra francesa que significa holandesa. Procedía de Holanda. Hablaba algo de inglés, nos dijeron. Era la favorita de los chicos cuando salían de las trincheras. No me malinterpreten... —Se volvió a sonrojar—. Era más como una madre, entiéndame. Cocinaba para ellos en la granja, les hacía tortillas y patatas fritas y cosas así. Bueno, les cobraba, claro, pero a los hombres les gustaba ir allí al dejar el campamento. —Hizo una pausa—. El grupo aquel procedente del batallón, los quince hombres de la compañía B, había estado allí unos días antes de esa misma semana, y había reservado para volver esa noche. No tuvimos ningún problema en conseguir sus nombres. Nos los dijeron enseguida. Confesaron que habían ido y vuelto en grupo.

—¿Pero el capitán Miller no les creyó?

Tozer frunció la boca y el ceño.

—No fue así exactamente. Mire, esos chicos eran los sospechosos más obvios. O, en cualquier caso, los que había más a mano. Y el capitán lo sabía perfectamente: cada vez que un soldado raso británico tenía que vérselas cara a cara con uno de la Policía Militar se iba a hacer el sordomudo. Así que fue a por ellos. Pensó que si lo habían hecho juntos alguno cantaría. Y, si no había sido así, si sólo estaban involucrados unos cuantos, los otros lo sabrían y al final llegaría a conocer la verdad. Pero después de haber interrogado a todos, recuerdo oírle decir que creía que no habían sido ellos.

—¿Los descartó como sospechosos? —preguntó Sinclair, sorprendido.

—Ah, no, señor. Tenía la intención de volver a interrogarlos. Pero esa noche se marcharon otra vez al campo de batalla.

—¿No intentó retenerlos?

—No tenía razones para ello. Pero daba igual. Total, no iban a ningún sitio: sólo de vuelta al frente.

El inspector jefe miró a Madden de manera inquisitiva.

—Passendale, señor. Ahí es donde se libró la batalla. Cerca de Ypres.

—Unos cuantos kilómetros cuadrados llenos de barro y cráteres —explicó Tozer—. Cruzabas el canal y ya estabas allí. La tierra de la muerte, la llamaban los soldados. Allí todo era lodo y cadáveres. No esperaban volver.

Sinclair se quedó mirando su carpeta. Permaneció callado unos segundos.

—En este caso sí volvieron siete —le informó—. De los quince. Pero, por lo que he visto en el informe, el capitán Miller no los volvió a interrogar.

Tozer abrió los ojos estupefacto.

—Sólo siete... No sabía... Lo siento. —Volvió a mirar a Madden y suspiró—. No, señor, el capitán no pidió volver a verlos. Por entonces ya seguía otra pista.

—Eso pensábamos —dijo Sinclair, incorporándose en la silla—. Eso es lo que yo quería saber.

Tozer tomó otro sorbo de té. Se había puesto un poco pálido, pensó Billy Styles, quien no le quitaba ojo desde donde estaba, al lado del sargento Hollingsworth.

—Al día siguiente de irse el batallón, el capitán Miller recibió un mensaje de Poperinge. Tenían retenido allí a un desertor. Le iban a hacer un consejo de guerra. Decía tener información sobre los asesinatos de la granja.

—¿Cómo se llamaba?

Tozer trató de hacer memoria.

—¿Duckman...? No, Duckham. William Duckham. Procedía del mismo batallón que esos quince chicos, pero era de otra compañía.

—¿El capitán Miller lo interrogó?

—Sí, en los barracones para detenidos de Poperinge.

—¿Estuvo usted presente?

—Sí. —Tozer se tocó la cicatriz que tenía en la mejilla—. El chico, Duckham, estaba muy mal. No llevaba mucho tiempo en el batallón. Sólo había ido al frente una vez, pero fue suficiente, y cuando volvieron de allí se escapó. Pobre. Estaba temblando; no podía parar. A lo mejor pensó que le podía ayudar contarnos lo que sabía...

—Que era...

—Duckham le dijo al capitán que había llegado a la granja y se había escondido en el granero, que estaba un poco apartado de la casa. Encontró un escondrijo en el piso de arriba, detrás de un montón de heno, y allí se tumbó durante el día. Por las noches bajaba para buscar algo de comida. No era capaz de ir más allá, dijo. Simplemente se quedaba allí tumbado... —Tozer paró para coger su taza de té. El inspector jefe intentó controlar su impaciencia—. La noche en que sucedió todo oyó a los hombres de la compañía B llegar y marcharse, aunque no los vio. Seguía tumbado. Pero, una vez se fueron, trepó por el montón de heno y, cuando estaba a punto de bajar por la escalera, se abrió la puerta del granero y alguien entró. Durkham le oyó moverse por la parte de abajo, pero no le vio hasta que el hombre encendió una linterna.

—¿Era Pike? —preguntó Sinclair en voz baja.

Tozer asintió.

—Duckham le conocía de vista. No estaba en su compañía, pero en el batallón todo el mundo conocía a Pike. Hasta le habían hecho un chiste, o eso nos dijo: a nadie de la compañía B le asustan los alemanes; es de Pike de quien tienen miedo.

—¿Era sargento mayor de la compañía B?

—Así es. Una especie de héroe, a su manera. Se lo cuento enseguida. —Tozer se acabó la taza de té—. Cuando entró, Duckham se encontraba junto al borde del piso de arriba, y, como no se atrevía a moverse, lo vio todo. Dijo que Pike llevaba un fusil y una mochila, y lo primero que hizo fue ponerle una bayoneta al fusil. Después abrió la mochila y sacó... —Se quedó callado y movió la cabeza—. No se va a creer esto, señor; sé que al capitán le costó mucho creerlo, pero según Duckham lo siguiente que hizo fue ponerse una *máscara de gas*.

Sinclair soltó aire en un silencioso suspiro. Sus ojos se encontraron con los de Madden. Tozer miró primero a uno y luego al otro. Parecía estar esperando una reacción más notoria por parte de ellos.

—Siga, señor Tozer.

—Después, se quedó parado unos instantes. Como si estuviera bramando, dijo Duckham. Hacía unos ruidos con la máscara puesta. A continuación salió por la puerta del granero y Duckham oyó un silbato. Sólo un pitido continuado. Según nos dijo, antes de que le hubiera dado tiempo siquiera a resguardarse otra vez detrás del montón de heno, oyó gritar a la mujer. Después, nada. Se quedó allí tumbado y, al cabo de unos diez minutos, Pike volvió al granero. O eso pensó, porque no movió ni un dedo. Un minuto más tarde oyó cerrarse la puerta del granero, pero él se quedó donde estaba durante otra media hora, hasta estar seguro de que no había nadie por allí. Entonces bajó y se acercó a la casa. Cuando encontró los cuerpos abajo se limitó a coger la comida que pudo y huyó. Le detuvieron dos días después a las afueras de Poperinge.

De repente se abrió la puerta de detrás de Tozer y se asomó Bennett. De una mirada rápida captó la escena.

—No quiero molestarle ahora, inspector jefe. Póngame al corriente en cuanto pueda, por favor.

Cerró la puerta.

—¡Vaya! —Sinclair se recostó en la silla—. Así que Miller sabía que era a Pike a quien buscaba. ¿Qué hizo entonces?

Tozer arrugó los ojos.

—No *sabía* exactamente qué hacer, señor. Todo esto le llegaba a través de un hombre a quien iban a hacer un consejo de guerra. Podía tener algo contra el sargento mayor. Podía estar inventándose la historia para salvar el pellejo. Lo de los asesinatos se sabía.

—¿Eso decía Miller?

—Sí, señor, me lo confiaba. Le gustaba hacer eso. Pensar en alto. Primero tenía pensado interrogar a Pike. Así que hizo averiguaciones y se enteró de que el batallón había cruzado el canal la noche anterior. Eso significaba que estarían en el frente como mínimo una semana. Si hubiera sido cuestión de un día o dos tal vez hubiera esperado hasta que volvieran, pero creyó que era demasiado tiempo y el caso demasiado grave. Así que fue a por ellos.

—¿Fueron ustedes hasta primera línea de batalla? —El inspector jefe se mostró sorprendido.

—¡No, señor! ¡Gracias a Dios, no! —Tozer cerró los ojos como si estuviera rezando—. El puesto de mando del batallón estaba a este lado del canal, pero ya ahí la situación era horrible. No dejaban de caer los proyectiles. Pensé que nos iban a trincar. Pero el capitán era un verdadero sabueso. Una vez le había hincado el diente a algo ya no lo dejaba escapar. Había allí al mando un oficial que se llamaba Crane, un comandante. —Tozer movió la cabeza, como haciendo memoria—. Por cierto, que supimos que a ése le trincaron una semana más tarde. En cualquier caso, cuando el capitán Miller pidió que devolviesen a Pike, Crane se negó en redondo. Dijo que el batallón estaba en pleno combate y que el sargento mayor era uno de sus mejores hombres. Por supuesto, ya sabe, no podía hacer eso. No en *esa* situación. Ni siquiera si hubiera sido general. El capitán Miller tenía la sartén por el mango. Pero lo que hizo fue llamar aparte al comandante y explicarle cómo estaban las cosas. Le dijo que no quería que se relacionase el nombre de Pike con el crimen si la acusación no era cierta. Y evidentemente hubiera sido inevitable de haber dictado él una orden de detención. Lo que él quería era que Pike tuviese la oportunidad de aclararlo. Entonces, al plantearlo así, Crane tuvo que acceder, y mandó enseguida a un mensajero al frente con la orden de que se hiciese volver a Pike.

—Me imagino que no apareció. —El inspector jefe se relajó un poco, si bien seguía con la mirada fija en la cara de Tozer.

—No, señor. Esperamos allí en el puesto de mando toda la noche. El mensajero volvió a la mañana siguiente. Había llegado hasta donde estaba la compañía B y se había encontrado con que todos los oficiales estaban o muertos o heridos. Como Pike estaba vivo, le transmitió directamente a él la orden del comandante.

—¿Sabe usted cómo se lo dijeron? —preguntó Madden, rompiendo su largo silencio—. ¿Se mencionó que la Policía Militar quería hablar con él?

—No. Eso lo sé seguro. El capitán Miller estaba con el comandante cuando le dio la orden al mensajero.

—Pero él los vio a ustedes, ¿no? El mensajero, quiero decir... Vio a un par de agentes de la Policía Militar.

—¡Claro! El señor Miller pensó lo mismo. Dijo que debió de chivárselo a Pike. Era la única explicación.

—Explicación, ¿a qué? —Esta vez fue Sinclair quien habló.

—Cuando el mensajero transmitió el mensaje, se volvió. No había una trinchera como tal. Las tropas estaban agazapadas en cráteres. Pike compartía uno con otros dos hombres, y ninguno pertenecía al grupo que nosotros habíamos interrogado, dicho sea de paso. Más tarde, ambos dijeron lo mismo: justo después de irse el mensajero, Pike desapareció.

—¿Cómo que desapareció?

—Salió cuerpo a tierra fuera del cráter y nunca le volvieron a ver.

—¿Quiere decir que retrocedió hasta la retaguardia? —preguntó Madden.

—No, ahí está. —Tozer negó con la cabeza—. Lo que hizo fue *avanzar* en dirección al enemigo. Ambos dijeron lo mismo. Fue entonces cuando lo vieron por última vez. Hasta que encontraron su cuerpo.

*

—¿*Su cuerpo?* —El inspector jefe se irguió en la silla. Madden frunció el ceño.

Tozer miró primero a uno y luego al otro.

—¿No sabían que estaba muerto? Pensé... —Se calló y se quedó mirándolos—. ¡Joder! ¿No pensarían que aún estaba vivo, no? —Y entonces, cuando de repente cayó en la cuenta de la verdad, exclamó—: ¡Coño! ¡Melling Lodge!

A continuación se hizo el silencio, durante el cual se oyó chirriar la pluma del sargento Hollingsworth. Los dos detectives se miraron el uno al otro. Fue Sinclair quien habló:

—¿Qué le hace a usted decir eso, señor Tozer?

—Pues... porque eso es lo que pensé cuando por primera vez leí sobre el caso. Quiero decir que me recordó a Saint Martens. Mucha gente asesinada en una casa. Vi en algún sitio que a la señora le habían cortado la garganta. Pero no pensé... ¡Nunca pensé que fuese Pike!

El inspector jefe cambió un poco de postura. Puso los antebrazos sobre la mesa.

—Dice usted que encontraron su cuerpo. ¿A qué se refiere exactamente? ¿Lo vio usted?

—Ah, no, señor. Así no iban las cosas, ¿verdad, señor? —dijo, dirigiéndose a Madden.

—A veces había una tregua —explicó Madden—. Ambos bandos dejaban de luchar y permitían que se recogiese a los heridos. Al mismo tiempo se recuperaban los cadáveres. Si no, se quedaban allí.

—Por ejemplo, en Passendale —amplió Tozer— nunca se encontraron más de cuarenta mil cuerpos. Lo leí en un periódico. *¡Cuarenta mil!* Fue por el barro, sabe.

—Pero usted dice que sí encontraron el de Pike —le recordó el inspector jefe—. ¿Por qué? ¿Qué le hace estar tan seguro?

—Se *informó* de que lo habían encontrado. Más o menos una semana después, cuando el capitán Miller estaba escribiendo el informe sobre el caso. Estaba en la lista de cuerpos devueltos.

Madden intervino otra vez:

—Si estamos en lo cierto, señor, lo que esto significa es que encontraron un cuerpo con la cédula de identidad de Pike metida en los calcetines o fijada en los tirantes. También su cartilla militar, supongo. Y, si quiso ser concienzudo, su guerrera con el rango y las insignias del regimiento. Con eso sin duda bastaría para establecer su identidad. ¿Está de acuerdo, señor Tozer?

El otro hombre asintió.

—Nadie de su propio batallón tuvo por qué verlo. En cualquier caso, ya no estarían en el frente cuando devolvieron el cuerpo.

Sinclair se mordió el labio.

—Dejemos clara una cosa. No hay duda de que pudo cambiar su identidad con la de algún cadáver que encontró en el campo de batalla. Pero ¿cómo logró volver?

—Pudo fingir una herida —sugirió Madden.

—Eso no es nada fácil, supongo.

Tozer levantó la mano.

—Acabo de recordar algo, señor. Vi la hoja de servicios de Pike; la tenía el capitán. Justo antes de que pasara todo esto, había estado en el hospital en Boulogne. Una conmoción cerebral fue. Eso pudo serle de utilidad.

—¿Por qué?

—Es un diagnóstico del que los médicos no acaban de estar seguros. Había quienes intentaban fingirla. A los hombres que la padecían se les devolvía para estar en observación. Seguro que Pike sabía eso.

—¿Devuelto a Boulogne?

—O a Eetaps. Una vez allí pudo escaparse del hospital. Era el truco que intentaban los desertores.

Sinclair le dirigió a Madden una mirada cuestionadora. El inspector se encogió de hombros antes de emitir su opinión:

—Es bastante posible, señor. Desde luego, todavía tendría el problema de volver a Inglaterra. Pero se podía hacer, siempre y cuando tuviese valor.

—¡Ah, valor tenía más que de sobra! —exclamó Tozer.

—Sí, quiero que hable usted de eso —le instó Sinclair, volviéndose hacia él—. Prosiga.

Tozer permaneció callado un instante, intentando poner en orden sus ideas. Después continuó:

—Esperamos allí en el puesto de mando todo el día, y por la tarde llegó la notificación de que Pike había desaparecido. Uno de los oficiales de otra compañía que estaba entre los heridos que volvían por su propio pie le dijo al mayor lo que le habían contado los dos hombres: que, sin decir palabra, Pike había abandonado el cráter y había seguido avanzando hacia el frente. Al capitán Miller le pareció la cosa clara: pensó que Pike era el hombre que buscaba y que había decidido acabar con el asunto en el campo de batalla para no enfrentarse a una acusación de asesinato. Así que nos fuimos de allí y volvimos a Poperinge, y el capitán se sentó a escribir su informe. Mientras lo hacía, nos enteramos de que se había recuperado el cuerpo. El capitán Miller lo puso todo en el informe. Escribió una nota que adjuntó al expediente, donde se decía que creía que Pike era el asesino, lo argumentaba y recomendaba que el caso se diese por cerrado. Estaba casi acabando cuando le llegó un mensaje del ayudante del jefe de la Policía Militar, el coronel Strachan, con el aviso de que mandase el expediente al cuartel general del Estado Mayor. Los mandamases querían verlo.

—¿Los del Estado Mayor?

—Alguien de allí lo había pedido; nunca supimos quién. —Tozer se encogió de hombros—. El capitán Miller mandó el expediente, y una semana después recibió la llamada del coronel Strachan. Cuando volvió se subía por las paredes. Dijo que iban a enterrar todo el asunto.

—¿La investigación?

—No, sólo lo que había descubierto sobre Pike. Por lo que al ejército incumbía, iban a cerrar el caso y se iba a mandar el expediente al jefe de la Policía Militar. Pero eliminaron la nota del capitán. La policía belga no debía ser informada de esos descubrimientos.

Sinclair se recostó en la silla, atónito.

—¿Podían hacer eso?

—¿En el *ejército*? ¿En *tiempo de guerra*? —se mofó Tozer—. Había que hacer lo que mandaran. —Volvió a tocarse la cicatriz que tenía en la mejilla, rozando con los dedos la protuberancia—. Al capitán Miller le dieron la versión completa más tarde. Alguien del cuartel general pensó que debía saber la verdad. Antes les dije que Pike era un héroe. Y es verdad que lo era: había ganado una medalla al mérito militar en 1916, y la volvió a ganar al año siguiente. Él solo destruyó un puesto de ametralladoras alemanas, así que tenía bien merecido el galón. Puesto que mariscal de campo Haig estaba en ese momento recorriendo el frente, repartiendo medallas, incluyeron a Pike en una de las ceremonias. Eso ocurrió justo antes de que sufriera la conmoción cerebral, así que debió de ser apenas un mes o dos antes de los asesinatos. Un fotógrafo del ejército tomó una bonita instantánea de ellos dos. —Tozer esgrimió una cínica sonrisa—. Apareció en algún periódico londinense. «El mariscal de campo condecora a un héroe».

—Y dos meses más tarde, hubiera sido: «El mariscal de campo se codea con un asesino en serie». —Sinclair se rascó la nariz—. Sí, ahora entiendo lo que les pasó a algunos por la mente.

—Ya se había hablado de los asesinatos en los periódicos franceses. Si por casualidad la prensa conseguía de la policía belga el nombre de Pike, poco tardarían en sacar los hechos a la luz. Así que se inventaron la historia de que se sospechaba de una banda de desertores y que se había organizado una gran operación para darles caza —se sinceró Tozer con menosprecio—. La persona que habló con el capitán dijo que puesto que Pike estaba muerto ya se había hecho justicia, y que era mejor olvidar todo el asunto.

—¿Y cómo se sintió Miller?

—¡Se subía por las paredes! —exclamó Tozer con un destello en los ojos—. Decía que era una vergüenza.

—¿Acabó todo ahí? —preguntó Sinclair.

—Más o menos. El capitán firmó una declaración jurada para el consejo de guerra de Poperinge asegurando que Duckham le había sido de gran ayuda, pero no sirvió de nada. Terminaron fusilándole. Pero el capitán no olvidó a Pike. Siempre le tuvo presente. Casi la última cosa que recuerdo que dijo antes de que nos alcanzase ese proyectil era que no dejaría que las cosas quedasen así. Lo iba a retomar con *alguien*.

Tozer se calló. Miró al suelo.

Sinclair tosió.

—Tengo la impresión de que sirvió usted bajo las órdenes de un buen oficial, señor Tozer.

—Así es, señor —repuso elevando los ojos azules.

—Y siento mucho la lesión que sufrió usted. Creo que la policía es la que más salió perdiendo.

Tozer hizo una rápida reverencia con la cabeza.

El inspector jefe se levantó y Tozer le imitó. Se dieron la mano.

—Puede que volvamos a necesitar ponernos de nuevo en contacto con usted. Mientras tanto, le estaría muy agradecido si no le contase todo esto a nadie. Publicaremos la fotografía de Pike en los periódicos, pero debemos tener cuidado con qué se dice por escrito.

—No se preocupe, señor; no diré una palabra.

Le dio la mano a Madden y saludó con la cabeza a los otros dos hombres.

—El agente Styles le acompañará a la salida. —Sinclair se sentó—. Y muchas gracias de nuevo.

Tozer tenía la mano en el tirador de la puerta cuando se dio la vuelta.

—Me gustaría decir una cosa más, señor... —añadió.

—Adelante, por favor. —El inspector jefe levantó la vista.

—Cuando le encuentren, a Pike, tengan cuidado, ¿de acuerdo?

—Lo tendremos —contestó Sinclair—. Gracias por el consejo. ¿Pero por qué lo dice?

—Se me olvidó contárselo antes; debería haberlo mencionado. Nosotros lo conocimos, el capitán y yo.

—Pero, por Dios, no; no lo había mencionado usted. —Sinclair se había puesto otra vez de pie.

—Lo único es que, claro, no lo sabíamos. No entonces... —Tozer se mordió el labio—. Fue cuando el capitán estaba interrogando a esos hombres de la compañía B. Pike era el hombre que los fue haciendo entrar.

—El sargento mayor de la compañía. ¡Claro! ¿Y qué pasó, señor Tozer?

Tozer frunció el ceño.

—Bueno, lo gracioso es que después hablamos de él, el capitán Miller y yo. El capitán me dijo que no creía que fuese ninguno de los chicos que había interrogado, pero después, riéndose, añadió: «Ahora, ¿se fijó usted en el sargento mayor? Como estuviera en la rueda de identificación de sospechosos...». Y entendí lo que quería decir, porque yo había sentido lo mismo. En cuanto entró Pike, pensé: «¡Ése es un asesino! Tiene los ojos como piedras».

11

Ese sábado por la mañana, Pike no tuvo problemas para ceñirse al horario previsto. Tal y como había anunciado, la señora Aylward había cogido el tren de las nueve y veinte para Waterloo, y al despedirse de los de la casa les había confirmado su intención de no volver hasta el martes siguiente. Tenía, pues, el fin de semana libre, y, a pesar de que su patrona le había pedido hacer algunas cosas el lunes, no pensaba obedecerla. Sabía a ciencia cierta que ni la doncella, Ethel Bridgewater, ni la señora Rowley, la cocinera, le dirían a la señora Aylward que había faltado al trabajo. Se cuidaban muy mucho de cruzarse en su camino.

Cuando abrió la puerta de madera de la cerca de atrás y entró en el jardín de la señora Troy marcaban las once y diez en su reloj de bolsillo, un reloj que llevaba las iniciales de su padre, quien se lo había regalado antes de morir.

Ya entonces sentía una gran agitación; notaba unas punzadas en la boca del estómago, como si de hondas y lentas pulsaciones se tratara. Estaba impaciente por ponerse en marcha. No obstante, le preocupaba la desazón que había mostrado la anciana durante su última visita. Se arrepentía de haberse ido entonces a toda prisa, sin averiguar la causa. Durante toda la semana había sentido una tremenda inquietud.

Pasó por delante del cobertizo, fue directamente a la puerta de la cocina y entró sin llamar, como hacía siempre. Dejó el paquete de comida que había traído sobre la mesa de la cocina y, sin hacer ruido, se dirigió al estrecho recibidor. La puerta del salón estaba abierta. Parado en el umbral, echó una ojeada al interior de la estancia.

La mujer estaba, como siempre, sentada en su silla junto a la ventana, con el gato atigresado sobre su regazo. Se había echado el chal de ganchillo sobre los hombros y se cubría las rodillas con una manta de cuadros escoceses. El día había amanecido nublado; hacía un aire frío y otoñal. Pike hizo un leve ruido al mover los pies. No quería asustarla.

—¿Señor Biggs...? —dijo la anciana, volviéndose inquieta.

—No, soy yo —respondió Pike con brusquedad—. Grail.

Sus palabras tuvieron un efecto sorprendente. La señora Troy se asustó y se agarró sin querer al gato, al que había estado acariciando. El animal maulló sorprendido y saltó al suelo desde su regazo. La mujer fijó su mirada ciega en Pike.

—¿Qué pasa, señora Troy? —preguntó Pike, quien rara vez utilizaba el nombre de la anciana.

Ella hizo ademán de contestar, pero no dijo una palabra, como si fuese incapaz de hablar.

—¿Está usted enferma? ¿Le traigo algo? —Pike nunca le había hecho un ofrecimiento así.

—No... —Por fin fue capaz de articular palabra—. No, gracias.

Pike reprimió el impulso que sintió de acercarse. Se dio cuenta de que la mujer estaba aterrorizada, pero no entendía por qué. Ciertamente, estaba acostumbrado a dar miedo a los demás. En el pasado, sólo con la mirada había conseguido hacer enmudecer y palidecer a hombres más grandes y más fuertes que él. Y éstos habían notado enseguida, en su terrible calma, la amenaza. Sin embargo, a aquella mujer nunca había intentado intimidarla, ni con palabras ni con acciones. Si la palabra «ironía» se encontrara en su vocabulario, la hubiera juzgado adecuada para describir esta situación. La señora Troy era la única persona que no tenía nada que temer de él. El bienestar físico de la anciana le era casi tan preciado como el suyo propio. De hecho, vivía sumido en una perpetua ansiedad ante la perspectiva de que ella muriera de repente, porque en ese caso no podría seguir ocupando el cobertizo, y se verían desbaratados todos sus planes. La situación le sobrepasaba. Durante toda su sombría existencia, nunca había sabido ni convencer ni consolar a nadie. Era incapaz de conseguir sacarle lo que le pasaba, como tampoco hubiera sido capaz de aliviar a un niño enfermo. Lo único que veía era que su presencia la molestaba, y actuó en consecuencia: se dio la vuelta y abandonó la estancia.

Con todo, no se le había pasado el desconcierto cuando se detuvo durante unos segundos en la cocina para dejar la comida que había traído.

¿Señor Biggs?

Pike nunca había oído ese nombre hasta entonces.

Cruzó rápidamente el jardín hasta el cobertizo y abrió el pesado cerrojo. La luz iluminó el oscuro interior en cuanto abrió de golpe la puerta, y Pike enseguida se percató del sobre blanco que yacía en el suelo de cemento, junto a sus pies.

*

Harold Biggs se paró a la sombra del seto de espino para secarse el sudor de la frente. Agradecía que los días fueran cada vez más frescos. Iba sudando, algo sólo en parte debido al paseo de tres kilómetros desde Knowlton hasta Rudd's Cross. A lo largo de la mañana había ido notando cómo se intensificaba su nerviosismo.

—¿Vas a *volver* a ir a ese sitio? —le había dicho Jimmy Pullman con incredulidad cuando Biggs le anunció en el pub los planes que tenía para ese sábado—. Deberías mandar a paseo al viejo Wolverton. Y, en cualquier caso, ¿qué le pasa a la vieja? ¿Qué se supone que tienes tú que hacer por ella?

Biggs le había dado una respuesta vaga. Unos asuntillos legales de menor importancia, dejó caer. No le dijo a Jimmy que el señor Wolverton le había dado el día libre como reconocimiento a su ofrecimiento espontáneo de volver a Rudd's Cross para resolver la situación de Grail.

Harold se había pasado la semana pensando en las jarras guardadas en la vitrina de la señora Troy. Aun en aquellos momentos, mientras se acercaba a la casa a través de los campos llenos de rastrojos, no sabía si al final tendría el valor de cumplir sus intenciones.

En cualquier caso, iba preparado. Llevaba consigo su maletín, un voluminoso y anticuado bolso con toscas correas que quería cambiar por otro más moderno y elegante que había visto en las tiendas. Sin embargo, en aquel momento se alegraba de que tuviera ese tamaño. En él cabían perfectamente las jarras.

Llamó a la puerta principal y esperó pacientemente, pues se acordaba de lo mucho que, en su última visita, le había costado a la anciana llegar hasta la puerta. Al cabo de un minuto, volvió a llamar. No obtuvo respuesta.

Biggs dio la vuelta a la casa, hasta la puerta de la cocina. Mientras la abría de un empujón, oyó unos tenues golpecitos que procedían del cobertizo del jardín. La puerta verde de madera estaba cerrada, pero habían quitado el cerrojo. Oía a alguien moverse dentro.

Así que Grail había venido, y probablemente estaba recogiendo sus cosas para irse.

Harold sintió un nudo en el estómago. Todo iba según el plan. Cuando Grail se hubiese ido, sin duda enfadado y resentido porque le hubieran puesto de patitas en la calle avisándole con tan poca antelación, se llevaría las jarras de la vitrina con plena confianza de que, si se las echaba en falta, se culparía al otro hombre de su desaparición.

Pero todavía no sabía si tendría el valor de hacerlo...

Harold respiró hondo para intentar calmarse. Entró en la cocina y dijo en voz baja:

—Señora Troy, ¿está usted ahí? Soy el señor Biggs, de Folkestone.

De nuevo, no recibió ninguna respuesta.

Se quitó la gorra de cuadros y la dejó sobre la mesa de la cocina, junto con el maletín. Entonces se adentró en el recibidor y miró al interior del salón. El sillón junto a la ventana estaba vacío. Automáticamente, se le fue la vista a la vitrina situada al otro lado de la habitación. Las jarras seguían donde él las había dejado.

Biggs no salía de su asombro. No se podía creer que la mujer se hubiera marchado, sobre todo teniendo en cuenta que habían quedado para ese día. Por la imagen que se había hecho de ella, se la figuraba todo el día encerrada entre aquellas cuatro paredes. Era difícil imaginársela siquiera paseando por el jardín.

Al otro lado del recibidor había una puerta entreabierta por la que se veía una mesa de comedor y unas sillas. Justo detrás, una estrecha escalera cubierta de moqueta conducía al piso de arriba. Harold se detuvo a los pies de ésta. En la penumbra, había detectado el brillo de un par de ojos en la parte superior de las escaleras. Cuando se acostumbró a la oscuridad, vio la silueta de un gato. Recordaba al animal de su anterior visita. Estaba allí sentado, mirándole con las patas cruzadas.

—¿Señora Troy? —la llamó escaleras arriba.

Tras un momento de duda, subió, sorteando al gato, que no hizo movimiento alguno para dejarle pasar. Había dos puertas entreabiertas y una tercera cerrada. Llamó a esta última y oyó una voz responder débilmente desde dentro. Harold abrió la puerta y vio a la señora Troy echada sobre la cama, medio sentada medio tumbada, recostada sobre unos cojines. Llevaba puesta la misma falda de tela de bombasí que la otra vez y sobre los hombros se había echado una manta de cuadros escoceses. Había descorrido un poco las cortinas de la ventana que daba al jardín de atrás, pero la pálida luz que entraba en la habitación no llegaba a iluminar los rincones.

—Lo siento, ¿la molesto? —preguntó Harold, dubitativo, en el umbral de la puerta. Vio que ella giraba la cara de lado a lado, como una planta en busca de la luz del sol. Él recordó enseguida aquella mirada lechosa, nublada—. Soy yo... el señor Biggs, de Folkestone.

—¡Ah, señor Biggs! —Las palabras fueron acompañadas de un suspiro de alivio—. No estaba segura de que fuese usted a venir.

—Ya le dije que vendría —respondió con resentimiento, como si se le hubiese juzgado mal.

—Ese hombre está aquí... —Su agitado susurro apenas le llegaba a los oídos—. El señor *Grail*...

—Sí, ya lo sé. Le he oído en el cobertizo. Voy a bajar para hablar con él. Veré si todo está en orden.

—Señor Biggs... —Ahora se notaba cierta ansiedad en su voz. La mujer le extendió la mano desde la cama. Harold hizo como que no la veía. No en vano, había venido en visita de *negocios*. No quería que hubiese contacto humano entre ellos. Pero como la mujer no la retiraba, al final tuvo que acercarse y cogérsela.

—¡*Tenga cuidado*!

—¿Por qué? ¿A qué se refiere? —Él intentó deshacerse de los dedos que le aprisionaban.

—Dígale que se vaya, pero amablemente... Dígale que lo siento, pero que no tengo más remedio...

¡Amablemente! Harold se iba enfadando cada vez más. Y al pensar en lo que tenía planeado hacer, aprovecharse de esta débil y vieja criatura, hizo que le desagradase aún más la mujer. Al final le retiró la mano.

—No se preocupe, señora Troy —contestó de manera cortante. Se le acababa de ocurrir una idea y se apresuró a expresarla—: Usted quédese aquí. Después de hablar con Grail, le prepararé una taza de té y se la subiré. Veo que todo esto la está afectando mucho. Debe usted quedarse aquí y descansar.

Durante toda la mañana había intentado armarse de valor para coger las jarras de la vitrina ante las propias narices de la mujer, delante de sus ojos casi ciegos, pero había tenido un inesperado golpe de buena suerte. (*¡Eres un diablo con suerte!* Sonrió al recordarlo). Ya respiraba más calmado. Cuando se giró hacia la puerta se vio reflejado en el espejo del tocador: su figura corpulenta, al borde del sobrepeso, se ensanchaba a la altura de la cintura. Metió estómago.

—Deje que me ocupe yo de Grail —reiteró.

Bajó deprisa las escaleras y salió al jardín por la cocina.

¡Lo haría!

Se había decidido mientras estaba apostado junto a la cama mirando a aquella indefensa figura.

¡Por fin había conseguido reunir el valor!

Ya impaciente por acabar (debía echar a Grail cuanto antes), recorrió a zancadas el pequeño jardín y golpeó con fuerza la puerta del cobertizo.

—¿Señor Grail?

Sin esperar respuesta, abrió y entró. Enseguida le envolvió una ola de calor. El oscuro interior estaba iluminado con una lámpara de queroseno que brillaba sobre una caja puesta del revés en un rincón. Un hombre con el torso desnudo se inclinaba para alisar los pliegues de una tela de color pardo que tapaba un objeto grande y de formas irregulares en medio del cobertizo. Biggs tuvo la fugaz impresión de que le había pillado por sorpresa. Después se quedó con la mente en blanco al ver que aquel hombre con pantalones de cuero se levantaba y se dirigía hacia él. Por efecto del sudor, le brillaba el musculoso torso, cubierto de cicatrices. A Biggs le llegó un fuerte y apestoso olor, similar al de un animal enjaulado.

—¿Grail?

Harold esperó a que el hombre contestase, pero éste no dijo nada. Se percató de que sobre una mesa de trabajo al fondo del cobertizo había un objeto metálico. Parecía algún recambio de maquinaria o una pieza de un motor. A su lado había unas cuantas herramientas.

—A ver, ¿qué es todo esto? —Biggs se puso en jarras—. Supongo que recibió usted mi carta. Tendría que haberse ido hoy.

275

Biggs se dio cuenta, para su consternación, de que no era capaz de mirar al hombre a la cara. Con una mirada de soslayo pudo ver que llevaba el pelo cortado al rape como un presidiario y que tenía los labios muy finos. Pero, sobre todo, eran sus ojos. Los tenía marrones y fríos. Biggs trató de mirárselos directamente para que aquel rufián a medio vestir se percatase de su irritación e impaciencia, pero casi al momento tuvo que mirar hacia otro lado.

Había algo inhumano en su mirada, pensó Harold alarmado. Le volvió a la mente la imagen de un animal. Un carnívoro. Harold sintió la necesidad de moverse para relajar los calambres que atenazaban todas sus extremidades, y sin darse cuenta empezó a caminar hacia delante, cobertizo adentro, hacia la amenazadora figura de Grail, quien, sin embargo, sorprendentemente, le dejó paso apartándose a un lado y después girándose un poco, de forma que Harold llegó hasta donde estaba el objeto cubierto mientras Grail se quedaba más cerca de la puerta.

—¿Y bien?

Las palabras salieron de los labios de Harold sin que éste se lo propusiera. Había hablado porque no se sentía incapaz de quedarse callado en medio del poderoso silencio que irradiaba del hombre.

—Tiene usted que irse de aquí —repitió sin poder contenerse—. Tiene que irse. ¿No lo entiende?

La única respuesta de Grail fue otro movimiento. Harold vio con pánico cómo se le bloqueaba la salida del cobertizo.

—En cualquier caso, ¿qué está usted haciendo aquí? —insistió.

En realidad no quería saberlo, pero era incapaz de permanecer callado. Se movió, pero con una sacudida involuntaria: de repente sintió un espasmo en los músculos entumecidos de la pierna. Uno de los pies que hasta entonces había arrastrado por el suelo de cemento se le quedó trabado en un pliegue de la tela que cubría el objeto. Sin darse cuenta, para soltarse empezó a dar desesperadas patadas al retal, que poco a poco se fue soltando del objeto que cubría.

Al ver lo que ocultaba, Harold se puso lívido. Cuando la máquina aún seguía medio cubierta por la tela, con horror distinguió el manillar de la motocicleta y el morro rojo del sidecar. Al mismo tiempo le vino a la memoria, con gran dolor, el artículo que había leído en el periódico el viernes anterior.

Harold miró los fríos ojos marrones. No podía ocultarles lo que sabía; estaba demasiado asustado. Y entonces vio cómo su propia mirada quedaba atrapada por los otros ojos sin vida. Sintió un cálido río de orina bajarle por la pierna, por dentro de los pantalones bombachos.

Harold vio la cara de su madre, fallecida el último año de la guerra. También le vinieron a la mente otras muchas imágenes. Vio a la chica de la calle principal, a Jimmy Pullman recostado sobre la barra del bar en el Bunch of Grapes, el pecoso cuero cabelludo del señor Wolverton, los ojos del gato brillando arriba en las escaleras... Su vida pasó rápidamente ante él como los fotogramas de un cinematógrafo de manivela en un salón recreativo.

Y durante todo ese tiempo siguió mirando a Grail a los ojos.

Al final, como un náufrago al borde del ahogamiento que intenta agarrarse a un palo, metió la mano en el bolsillo para tocar la anilla de las llaves y su chelín de la buena suerte.

Pero aquello no le confortó en su angustia. Aun cuando, con frenética impaciencia, frotó el canto serrado de la moneda, al ver a Grail avanzar hacia él supo, con la irrevocabilidad de la muerte, que se había acabado su suerte.

12

—Ésta es una fotografía del hombre en cuestión, Amos Pike —dijo el inspector jefe—. Esperamos tener otra mejor dentro de unos días, pero por ahora les agradeceríamos que sus periódicos la publicaran en un lugar bien visible. Por favor, dejen asimismo bien claro que nadie, bajo ningún concepto, debe acercarse a él, sino que se debe informar inmediatamente a la policía de su paradero.

Sinclair hizo una pausa. Miró a los periodistas, más de una veintena, que estaban sentados a ambos lados de una larga mesa en una de las salas de prensa de Scotland Yard. Él se había sentado en la cabecera, con Madden a un lado y Bennett al otro. Antes Sinclair le había sugerido irónicamente al ayudante del comisionado adjunto que no asistiese a la reunión.

—Van a subastar mi cabeza, señor. No hace falta que usted ponga también la suya.

—¿Cree usted que éste es el hombre que buscamos?

—Sí.

—Pues en ese caso me arriesgaré —había resuelto Bennett, esgrimiendo una fría sonrisa.

—Me gustaría añadir algo más —les explicó Sinclair a los periodistas—. Es poco probable que Pike utilice su verdadero nombre.

—¿Y por qué? —preguntó la figura desgarbada de Ferris, alzando la vista de su cuaderno desde el otro extremo de la mesa.

Aunque tenía mucho cuidado de disimularlo, a Sinclair no le caía bien el tipo, así que sintió cierta satisfacción al pensar que aquel día era sábado y que el periódico de Ferris, que no salía los fines de semana, no publicaría la noticia hasta el lunes. Los de los domingos tendrían la primicia.

—Pike fue dado por muerto durante la guerra. Pero tenemos razones para pensar que sobrevivió.

—¿Qué razones? ¿Nos las podría explicar?

—No —se negó el inspector jefe con rotundidad, consciente de que sí tenía una: que estaba moviéndose única y exclusivamente por suposiciones, algo que no estaba dispuesto a admitir ante Reg Ferris y otros por el estilo.

La demora en convocar a la prensa se debía a que al Ministerio de Defensa le había llevado algún tiempo encontrar la fotografía del sargento mayor. Ni el jueves por la tarde ni el viernes por la mañana recibieron comunicación alguna, y de ahí que Sinclair murmurara entre dientes contra alguna mano oculta que estaría moviendo sus hilos entre los militares.

—¡Dios! Si vuelven a intentar tapar esto otra vez lo llevaré a los periódicos. ¡Ya lo creo!

Al final, el viernes a media tarde llegaron las fotografías. No las traía el mensajero habitual, con sus botas y su ropa caqui, sino el propio coronel Jenkins, quien, disculpándose hasta la saciedad, explicó que muchas fotografías de la época de la guerra seguían descatalogadas, y que hasta ese momento no habían logrado desenterrar la de Pike.

Las dejó sobre el escritorio de Sinclair.

—Podría habérmelo imaginado... —gruñó el inspector jefe.

En una de las fotos la conocida figura del mariscal de campo Haig estaba recibiendo el saludo de un soldado, supuestamente Pike, que se encontraba de pie frente a él. Como tenía el brazo levantado y tocaba con la mano la gorra, sólo quedaba visible una pequeña parte de la cara del hombre.

En la segunda foto, el mariscal de campo estaba echado hacia delante para prender una condecoración en la guerrera del soldado que, ciertamente, había captado íntegramente la cámara de perfil. Pero hasta ésta tenía un valor limitado: la visera de la gorra le caía sobre los ojos, y un bigote pasado de moda le tapaba la boca, con lo cual los rasgos que identificaban a Pike se reducían a una nariz pequeña y a una prominente y ambiciosa barbilla.

Tras esta momentánea desilusión, el inspector jefe se puso en acción. Mandó a Styles con la segunda instantánea al laboratorio fotográfico de Scotland Yard, que llevaba en alerta desde el jueves por si los necesitaban, con la orden de que cortaran la figura del mariscal de campo y reprodujeran la fotografía en grandes cantidades.

Entre tanto, Sinclair hizo llamar al dibujante de la policía y lo envió, junto con Hollingsworth, a ver a Alfred Tozer en Bethnal Green.

—Tenía que habérseme ocurrido mientras estuvo aquí —se recriminaba el inspector jefe—. Confié demasiado en lo que nos mandaría el Ministerio de Defensa.

—También tenemos a los supervivientes de la compañía B —le recordó Madden—. Dawkins y Hardy. Ellos deben de recordar bien a Pike.

—De momento prefiero limitarme a tratar con Tozer —contestó Sinclair—. Le formaron como policía y tiene instintos de agente. «Ojos como piedras». Haremos primero un retrato robot con su ayuda y después lo podemos probar con esos otros.

El coronel Jenkins, que los estaba escuchando, preguntó:

—¿Entonces Pike es el hombre que tenía el capitán Miller por el asesino? ¿El que mencionaba en esa nota perdida?

Sinclair miró a aquel hombre que estaba sentado muy erguido en una silla delante de él. La actitud del coronel había cambiado desde su primera reunión. Ya no había atisbos de aquella impaciencia, rayana en la descortesía, de la que hizo gala entonces. Ahora parecía dispuesto a ser agradable. Al inspector jefe le era indiferente.

—No se perdió; más bien, un alto mando del Estado Mayor la destruyó deliberadamente —repuso con frialdad—. Tenemos todas las pruebas.

El coronel no sabía qué decir.

—No se preocupe —añadió Sinclair—. No voy a iniciar una investigación. De momento.

—Con eso pasarán varias noches sin dormir —le confió a Madden después de que Jenkins se hubiera marchado—. ¿Sabe? Empiezo a entender por qué se sintió como se sintió respecto a esa gente. A estas alturas podríamos haber pillado ya a Pike si hubiéramos tenido el informe de Miller desde el principio. Si se produce un nuevo asesinato, quien lo haya destruido cargará con parte de la culpa. ¡Y ojalá se pudra en el infierno!

Los periodistas interrogaron al inspector jefe sobre el pasado de Pike.

—Se alistó en el ejército en 1906 diciendo que tenía dieciocho años, cuando era en realidad más joven. A partir de entonces fue soldado profesional. En su momento alcanzó el rango de sargento mayor y se distinguió durante la guerra. Se le condecoró en dos ocasiones por su valor.

—¿Pero antes de eso? —preguntó uno de los periodistas—. ¿Qué hay de su familia? ¿Y sus padres?

—Sus padres están muertos. —Nadie notó la pequeña vacilación que enturbió la respuesta de Sinclair—. Tenemos a la policía de Nottingham investigando para el caso.

—¿Procede de allí?

—¿De Nottingham? No, de algún sitio de esa región, creo. Todavía estamos buscando información a ese respecto.

El inspector jefe había avisado a Bennett y a Madden de antemano de que iba a ser menos que franco respecto al pasado de Pike.

—Dejemos que lo desentierren ellos solos. Cuanto más tardemos en que salga a la luz ese bombazo tanto mejor. Le he pedido a la policía de Nottingham que no sea excesivamente explícita, y sólo espero que se las apañen para retrasar un poco las cosas.

La respuesta de la policía de Nottinghamshire a la petición de información del propio Sinclair recibida el día anterior había impresionado al inspector jefe. Al padre de Pike lo habían colgado en 1903 acusado del asesinato de su esposa.

—Van a enviarme el expediente, pero parece un caso claro. Confesó el asesinato en el juicio.

—¿Y ese hombre le...? —Madden casi no se atrevía a preguntarlo.

Sinclair asintió con aire sombrío.

—Sí, le cortó la garganta.

También a Bennett le sobrecogió el dato.

—¡Dios mío! ¡Su abogado se va a llevar una alegría!

El inspector jefe miró a Madden, que estaba a su lado.

—Sí, y me atrevería a decir que su amigo vienés habría tenido algo que decir a este respecto.

—¿A qué amigo vienés se refiere? —preguntó Bennett inocentemente, para después tener la satisfacción de ver a Angus Sinclair ponerse rojo de vergüenza—. ¿O no debería preguntarlo?

Antes de que terminase la rueda de prensa, Ferris levantó la mano una vez más.

—Me gustaría preguntarle algo al señor Bennett. Nosotros interpretamos en su momento que el superintendente jefe Sampson iba a hacerse cargo de esta investigación. ¿Ha habido algún cambio de planes?

—¿«Nosotros», dice, señor Ferris? —Bennett se hizo el desconcertado—. Sí recuerdo haber leído en su periódico algo en ese sentido, pero no he visto nada más en ningún otro sitio. —Esperó a que dejaran de escucharse las risas—. Como ve, el inspector jefe Sinclair todavía está al mando de este asunto, y va a seguir estándolo. Goza de la absoluta confianza del comisionado adjunto y de mí mismo.

—Pero ¿y el señor Sampson? —insistió Ferris—. No le veo aquí hoy. ¿No ha estado él asesorando en esta investigación?

—El superintendente jefe se encuentra indispuesto —repuso Bennett con voz monótona—. Pero esperamos poder contar con su experta ayuda muy pronto.

—Una grave indigestión —le confió Sinclair a Madden cuando volvieron a su despacho—. Su mujer llamó esta mañana. Eso es lo que pasa por meter la nariz donde no le llaman. —Se echó para atrás en la silla, con las manos entrelazadas detrás de la cabeza—. Lo único que podemos hacer es esperar. Los periódicos del domingo publicarán la foto. Recemos para que alguien le reconozca y para que éste sea el último fin de semana en el que nos tengamos que sentar a esperar que suene el teléfono. —Dejó de mirar a Madden, que estaba sentado a su mesa, para observar a Hollingsworth y a Styles, quienes estaban de pie frente a él, esperando órdenes—. ¿Y bien? ¿Se nos olvida algo? ¿Hay algo más que podamos hacer?

Madden se revolvió en su silla.

—¿Sí, John?

—Estaba pensando, señor... ese montón de fotografías que vamos a mandar a Highfield. ¿Por qué no las llevo yo? Conozco a la mayoría de los habitantes del pueblo, y podría ayudar al agente Stackpole a repartirlas por todo el lugar.

Sinclair frunció el ceño. Era la única manera que tenía de mantener la cara seria. —Puedo mandar a otro. No me gusta imponerte esto, John.

—No me importa, señor.

—Bueno, si estás seguro...

Poco después, cuando se hubo cerrado la puerta tras la salida de Madden, Hollingsworth y Styles, en su cuchitril, se sorprendieron al oír a alguien tarareando una canción en el despacho contiguo. A ambos les sonaba la letra que entonaba la voz de tenor del inspector jefe, que sorprendentemente sonaba muy melódica:

> Teniendo todo en cuenta,
> Qué dura es la vida del policía

Billy Styles le dio un suave codazo al sargento.

—Escuche al jefe. Se ha vuelto loco de remate.

—¡No sea insolente, agente! —gruñó Hollingsworth, aunque se sentía más que tentado a darle la razón.

13

No resultó muy fructífero ir preguntando a los residentes de Highfield. Aunque recorrieron el pueblo de arriba abajo llamando puerta por puerta, sólo en una casa recogieron resultados positivos, y, como observó Stackpole, había que preguntarse si May Birney no estaría echándole mucha imaginación.

—¿Crees que tal vez se lo esté inventando —preguntó Madden— porque acertó con lo del silbato?

El agente había ido a recibirle a la estación, y juntos habían colgado copias del cartel en el vestíbulo y en la sala de espera. Con el ceño fruncido, Stackpole se había quedado mirando durante un buen rato la cara con el espeso bigote.

—Sé que *yo* no le he visto, señor. Por lo menos no le reconozco.

Mientras caminaban hacia el pueblo, le dijo al inspector que tenía un recado de parte de la doctora Blackwell. Madden la había llamado por teléfono a la casa de Londres pero no había podido dar con ella.

—Preguntaba si podría usted pasar por su consulta más tarde. Se ha tenido que ir a Guildford. Han llegado algunos casos de tifus al hospital y necesitaban ayuda. —Stackpole sonrió bajo el casco—. Tiene usted muy buen aspecto, si me permite decirlo, señor.

—¿En serio, Will? Pues no sé cómo. Hemos estado trabajando como burros.

La familia Birney vivía en el piso de arriba de la tienda, en la calle principal. Ninguno de los progenitores había reconocido la cara que aparecía en el cartel, pero May, que tenía las mejillas sonrosadas porque la habían pillado lavándose su melena castaña, la miró detenidamente durante diez segundos y dijo:

—Lo he visto antes.

—Venga, no te aceleres, chica. —El señor Birney se rascó la calva nervioso—. No vayas a inducir a error al inspector.

—El bigote era diferente.

—¿Llevaba bigote? —Madden se incorporó hacia delante en el sillón tapizado con tela de chenilla—. ¿Estás segura?

—Sí, señor. Pero no era tan grande. Sin embargo, estoy segura de que es el mismo hombre. Me acuerdo de la barbilla.

—¿Así que le viste de lado, de perfil?

May Birney asintió.

—Intenta imaginártelo sin la gorra —le sugirió el inspector, pero enseguida ella negó con la cabeza.

—No, llevaba gorra. Es así como lo recuerdo.

—¿Qué tipo de gorra?

No lo sabía. No se acordaba.

—Simplemente, una gorra. La llevaba muy metida encima de los ojos, como en esta foto.

—No puede ser una gorra militar —comentó Madden más tarde, cuando se pararon en la plaza del pueblo para hablar. Estaba empezando a caer la tarde otoñal. Las luces se encendían en las casas cercanas—. Si hay un sitio en el que no encontraremos a Pike es en el ejército.

—Hay muchos otros tipos de gorras, señor. Las de los conductores de autobuses, chóferes, repartidores. Todos llevan gorras de una clase u otra. Pero ¿y si es una gorra normal de tela? La mayoría de la gente tiene una.

—Fuera lo que fuera lo que llevase, creo que May le vio. Vuelve a hablar con ella, Will.

Madden se había percatado del biplaza rojo aparcado frente a una de las casas al otro lado de la plaza. Stackpole también lo había visto.

—Ahí está la doctora Blackwell. La encontrará en la consulta, señor. Le ha alquilado habitaciones a la vieja Granny Palmer. De camino, dejaré unos cuantos carteles en el pub y a la entrada de la iglesia.

*

En la sala de espera de la doctora no había nadie. La puerta de dentro estaba entreabierta. Se paró en el umbral.

Helen estaba sentada detrás de la mesa escribiendo en un cuaderno con el ceño fruncido, muy concentrada. La lámpara le iluminaba la blanca piel, y él vio los cabellos dorados cayéndole sobre los antebrazos, hasta donde se había subido las mangas de una blusa blanca.

—¿Eres tú, John?

Cuando levantó la vista y vio que era él, se levantó y fue derecha a sus brazos. Él la besó. Ella dio un paso hacia atrás para estudiar su cara. Madden siempre había tenido la impresión de que ella tenía el poder de verle el interior.

—Estás durmiendo mejor —dijo la doctora con aprobación—. ¿Has tenido suerte con el cartel?

Sacó uno de un sobre que llevaba consigo y se lo enseñó. Ella lo miró detenidamente unos segundos y después negó con la cabeza.

—May Birney cree haberlo visto, pero no recuerda dónde.

Volvió a estrecharla entre sus brazos. El cuello le olía a jazmín. Él nunca encontraba las palabras que quería decir.

—Déjame acabar lo que estoy haciendo. No tardaré —le pidió, volviendo a su silla—. ¿Cuándo tienes que volver? ¿Puedes quedarte a cenar? ¿Y pasar la noche?

—¿La noche...? —No se lo esperaba—. No me he traído nada.

—Eso no importa. Te conseguiré lo que necesites. Pero, te lo advierto, la casa está llena de parientes. Mi padre ha invitado a un montón de primos a pasar el fin de semana. Sólo te puedo alojar en el antiguo cuarto de los niños. —Helen hizo una pausa. Sus ojos se encontraron—. Tendremos que ser silenciosos —dijo sonriendo—. Tía Maud está en la habitación de al lado y tiene el oído muy agudo.

La alegría que él sentía cuando estaban juntos disminuía al pensar en lo que significaría perderla. Sabía que nunca encontraría a nadie igual.

Helen cogió la pluma.

—Estoy rellenando mi diario, las notas sobre mis pacientes. No tuve tiempo esta mañana. Me llamaron del hospital de Guildford y me pidieron que fuera.

—Tifus, me dijo Will.

—Intoxicación por ingestión de alimentos —le corrigió con mala cara, antes de volver a sus notas.

Él miró a su alrededor. Había una vitrina llena de libros médicos y vendas, rollos de algodón, tablillas y gasas esterilizadas. Tras ella, una mampara dividía la habitación, y al otro lado había un dispensario con estantes llenos de frascos con tapón de cristal. Había en el ambiente un ligero olor a antiséptico. Se dio cuenta de que ella le estaba observando.

—Ésta es mi vida —dijo con suavidad. Se puso colorada y bajó la mirada.

¿Su vida?, se preguntó.

Ella le había devuelto a él la suya.

Cuando se decidió a hablar, las palabras parecieron brotar solas, como si estuviera simplemente respirando:

—Te quiero —dijo Madden.

Ella levantó la vista, todavía sonrojada.

—Así que tienes lengua, John Madden... —Le brillaban los ojos a la luz de la lámpara.

Era como si una ola le hubiese levantado y llevado a su lado. Madden temblaba como una hoja.

—Cariño, está bien... ¿No sabías...? —le tranquilizó la doctora, abrazándole con fuerza. Él oyó un ruido cerca, pero se agarró a ella, que le susurraba algo al oído.

—¿Quién viene? —dijo Madden, soltándose un poco.

—*Señor, ¿está usted aquí?* —Stackpole hablaba a gritos en la habitación de fuera.

—¿Qué pasa, Will? —respondió, desprendiéndose de los brazos de la doctora.

—*¡Señor, le han encontrado!* —El agente irrumpió en la habitación. Tenía la cara roja y estaba resollando.

—¿A quién?

—*¡A Pike!*

—¿Dónde?

—En Ashdown Forest. Le tienen vigilado. Por lo menos creen que es él; es todo lo que sé. —Estaba intentando recuperar el aliento—. Los de Guildford han estado intentando ponerse en contacto conmigo. ¡Señor, el inspector jefe quiere que vuelva usted a Londres inmediatamente...!

*

Helen le llevó en su coche a la estación. Madden quería disponer de un rato para hablar. Las palabras que durante tanto tiempo se habían quedado atascadas en su interior estaban preparadas para salir. Pero el silbido del tren anunciando su inminente llegada sonó cuando llegaban a la estación.

Se besaron en la oscuridad.

—Prométeme que tendrás cuidado. Vuelve en cuanto puedas.

La retuvo unos momentos en sus brazos, y en ese momento se dio cuenta de que todos los temores que le habían acompañado desde la primera vez que estuvieron juntos se habían disipado sin darse cuenta.

El miedo que siempre había sentido de que cada encuentro pudiera ser el último...

CUARTA PARTE

Quizá me coja de la mano
Y me lleve a su sombrío reino
Y me cierre los ojos y me apague la respiración...

Tengo una cita con la muerte...

—ALAN SEEGER, «Cita»

1

Sinclair se levantó de detrás de su escritorio. Fue mirando uno a uno a los hombres reunidos ante él. Además de Hollingsworth y Styles había seis agentes uniformados, dos de ellos sargentos, todos seleccionados por su buena puntería.

—Me disculpo ante aquellos a quienes se les ha mandado llamar de sus casas para que viniesen a Scotland Yard esta tarde —empezó—. Pero como enseguida verán la cuestión es extremadamente grave.

Se abrió la puerta y entró Bennett. Iba muy elegante con traje de tarde: le brillaban los gemelos de oro. Hollingsworth, que estaba sentado a la mesa de Madden, se levantó y le ofreció su silla al ayudante del comisionado adjunto. Los demás estaban de pie agrupados en un semicírculo.

—Hace tres días un leñador llamado Emmett Hogg se cayó en un hoyo en Ashdown Forest. Desafortunadamente no se molestó en dar parte del incidente hasta hoy, a pesar de que los agentes de las zonas rurales de todo el sur de Inglaterra han estado advirtiendo desde hace ya algún tiempo que se les informase sobre cualquier signo reciente de excavación que se encontrase en los bosques. A petición nuestra, debo decir. —Hizo una pausa—. Hogg se lo notificó al policía local de Stonehill, que está en el distrito de Crowborough, y esta tarde el agente fue a inspeccionar el sitio junto con un amigo, un guardabosque de la zona. Afortunadamente, porque cuando se acercaban el guardabosque se percató de un movimiento entre los arbustos. El agente, que se llama Proudfoot, decidió no acercarse inmediatamente, otra decisión acertada, y algo después vieron a un hombre moverse por las inmediaciones. Estaban un poco lejos, y el sitio se encontraba rodeado de densa vegetación. Pero en determinado momento lo vieron con claridad. Llevaba un arma de fuego.

Se desató un murmullo en el grupo. Sinclair miró a Bennett.

—No era una escopeta —subrayó el inspector jefe—. Era un Lee-Enfield. Le vieron vaciar la recámara y comprobar el mecanismo percutor del gatillo. Los dos hombres están seguros de ello. —Bajó la mirada—. Algunos de ustedes habrán visto la fotografía que hemos puesto hoy en circulación del sospechoso con relación a los asesinatos de Melling Lodge. Es posible, incluso probable, que el individuo visto por Proudfoot en Ashdown Forest esta tarde sea Amos Pike, el hombre que andamos buscando. —El murmullo, en esta ocasión, sonó más alto—. Cuando solicitamos que se nos informase de cualquier rastro de excavación no autorizada, les pedimos a las diversas autoridades policiales que dejasen claro a sus agentes que debían tener mucho cuidado. Proudfoot actuó con sentido común al no acercarse a este hombre. Lo que hizo fue dejar a su amigo vigilando a cubierto mientras él volvía a Stonehill para telefonear a la comisaría de Crowborough. Ellos a su vez llamaron a Tunbridge Wells, donde me complace decir que el jefe del Departamento de Investigación Criminal local pensó que valía la pena ponerse en contacto conmigo enseguida. —Hizo una pausa—. En estos momentos la situación es la siguiente: Proudfoot ha vuelto para reunirse con el guardabosque y seguirá vigilando el sitio durante el resto de la noche. Mientras tanto, la policía de Sussex está reuniendo un equipo de agentes uniformados, algunos de los cuales irán armados. Igual que ustedes. Nosotros nos encontraremos con ellos al amanecer y rodearemos la zona. —Volvió a tomar aire—. Por adelantarme a sus preguntas, diré que sí he considerado la posibilidad de empezar a actuar esta misma noche, pero al final he decidido no hacerlo así. Me parece que la presencia de hasta dos docenas de policías por los bosques en la oscuridad podría alertar a este hombre y ahuyentarlo, más que conseguir algo positivo. Sin embargo —prosiguió—, como precaución, en el caso de que estuviera planeando un ataque esta noche a alguna casa, se ha enviado hoy a una serie de agentes a Stonehill desde Crowborough. El hoyo está localizado a unos cuatro kilómetros del pueblo, y la policía vigilará las casas del distrito toda la noche, sin intentar ocultar su presencia. Tras mucho reflexionar, he decidido no alertar a los vecinos. Cualquier cosa que les digamos no hará más que crear el pánico y ponérnoslo más difícil.

Uno de los sargentos levantó la mano:

—Y ¿qué pasa si mientras tanto se escapa, señor?

Sinclair movió la cabeza.

—Eso es lo único que *no* me preocupa. Siempre suponiendo que sea Pike, creemos que está construyendo en el bosque un refugio subterráneo al estilo militar. Es lo que hizo en los bosques que dominan Melling Lodge antes de atacar la casa. Se toma su tiempo para construirlo. Si no se le molesta, no hay razón para pensar que no vaya a volver. Y para entonces le estaremos esperando. No obstante —prosiguió—, déjenme decirles una cosa: dudo que se vaya esta noche. Mañana es domingo, día de descanso, y estoy seguro de que lo querrá aprovechar.

El sargento volvió a intervenir:

—¿Vio bien Hogg el hoyo, señor? ¿Lo describió?

—La respuesta a ambas preguntas es negativa —respondió Sinclair, con expresión agriada—. Al parecer Hogg estaba borracho como una cuba, lo que quizás explicaría por qué se cayó en el agujero. No recuerda nada, excepto que era un hoyo que no estaba allí antes.

El sargento emitió un gruñido por respuesta.

—¿A qué hora nos ponemos en marcha mañana, señor?

—Los quiero a todos preparados a las cinco menos cuarto. Pueden pasar aquí la noche si lo desean o irse a casa. Pero no se retrasen. Cogeremos armas del arsenal e iremos a Stonehill en automóvil. Scotland Yard ha puesto *dos* vehículos a nuestra disposición. —El ligero tono irónico con que el inspector jefe había pronunciado la cifra sólo lo notó Bennett—. Tengo algo más que decirles. —Se paró deliberadamente y miró uno a uno a todos los agentes. Cuando volvió a hablar lo hizo con un tono distinto—: Mi intención en todo momento es arrestar a Amos Pike, si se trata de él, y llevarlo ante los tribunales. Pero no se hagan ilusiones. Es probablemente el hombre más peligroso al que se les pedirá en toda su vida que se enfrenten. Su expediente militar fue brillante, pero, si bien eso benefició a nuestro país, a nosotros no nos reconforta. Es un asesino despiadado, y no tiene razón alguna para no volver a matar. Tengan eso presente. Puede que se resista a ser detenido. Si les dispara o se niega a soltar el arma cuando se lo ordenen, disparen. Si les amenaza con el fusil y la bayoneta, disparen. Y disparen a matar. Asumo toda la responsabilidad. ¿Está claro?

Sus palabras fueron recibidas con silencio. Después, del semicírculo surgió un suave murmullo.

—Muy bien. Eso es todo por ahora. Nos veremos mañana por la mañana.

Observó a los hombres salir en fila de la estancia. Styles, a una señal de Hollingsworth, siguió al sargento al despacho contiguo y cerró la puerta tras de sí. Bennett se levantó.

—¡Bien, inspector jefe! —Se miraron en silencio—. Tengo que llamar al jefe de policía de Sussex —anunció el ayudante del comisionado adjunto mientras avanzaba hacia la puerta—. Por cierto, ¿dónde está Madden?

—Pasó la tarde en Highfield, señor. Me llamó desde Waterloo hace media hora. Le dije que se fuera a casa y que durmiese un poco. Estará aquí mañana por la mañana.

Bennett se paró en la puerta.

—Últimamente tiene mejor aspecto, me parece.

—¿Señor?

—El inspector Madden. Está menos... menos atormentado, si entiende lo que quiero decir.

—Sí, señor —corroboró Sinclair, sonriendo por primera vez esa tarde.

2

Ese domingo se había retrasado el desayuno en Croft Manor. El hornillo de plata para mantener la comida caliente que se solía colocar en el aparador a las ocho y media en punto aún no había aparecido cuando se reunieron en el comedor los tres miembros adultos de la familia Merrick; los niños estaban arriba en su cuarto. Annie McConnell, que tenía la costumbre de revisar la mesa del desayuno cuando bajaba para cerciorarse de que todo estaba en orden, fue corriendo a la cocina para investigar. Volvió con noticias sorprendentes.

—¿Sabíais que anoche el pueblo estaba repleto de policías? —le preguntó a William Merrick, quien contestó que desde luego que no—. Sí, y han llegado más hoy. Dos coches llenos de Londres, dicen, y un furgón de Tunbridge Wells. Más de veinte agentes en total. —Los ojos de Annie brillaban con las noticias—. Y ahora se han ido al bosque, todo el grupo.

En la casa se habían enterado por Rose Allen, una de las sirvientas, y por la señora Dean, la cocinera, ya que ambas vivían en el pueblo, a un kilómetro y medio de distancia. Habían llegado tarde por todo lo que estaba pasando allí, y de ahí el retraso en el desayuno.

—Están en ello ahora —le aseguró Annie a la familia, con una sonrisa especial para la señora Merrick. Estaba preocupada por su ama, quien parecía especialmente desconcertada por lo que acababa de oír.

Annie tuvo que esperar hasta después del desayuno para descubrir lo que le pasaba, y después lamentó no haberse dado cuenta desde el principio.

—William utilizará esta otra excusa para retrasar el viaje. Primero se iban a ir el viernes, después el sábado. Y ahora quién sabe cuándo decidirán marcharse.

Estaban dando el habitual paseo de después del desayuno por el jardín. Annie había dejado de preguntarse por qué su ama se mostraba cada vez más intranquila ante el retraso de su familia en irse de vacaciones. Lo único que intentaba era tranquilizarla.

—A ver, no empiece a darle ideas al señorito William —aconsejó Annie. Los chicos siempre habían sido para ella «señorito William» y «señorito Tom», incluso cuando ya se habían hecho mayores—. Deje que se acerque al pueblo para descubrir qué ocurre. Lo más seguro es que se haya armado un gran alboroto por nada.

Un poco antes, William se había calado la gorra, había sacado el Lagonda del garaje y se había acercado en coche hasta Stonehill, para averiguar, como él mismo dijo, «de qué diablos va todo esto».

Volvió una hora después, aunque no de mejor humor que cuando se había ido. Su mujer y su madre le estaban esperando para oír lo que tuviera que contar.

—Es un asunto de lo más increíble. —William se sentó en el sofá al lado de Charlotte—. La pasada noche mandaron desde Crowborough a media docena de agentes, y otros llegaron al amanecer, y, justo como dice Annie, salieron hacia el bosque y no se les ha visto desde entonces.

William había obtenido la información de un sargento de policía ya de cierta edad de Crowborough, a quien se le había ordenado quedarse en el ayuntamiento del pueblo para recibir y transmitir cualquier mensaje. Aunque dijo ignorar el propósito de la operación, le aseguró a William:

—Todo está controlado, señor; no hay nada de qué preocuparse.

Por otras vías, William se había enterado de que se habían cursado órdenes estrictas de que nadie debía acompañar a la policía, a la que se había visto por última vez en dirección a Owl's Green, un paraje al otro lado del pueblo, ni tampoco intentar seguirla. A su debido tiempo se daría todo tipo de explicaciones.

—A la única persona que podría haberme contado algo no la he encontrado por ningún sitio —se quejó William Merrick amargamente—. Me refiero a Proudfoot. Al parecer está allí con ellos. Según su mujer, ha pasado toda la noche fuera.

Harriet Merrick comprendía lo que quería decir en el fondo su hijo. Era un hombre de mucho peso en el distrito, un juez de paz.

Estaba claro que pensaba que se le debería haber consultado. La anciana le vio frotarse instintivamente el brazo atrofiado, y casi al mismo tiempo, como si respondiera a una señal, a su mujer girarse hacia él y ponerle la mano sobre la suya.

—No te preocupes, cariño. Seguro que no es nada.

—¡Nada! ¡Con veinte policías pateando los bosques! —exclamó William, dejando claro que estaba enfadado.

—Nada que vaya a tener consecuencias, quiero decir.

William se levantó.

—Voy a telefonear a Richards —anunció, refiriéndose a un juez que conocían en Crowborough—. Quiero enterarme bien de esto —avisó antes de marcharse.

Charlotte miró a su suegra y enarcó las cejas.

—No se preocupe; conseguiré que nos pongamos en marcha, lo prometo.

La señora Merrick no sabía decir si su nuera era consciente de su irracional deseo de verles marchar. Había hecho todo lo posible para disimularlo: se había limitado a aconsejarles repetidamente que no malgastasen los preciosos días de vacaciones de que disponían y les había llamado la atención acerca de artículos periodísticos que hablaban del maravilloso verano que todavía estaba disfrutando el oeste de Inglaterra. Pero tal vez Charlotte notaba algo más. Harriet Merrick siempre había querido portarse bien como suegra, pero nunca la habían puesto a prueba. Desde el principio, a ella le había conmovido el instinto de Charlotte para comprender la especial carga que soportaba su hijo: la sensación de culpa por haber sobrevivido a una guerra en la que había muerto su hermano era sólo una de esas manifestaciones. Habían actuado como aliadas desde el primer día.

Charlotte se pasó las manos por el pelo. Estaba considerando la posibilidad de cortárselo a la moda, pero tanto William como su madre le rogaban que no lo hiciera.

—Voy a ver qué tal va el equipaje de los niños —anunció—. Después mandaré bajar todas las maletas. En algún momento *tendremos* que irnos.

Poco después Annie se reunió con su ama en el salón portando una bandeja de plata en la que traía un frasco, una cuchara y un vaso.

—Es hora de tomarse la medicina, señorita Hattie.

La señora Merrick se quejó, como de costumbre.

—No creo que me sirva de nada. Y sabe a rayos.

—Aun así tendrá que bebérsela.

La cucharilla, llena de un líquido gris, pendía en el aire frente a la boca de la señora Merrick. Puesto que sabía por experiencia que Annie la dejaría allí indefinidamente, abrió la boca.

—¡Asqueroso!

Sonriendo, Annie le dio un vaso de agua.

—Así que después de todo no se ha estado usted imaginando cosas...

La señora Merrick tragó.

—¿Qué quieres decir?

—Que hay policías recorriendo el bosque. ¡Menudo follón!

—¡Ah, *eso*! —Harriet Merrick le quitó importancia al asunto dando un manotazo al aire. Luego miró fijamente los profundos ojos verdes de Annie—: Anoche tuve un sueño muy extraño —le contó con voz suave—. Iba yo paseando por el bosque y vi a Tom. Estaba delante de mí, entre los árboles; cuando le llamé se giró y me hizo señas, y yo me fui acercando cada vez más, pero no podía alcanzarle, y cuando me levanté... Hará cuatro años el martes.

—Ya lo sé, querida. —Annie le cogió las manos.

—Entonces me desperté y ya no me volví a dormir en toda la noche, y en lo único en lo que podía pensar era en lo mucho que deseaba que se fueran William, Charlotte y los niños.

La señora Merrick dejó de observar a su compañera, y miró sus manos entrelazadas.

Annie suspiró.

—Usted es muy especial. Mi pobre madre, que en paz descanse, siempre decía que tenía usted un don. Ya entonces, cuando no era usted más que una niña. La pequeña Hattie, de la casa grande.

La señora Merrick sonrió.

—Déjate de dones... ¿Qué haremos cuando se hayan ido? Portémonos mal. Encendamos fuego en la salita y asemos allí patatas, como solíamos hacer.

—Eso es ser malas, ¿verdad?

—Nos sentaremos en el jardín, hablaremos y cotillearemos... —Harriet Merrick miró a su vieja amiga—. Ay, Annie, ¡estoy tan contenta de que vayas a estar aquí conmigo!

Annie abrió mucho los ojos verdes.

—¿Y en qué otro lugar podría estar?

*

La mañana transcurría con lentitud. William se encerró en su estudio. Todos los de la casa, afectados por el retraso, estaban desconcertados. Si todo hubiese marchado según lo previsto, padres e hijos, junto con la señorita Bradshaw, la niñera, se hubiesen ido a las diez en el Lagonda con la intención de llegar a Chichester para la comida. (Por una vez no acudirían a la misa del domingo a la que la familia solía ir). Allí, William y su esposa lo habían arreglado todo para pasar la noche con una amiga del colegio de Charlotte antes de emprender viaje temprano a la mañana siguiente hacia Penzance. Todo lo demás estaba en función de esos planes. Ante la insistencia de Harriet Merrick, les habían dado dos semanas enteras de vacaciones a todos los empleados de la casa. Ella y Annie se las apañarían solas, aunque la señora Dean vendría de vez en cuando desde el pueblo para cocinar. Las tres sirvientas ya lo tenían todo preparado para irse, pero hasta que el señor no tomase una decisión definitiva todo quedaba en suspenso.

A las once menos cuarto Charlotte llamó a la puerta del estudio y entró. Diez minutos más tarde salió y fue corriendo hasta la cocina para dar instrucciones. Finalmente se reunió con su suegra en el salón.

—Nos vamos. Le he pedido a la cocinera que nos prepare una cesta de comida, y así comeremos de camino a Chichester. William va a llamar a los Hartston para decirles que no llegaremos hasta esta tarde.

—Mi querida Charlotte... ¡eres un genio! ¿Cómo lo has logrado?

—No ha sido difícil. William estaba casi decidido. Las llamadas que ha hecho no le han dejado satisfecho. Nadie parece saber qué está pasando en Ashdown Forest. Todavía está bastante enfadado, pero la actitud que tiene ahora es: «Si no quieren decirme nada, que se las apañen solos».

Las dos mujeres sonrieron con complicidad.

—A los niños les va a encantar lo de ir de picnic —predijo su abuela.

—Eso me parecía. Les voy a llamar para que bajen.

Salió, y Harriet Merrick se quedó satisfecha.

3

Con los ojos entrecerrados bajo el ala del sombrero gris de fieltro, Sinclair escudriñó a través de una pantalla de hojas aquella maraña de árboles y densos arbustos situada a menos de un kilómetro. Entre los acebos y espinos donde se encontraba agazapado con Madden el inspector jefe y el lugar donde se encontraba el inspector Drummond, un detective de paisano procedente del Departamento de Investigación Criminal de Tunbridge Wells, sólo había una extensión de pastizales, apenas salpicada de robles jóvenes, que no servían para ponerse a cubierto y no les permitían acercarse más al hoyo en el que se había caído Emmett Hogg.

—Está rodeado por tierras despobladas, señor. —El agente Proudfoot, agachado detrás de ellos, contestó la pregunta no formulada de Sinclair—. Cuando volví de Stonehill ayer por la noche hice un recorrido por la zona. Tardé bastante: tenía que asegurarme de que nadie me viera. Esa zona de matorral de ahí es como una isla. No hay forma de llegar hasta allí sin ser visto.

El policía del pueblo, un hombre joven, bajo y fornido con el pelo muy corto y rubio y nariz pelada, había estado esperando en Stonehill para guiarlos por el bosque hasta su actual posición, a algo más de cuatro kilómetros a pie, dijo, aunque al inspector jefe, cada vez más preocupado a medida que avanzaba la mañana, le había parecido más.

—Lleva usted mucho tiempo en pie, agente. Veinticuatro horas o más. ¿Qué tal se encuentra?

—Bastante bien, señor. —Proudfoot sonrió y se rascó su hirsuta barbilla—. Bueno, no me vendría mal un afeitado.

El grupo de policías, agazapado detrás de los arbustos, llevaba observando unos veinte minutos cuando detectaron un movimiento en el matorral.

—¡Allí! —exclamaron Madden y Proudfoot al unísono.

Sinclair vio claramente descollar entre el sotobosque el torso de un hombre. Les daba la espalda: se agachó, volvió a erguirse y se agachó de nuevo, como si estuviera arrastrando algo por la maleza.

—Creo que tiene el pelo oscuro —dijo Madden en voz baja. Tenía los ojos entrecerrados.

—Bueno, es un alivio —repuso por fin el inspector jefe—. Por lo menos sabemos que sigue ahí. Volvamos con los demás. Tenemos que decidir qué hacer ahora.

Dos minutos después se habían retirado a la zona sombría del bosque para reunirse con el escuadrón de policías uniformados que estaban sentados bajo cubierto en una hondonada poco profunda a cierta distancia de donde terminaban los árboles. Eran veintidós en total. Además de los seis hombres armados que había traído Sinclair, y aparte de Madden, Hollingsworth y él mismo, otros seis oficiales de los del contingente de Tunbridge Wells llevaban armas.

El inspector Drummond también iba armado. Les había estado esperando con sus hombres en el exterior del salón de actos del pueblo en Stonehill. Era bajo, tenía el pelo negro y los ojos azules. Saludó a sus colegas.

—El inspector jefe Smithers le envía saludos, señor. Hubiera venido, pero dijo que no tenía sentido que hubiera *dos* inspectores jefes interfiriendo uno con otro. Le desea toda la suerte del mundo.

—Muchas gracias a ambos —contestó Sinclair con sequedad.

Habían parado en el pueblo únicamente para reunir a los hombres antes de seguir a Proudfoot hasta el bosque. A unos cuantos lugareños que habían salido de sus casas para ver aquel hecho insólito, una veintena de policías reunidos en la plaza al amanecer, se les conminó a que se abstuvieran de seguirles.

Agradecido por poder estirarse de nuevo tras haber permanecido tanto tiempo agachado, Sinclair le pidió al agente que esbozase un plano de aquella zona de matorrales y del terreno circundante. Proudfoot sacó su libreta y se empleó a fondo durante unos minutos. Luego le dio el dibujo al inspector jefe, quien lo observó esforzando la vista; Madden y Drummond lo miraron por encima de su hombro. En el bosquejo a lápiz se apreciaba que un semicírculo de bosque cerrado rodeaba aquella zona de matorrales y el pastizal despoblado. Al final del bosque, el agente había marcado el terreno como «campo accidentado, con arbustos dispersos». En esa zona había una balsa de agua que él llamó Stone Pond.

—Eso está en el lado opuesto de la zona de matorral, mirándolo desde donde nos encontramos, señor. —Proudfoot indicó lo que quería decir sobre el dibujo—. No hay que preocuparse por el estanque; es como una pared. Nuestro problema es el terreno que hay a ambos lados. No hay árboles que nos cubran; sólo unos cuantos arbustos dispersos en un llano.

—En cualquier caso, tendremos que llevar hombres a ese lado y avanzar todos al mismo tiempo. —El inspector jefe miró el dibujo—. Y ese guarda, Hoskins. ¿Dónde está exactamente?

Proudfoot señaló con el lápiz.

—Esta franja del bosque en la que estamos dobla a la izquierda y llega hasta esa pequeña colina. —Con el dedo golpeteo sobre la hoja—: Le dije que se subiese ahí. Si nuestro hombre abandona la zona, al menos Hoskins sabrá qué dirección toma.

—Pero ¿sabe que no debe intervenir?

—Lo sabe, señor.

—Muy bien. —Sinclair miró a Madden—. John, ¿qué piensas? Tú tienes experiencia en este tipo de asuntos.

Madden apagó el cigarrillo con el pie.

—Si se dispone a los hombres armados en círculo y se les hace avanzar hacia un punto central, acabarán disparándose unos a otros. Es mejor concentrarlos en tres puntos y que los otros agentes rellenen los huecos. Mire, deje que se lo muestre. —Cogió el cuaderno de las manos de Sinclair y el lápiz del agente. Los otros observaban mientras él dibujaba un triángulo encima del plano de Proudfoot—. Si situamos a los agentes armados en cada ángulo dispararán hacia el lado opuesto del triángulo, y no unos a otros. Cuando empiece el tiroteo, los hombres que no estén armados deben echarse cuerpo a tierra y no moverse hasta que se les ordene avanzar.

Sinclair estudió la combinación de dibujos resultante.

—Sí, lo entiendo —dijo. Y, levantando la vista, añadió—: ¿Te encargas tú de eso, John? ¿Del posicionamiento de los hombres?

—Sí, señor, por supuesto. —El inspector se quedó pensando un momento—. Tendrán que empezar a avanzar a una hora previamente acordada —advirtió—. No podremos hacerles ningún tipo

302

de señal sin delatar nuestra presencia. Yo sugeriría esta tarde a las cuatro.

—¡Por Dios! —Sinclair miró su reloj—. Faltan más de cinco horas. ¿No podemos estar preparados antes?

—Puede que sí. —Madden se encogió de hombros—. Aunque no sé por qué pero estas cosas siempre llevan más tiempo del que uno piensa. Además, la luz estará mejor más tarde. Habrá menos resplandor. —Miró la hilera de hombres uniformados que estaban sentados a la sombra cerca de ellos—. Si ese hombre es Pike, nos disparará manteniéndose él a cubierto. Pero, aunque vaya cambiando, sólo puede estar cada vez en un lado de la zona de matorral. Se debe ordenar a los hombres que avancen con rapidez si no encuentran resistencia. Una vez lleguen a la zona de maleza, a él no le sirve de nada el fusil. Pero entonces deben tener cuidado con la bayoneta.

4

En cuclillas en el refugio subterráneo, Pike empezó a sacar sus cosas. Del bolsón de piel extrajo su uniforme (camisa, bombachos, guerrera) y lo colocó sobre el gran escalón cortado en la parte posterior de la excavación. Añadió al montón sus polainas, perfectamente dobladas. Y después la máscara de gas.

Sus movimientos, medidos y sin prisas, no delataban en absoluto su estado mental: durante horas había estado azotado por la duda y la indecisión. Su equilibrio emocional, normalmente imperturbable, se veía roto por sentimientos extremos que, casi a la vez, le animaban ardorosamente hacia la acción y le paralizaban con la heladora conciencia de los peligros que se cernían sobre él.

Cuando viajaba en su moto desde Rudd's Cross el día anterior, en varias ocasiones había estado a punto de dar la vuelta y regresar a la aldea: al cobertizo del jardín y a casa de la señora Troy, donde un asunto le exigía su urgente atención.

Pero le pudo el impulso, y en los recovecos más oscuros de su alma este modo de actuar parecía tener lógica propia. No tenía otro cometido más que hacer que lo que ahora se traía entre manos. Era el único objetivo que guiaba su desolada vida, y, desde ese punto de vista, incluso la necesidad de protegerse a sí mismo carecía de importancia.

Sin embargo, la agitación había imprimido ya pequeños pero significativos cambios en su comportamiento. Había empezado su viaje desde Rudd's Cross de la manera habitual, a través de una complicada ruta de carreteras secundarias y caminos rurales que evitaba las vías principales. Pero después de una hora había perdido la paciencia y, haciendo gala de una temeridad ajena a su naturaleza, se había incorporado a la carretera principal: a la autovía de la costa que llevaba hasta Hastings, para después girar al norte, hacia Tunbridge Wells. Encorvado sobre el manillar y con la gorra tapándole los ojos, había conducido sin incidentes a una velocidad uniforme de unos cuarenta y cinco kilómetros por hora, hasta que alcanzó una salida que le llevaba hacia el oeste, a Ashdown Forest.

Llegó a última hora de la tarde, aunque todavía era de día. Con todo, sin tomar precauciones, recorrió a zancadas los bosques hasta llegar al refugio con la bolsa al hombro. Sólo pensaba en las horas que tenía por delante. Sobre todo la tarde siguiente. Todo lo demás lo había relegado para más tarde; ya reflexionaría sobre ello después.

Al llegar a la densa zona de matorral, encontró el ramaje que había usado para camuflar la excavación intacto salvo en una esquina, en la que algunas ramas se habían caído al interior del hoyo. Examinó el lugar con mucho detenimiento. Aunque era posible que las hubieran movido el viento y la lluvia, se pasó los siguientes veinte minutos inspeccionando la zona para ver si había signos de intrusión humana. Una huella. Una colilla. No encontró nada que le hiciera sospechar.

Esa noche algo le turbó el sueño. Por primera vez en años reapareció una vieja pesadilla, y se despertó empapado de sudor. El aire en el interior del refugio subterráneo le resultaba sofocante, y había decidido salir afuera y quedarse inmóvil entre los espesos matorrales escuchando los sonidos de la noche: el movimiento de hojas y ramas, el lejano ulular de un búho. Recordó las noches que pasó con su padre en los bosques. La luna menguante, próximo el final de su ciclo, lucía muy baja en el cielo del este.

Se levantó con la primera luz del alba, decidido a no perder otra vez su aplomo. Enseguida se empleó con toda una rutina de pequeñas tareas con las que entretener la mente. Había de llenar todo el día que tenía por delante.

En primer lugar, recogió todo el ramaje utilizado para camuflar el refugio, que había adquirido unos tonos ocres y marrones, y lo fue acumulando en un enorme montón. Después lo arrastró por entre los matorrales, hasta llevarlo a cierta distancia del lugar de la excavación, donde empezó a repartirlo (un trozo por aquí, un trozo por allá) de forma que parecieran ramas secas caídas al azar. Entretanto se le ocurrió que lo que estaba haciendo no tenía sentido. No iba a rellenar el refugio más tarde ni intentaría ocultarlo, como había hecho en Upton Hanger. La policía seguramente había encontrado la excavación anterior. Ahora sabrían qué buscar. Sin embargo, a pesar de todo acabó la tarea que se había impuesto antes de continuar con la siguiente.

A lo largo de la mañana se había parado dos veces para explorar el paisaje circundante. Había escogido aquel terreno de robles raquíticos y denso sotobosque porque no tenía ninguna característica especial ni ninguna utilidad práctica. Nadie tendría razón alguna para entrar ahí, pensó; nadie excepto él. Agachado en cuclillas en el límite de los arbustos, había escudriñado los bosques y la extensión de terreno sin árboles que rodeaban esa zona de matorrales. En la segunda ocasión distinguió momentáneamente una figura que se movía entre los árboles. Apareció sólo unos segundos y después se desvaneció. Pike permaneció unos minutos mirando fijamente el lugar, pero no vio nada más que le llamara la atención.

A la una paró para calentar una lata de estofado en el hornillo y se preparó té en una lata. Después lo limpió todo, recogió los utensilios y empezó a desembalar la bolsa.

Cuando examinó la máscara de gas frunció el ceño al descubrir un pequeño desgarrón en la tela de la capucha al lado de una de las correas. Estaba obsesionado por el orden; lo hubiese arreglado allí mismo de haber tenido aguja e hilo. La primera vez que usó la máscara, cuando asaltó la granja en Bélgica, la había llevado sólo para ocultar su identidad en caso de que hubiera supervivientes. Había usado el silbato para crear confusión, pero descubrió que se le aceleraba el pulso.

En Bentham, en el condado de Kent, había irrumpido en la casa a cara descubierta. Fue un error. En la habitación del piso superior, cuando arrastró a la mujer desde el baño hasta la cama, ella le había mirado a los ojos. Gritando, le había suplicado que la dejase, y Pike sintió que no podía soportar aquella sensación de que le mirara directamente.

Sintió vergüenza.

La mató enseguida. Nada había salido bien en Bentham.

Aunque podía haberse agenciado fácilmente algo más conveniente para cubrirse la cara, se acordó de la enorme satisfacción que había experimentado en el primer asalto, cuando llevaba puesto el uniforme militar. Poco después irrumpió en un almacén de excedentes del ejército en Dover a robar cuanto necesitaba, incluida una máscara de gas. En Melling Lodge los gritos de la mujer no le habían conmovido en absoluto. Únicamente le había impedido conseguir el objetivo que se había propuesto esa noche la excitación de sostenerla en sus brazos, aplastada debajo de él sobre la cama, una excitación que había bullido y se había desbordado demasiado pronto.

Transcurrió la tarde. La luz del refugio se tornaba cada vez más tenue a medida que se ponía el sol. En lo alto palidecía el cielo azul de otoño que había lucido por la mañana. Unas nubes algodonosas adoptaban caprichosas formas, empujadas desde el oeste.

Pike sacó el fusil. Lo había robado de un cuartel en Caterham mientras trabajaba como obrero de la construcción en la instalación de tuberías nuevas en el campamento. Durante más de dos años tras su regreso de Francia, de donde había salido clandestinamente a bordo de un carguero vacío que zarpó del puerto de Boulogne, había vivido de aquí para allá, haciendo trabajos ocasionales, y a veces irrumpiendo en las casas para robar comida y dinero. Sólo después de obtener el puesto con la señora Aylward empezó a tomar forma en su mente el macabro objetivo que se había marcado para su existencia.

Como hacía siempre que desempaquetaba los contenidos de la bolsa, había comprobado ya el funcionamiento del arma, pero por hábito se puso también a limpiarla: por el cañón deslizó un trapo atado a un alambre para engrasar la recámara. Comprobó asimismo si llevaba el cargador completo.

Cuando terminó, volvió a coger la bolsa y sacó una caja plana de piel con cierres de latón y una piedra de afilar envuelta en una gamuza. Había dejado para el final afilar la navaja.

La sacó de la caja acolchada. El mango de marfil estaba amarillento por el paso del tiempo. La hoja emitía destellos azules por la pálida luz del sol. Había pertenecido a su familia durante tres generaciones. Junto con el reloj de bolsillo, era el único recuerdo que tenía de su padre.

5

Con expresión sombría, el detective Styles seguía por el sendero del bosque al inspector Drummond, quien a su vez iba detrás de Madden. Billy estaba enfurruñado. Se había sentido humillado toda la mañana, desde que el inspector jefe Sinclair le prohibiera retirar un revólver como el resto de los hombres del contingente de Scotland Yard. Billy se había aproximado al mostrador de la armería para firmar en el libro, pero en ese momento el inspector jefe, que estaba por allí cerca hablando con Madden, había dicho mirando al sargento armero: «Eso no será necesario». No dio más explicaciones; a Billy no le quedó más opción que darse la vuelta y salir con la cara encendida y la idea de asesinar a alguien rondándole la cabeza. Como agente uniformado le habían entrenado para el uso de armas de fuego y, por lo que sabía, había superado satisfactoriamente el curso. El inspector jefe no tenía derecho a hacerle eso, pensó.

No le había servido de mucho que Hollingsworth, mientras revisaba su arma, le hubiese guiñado un ojo.

—No se ponga así, hombre. El jefe sabe lo que hace. Es por su propio bien. —Sonrió—. Y por el nuestro.

Desde entonces Billy no había cruzado una sola palabra con nadie, pero desgraciadamente nadie parecía haberse percatado. Y menos Madden, al lado del cual había venido apretujado en uno de los dos coches que habían traído a los hombres desde Londres. El inspector había permanecido en silencio durante todo el trayecto, mirando por la ventana, sumido en sus pensamientos.

Caminaban ahora en fila india por los bosques: los policías uniformados, en línea, seguían a los tres detectives. Madden había elegido una ruta muy alejada de donde terminaban los árboles, que

308

hacía una amplia curva hasta llegar a la loma donde se había dicho que se estaba apostado el guardabosque. ¡Aunque, al parecer, ya no! Al mirar hacia arriba desde el camino lleno de hojas, Billy vio que un hombre que iba vestido con prendas de tweed y llevaba una escopeta se acercaba corriendo hacia ellos. Madden ya le había visto y ordenó parar a la columna.

—¡Hoskins, señor! —se presentó el hombre al acercarse.

—Soy Madden. ¿Ha cambiado el hombre de posición?

—No, señor. —El guardabosque llegó a donde ellos estaban. Tenía unos cuarenta años, las mejillas coloradas y curtidas, y barba de tres días—. Pero se presentan problemas al otro lado, cerca del estanque. No se las ve desde aquí, pero parece un grupo de exploradoras. Están acampando junto al agua.

—¡Joder! —exclamó Drummond.

Madden se quedó pensativo. Le hizo una señal a Billy.

—Quiero que vuelva usted corriendo por donde hemos venido. Dígale al inspector jefe lo que nos ha contado Hoskins e infórmele de que le he ordenado a usted regresar hasta el estanque. Manténgase fuera de la vista en tanto le sea posible, pero si tiene que dejarse ver quítese el sombrero y la chaqueta y arremánguese. Intente parecer alguien que aprovecha la tarde del domingo para ir de paseo. Averigüe quién está al mando de esas exploradoras y asegúrese de que salen de ahí. —Madden se paró un instante para reflexionar—: Seguramente tendrá usted que mostrar la identificación, así que puede decir que se trata de una operación policial y que necesitamos que se despeje la zona. Quédese allí cuando se hayan ido. Yo pasaré más tarde, después de haber situado a los hombres a este lado. ¿Entendido?

—Sí, señor —contestó Billy, ya en camino. *Ahora* iban a saber de lo que era capaz.

Diez minutos más tarde llegó a la leve hondonada donde estaba el inspector jefe, sentado a la sombra junto al sargento Hollingsworth y fumando de su pipa. La mitad del escuadrón uniformado estaba con él. Según el plan, Sinclair lideraría uno de los grupos armados, y Drummond y Madden los otros dos. Iba a llevarles un rato situar a todos los hombres. Billy explicó el inconveniente que había surgido y cómo pretendía solucionarlo Madden.

—Creo que conozco a esa pandilla. —El agente Proudfoot se había quedado detrás con el grupo del inspector jefe—. Mejor voy yo a hablar con ellas.

—Por favor, señor —se apresuró Billy a decir—, el señor Madden no quiere que se vea ningún uniforme. —Esperaba estar en lo cierto—. Me dijo que si tenía que dejarme ver, debía quitarme la chaqueta e intentar no parecer... un oficial.

—Estoy seguro de que para eso se las apañará usted muy bien, agente. —El inspector jefe esbozó una sonrisa. Billy intentaba descifrar qué había querido decir exactamente—. Adelante, pues.

Volvió otra vez por donde había venido. Pensaba que no le llevaría más de veinte minutos rodear el estanque, pero una vez se acabaron los árboles se vio obligado a dar un rodeo dibujando una curva cada vez más amplia, buscando una ruta que no se viera desde la zona de maleza. Transcurrió media hora antes de que por fin viera delante de él el contoneo de unas siluetas vestidas con faldas azules y, más allá, el destello del sol sobre el agua.

Llegó por un sendero muy transitado que llevaba directamente al estanque, que estaba protegido por una hilera de laureles. Había arbolillos casi hasta la orilla, pero Billy pensó que había llegado la hora de dejarse ver. Se quitó el sombrero y la chaqueta (y, se le ocurrió en el último momento, el cuello y la corbata), se pasó la cartera al bolsillo trasero del pantalón, hizo un fardo con lo que se había quitado y lo escondió debajo de un arbusto. Mientras se arremangaba, siguió avanzando rápidamente por el sendero hasta llegar al final de la hilera de laureles, donde bajó el ritmo para fingir que paseaba. Con las manos en los bolsillos, se acercó al grupo de exploradoras, que estaban recogiendo palos y ramas del suelo. Contó dos docenas. Cuatro de las mayores estaban arrodilladas al lado de unas trébedes en las que descansaba una tetera, preparadas para encender una hoguera debajo. Al acercarse Billy se levantó una de ellas.

—¿Sí, joven? ¿En qué puedo ayudarle?

Debajo del sombrero azul de fieltro apareció una mujer de unos cincuenta años de aspecto hosco y con un mal humor apenas controlado. Unos hostiles ojos marrones le examinaban desde detrás de unas gafas con la montura metálica.

—Perdone que la moleste, señorita... señora. —Billy se puso nervioso al ver las insignias que adornaban el ceñido uniforme—. Les voy a tener que pedir que abandonen esta zona.

—¿*Cómo dice?* —La mujer pareció elevarse en el aire ante la mirada de sorpresa de Billy—. ¿No se da usted cuenta de que esto es terreno público? No tiene usted derecho...

—No, por favor —la interrumpió—. No me está entendiendo. Soy policía. —Detrás de la mujer vio los raquíticos árboles y el sotobosque que poblaba aquella zona de maleza. Estaban a apenas doscientos metros.

—No le creo. —Con una mirada de desprecio, fue fijándose en sus tirantes y antebrazos desnudos; su camisa sin cuello—. Va usted con muy malas pintas.

Billy se rebuscó la cartera en el bolsillo trasero del pantalón, y, en ésas, se quedó helado. Algo se había movido entre los matorrales. Donde terminaban los arbustos distinguió la figura de un hombre poniéndose en cuclillas. El sol hizo brillar un trozo de metal. Volvió a mirar, pero como si de un espejismo se hubiera tratado, la figura se había desvanecido. Pensando muy bien lo que hacía, se cambió de posición, girándose para quedar de espaldas al matorral.

—¿Qué está usted haciendo? ¿Por qué se mueve así? —La mujer le miró suspicaz, con los ojos entrecerrados—. ¡Cynthia! ¡Alison! Venid aquí —gritó sin apenas girar la cabeza.

Dos de las chicas que estaban junto a las trébedes se levantaron y se acercaron; se quedaron de pie detrás de ella como si fueran sus guardaespaldas. Eran adolescentes y estaban nerviosas; tenían cara de estar poco seguras de sí mismas y de la situación.

Billy extendió la mano, con la esperanza de que ese gesto no se viera desde los matorrales, que ahora tenía a sus espaldas.

—Ésta es mi identificación. Por favor, mírela detenidamente.

La mujer observó la cartulina blanca con desconfianza, como si lo que le estaba ofreciendo fuera un escorpión. Al final lo cogió.

—En esos matorrales que tengo a mis espaldas (y, por favor, no mire hacia allí), hay un hombre armado que queremos detener —empezó a decir.

La mujer levantó la vista de la tarjeta e inmediatamente alzó la vista para ver lo que estaba detrás de Billy. Las dos chicas también miraron en esa dirección.

—Hay veinte policías en los bosques más allá…

—Se lo advierto, joven, si se está inventando todo esto…

Billy empezaba a desesperarse. Le hubiera gustado agarrar a la vieja y darle su merecido. Le entraban ganas de decirle que dejase de ser tan testaruda y de dárselas de importante y que *escuchase lo que le estaba diciendo*. Pero durante los últimos dos meses había tenido ante él el ejemplo de Madden, y recordó lo que el inspector le había dicho en Highfield.

—Le aseguro que no me lo estoy inventando —replicó con voz tranquila—. Ha visto usted mi identificación. Trabajo en Scotland Yard. Algunos de los policías desplegados en la zona van armados. Puede que durante la próxima media hora se produzca un tiroteo. Quiero que reúna a estas chicas y que las aleje de aquí inmediatamente —dijo sin retirar la mirada de ella.

—Por favor, señorita... —pidió una de las chicas que tenía al lado, revolviéndose nerviosa.

—¡Bueno, muy bien! —Le devolvió bruscamente la tarjeta—. ¡Pero le advierto, joven, que esto no se va a quedar así!

La mujer se dio la vuelta y se metió la mano en el bolsillo que llevaba cosido en el uniforme. Al instante, Billy se dio cuenta de lo que iba a ocurrir.

—¡No lo haga! —le prohibió, agarrándola por la muñeca cuando ella se llevaba a los labios el silbato. —¡No debe usted usar ese silbato!

—¡*Quíteme la mano de encima!* —gritó, con los labios blancos de rabia—. ¿Has visto eso, Cynthia? Este agente... este *supuesto* agente me ha maltratado. Voy a denunciarle y tú serás mi testigo. ¡*Me ha maltratado!* —repetía, al parecer encantada con la palabra.

Rojo de ira, Billy no dijo nada. La miró mientras se alejaba y llamaba, dando palmadas:

—¡Chicas! ¡A formar! ¡Nos vamos! Este hombre nos ha estropeado la tarde.

Los uniformes azules comenzaron a agruparse. Billy notaba sus miradas de desaprobación. Cuando estuvieron en fila de a dos, la mujer le echó una última mirada.

—Señor Styles —le advirtió—. Sí, señor *Styles*. No olvidaré ese nombre.

Las exploradoras marcharon por el sendero. Billy apenas se percató de su partida. Todos sus pensamientos se centraban en la zona de matorral que tenía detrás. Sabía que le estaban observando. *Un asesino despiadado...* Recordó las palabras del inspector jefe. Se acordó de lo que les había ocurrido a Madden y a Stackpole en los bosques de Highfield y sintió una irresistible necesidad de moverse. ¡*De correr!*

Sin embargo, se obligó a pasearse por el borde del estanque durante unos minutos. Al ver una piedra plana en el suelo la cogió y la hizo pasar rozando por la superficie del agua. Después otra. Le temblaban las rodillas y tenía la boca seca.

Por fin, como si le aburriese ese entretenimiento, volvió tranquilamente por el sendero. Cuando quedó al abrigo de los laureles, le cedieron las rodillas, tropezó y cayó al suelo. Tenía los cigarrillos en la chaqueta, y no había nada en el mundo que le apeteciera más que encenderse uno. Pero durante un rato simplemente se quedó sentado donde estaba, a la sombra de los laureles, intentando contener el sudor que le corría por la frente y esperando a que se le calmase el latido del corazón.

Se maravilló de cómo los minutos transcurridos parecían años.

6

William Merrick levantó la cabeza desde dentro del capó plateado del Lagonda. Una mancha de aceite le había desfigurado la ceja. Se frotó el brazo atrofiado, masajeándose la mano que nunca le obedecería. Cerró los ojos un momento y movió la cabeza como para aclarársela, y después volvió a hundirla en el capó.

Su madre observaba desesperada la escena desde la ventana de su dormitorio. Habían retirado de la aleta del largo chasis las maletas, que ahora descansaban en el camino de grava de entrada a la casa. El resto del equipaje, amontonado en una pila de considerable tamaño, todavía estaba en el asiento trasero. Pero, ¿durante cuánto tiempo?

La señora Merrick miró el reloj. Eran casi las cuatro y media.

Estaban a punto de salir (de hecho, todos los de la casa, incluido Hopley, se habían reunido en la puerta para despedirlos), cuando el motor del coche se paró. La señora Merrick había oído las sacudidas y el suave carraspeo del motor mientras William se estaba poniendo las gafas, pero después se hizo el silencio.

Tras un par de intentos para volver a arrancarlo con la manivela (el coche era un modelo antiguo sin puesta en marcha automática), William había ordenado bajarse a todos, había desenganchado las correas que sujetaban las maletas y levantado el capó.

Charlotte había salido del asiento delantero y los niños y la niñera del trasero. Durante un rato habían estado mirando cómo trabajaba. Después se fueron dispersando. Sólo Harriet Merrick se había quedado en el umbral de la puerta, como transfigurada, incrédula, hasta que Annie salió a rescatarla.

—Vamos, vamos, cambie ese semblante, señorita Hattie —dijo con aire severo mientras la conducía de nuevo hacia el interior de la

314

casa—. Dele una oportunidad al pobre chico. No va a poder arreglarlo si lo sigue vigilando de ese modo.

Annie acomodó en su habitación a la señora Merrick, quien se quedó allí pensando amargamente que hasta hacía seis meses habían tenido chófer, un tal Dawson, y que durante todo el tiempo que había trabajado para ellos el Lagonda nunca había dado problemas. Pero Dawson había regresado a su Yorkshire natal, y desde entonces William se había sentido capaz de arreglárselas con el coche, aunque de vez en cuando le había echado una mano Hobday, el propietario del taller mecánico del pueblo. Hacía tiempo que la señora Merrick tenía claro que su hijo sobrevaloraba sus conocimientos sobre mecánica y su habilidad como conductor, pues ya se habían producido algunas averías bastante molestas, pero ella había juzgado más prudente mantener la boca cerrada. Ahora pensaba que hubiera sido mejor no ser tan condescendiente.

Rose y la doncella, Elsie, que habían hecho ya su equipaje y estaban listas para irse, prometieron enviar a Hobday a Croft Manor en cuanto llegaran al pueblo. Pero el único emisario que llegó de Stonehill fue el hijo del mecánico, de doce años, para anunciar que su padre había tenido que ir a Crowborough para todo el día y que no regresaría hasta la noche.

Así que William siguió manos a la obra, con todas las herramientas en sus fundas respectivas desplegadas en perfecto orden sobre la hierba. Entretanto, Charlotte se dedicó a reorganizar las actividades del día. Los niños se apaciguaron ante la idea de hacer un picnic en el jardín, debidamente vigilados por su madre y por Annie. A William le llevaron unos bocadillos. La señora Merrick permaneció en su habitación.

A las dos, Charlotte telefoneó a los Hartston, en Chichester, para avisarles de que llegarían más tarde de lo esperado. Añadió que tal vez ni siquiera llegaran esa tarde, en cuyo caso pasarían un momento a verlos al día siguiente, ya de camino.

La señora Merrick bajó a las cuatro para reunirse con su nuera en la salita. Charlotte todavía iba vestida con la ropa de viaje y se había recogido su larga melena rubia con una redecilla. Les sirvió el té Agnes, una de las doncellas del piso de abajo que se había ofrecido voluntaria para quedarse un día más.

A pesar de la compañía de su nuera, a la señora Merrick le resultaba casi imposible hablar. Al tumbarse en la cama la había invadido un sentimiento de pánico. Ese terror, al que no era capaz de poner nombre ni asociar a causa alguna, le recordó mucho a la angustia que la había despertado la noche que murió su hijo pequeño en Francia hacía cuatro años. Intentaba convencerse de que era el aniversario, tan próximo en el tiempo, lo que le había devuelto el dolor que sentía. Sin embargo, aun cuando racionalmente aceptaba esa explicación, algo más hondo y recóndito en las entrañas de su ser la rechazaba.

—Volveré a hablar con William.

Charlotte hacía ademán de levantarse cuando oyeron pasos en el vestíbulo. Alguien pasó por delante de la puerta hasta el guardarropa. Un segundo después volvió. Se abrió la puerta y William Merrick asomó la cabeza.

—Ya casi estamos —dijo. Y cerró la puerta antes de que a ninguna de las dos le diera tiempo a decir algo.

Ambas mujeres se miraron pensando lo mismo. Muy pronto sería demasiado tarde para irse. Tendrían que pasar la noche en Croft Manor.

Harriet Merrick no aguantaba más. Se excusó y volvió a su habitación en el piso de arriba. Se quedó un rato mirando por la ventana, observando a su hijo afanarse bajo el capó con la esperanza de terminar viéndole girar la manivela y volver a oír el ruido del motor.

Después, también eso se le hizo insoportable, y bajó al jardín sin hacer ruido. El sol estaba bajo. Muy pronto, las boscosas laderas de Shooter's Hill quedarían desdibujadas y se tornarían una mancha oscura a medida que iba desapareciendo la luz.

Al fondo del jardín oyó las voces de los niños. Deben de estar jugando en el campo de cróquet, pensó. Hopley la saludó con el sombrero desde los arbustos. ¿Por qué no se había ido?, pensó trastornada.

¿Por qué seguían todos allí?

Oyó unos pasos tenues acercarse por el césped a sus espaldas y se giró: era Annie acercándose con un chal en las manos.

—Se está poniendo frío. Échese esto por los hombros.

La señora Merrick aceptó la prenda y se envolvió bien con ella. Sentía frío.

—Oscurecerá pronto —dijo—. Dentro de poco.

316

7

Pike se puso la gorra y se bajó la visera hasta dejársela un par de centímetros por encima de los ojos; con dos dedos midió la distancia en un gesto que ya era automático tras tantos años vistiendo uniforme. Se abrochó los dos últimos botones de la guerrera y después se pasó las manos por todo el cuerpo, de la cabeza a los pies, desde la gorra y la guerrera hasta los pantalones, las polainas y las botas; era otro acto involuntario que hacía sin pensar. Tenía el fusil apoyado contra una de las paredes del refugio. La máscara de gas, hecha un rebujo y atada con un trozo de cuerda, yacía sobre el camastro que había preparado a un lado. No podía hacer nada más. Sólo esperar.

Aunque afuera todavía había luz, el tejado trenzado y la maleza circundante no dejaban entrar en el refugio el sol crepuscular, y Pike se quedó sentado impasible, casi a oscuras. Esperaba a que cayera la noche.

En Melling Lodge había irrumpido al atardecer. El espeso bosque de Upton Hunger le había ocultado mientras se acercaba, y se había podido esconder en los matorrales junto al río hasta que llegó el momento. Allí, en Ashdown Forest, había que tener más paciencia. La ruta que iba a seguir hasta Croft Manor atravesaba tramos de campo abierto y bosques, y, con el uniforme militar, era una figura demasiado llamativa para arriesgarse a ser visto.

Durante el día el bosque estaba muy concurrido. Por la tarde había salido varias veces del refugio para escrutar la campiña, y había visto, en momentos diferentes, excursionistas en la distancia, un hombre con un cazamariposas y un grupo de exploradoras. Ninguno se había quedado en la zona y ninguno, creía él, seguiría allí cuando hubiese oscurecido.

Pike cogió la jarra de barro cocido para el ron que tenía a los pies y se la llevó a los labios. Mientras le bajaba el licor por la garganta y se asentaba quemando en el fondo del estómago, volvió a pensar en los años de guerra, en las muchas ocasiones en las que había estado esperando, sentado como ahora en la trinchera o en el refugio, para participar en labores de patrulla, en alguna incursión a la tierra de nadie o en las horas previas a un ataque generalizado.

No había esperado sobrevivir a la contienda. Tras las primeras experiencias en el frente, había caído en la cuenta de que para él la muerte o las heridas no tardarían en llegar. Había sido un soldado de un valor casi suicida. La angustia que le perseguía, aunque reprimida y apenas reconocida, le había llevado sin embargo a arriesgar la vida en repetidas ocasiones. Sólo un hombre más reflexivo que Amos Pike hubiera sido capaz de reconocer en estos actos de desesperación el lado más lúgubre de un intenso deseo de muerte.

Pero, aunque en varias ocasiones le habían alcanzado las balas y la metralla, había vuelto siempre a su batallón, donde inspiraba un respeto que pronto se convertía en miedo entre quienes le trataban.

Sus recuerdos iban y venían... Vio los cuerpos de los muertos yaciendo por cientos y olió el hedor, dulzón y empalagoso, de la carne en descomposición... Vio aquel otro cuerpo inerte y olió el perfume de las rosas... Recordó la calidez de la carne dulce y blanca pegada a la suya y el placer que tan pronto se convirtió en vergüenza.

Y ahora sentía el calor incitándole a la acción, la sangre fluyendo en sus entrañas, y, sin darse cuenta, empezó a moverse hacia atrás y hacia delante en su asiento mientras de los labios se le escapaba un sonido, mitad gemido mitad cántico. Tenía los ojos cerrados. Las negras alas del pasado batían a su alrededor, y se vio también como un pájaro que se elevaba para volar en libertad, ¡escapando de la cárcel de sus días!

En un momento dado paró en seco; los ojos se le abrieron de repente.

Había oído un ruido fuera del refugio.

¿Venía del sotobosque el susurro?

¿O procedía de más lejos?

Se levantó y se puso en guardia. Cogió el fusil, salió al exterior y se quedó quieto en la tenue luz, sin apenas respirar.

Escuchando...

8

Billy Styles encendió otro cigarrillo. Consultó el reloj. Todavía faltaban veinte minutos. Siguió con la vista la hilera de laureles hasta detener los ojos donde estaba sentado Madden, apoyado contra los arbustos frente a un grupo formado por cinco oficiales uniformados, todos armados, que estaban sentados en el lado opuesto del sendero. Billy estaba con un grupo de cuatro, un sargento y tres agentes, que no tenían armas. Eran los que más cerca estaban del estanque, y Madden les había ordenado que avanzasen sin separarse en ningún momento del agua.

Hasta casi las cuatro Billy no había vuelto a ver al inspector y al escuadrón de policías que había traído consigo. Habían seguido la misma ruta que él: habían dibujando una curva amplia para evitar ser vistos desde la zona de maleza, y luego habían cogido el sendero que llevaba hasta Stone Pond.

Billy se había unido rápidamente a ellos. Informó a Madden sucintamente de las dificultades que habían tenido con las exploradoras y le puso al corriente de que había visto una silueta entre los matorrales.

—¿Le vio usted el arma? —Madden parecía estar siempre con el ceño fruncido.

—No, señor. Sólo algo brillante, como metal.

El inspector se frotó la cicatriz que tenía en la frente.

—Recuerden: si empieza a disparar deben ponerse cuerpo a tierra y esperar órdenes. Eso va para todos los hombres no armados. —Miró a su alrededor—. El resto debe ponerse a cubierto donde pueda y devolver los disparos. Pero *estén atentos a mis órdenes*. Manténganse alerta.

Billy supo por uno de los dos sargentos que acompañaban a Madden que se había pospuesto una hora el avance hacia la zona de matorrales. Ahora estaba previsto para las cinco. Parte del retraso se debía a la dificultad de que los hombres buscaran posiciones entre la loma boscosa desde la que había estado vigilando Hoskins y el otro extremo del estanque, donde el terreno era llano y sin árboles tras los que ponerse a cubierto. Además, justo cuando Madden había vuelto a donde esperaba Sinclair para guiar al resto de hombres a *ese* lado del matorral, donde estaba Billy, se habían topado con un grupo de excursionistas (más de dos veintenas, dijo el sargento), y a la policía le había costado reunirlos y sacarlos de la zona. De ahí que el inspector jefe hubiera retrasado el comienzo de la operación de las cuatro a las cinco. No podía ser más tarde porque ya no habría luz.

Madden abandonó el grupo un momento para ir hasta el final de la hilera de laureles, donde se agachó a mirar a través de los arbustos. Cuando volvió dividió al grupo en dos, y les dijo a los hombres que no se utilizarían silbatos para indicar el inicio del avance.

—Espere a ver mi señal. Será exactamente a las cinco. Sincronicemos nuestros relojes.

Madden le hablaba al sargento a cargo del escuadrón, que no iba armado, pero Billy comprobó su reloj de pulsera y lo ajustó con el del inspector. Le pasó por la mente que quizá estuviera a punto de ver satisfecho su deseo de ser testigo de algo de acción, de liberarse de ese resentimiento que siempre había sentido por perderse la guerra. Le complacía descubrir que no sentía miedo, sólo una ligera sensación de vacío en el estómago.

Los dos grupos se separaron.

Billy se sentó en el suelo con su grupo a la sombra de los laureles. Eran todos de Tunbridge Wells. Uno de los agentes más jóvenes, un hombre de tez parecida a la de Billy, pelirrojo y con pecas, decía que no entendía a qué venía tanto jaleo.

—Dos docenas de agentes para coger a un tío. Algo desproporcionado, me parece a mí.

El sargento estaba ocupado en rellenar su pipa. Cuando la hubo encendido respondió:

—Un tío y un fusil —repuso—. Por eso tanto jaleo. Si le da por empezar a disparar, entonces usted y yo, agente Fairweather, caeremos como conejos.

320

Billy encendió otro cigarrillo. Se enfadó al ver que le temblaba la mano al sostener la cerilla.

*

Billy miraba la esfera de su reloj de pulsera. El minutero estaba casi en vertical. Observó cómo el segundero empezaba la última vuelta y luego levantó los ojos y miró la larga hilera de laureles. Vio a Madden levantarse.

El inspector miró por un hueco que quedaba entre los arbustos. Después se quitó el sombrero y rápidamente dibujó con él un amplio arco por encima de la cabeza. La línea de agentes de uniforme azul se levantó con la señal. Billy se puso de pie y oyó cómo los demás hacían lo mismo a su alrededor.

Los dos grupos de policías salieron desde el sendero jalonado por laureles y avanzaron hacia la zona de matorral, que, a la luz del crepúsculo, había quedado convertida en una masa cada vez más oscura de vegetación. Billy vio delante de él una explanada despejada, salpicada con pequeños arbustos y hondonadas. Oyó que el sargento les ordenaba a los hombres en un tono sereno que se desplegasen más a la derecha para cerrar el hueco hasta el borde del estanque.

Mientras seguían avanzando se percató, con algo de sorpresa, de que a su derecha el policía que tenía más próximo del grupo de Madden iba apuntando con el revólver al frente. Y se dio cuenta de que el inspector, que iba unos pasos por delante de la línea de uniformes azules, no iba armado.

A Billy le impresionó la claridad con la que lo veía todo. En parte era por la límpida luz de la tarde, que realzaba el perfil de los objetos, pero sentía también que se le habían agudizado extraordinariamente los sentidos. Parecía distinguir las briznas de hierba, cada una diferente de las otras, bajo sus pies. Cuando les sobrevoló una bandada de palomas torcaces, distinguió las plumas blancas y grises de las aves en rápido aleteo y oyó el batir de sus alas. El cielo tenía ahora un brillo metálico. El aire era limpio y frío...

¡TRA!

El ruido del disparo le hizo parar en seco. En ese mismo momento vio al sargento, a su derecha, alzar los brazos con un grito y caer al suelo.

¡TRA! ¡TRA! ¡TRA!

Billy se echó rápidamente al suelo, con la vaga conciencia de haber registrado otro ruido. El sonido le había llegado y se había ido sin producir eco, raudo como un pensamiento, rasgando el aire como un trozo de tela.

¡Fi! ¡Fi! ¡Fi!

Medio aturdido, oyó la voz de Madden dando órdenes. A continuación se oyeron más disparos, pero de distinto calibre y más cerca de él, y se dio cuenta de que los hombres armados estaban contestando. Sin despegar casi la mejilla del suelo, giró la cabeza y vio al sargento tumbado de costado a una docena de pasos. Tenía la cara blanca como la de un cadáver, contraída por el dolor. Billy empezó a arrastrarse hacia él. A medida que se acercaba vio que el herido se agarraba la pierna izquierda y forcejeaba con el pantalón. Tenía la espinilla al aire bañada en sangre.

—Sargento, ¿está usted bien?

La voz procedía de más allá de donde estaba el hombre tendido en el suelo, y Billy distinguió en ese momento el casco de Fairweather, que se aproximaba sin despegarse del suelo. Llegaron al sargento los dos a la vez.

—... bastardo me ha disparado... la pierna...

Las pupilas del sargento estaban dilatadas por el shock.

El fusil volvió a sonar, aunque desde más lejos, y esta vez Billy no oyó ningún chiflido acompañándolo. Avanzó rodando sobre sí mismo. Madden se había incorporado sobre una rodilla. Estaba escudriñando la zona de matorral que estaba a unos cien metros. Hizo una señal a los hombres para que dejasen de disparar. Entonces se oyeron otros disparos de revólver procedentes del lado más alejado de la maleza. Madden se levantó de repente y Billy captó el tenue sonido de su voz llamando a los hombres de su alrededor.

—¡Vamos!

El inspector empezó a correr hacia la isleta de matorral seguido de una fila de policías uniformados de azul. Billy lanzó una mirada a donde estaba el sargento. Fairweather estaba inclinado sobre él, aflojándole los pantalones, intentando quitárselos. Sus ojos se encontraron con los de Billy.

—Siga si quiere. Yo me encargo de él.

Billy se levantó y corrió tras la fila de hombres que iba alejándose. Los disparos habían cesado, pero se oía el chiflido desgarrador de un silbato de policía. Mientras avanzaba por el accidentado terreno a trompicones, tropezándose con algún que otro hoyo, vio a Madden desaparecer al adentrarse en la zona de matorral. Le llegaron unos gritos: una voz que bramaba órdenes.

Billy se zambulló también en la zona de maleza, pisándole los talones a un agente muy corpulento que se había quedado rezagado. Oía los gritos aún más cerca. Después sonó un único disparo de fusil seguido de un murmullo de voces. El bramido de Madden destacaba por encima del resto.

—*¡Agárrenlo! ¡Échenlo al suelo! ¡Las esposas!*

Billy se abrió camino con dificultad a través de los arbustos; se dirigió hacia donde se oía el barullo y se encontró con una barrera de uniformes azules. Vio a Madden y al inspector Drummond agachados junto a un hombre que estaba tumbado boca abajo en un claro entre la maleza. Tenía las manos esposadas a la espalda. A su lado, en el suelo, descansaba un fusil.

Madden se levantó y en ese momento apareció Sinclair, sin sombrero, avanzando entre los arbustos. Respiraba con dificultad. Sus ojos se encontraron. Madden movió la cabeza. A voz en grito exclamó:

—No es él, señor. No es Pike.

—*¡Aquí, señor!*

El grito procedía de la derecha de Billy. En medio del enmarañado sotobosque apareció de pronto un agente que llevaba el casco ladeado y que, con señas, reclamó urgentemente a Drummond, quien se levantó y le siguió adentrándose en la maleza. Un momento después oyeron la exclamación ahogada del inspector.

—¡Por los clavos de Cristo!

Con sus largas piernas, Madden cruzó el claro antes que el inspector jefe. Billy se apresuró tras ellos. Se aproximaron a Drummond, quien, con las manos en jarras, observaba el interior de un profundo agujero. Dentro, el agente trataba de mantener el equilibrio de pie sobre un montón de cajas de madera que en los extremos tenían unas asas de cuerda. Estaba intentando arrancarle la tapa a una de ellas, pero estaba clavada.

—Eso son fusiles —dictaminó Madden—. Lee-Enfields. Robados de un almacén militar, diría yo.

—¡Quién lo iba a decir! —Drummond movió la cabeza indignado. Miró al inspector jefe—: ¿Qué le parece, señor? Así, a bote pronto, yo diría que hemos cazado a un traficante.

Sinclair no dijo nada, pero tenía la mirada sombría.

Volvieron al claro. Drummond se inclinó y le dio la vuelta al hombre esposado. Billy vio un rostro sin afeitar, coronado por espesos rizos negros. Llevaba unas botas de obrero, pantalones y un raído suéter de pescador. Parecía tener unos veinte años. Drummond le dio en las costillas con la punta del zapato.

—¿Cómo te llamas, irlandés?

El joven hizo como si no hubiera oído la pregunta. Siguió mirando fijamente un punto imaginario en la distancia.

—Deben de haberle dejado vigilando el almacén.

Drummond le volvió a dar otro puntapié, esta vez más fuerte. Después levantó la mirada y, al percatarse de que Sinclair le estaba observando, se sonrojó sintiéndose culpable.

—Perdone, señor. Vuelvo enseguida —dijo Madden. Casi antes de que Billy se hubiera dado cuenta, el inspector había salido a zancadas entre la maleza por el camino por el que habían venido. Billy salió disparado detrás del inspector. Estaba oscureciendo, pero todavía había luz para ver a tres uniformados avanzar hacia ellos penosamente por el campo, sosteniendo a un cuarto hombre en brazos. Billy empezó a correr, intentando no perder al inspector, que avanzaba a grandes zancadas—. Se le ordenó que se quedase hasta nuevas órdenes en caso de disparos, agente.

—Sí, señor. Lo sé, señor. Lo siento, señor.

La mirada que le echó Madden era muy difícil de interpretar.

Cuando alcanzaron a los otros Billy vio que el sargento tenía la cabeza caída sobre el pecho. Respiraba con rápidos jadeos, pero se le tranquilizó la respiración al ver la cara de Madden inclinada sobre él.

—Estoy bien, señor. Me metió una bala en la pantorrilla. He sangrado un poco.

Tenía las piernas desnudas, una medio vendada con lo que parecían ser un par de pañuelos atados manchados de sangre. Madden mandó a los hombres tumbarlo en el suelo. Cogió los pantalones del sargento y los dobló para hacer un improvisado cojín.

—Quiero que se quede aquí, sargento. Descanse tranquilo. En cuanto consiga que le hagan una camilla con unas ramas volveré con usted. Intente tranquilizarse. Respire.

La expresión de la cara de Madden le recordó a Billy el día en que fueron a Folkestone y vio al inspector hablando con el soldado cojo. *Dawkins.* Así se llamaba.

Volvieron a reunirse con Sinclair en el claro y Madden puso a un par de agentes a cortar ramas. El inspector jefe le llamó aparte.

—He decidido dejar los fusiles donde están. Esto es trabajo de los Servicios Especiales. Tendré el lugar vigilado hasta que traigan a sus propios hombres.

Madden asintió.

—No habían ni empezado a rellenar el agujero. Quienquiera que dejase ese material a lo mejor vuelve con más.

Sinclair miró al hombre esposado que habían apresado. Aunque en esos momentos estaba ya sentado, seguía con la mirada perdida.

—He mandado a un par de hombres a Stonehill con Proudfoot para que traigan linternas y bengalas. Avísame cuando esté lista la camilla —dijo Sinclair.

Miró al cielo. Billy, que estaba de pie cerca, le siguió la mirada y vio que ya estaban empezando a aparecer las estrellas en la creciente oscuridad.

El inspector jefe suspiró.

Hollingsworth llegó al claro. Traía en las manos el sombrero de Sinclair y lo estaba limpiando.

—Aquí tiene, señor. Lo he encontrado.

—Gracias, sargento.

Sinclair cogió el sombrero, pero, sin calárselo, siguió mirando a la oscuridad.

—Sólo dos heridos, señor.

—¿Dos?

—Uno de los agentes se cayó y se ha lesionado la muñeca. Parece una rotura. Le están atendiendo.

Sinclair callaba.

—Hemos tenido suerte, señor —dijo Hollingsworth, intentando consolar a su superior—. Podría haber sido peor.

—¿Sí, sargento? ¿Eso cree?

Billy tenía claro que el inspector jefe no pensaba lo mismo.

*

El salón de actos de Stonehill retumbaba con las voces de una veintena de policías. De un montón apilado en la trasera del edificio habían sacado sillas plegables, y la mayoría de los hombres había aprovechado para descansar. Estaban sentados en grupos; en las manos tenían tazas de té y platos de sándwiches sobre las rodillas. La comida y la bebida las habían proporcionado las mujeres del pueblo a petición del agente Proudfoot, quien en esos momentos procuraba mantener a raya a la multitud que se había ido concentrando a lo largo de toda la tarde en el exterior.

Apostado en las escaleras del vestíbulo, el corpulento agente se tambaleaba ligeramente. Billy no sabía cómo podía mantenerse en pie. Él mismo notaba los efectos del agotamiento. Sentado con Fairweather y otro agente de Tunbridge Wells, tomaba un té mientras se fumaba un cigarrillo. Se había quitado los zapatos y se masajeaba los dedos. Los otros dos le miraban con envidia. Las normas les prohibían desprenderse de ningún elemento del uniforme sin razón justificada, y era obvio que los otros no creían que un par de pies doloridos fuesen motivo suficiente.

El sargento herido (Billy había descubierto que se llamaba Baines) y el agente con la muñeca rota estaban de camino a Crowborough en una ambulancia a la que había avisado Proudfoot cuando volvió al pueblo. También había enviado a los otros dos hombres de vuelta con linternas y bengalas, que el grueso del contingente necesitó para iluminar el camino de regreso.

El salón de actos de Stonehill, como el salón parroquial de Highfield, tenía un estrado elevado, y fue allí donde se dejó bajo vigilancia al detenido. Todavía llevaba las esposas puestas, aunque ahora llevaba las manos por delante, y le habían dado de comer y permitido sentarse en una de las sillas plegables. Todavía no había dicho su nombre, pero se le había encontrado una carta en el bolsillo dirigida al señor Frank O'Leary, a la dirección de un hotel de Liverpool.

Al volver, Sinclair había pasado tanto el nombre como la dirección a los de Servicios Especiales y se había instalado junto al teléfono en casa de Proudfoot. De Tunbridge Wells habían salido ya tres agentes especiales, y llegarían otros más de Londres a primera hora de la mañana. Mientras tanto, en la loma boscosa habían quedado dos hombres del contingente armado de la policía de Sussex para vigilar la zona de matorral, alerta, mientras un tercer agente permanecía atento para traer cualquier mensaje de su parte. El inspector Drummond se había ofrecido voluntario para pasar la noche en Stonehill hasta que llegasen los de Servicios Especiales a relevarle.

El inspector jefe telefoneó a Bennett a su casa para informarle del inesperado resultado de la operación. El destacamento londinense volvería en breve a casa.

Toda esta información le había llegado a Billy por cortesía del sargento Hollingsworth, que se había unido a ellos tras coger una silla y encenderse un cigarrillo.

—El jefe está que arde. No sirve de nada decirle que en Servicios Especiales le darán palmaditas de felicitación en la espalda. Pensó que tenía a Pike en el saco. ¿Y ahora? —Hollingsworth se encogió de hombros. Miró a Billy con una sonrisa—. Me he enterado de que estuvo usted tirando piedras en el estanque esta tarde, señorito Styles.

—¿Qué? —Billy se sonrojó.

—Es lo que nos dijeron los chicos que estaban apostados en la loma. Ese inspector Drummond dijo que debías de estar chalado.

Billy compuso el semblante. ¡Si el sargento creía que se lo iba a explicar...!, pensó en un primer momento. Después se acordó de lo que había dicho la mujer, que iba a presentar una queja contra él, y se dio cuenta de que tal vez tendría que dar explicaciones, le gustase o no.

Al otro lado de la estancia, Sinclair dejó la taza sobre la mesa junto a la tetera. Había estado hablando con Drummond mientras Madden, sentado cerca de ellos, estaba metido en su mundo. El inspector jefe se dirigió hacia la puerta trasera del salón de actos seguido por Drummond. Hollingsworth se puso enseguida en pie y corrió tras ellos; Billy le siguió, intentando atarse al mismo tiempo los cordones de los zapatos. Cuando salió por la puerta a los escalones vio a Sinclair hablando con Proudfoot:

—Quiero que se vaya a casa ahora, agente, y que se meta en la cama. Todo está controlado. No puede usted hacer nada más en este momento.

Proudfoot, con los ojos rojos y sin afeitar, parecía querer objetar. Movía la cabeza.

—Sólo me gustaría decir que en mi opinión ha actuado usted correctamente. —El inspector jefe le miró fijamente—. Desde el preciso momento en que divisó usted al hombre entre la maleza ayer y decidió llamar a Crowborough. Lo haré constar en mi informe; eso y mucho más. Esté seguro de que le enviaré copia al jefe de policía.

—Gracias, señor, pero... —A Proudfoot le costaba encontrar las palabras que quería decir.

—Váyase, hombre —le instó Drummond, dándole una palmada en el hombro—. Ha hecho más de lo que le correspondía. Yo me quedaré aquí toda la noche y, si ocurre algo, bueno, sé dónde encontrarle, ¿no?

Billy echó la vista más allá de donde estaban y comprobó que cada vez era más reducida la multitud de aldeanos que quedaba congregada en la plaza. Al otro lado de la carretera, al final del parque, se veían luces en las ventanas de las casas. Cuando volvió la mirada otra vez hacia Proudfoot, Billy se percató de que el agente observaba otro punto en la dirección contraria, hacia la calle. En medio de la oscuridad, Billy distinguió a un hombre que se acercaba en bicicleta hacia ellos. La luz de la bici osciló al agitar él la mano.

—¿Quién es? —preguntó Sinclair en voz baja.

—Hobday, señor. Es el mecánico del pueblo. Tiene un taller.

Cuando se acercó más, oyeron su voz. Venía gritando. Billy se dio cuenta de repente de que Madden también estaba a su lado.

—... la casa... Manor... —le pareció oír a Billy.

El hombre pedaleaba a toda velocidad, cada vez más cerca.

El inspector jefe frunció el ceño.

—¿Qué es lo que dice?

—Algo sobre Croft Manor, creo...

Proudfoot bajó las escaleras a trompicones. Los otros se apresuraron tras él. A medida que la bicicleta se acercaba por la carretera, él apretó el paso hasta situarse en mitad de la calle y levantó la mano como un policía de tráfico. El mecánico frenó: la bicicleta se detuvo con la rueda delantera entre las piernas abiertas del agente. Respiraba con dificultad, medio ahogado.

—... *asesinados... los cuerpos... todos muertos...*

Esta vez Billy oyó con claridad todas las palabras. Igual que oyó también la respuesta del inspector jefe, a pesar de que la pronunció en voz baja.

—¡Dios Santo! —murmuró Sinclair con la voz entrecortada—. ¡Dios Santo!

9

Billy no se enteró hasta más tarde de qué había llevado al mecánico del pueblo a Croft Manor. Hollingsworth le había tomado declaración al tiempo que Sinclair llamaba a Scotland Yard, y luego se lo había contado a Billy pasada la medianoche, cuando estaban sentados en las escaleras delanteras de la casa haciendo un descanso para fumarse un pitillo, mientras en la oscuridad del camino de entrada pululaban los hombres uniformados de azul.

Hobday había regresado esa tarde de Crowborough, donde había ido a visitar a un familiar que estaba enfermo, y al llegar su hijo menor le advirtió que a la señora Merrick le estaba dando otra vez problemas el Lagonda. El mecánico llamó a la casa, pero no consiguió hablar con nadie. Según la señora Gladly, la propietaria de la centralita del pueblo, el teléfono daba comunicando. Debían de haberse dejado descolgado el auricular, le dijo a Hobday, pues no había nadie al otro lado de la línea.

Hobday cenó algo antes de intentar volver a hablar con la casa, otra vez sin ningún resultado. Aunque en aquellos momentos no se planteó hacer nada más, al poco rato una de las sirvientas que vivía en el pueblo, Rose Allen, fue por su casa a pedirle que se acercara a la mansión. La mujer no sabía al final si la familia se había ido esa tarde, pero si el coche seguía sin funcionar la señora Merrick necesitaría ayuda esa misma noche para poder salir a primera hora de la mañana. Rose no tenía noticias de que hubiera ningún problema con la línea telefónica.

Hobday tenía su propio coche en el taller. Por eso decidió ir en bicicleta hasta la casa. Al llegar, vio que las luces estaban encendidas, pero nadie le respondió cuando llamó a la puerta. De ahí que se diera la vuelta hasta la puerta de la cocina, que sabía que estaría abierta, y entrara.

Parándose de vez en cuando simplemente para preguntar si había alguien en casa, fue desde la cocina hasta el pasillo principal que desembocaba en el salón.

La puerta estaba abierta. Entró.

Lo primero que vio fueron las puertas acristaladas que daban al jardín hechas añicos y los cristales de ambos ventanales esparcidos por toda la alfombra.

Lo segundo fue el cuerpo de Agnes Bertram, la sirvienta del piso de arriba, tendido sobre la alfombra enfrente de la chimenea. También divisó otro cuerpo sobre el sofá que estaba al lado: el de la señora Merrick, la madre.

La puerta del fondo del salón estaba abierta. Aunque le temblaban las piernas, Hobday se las apañó para llegar hasta allí.

Pero no dio un paso más. Le bastó echar un vistazo a través de la puerta. Una mirada a la carnicería del vestíbulo antes de salir corriendo.

*

El inspector jefe interrumpió en seco el deslavazado relato del mecánico para ordenar a Madden que se fuera al instante hacia Croft Manor y se llevara a Proudfoot y a Styles con él.

Mientras les traían el coche desde el otro lado de la plaza, Billy escuchó a Sinclair transmitir nuevas órdenes a Drummond. El inspector de Sussex debía llamar al cuartel general de Tunbridge Wells para dar el aviso urgente de parte de Scotland Yard de que pararan y tomaran declaración a todos los motociclistas que circularan durante la noche. La orden debía aplicarse por todo el condado de Sussex, y, cumplido esto, debía extenderse, previa solicitud a otras autoridades policiales, a los condados limítrofes.

—No se olvide de recalcarles la necesidad de actuar con cautela —insistió Sinclair, esforzándose por vocalizar bien—. Con suma cautela. Este hombre es extremadamente peligroso. Pero hay que detenerle. —Y entonces, como si hablara para sí, añadió—: Sólo Dios sabe cuándo ha pasado todo. Temo que ya lleguemos demasiado tarde. —Luego, mientras el inspector estaba subiéndose al coche, le dijo a Madden—: Debo ponerme en contacto con el forense de la policía. Luego con Scotland Yard y el jefe de policía. Me reuniré de nuevo contigo en cuanto pueda.

Dentro del coche, Proudfoot murmuró algo sobre «los niños». Hablaba entre dientes, tan cansado, y por otra parte tan aturdido por los efectos del shock, que parecía incapaz de hilvanar un discurso coherente.

—¿Qué niños? —Madden estaba con el agente en el asiento de atrás. Billy se había puesto delante, junto al conductor, pero iba girado hacia la parte de atrás para poder escuchar.

—Los del señor y la señora Merrick... pero se suponía que iban a irse de vacaciones... Iban a salir hoy... Hobday no dijo nada... Que están todos muertos, dijo... Todos muertos.

—¿Los Merrick son la familia que vive en Croft Manor? —le preguntó Madden con voz paciente, persuasiva.

—Exacto... Esa familia siempre ha vivido en la casa... Están la anciana señora Merrick y su hijo, o sea, el señor William, y su mujer, su niña y su niño... Y también Annie... Annie McConnell... y las sirvientas y la niñera... ¡No, *espere*! —El agente frunció el ceño con gesto de dolor, como si le costara concentrarse—. Oí que habían dado vacaciones a todos los del servicio... —Se calló un instante, negando con la cabeza, antes de proseguir—: Que están todos muertos, dijo... Todos muertos.

El coche bajaba por una avenida encajada en un túnel de árboles. El conductor detuvo el vehículo cuando ante los faros aparecieron un par de puertas de hierro. Proudfoot se inclinó bruscamente hacia delante en el asiento.

—Ahí es —anunció—. Ésa es la casa.

Billy salió del asiento delantero. Una de las puertas estaba entornada. Las abrió de par en par y luego siguió al coche por un corto camino de entrada que desembocaba en una glorieta de flores donde dar la vuelta. Cuando llegó, Madden ya estaba en la puerta de entrada.

—Cerrada.

Proudfoot los llevó a paso ligero hasta un lateral de la casa. La luz que salía por una ventana iluminaba un patio adoquinado y el muro de un huerto situado detrás. Madden les detuvo en la puerta.

—Síganme. No toquen nada. Y cuidado con dónde pisan.

Les condujo a través de la cocina hasta un pasillo. Billy intentó ir pegado a sus talones, pero para cuando salió de la cocina el inspector ya había desaparecido por una puerta situada un poco más adelante. Billy paró en seco en el umbral al llegar.

Madden estaba agachado junto al cadáver de una mujer que se hallaba tendida en el suelo enfrente de la chimenea. A Billy le sobrecogió el recuerdo de otra estampa similar que había presenciado en el salón de Melling Lodge.

El cuerpo de la sirvienta tendido en el suelo; los ventanales hechos añicos.

Ahí estaba todo de nuevo, como una escena de terror que se reprodujese una y otra vez hasta en los más espantosos detalles.

—Mire a ver el cuerpo de la mujer que está tendida en el sofá. Compruebe si está aún viva.

El tono autoritario de la voz del inspector trajo de nuevo a Billy al presente.

Delante de sus ojos se elevaba, efectivamente, un sofá vuelto de espaldas. Hasta que no lo rodeó no vio a la mujer de pelo canoso que estaba allí recostada. A tientas le buscó el pulso. Los ojos azules de la mujer le miraban fijamente, sin siquiera parpadear. Llevaba una blusa de seda con una mancha circular de sangre en el centro del tamaño de un platito. En la alfombra, Billy vio unas cuantas patatas. *¿Patatas?* No le encontró pulso en la muñeca.

Madden se dirigía ya a otro lugar. Tras alejarse del cadáver tendido sobre la alfombra y sortear la zona cubierta por cristales rotos, iba hacia una puerta situada al otro extremo del salón. Billy le siguió, pero el inspector se había detenido en el umbral y el agente no conseguía ver lo que había al otro lado. Madden se quedó allí parado unos segundos antes de girarse.

—¡Agente! —llamó esquivando la figura de Billy.

—¿Señor?

Al volverse, Billy vio a Proudfoot, que estaba de pie junto al cadáver de la mujer canosa.

—Quiero que inspeccione todas las estancias de la planta de abajo. —La voz de Madden dejaba entrever un tono autoritario—. No se preocupe por lo que hay en el vestíbulo. ¿Me ha entendido?

Proudfoot se le quedó mirando durante un instante. Luego asintió.

—Sí, señor.

—Venga conmigo —ordenó Madden a Billy antes de darse la vuelta y cruzar el umbral. Billy vio que entraban en un vestíbulo espacioso con una escalera doble a la izquierda que bajaba desde el piso de arriba. Mientras Madden avanzaba en esa dirección, Billy miró a su derecha y vio que la pared estaba salpicada de sangre. En el suelo de piedra pulida también había charcos de sangre, y la alfombra estaba retirada a un lado, rebujada en un montón. Allí había otro cuerpo.

—Dése prisa, agente —ordenó Madden, cortante, ya a mitad de la escalera. Billy se apresuró para darle caza. Una vez en el piso de arriba, el inspector se giró otra vez hacia él y añadió—: Inspeccione las habitaciones del servicio del piso de arriba. Luego espéreme aquí.

A paso rápido Billy avanzó por el pasillo hasta llegar a una escalera estrecha, por la que subió al piso de arriba. Allí encontró dos habitaciones de las sirvientas y un baño, todo vacío. Al fondo del pasillo se hallaba la habitación de los niños, que tenía dos camas y estaba decorada con papel pintado con motivos florales. Junto a la ventana había un caballito de madera. Billy se limitó a echar un vistazo antes de bajar corriendo las escaleras.

—Señor, ahí arriba no hay nadie. —Su voz resonaba por el pasillo vacío.

—Entre aquí, agente.

La voz de Madden provenía de alguna de las salas al fondo del pasillo. Billy le halló en una habitación grande, con una cama de matrimonio. Encima del cabecero colgaban dos cuadros, los retratos de unos niños, chico y chica. El inspector se detuvo a los pies de la cama, sin despegar la mirada de ellos.

—Señor, se marcharon —informó Billy, sin poder ocultar el alivio.

—¡Vaya! —En los labios de Madden se dibujó una sonrisa durante sólo unos instantes, lo suficiente para que el joven agente la saboreara—. ¡Venga! Debemos volver.

En el vestíbulo del piso de abajo se reunieron con Proudfoot, quien estaba a cierta distancia del cuerpo, sin poder apartar la mirada de él.

—Aquí abajo no hay nadie más, señor —dijo sin mirarles mientras bajaban la escalera.

—Me imagino que la señora que está en el sofá es la señora Merrick, la madre, ¿verdad? —La voz de Madden sonaba rotunda en aquel vestíbulo de piedra.

Proudfoot pareció reaccionar al sonido de su voz. Fue entonces cuando les miró.

—Sí, señor. Así es.

—¿Y quién es ésa? —preguntó el inspector, señalando con el dedo al otro cuerpo.

El agente se humedeció los labios.

—Debe de ser Annie McConnell —repuso, con la voz temblorosa—. Tengo entendido que en otros tiempos fue la sirvienta de la señora Merrick, pero ahora... No sé... Creo que eran más como amigas...

Madden le miró sin moverse, al pie de la escalera.

—Quería preguntarle algo, agente. ¿Cómo describiría usted a la otra señora Merrick, la joven?

—¿Describirla? —Proudfoot se balanceó sobre los pies. Empezó a vidriársele la mirada.

—Me refiero a su aspecto físico... —El inspector se acercó hasta él—. ¿Diría usted que era guapa?

El agente tragó saliva.

—Sí, señor. Sin duda.

Madden no añadió más.

Billy se acercó para ver por primera vez el cuerpo que estaba tendido sobre el suelo. No pudo reprimir un grito ahogado, de consternación. Aunque la falda larga negra y la blusa desgarrada indicaban que aquellos eran los restos mortales de una mujer, era imposible deducirlo del rostro, que estaba destrozado, como si en él se hubiera ensañado un animal salvaje. La carne de una de las dos mejillas estaba arrancada, colgando, toda roja. En medio se veía un globo ocular. Tenía la nariz completamente aplastada. Bajo ese amasijo de carne ensangrentada, resaltaban los dientes entre unos labios también desgarrados.

A pesar de las náuseas que sintió en el estómago, el joven se obligó a empaparse de todos los detalles. Tirado en el suelo, no demasiado lejos del cuerpo, vio el auricular de un teléfono, descolgado. Una silla y una mesa estaban vueltas del revés.

Madden, mientras tanto, permanecía con la cabeza inclinada estudiando la escena. Cuando se volvió, Billy esperaba ver en su rostro esos ojos distantes, esa mirada «de otro mundo» con la que el inspector parecía separarse de todo lo que le rodeaba. Pero la mirada de Madden sólo delataba tristeza y dolor. El inspector le puso a Billy la mano sobre el hombro.

—Vamos, hijo —acertó a decir.

10

Un poco después de la una del día siguiente, llegó Bennett en coche desde Londres. El ayudante del comisionado adjunto se sorprendió al ver que el frondoso sendero que conducía a Croft Manor estaba despejado, sin prensa ni curiosos. El agente que estaba de guardia en las puertas le informó que el inspector jefe había ordenado desalojar la zona.

—Les ha mandado a los periodistas esperar las noticias en Stonehill, señor. Y a los del pueblo se les ha pedido que no vengan por aquí.

El día había amanecido gris y nublado, como si anunciara la llegada del otoño. Bennett, vestido con un abrigo y un sombrero negro, se detuvo ante las escaleras delanteras para mirar a su alrededor. Y de nuevo se llevó una sorpresa, esta vez porque no vio signo alguno de actividad policial. Sinclair le explicó que ya habían rastreado el jardín.

—Madden tiene en estos momentos a los hombres en los bosques. Están buscando el refugio.

El inspector jefe recibió a Bennett en la puerta y le acompañó hasta la salita, en la que había instalado su cuartel general. El ayudante del comisionado adjunto se fijó en que el hombre estaba pálido y sin afeitar, y pensó para sus adentros que era la primera vez que veía a Angus Sinclair despeinado.

—Parece usted agotado, inspector jefe. ¿Ha dormido algo?

—Un par de horas aquí en el sofá. Gracias, señor.

—¿Qué me dice de Madden?

Sinclair se limitó a encogerse de hombros.

Bennett no perdió ni un segundo. Antes de entrar en la salita ya iba desabrochando las correas de su maletín.

—Tengo algo que enseñarle. Otros retratos de Pike.

Gracias a la colaboración de Tozer con el dibujante de la policía, habían conseguido dos retratos robot, que el servicio de fotografía de Scotland Yard estaba imprimiendo con el tamaño de un cartel. Uno de ellos mostraba el rostro tal y como lo recordaba Tozer: la cara completa con un denso bigote. En el otro, el dibujante había reproducido los mismos rasgos, pero sin el vello facial. Sinclair se llevó una copia de cada uno para examinarlas a la luz de la ventana.

—Ha captado bien ese algo especial en la mirada, ¿verdad? Pero no sé yo si habrá dado con la boca... Eso sólo se lo ha podido imaginar.

—Se los daremos hoy a los periódicos —le informó Bennett—. Deberían publicarlos mañana.

Esperó a que Sinclair volviera de la ventana para sentarse en una mecedora. Luego le hizo un gesto al inspector jefe para que hiciera lo propio.

—Imagino que no le importa no tener ya a la prensa siguiéndole los pasos.

La mirada que lanzó Sinclair fue más que elocuente.

—Ya lo suponía. Hablaré con ellos antes de volver. Es más, les diré que a partir de ahora todas las informaciones se darán desde Scotland Yard, en Londres.

—Gracias, señor.

—Ahora póngame al corriente. —Bennett se acomodó en el asiento—. Quiero saberlo todo. Y también el comisionado adjunto. Tengo que informarle a mi vuelta. Y usted tendrá que ir a Londres el miércoles, me temo, en representación oficial. Estamos usted, sir George y yo. Nos han convocado a todos.

Sinclair siguió en silencio durante unos instantes, mientras ponía en orden sus pensamientos. Bennett estaba acostumbrado a verle siempre con el expediente delante. Ahora observó al inspector improvisar un resumen de la situación.

—Tenemos a varios equipos de detectives de Londres y de Tunbridge Wells en la zona. Algunos están inspeccionando la casa, buscando huellas dactilares y otras pruebas. Pronto comenzaremos con el mismo procedimiento que seguimos en Highfield: tomar declaración a los del pueblo para saber a quién o qué han visto durante los últimos días o semanas. Les mostraremos estos nuevos retratos de Pike junto con los que ya teníamos. —Hizo una pausa—. Por otra parte, ya obran en nuestro poder algunas pruebas materiales de especial importancia, sobre todo una máscara de gas.

—¡Dios! —exclamó Bennett, incorporándose—. ¿La de Pike, quiere usted decir?

—Eso creemos. —Sinclair hablaba con voz monótona—. La encontraron en el salón esta mañana, debajo de un mueble. Quizá la arrojó allí. Se la enseñaré.

Se levantó y fue hasta una mesa, sobre la cual descansaba una caja de cartón. La acercó a donde estaba Bennett y la destapó.

—Puede cogerla, señor. Ya han inspeccionado los cristales en busca de huellas.

Bennett cogió en sus manos aquel pasamontañas de lona de color caqui con un par de agujeros tapados con cristales redondos y con una boquilla de plástico para respirar.

—En circunstancias normales la boquilla estaría conectada a un respirador —le explicó Sinclair—. O bien se ha soltado o bien no se molestaba en llevarlo. Y verá que está rota por la parte de atrás —apuntó, mostrándole a Bennett un jirón en la loneta—. No hay duda de que una de las víctimas opuso resistencia. Annie McConnell. El forense encontró restos de piel en las uñas cuando examinó el cuerpo esta mañana. La mujer debió de dejarle marcas. Yo rezo por que le arañara la cara.

—¿Era su cuerpo el que encontró en el vestíbulo?

—Así es. Por las manchas de sangre que se han encontrado en la alfombra del salón parece que le clavó allí la bayoneta como a las otras dos víctimas, si bien no consiguió matarla en el acto. Cuando bajó desde el piso de arriba, y esto son sólo suposiciones, creemos que la sorprendió intentando llamar por el teléfono del vestíbulo.

A Bennett se le encogió el rostro.

—Y por eso se cebó con el cuerpo de aquella manera...

—Puede ser. —Sinclair se encogió de hombros—. Pero Madden tiene otra teoría. En un segundo se la cuento. ¿Continúo, señor?

—Por favor.

—No sabemos a ciencia cierta cuándo tuvo lugar el asalto, aunque sí nos consta que debió de producirse después de las cinco y cuarto, que es la hora a la que salieron el señor William Merrick y su familia en coche hacia Chichester. Esa hora nos la ha confirmado el jardinero, que estaba por aquí. Al parecer, Merrick no lograba poner en marcha el motor, y prácticamente había decidido pasar aquí la noche (se marchaban de vacaciones), pero su madre por alguna razón quería que se fueran. Se pasó todo el día insistiendo. —Sinclair meneó la cabeza con gesto cansino—. No logro entender por qué, señor. En cualquier caso, podemos dar gracias a Dios de que se fueran.

—Así es —musitó Bennett.

—Nosotros mismos volvimos a Stonehill con el detenido un poco antes de las siete. Hobday, el mecánico, fue a Croft Manor aproximadamente a las ocho. Todavía no me ha llegado el informe del forense sobre la hora estimada de la muerte, así que sólo puedo especular. Sabemos que Pike atacó Melling Lodge y la granja de Bentham a la caída de la tarde. Me inclino a pensar que irrumpió aquí algo después de que oscureciera y que se marchó de la casa antes de que nosotros llegáramos al pueblo. En cualquier caso, no hemos conseguido nada con la orden que di esta mañana a diversas autoridades del condado para que detuvieran e interrogasen a los motociclistas. He ordenado su suspensión esta mañana. Me temo que le dio tiempo suficiente para huir bien lejos antes de que nos avisasen.

—Bennett estaba cada vez más preocupado. Al escuchar la voz apagada de Sinclair se daba cuenta del profundo desánimo que atenazaba al inspector jefe—. ¿Qué más? —Sinclair recorrió con la mirada la estancia—. El equipo de Madden ha encontrado un buen número de colillas de cigarrillo, todas de la marca Three Castles, en una colina cercana. Es un sitio desde el que se obtienen muy buenas vistas, aparentemente. Las analizaremos. Y quizá consigamos también otra huella de zapato para poder compararla con la que se extrajo en Melling Lodge. Los técnicos del servicio de fotografía han detectado algunas marcas en el suelo de piedra del vestíbulo. Usan aparatos de iluminación oblicua; es una técnica nueva. —Deliberadamente, hizo una pausa antes de añadir—: Y luego está lo del perro. La familia tenía uno. Lo envenenaron hace una semana. Hice exhumar los restos esta mañana. Ransom los examinará. La policía de Sussex nos ofreció su propio forense, pero yo insistí en que viniese Ransom otra vez.

—Me parece bien, inspector jefe. —Bennett le observaba atentamente.

—Podía haber preguntado, ya sabe, señor —dijo Sinclair, mientras buscaba con los ojos la mirada de su superior—. Ni se me pasó por la mente, pero eso no es excusa.

338

—¿Preguntar qué?

—Cuando llegué aquí ayer por la mañana, podía haber investigado si últimamente habían envenenado algún perro en la zona. El poli del pueblo estaba al tanto de todo. —En el rostro del inspector jefe se revelaba el dolor—. En realidad, ahora estoy dándole vueltas a si no me habré equivocado por completo al mantener ese dato oculto al público.

—Y yo le diré que no tiene motivo para culparse de nada —repuso Bennett con un tono de voz bastante más duro de lo que pretendía—. De hacerse público ese tipo de información, la gente llamaría a la policía cada vez que vomitase un perro. Y, por lo que respecta a lo otro, usted vino aquí pensando que podía detener a Pike. O detenerle o verle muerto. *Eso* es lo que tenía en la mente.

—Cierto, señor —confirmó Sinclair, asintiendo—. Pero tenía que haber preguntado de todas formas.

Bennett desvió la mirada.

—¿Ha hablado con William Merrick? —preguntó.

—Sí. Conseguimos ponernos en contacto con la residencia donde pasaban la noche en Chichester, y volvió inmediatamente. Se ha instalado en casa de unos amigos que viven cerca. Me reuní con él a primera hora esta mañana.

—¿Qué le dijo el señor Merrick?

—Un montón de cosas —respondió Sinclair con dureza—. Está amargamente enfadado, y entiendo el porqué. Quería saber cómo era posible que hubiesen matado a su madre y a otras dos personas de su casa de esa manera cuando había más de una veintena de policías desplegados en la vecindad, una pregunta a la cual se hubiese sentido obligado a dar una respuesta incluso el oráculo de Delfos —añadió, haciendo gala de una chispa de su habitual ironía.

Bennett estalló con el comentario.

—Déjeme decirle algo. —Se levantó y empezó a pasearse por la sala—. Dejando a un lado la tragedia, se trata de un increíble golpe de mala suerte. Que el hombre ese cayera en un hoyo le indujo a usted a error. Pero si no hubiera ocurrido no estaría usted en mejor posición. En realidad, estaría peor. Lo que ha ocurrido habría tenido lugar de la misma manera —dijo, recalcándolo con un movimiento de la mano—, y usted se hubiera enterado de ello en Londres y hubiera tenido que empezar allí desde cero. En lugar de eso, estaba usted aquí, en el lugar de los hechos. Agárrese a eso, inspector jefe.

Sinclair le observó en silencio durante un par de segundos. Luego asintió.

—Gracias, señor. Lo intentaré —dijo con voz calma.

—Le diré una cosa más. Antes de ponerme en camino esta mañana mantuve una breve conversación con el comisionado adjunto. Le hice ver lo desatinada que, lamentablemente, está la teoría que se nos había avanzado de que el autor de estos crímenes no es más que un ladrón con una inclinación a la violencia. Está bastante claro que es un psicópata, tal y como ustedes habían mantenido desde el principio. Si sus hipótesis se hubieran recibido con menos oposición, sugerí, quizá ya se hubiera podido dar por concluida esta investigación y haberse evitado al menos una tragedia. Sir George no se mostró en absoluto en desacuerdo. Éste es su caso, inspector jefe. Aunque me pregunto si me agradecerá usted que se lo recuerde... —Bennett arqueó una ceja, con gesto inquisitivo, y Sinclair se encogió de hombros—. Por cierto, antes mencionó que Madden tenía una teoría para explicar por qué el cuerpo de Annie McConnell estaba destrozado de aquella manera. Me gustaría oírla. —El ayudante del comisionado adjunto había ido hasta la ventana, y miraba hacia el exterior—. Aunque veo que el inspector viene hacia acá, así que quizá sea mejor esperar...

Sinclair se levantó de la silla y fue hasta donde estaba Bennett. Ojeroso y sombrío, la corpulenta figura del inspector había surgido del sendero que discurría entre los tejos y avanzaba entre la niebla como si fuese el mismo espectro de la Muerte.

—Tenía una idea equivocada de él —admitió Bennett—. Usted acertó al designar a este hombre para la investigación.

Al cabo de un minuto, se oyó llamar a la puerta. Entró Madden.

—Buenos días, señor —saludó a Bennett. Girándose hacia Sinclair, añadió—: Hemos encontrado el refugio. Está a unos tres kilómetros. Ni ha intentado taparlo. Se dejó unos cuantos objetos: una lata de carne en conserva, una jarra de ron vacía. Los he mandado recoger para que los examinen.

—Siéntate, John —le instó el inspector jefe mientras le señalaba con el dedo una silla. Madden obedeció.

—Es como el que encontramos en Highfield —prosiguió—. Hecho con todo cuidado y al detalle. He mirado el mapa que nos ha enviado el Servicio Oficial de Cartografía, y diría que no está a más de tres kilómetros del hoyo que encontramos ayer. Ése estaba más bien al sur de Stonehill. El refugio está más al oeste.

—¡Dios santo! —exclamó Bennett, negándolo con la cabeza en señal de descrédito—. ¡Hubieran podido tropezarse con él!

Sinclair volvió hasta su silla y se sentó.

—Le he comentado al señor Bennett que tenías una teoría sobre las razones por las que se había ensañado con el cuerpo de Annie McConnell —le dijo a Madden—. Le gustaría oírla de tu boca.

Madden se volvió al ayudante del comisionado adjunto.

—Creo que se debió a la rabia, señor. La furia. La mujer a la que venía buscando Pike era la señora Merrick, la joven. Al descubrir que no estaba en la casa, debió de volverse loco. La señorita McConnell probablemente estaba intentando llamar por teléfono cuando Pike bajó del piso de arriba. Pero, aun cuando eso debió de enfadarle, no habría resultado difícil matarla. Lo que le hizo al cuerpo me hace buscar otro tipo de sentimiento mucho más fuerte como desencadenante.

Bennett asintió. Lo había entendido.

—A mí no me queda otra que estar de acuerdo con el inspector —dijo Sinclair—. Si bien no me agrada lo que ello implica.

—¿Qué implica?

—Parece que Pike invierte mucho tiempo, semanas, en preparar estos ataques. Para cuando lo tiene todo listo debe de estar próximo a explotar. Sólo en esa ocasión ha visto frustrados sus planes. No me atrevo a decir que entiendo cómo se siente. Pero me dan ganas de temblar de sólo pensarlo.

—¿Qué me quiere decir? ¿Que estaba preparado para atacar, y que eso no ha cambiado?

—Quiero decir que podría estar listo para volver a atacar en cualquier momento —corroboró el inspector jefe—. Debemos encontrarle. Y pronto.

11

Cuando Pike entró en la cocina el martes por la mañana, Ethel Bridgewater ya se encontraba allí. Estaba sentada a la mesa, tomándose una taza de té y leyendo el periódico que, dado que la señora Aylward estaba ausente, no había tenido que subir al piso de arriba ese día. Ethel se había recogido su fina cabellera de una manera distinta bajo la cofia, pero Pike apenas se dio cuenta. Sus pensamientos, desesperados y sanguinarios, vagaban mucho más allá de los confines de la cocina.

Sentía un hambre voraz. No había comido en condiciones desde hacía treinta y seis horas. Tras servirse una taza de té y cortar tres rebanadas de pan de la hogaza que estaba sobre la encimera de la cocina, se sentó frente a la criada, que sostenía el periódico en el aire, tapándose con él la cara.

Cuando Pike levantó la cabeza sintió una sacudida que le recorrió todo el sistema nervioso, como si le hubiera caído encima un rayo.

Vio sus propios ojos mirarle desde la primera página del periódico.

Aturdido, le llevó varios segundos darse cuenta de que lo que veía no era una fotografía, sino un dibujo hecho a mano.

En negrita resaltaba una advertencia: SE BUSCA.

A su lado, ocupando toda la columna, había un artículo titulado: «EL ASESINO ATACA DE NUEVO». El subtítulo rezaba: «*Red policial desplegada en los condados del sur*».

Pike masticó el pan de manera maquinal. Era incapaz de leer lo que ponía en letra pequeña en el artículo. En cualquier caso, bajo la imagen, también en negrita, leyó su propio nombre: *Amos Pike*.

De nuevo sintió otra sacudida recorrerle el cuerpo. Sin poder creérselo, se quedó mirando fijamente las letras. ¡La policía conocía su nombre!

Pero ¿cómo?

Estaba muerto. En los archivos del ejército figuraba entre los caídos. De eso estaba seguro.

Sin embargo, habían conseguido su nombre. Y sabían qué aspecto tenía.

Pike se llevó la taza a los labios mientras los pensamientos le martilleaban la cabeza. Poco le importaba que el dibujo, ahora que lo miraba detenidamente, en realidad no retratara con exactitud sus rasgos. Cierto, esos ojos eran los que le miraban día tras día en el espejo cuando se afeitaba. Pero tenía la cabeza más cuadrada que la que aparecía en el dibujo, y la boca era también distinta. El dibujante no había captado bien el rictus de la boca: unos labios delgados y siempre apretados que, por otra parte, tenía levemente desfigurados por una herida sufrida durante la guerra. Un trozo de metralla le había alcanzado de lleno en la mejilla y le había sesgado un nervio, de modo que tenía la boca torcida, caída a la altura de la comisura de los labios. Aquello le daba un aspecto retorcido. Pero nada de eso importaba...

Pike se tocó una costra que tenía en el cuello. Sintió que estaba empezando a fallarle el autocontrol. Cada día iba a peor; cada día se le hacía más difícil dominarse. La coraza que se había construido con tanto sufrimiento a lo largo de los años empezaba a resquebrajarse. Y, aunque en esos momentos únicamente se hacía una leve idea de lo que había debajo, ya sólo el presentimiento le asustaba.

Él, que jamás había sentido miedo como el resto de los mortales.

Ethel Bridgewater llegó a la última página del periódico. Luego lo dobló, dejando frente a sí la portada.

Pike bajó los ojos, esos ojos que seguramente estaría mirando la criada en esos momentos.

Pero ¿era posible que no le reconociese?

Sin embargo, luego volvió a levantar la vista y se quedó mirando el periódico que ocultaba el rostro de la criada. Esperaría hasta ver su reacción. Mejor saberlo ahora. En la sien sentía palpitar una vena.

Al cabo de un par de minutos, quizás algo más, la criada dejó el periódico en la mesa para después empujarlo con suavidad, como si se lo estuviera ofreciendo. Pero no le miraba a los ojos. Cierto, siempre lo evitaba.

Ethel se llevó las manos al pelo, y se acarició y alisó unos mechones del recogido. Buscó con la vista el reloj de cocina que estaba colgado en la pared. Luego se levantó, sacudiéndose las migas de sus enaguas blancas, y se marchó de la estancia.

Pike, ya relajado, lanzó un lento suspiro. Había estado dispuesto a matarla.

*

Después de desayunar, volvió a su habitación en el piso de arriba de las antiguas cuadras y se tumbó sobre la estrecha cama. La señora Aylward no volvería hasta después de comer, por lo que, si quería, tenía la mañana libre. Le dolía la cabeza. Había empezado a sentir esa molestia leve y continua cuando volvía de Ashdown Forest, un dolor a primera vista desencadenado por el agitado frenesí que le había invadido al bajar corriendo por el sendero entre los tejos, fusil en ristre.

De la misma manera que no había encontrado alivio para su excitación, que seguía sintiendo latir con la misma intensidad en las terminaciones nerviosas, tampoco podía hurtarse a las escenas que volvían a pasar, una y otra vez, por su mente, como imágenes que se proyectaran, parpadeantes, sobre una pantalla.

Oía el sonido que emitía su silbato: un solo pitido largo y penetrante.

Sentía las ramas de los tejos rozarle a ambos lados según avanzaba en dirección a la estancia iluminada.

Veía cómo estrellaba la bota en el medio de las puertas cerradas, que se abrían de un golpe hacia dentro dejando tras de sí una lluvia de cristales rotos.

Al irrumpir en la estancia vio la figura de dos personas a su derecha, y hacia allí se dirigió. Una mujer de negro, con uniforme de sirvienta, estaba arrodillada al lado de la chimenea. La mujer se incorporó levemente volviéndose hacia él y dibujó un aro con la boca con intención de gritar, pero él ya tenía lista la bayoneta, que, antes siquiera de que la mujer tuviera tiempo de emitir sonido alguno, salió tan rápida e infaliblemente como entró en aquel pecho uniformado de negro.

Luego se volvió hacia la otra figura, una mujer mayor que al entrar había visto sentada en el sofá, creyendo que la encontraría acobardada y tratando de huir. Sin embargo, permanecía allí sentada toda erguida, sin moverse, como si la amarraran al suelo unas raíces. La sorpresa que se llevó Pike al ver aquella imagen le hizo dudar un instante, y en ese momento recibió un golpe por detrás, un jarrón que se hizo añicos al estamparse contra la cabeza que llevaba tapada. Después, sintió unas manos al cuello, que alguien trataba de introducir los dedos por debajo de la loneta y que, al no conseguirlo, agarró la tela y tiró con furia de ella. Presa de un aturdimiento pasajero, reaccionó dando un miserable codazo hacia atrás, para oír tras él una queja de dolor. Con todo, aquellos dedos seguían aferrándose con fuerza a la capucha de la máscara de gas, que empezó a desgarrarse por la parte de atrás, de suerte que se le movió de su sitio: de repente, Pike no veía nada, pues los agujeros acristalados de los ojos se le habían desplazado hacia un lado y sus propios ojos habían quedado cubiertos por la tela.

Pike dejó caer el fusil y la emprendió salvajemente contra quien tenía a sus espaldas, primero con un codo, luego con el otro, hasta que se soltó de los dedos que lo apretaban. Se quitó la máscara de la cabeza y la arrojó a un lado. Volviéndose, vio de nuevo que su atacante se abalanzaba otra vez contra él. *¡Era una mujer!* Sin tener casi tiempo para digerir la sorpresa que le causó aquella cara de finos rasgos y ojos fulgurantes, sintió que las uñas le rasgaban el cuello y venían directos como puñales a los ojos.

Le asestó un puñetazo. La mujer soltó un grito y cayó al suelo de rodillas.

Rápidamente, Pike recuperó el fusil del suelo y le clavó la bayoneta en el pecho. Ella cayó redonda y allí permaneció inmóvil.

Pike se volvió hacia el sofá... y no dio crédito a lo que tenía ante sus ojos.

La otra mujer no había movido ni un dedo. Hacia él elevaba el rostro, lívido por la conmoción. Unos grandes ojos azules le miraban sin rastro de miedo.

Pike también la atravesó con la bayoneta, desviando la cabeza hacia otro lado. No podía soportar mirarla sin la máscara. Cuando la miró de nuevo, la mujer había caído hacia un lado en el sofá, aunque todavía le seguían observando aquellos ojos, ahora vacíos.

Salió corriendo de la estancia.

En el vestíbulo halló una escalera que subía al piso de arriba, que recorrió de punta a punta por el pasillo, abriendo bruscamente las puertas. Lo único que encontraba a su paso eran habitaciones vacías. Furioso y sin poder creerlo, subió un piso más para registrar las habitaciones del servicio, pero con idéntico resultado. Al final no tuvo más remedio que bajar con las manos vacías al piso de abajo.

Desde el rellano situado en medio de la escalera divisó a la mujer que creía haber matado, la que tenía aquellos ojos fulgurantes, arrastrándose por el suelo de piedra con su larga falda negra. Le dio caza cuando estaba cogiendo el teléfono de la mesa. Le estampó la culata del rifle contra la cara y la atravesó con la bayoneta, y luego le volvió a golpear en el rostro y la pisoteó con sus pesadas botas. No había manera de contener su furia. Sin dejar de emitir gruñidos y bramidos se ensañó con aquel cuerpo inerte.

Nunca se había comportado de aquella manera. En ninguno de sus ataques contra civiles. Ni siquiera cuando, durante la guerra, había tomado él solo por asalto un puesto de ametralladoras alemanas y había matado a bayonetazos a todo el retén y a otros tres hombres que había encontrado en el refugio subterráneo.

¡Nunca!

Perdió el control.

Asqueado y medio aturdido por la agitación que seguía palpitándole en la mente, pues, a fin de cuentas, no había conseguido saciar la necesidad punzante que le había hecho irrumpir en la casa, tras recorrer a toda velocidad el resto de las habitaciones del piso de abajo salió corriendo de la mansión y, dando tumbos por el camino de tejos, había ido a parar a la puerta del jardín que desembocaba en la vega.

Tenía prisa por alejarse de allí, no ya sólo para evitar que lo descubrieran, sino también para poner la máxima distancia posible entre él y lo que había hecho. La imagen de la cara destrozada de la mujer, con el ojo fuera de la cuenca, le perseguía como una Furia a través de la noche sin luna.

Hasta que no llegó al refugio no se acordó de la máscara de gas, que había quedado tirada sobre el suelo del salón, pero entonces era demasiado tarde para volver por ella.

Ya lo tenía todo metido en la bolsa, y limpios de huellas dactilares todos los objetos que no iba a llevarse con él.

En menos de veinte minutos arrancaba con una pedalada la moto y comenzaba su largo trayecto de regreso. Llegó a la carretera de Hastings sin incidentes, pero en el cruce tuvo que esperar a que pasara un convoy militar. Al paso de aquel camión cubierto por una cubierta de lona impermeable, salió a la carretera y se instaló a la cola del convoy, casi pegado a las luces traseras del voluminoso vehículo, rumbo al sur a una velocidad constante de treinta kilómetros a la hora.

Antes de llegar a Hastings abandonó el rebufo del convoy. A partir de entonces viajó por caminos y carreteras secundarias hasta llegar a Rudd's Cross poco antes de la medianoche.

Tras detenerse en las afueras del pueblo para apagar la lámpara de carburo que llevaba por foco, se sentó tranquilamente en el sillín durante un rato por si distinguía algún signo de vida en el corrillo de casas. Era tarde. No vio nada.

La vivienda de la señora Troy estaba también a oscuras cuando llegó, a pie y empujando la máquina por el camino hasta las puertas del cobertizo. El dolor de cabeza que le había empezado antes de salir de los bosques de Ashdown le martilleaba las sienes. Pero todavía faltaba mucho para dormir. Y es que la tarea de aquella noche no había hecho más que comenzar.

12

A las siete del miércoles por la mañana, poco después de que Sinclair saliera en un coche en dirección a Londres para asistir a la reunión convocada por el comisionado adjunto en Scotland Yard, sonó el teléfono en el bar Green Man, en Stonehill.

En condiciones normales, a esas horas ya tendría que estar levantado el dueño, Henry Glossop, pero tanto él como su mujer tenían dificultades para conciliar el sueño desde que se produjeran los horribles acontecimientos en Croft Manor, por lo que habían ido a ver al doctor Fellows, quien les había recetado pastillas para dormir.

Glossop oyó el teléfono, pero se quedó unos segundos en la cama, esperando que lo cogiera otro. El establecimiento estaba lleno de policías. Las cuatro habitaciones al otro extremo del ala del pasillo en la que dormían él y su mujer estaban ocupadas por detectives. Desde Londres y Tunbridge Wells habían llegado el día anterior bolsos de viaje llenos de ropa limpia que habían sido distribuidos a sus destinatarios.

El teléfono seguía sonando. Sin poder reprimir un suspiro, Glossop se levantó, se puso la bata de franela y las zapatillas, y arrastrando los pies bajó por las escaleras revestidas de linóleo hasta el bar, donde, en medio de la oscuridad de la estancia donde seguían los postigos cerrados y el olor a cerveza, aún sonaba el monótono timbre del teléfono.

La persona al otro lado de la línea, otro policía, llamaba desde Folkestone, en el condado de Kent. Aunque en ningún momento perdió la educación, el agente se mostró muy insistente. Medio minuto después, Glossop se vio subiendo otra vez las escaleras intentando recordar en cuál de las habitaciones se alojaba el detective alto de Londres.

*

—Sólo espero que esto no sea otra pérdida de tiempo. Eso es lo único que espero.

El sargento detective Booth había engordado. Billy lo notó enseguida, en cuanto lo vieron debajo del toldo en la estación de Folkestone, cuyo andén recorrió a toda prisa para recibirles. Los pantalones, que le estaban grandes la última vez que habían estado con él, ahora le quedaban ceñidos a la cintura. Para ser un hombre fornido, caminaba muy ligero.

—No se preocupe por eso —le tranquilizó Madden.

—¿Y usted cómo está, agente? —le preguntó Booth a Billy, guiñándole un ojo.

—Muy bien. Gracias, sargento.

En realidad, se sentía un poco amodorrado porque se había quedado dormido en el compartimento. Habían tardado tres horas, y varios trasbordos, hasta llegar a Folkestone. Billy tenía mucho sueño atrasado; también el inspector, a juzgar por su mirada retraída y el aspecto marmóreo de su rostro. Pero Billy, quien había estado trabajando codo con codo con Madden durante los últimos dos días, aún no le había visto flaquear, ni siquiera durante un instante.

Booth les acompañó fuera de la estación hasta un coche que estaba aparcado en la calle, un Wolseley de cuatro plazas pintado de azul oscuro.

—El inspector jefe Mulrooney nos ha asignado uno de los vehículos de la comisaría para todo el día, señor. —El sargento dejó a Madden sentarse en el asiento del copiloto—. No es un lujo del que disfrutemos todos los días.

Igual que en Scotland Yard, pensó Billy, mientras se subía al asiento de atrás.

—El trayecto hasta aquel lugar es endiablado.

—¿Cuánto tardaremos? —preguntó Madden.

—Con el coche, no más de media hora.

En el viaje desde la estación, Billy fue mirando por la ventana y vio el mar, plano y calmo bajo el cielo gris. Se fijó en dónde la carretera empezaba a descender por una colina hasta el puerto, la Calle del Recuerdo, y se acordó de lo que le había dicho Madden: que los hombres habían desfilado por ahí a millares, desde el campamento situado en el risco hasta los ferris con destino a Francia.

El inspector volvió a intervenir:

—Necesito ponerme en contacto con el señor Sinclair. Cuando lo he llamado antes estaba de camino a Londres. El comisionado adjunto ha convocado una reunión. ¿Puedo llamarle desde la casa?

—Me temo que no, señor. —Booth giró el volante para adelantar a un camión cargado de cestos de paja apilados unos encima de otros, rebosantes de manzanas. Iban campo a través, por un camino jalonado por setos—. En la casa no tienen teléfono, ni tampoco en el pueblo. Pero Knowlton está a un paso. ¿Quiere que paremos primero allí?

Madden lo sopesó. Luego lo negó con la cabeza.

—No. Mejor vayamos directamente a Rudd's Cross.

*

Billy sólo estaba al tanto de lo esencial de la historia, lo que le había contado Madden en el tren. Pero al escuchar las preguntas del inspector y las respuestas de Booth, allí inclinado hacia delante desde el asiento trasero, con la barbilla casi apoyada en la hombrera del sargento, pudo hacerse una idea de la cadena de acontecimientos que explicaban su apresurada salida de Stonehill a primera hora de esa mañana.

Todo había empezado el lunes, por una tal Edna Babb, una limpiadora que trabajaba para una anciana llamada señora Troy, que residía en Rudd's Cross, el pueblo al se dirigían en aquellos momentos. Cuando Edna llegó a la casa de la señora Troy, lo primero que notó fue que la vitrina de la plata del salón tenía las puertas abiertas y que faltaban varios objetos de allí. Cuando subió al piso de arriba, encontró a su ama muerta en la cama. No había indicios que indicaran que la señora Troy había tenido una muerte violenta, pero a Edna le impresionó lo bastante la estampa como para acercarse, campo a través, hasta Knoltwon, a tres kilómetros de distancia, para dar parte de lo que se había encontrado al policía del pueblo, el agente Packard.

Packard regresó con ella directamente a Rudd's Cross, donde también vino el forense de la policía. Un rápido examen del cuerpo de la señora Troy le hizo sospechar que había fallecido por asfixia y situar la hora de la muerte unas cuarenta y ocho horas antes. Packard había precintado la casa inmediatamente y había regresado a Knowlton, desde donde por teléfono informó a la comisaría central de policía de Folkestone.

—Me asignaron a mí al caso y me presenté allí al poco rato con un detective —completó Booth—. Hicimos las gestiones pertinentes para que, junto con las almohadas de la cama, llevaran el cuerpo a Folkestone a que lo examinara un forense, y también tomamos las huellas dactilares de la vitrina. Yo hablé un rato con Babb, quien vive en Rudd's Cross, y ella me habló de ese hombre, Grail, y me dijo que había estado usando el cobertizo del jardín. Estaba cerrado con cerrojo, pero me di cuenta de que las circunstancias eran lo bastante sospechosas como para registrarlo, así que me hice con un destornillador y descerrajé la puerta. El cobertizo estaba vacío, salvo por ciertos aperos de jardinería.

—¿Cómo es que Grail usaba el cobertizo? —preguntó Madden—. ¿Se lo tenía alquilado a la señora Troy?

—No exactamente, por lo que nos contó Babb. Habían llegado a algún tipo de acuerdo: Grail cuidaba el jardín y de vez en cuando le traía comida.

—Pero ¿le conocía personalmente? Me refiero a Edna Babb.

—Nunca le vio, nos dijo. Siempre venía los fines de semana. Yo no le di más vueltas en aquel momento, pero más tarde, al día siguiente, al hablar con los del pueblo, me di cuenta de que debía de poner muchísimo cuidado para no ser visto.

Booth continuó con la historia. Volvió el lunes por la tarde. En esos momentos la policía todavía no sabía exactamente a qué se enfrentaba, si a un asesinato o a una muerte por causas naturales. Todo dependía del informe del forense, que no recibiría hasta más tarde. Por lo que respectaba a los objetos que se habían echado en falta en la vitrina, tampoco se sabía si los habían robado o si por alguna razón los había quitado de allí la propia señora Troy. Por la noche Booth regresó a Folkestone con la intención de volver a Rudd's Cross al día siguiente para interrogar a los del pueblo.

—En la comisaría vi que se había recibido una llamada esa misma tarde de un bufete de abogados. Había desaparecido uno de sus trabajadores, un tal Biggs. Había ido a Rudd's Cross el sábado para resolver ciertos asuntos que tenía pendientes la señora Troy, que era cliente del bufete. Era el segundo sábado que venía, al parecer. Lo que quería la señora era deshacerse de Grail. Al término de la primera visita, Biggs informó de que había dejado una carta anunciando el desahucio al tipo, y se ofreció para volver a la semana siguiente para garantizar el desalojo.

—¡Qué amabilidad! —observó Madden con sequedad—. ¿Imaginó usted que pudo haber sido Biggs quien se llevara la plata?

—Ésa era una explicación posible, señor. En cierto modo, aún sigue siéndolo. Biggs debía encontrarse con un amigo en Folkestone el sábado por la tarde, pero no apareció, y desde entonces nadie le ha visto el pelo. Tampoco ha aparecido la plata. —Booth tocó el claxon para alertar de su presencia a una pareja que circulaba en un tándem. La carretera era cada vez más estrecha—. Con todo, me parece todo un poco rocambolesco. Si Biggs robó la plata, eso significa que debió de asfixiar primero a la señora Troy. Pero no da el tipo. El oficinista de un bufete, sin antecedentes. Me inclino a pensar que tuvo que vérselas con Grail.

Billy, desde el asiento de atrás, se humedeció los labios. Miró a Madden, pero el rostro del inspector no dejó entrever ningún signo de expresividad.

Booth prosiguió con el relato. Al llegar a la comisaría al día siguiente, descubrió que el forense había confirmado el diagnóstico inicial: la señora Troy había fallecido por asfixia. Los restos de saliva encontrados en la almohada lo corroboraban. El caso pasaba entonces a ser una investigación criminológica, y a Booth lo enviaron a Rudd's Cross con un equipo de forenses. Mientras los otros se disponían a examinar la casa, él había ido puerta por puerta tomando declaración a los del pueblo.

—Ahí es cuando comencé a sospechar que había algo raro con ese tal Grail. Nadie le había visto de cerca. Le habían avistado unas cuantas veces por el campo, al venir o irse de aquí, pero, salvo que era un tipo corpulento, nadie sabía decirme exactamente qué aspecto tenía. Eso me hizo pensar. Decidí echar otro vistazo al cobertizo.

Booth hizo una pausa mientras dejaba la carretera asfaltada para adentrarse por un camino rural que discurría entre manzanales, donde los labriegos, pertrechados con el mismo tipo de cestos de paja que aquellos en los que se había fijado antes Billy, se afanaban bajo los árboles cargados de fruta. Una chica con el pelo recogido con una pañoleta roja le saludó, y Billy se llevó la mano a la visera para devolver el saludo, acompañando el gesto de una sonrisa.

—Yo había abierto la puerta lateral el día anterior —prosiguió Booth—, pero había otra puerta en la parte delantera, como esas que hay en los establos y que se abren primero por la parte de arriba y luego por la de abajo, que también estaba cerrada con cerrojo. Me puse a ello y conseguí abrirla. Al principio sólo vi el interior en la penumbra: la ventana estaba tapiada. Hasta que no abrí las dos puertas y se llenó la estancia de luz no me di cuenta de lo limpio que estaba todo.

—¿*Limpio*? —Madden se quedó mirando al sargento. En esos momentos iban muy despacio, avanzando con cuidado por unas rodadas. Billy vio una casa ante sus ojos, a la derecha.

—Como la patena, señor. —Booth le devolvió la mirada al inspector—. Alguien había barrido y fregado el suelo hasta no dejar ni rastro de polvo. Pero dejar entrar la luz fue determinante —dijo, sonriéndose—. Vi *algo*. Estaba justo en mitad del suelo. —A medida que se acercaban a la casa, señaló con la cabeza—. Ésta es la casa de la señora Troy. Enseguida verá lo que le digo.

Salieron del coche. Booth abrió una puerta que se encontraba en medio de un seto y que daba a un pequeño jardín. Estaba bien atendido, se percató Billy: las flores no tenían ni una mala hierba y los bordes del césped estaban muy bien arreglados. Al oírse el chirrido de las bisagras de la puerta, había acudido un policía desde el otro lado de la casa precintada. Se llevó la mano a la gorra.

—¿Todo tranquilo, agente?

—Sí, jefe.

—Ya hemos terminado con la casa —le informó Booth a Madden—. Pero creí que era mejor dejar aquí a un hombre. Quizá necesitemos examinar más despacio el cobertizo.

El inmueble de madera ocupaba todo un rincón del jardín. La cerradura metálica colgaba de un solo tornillo.

—Pues hagámoslo ahora —ordenó el inspector.

Booth abrió la puerta y entraron todos tras él. Aunque el día se había levantado frío, dentro, bajo el techo de chapa, el aire era cálido y olía a moho. Billy divisó la borrosa silueta de un banco de trabajo al fondo del cobertizo. A su lado, una bielda y una pala estaban apoyadas contra la pared. A continuación, en cuanto el sargento abrió las puertas dobles del fondo, primero la hoja de arriba y luego la de abajo, se iluminó la estancia. Billy se fijó en el suelo. Estaba cubierto de cemento, todo blanco y limpio, como les había anticipado Booth. Pero no vio la marca hasta que no se la señaló el sargento.

—Apenas se nota, señor. Pero aún se ve el cerco.

Billy lo vio entonces. Era como una sombra que destacaba levemente sobre el color claro del suelo. Madden se arrodilló y después apoyó también las manos. Inclinándose, lo escudriñó. Luego acercó la nariz al cemento y lo olfateó.

—Traté de extraer un poco con la punta de un cuchillo —dijo Booth, inclinándose también—. No estoy seguro de si saqué lo suficiente para analizarlo. —Se encogió de hombros—. En cualquier caso, lo mandé a los laboratorios centrales del gobierno ayer por la noche. No sé cuándo recibiremos noticias.

Madden se puso en pie. Miró hacia las puertas, que permanecían abiertas al fondo del cobertizo.

—Esto es demasiado estrecho para que quepa un coche —comentó.

—Eso me pareció a mí. —Booth se limpió la cara con un pañuelo. El aire fresco que entraba desde el exterior portaba una fragancia a manzanas—. Así que, si antes de que lo limpiara eso era una mancha de aceite, me da la impresión de que sólo puede ser de una motocicleta.

Madden respondió con un gruñido. Resultaba difícil saber lo que pensaba.

—Y hay algo más, señor —anunció Booth con otra sonrisa, como si fuera un prestidigitador preparado para presentar su mejor truco—. Hasta que no pensé en la motocicleta no se me ocurrió buscarlo. Tenemos que desandar un trecho del sendero.

Adelantándose, guió a Madden por el camino, hasta más allá de donde estaba aparcado el vehículo. Billy, que los seguía a unos pasos, divisó algo un poco más allá, a un lado del sendero. Cuando se acercaron vio que encima de un pequeño socavón en el terreno habían colocado una señal triangular hecha con unos palos unidos por unas cuerdas. En un trozo de cartón pegado a uno de los palos se leía un mensaje a lápiz: POLICÍA; NO PASAR. No lo había visto cuando pasaron por allí en el coche.

Booth se dirigió al inspector:

—Este sendero lo utilizan los agricultores para llegar a las parcelas y a los campos de frutales. La única casa por la que pasa es la de la señora Troy. No lleva a ningún otro sitio.

Llegaron junto a los palos. La tierra estaba un poco hundida y hacía un dibujo en forma de trenza. Booth se puso en cuclillas, y Madden y Billy hicieron lo propio. El sargento señaló con el dedo.

—Ayer por la tarde saqué un vaciado de esto. Cuando volví a Folkestone lo cotejé con los dibujos de diversos neumáticos que figuran en un catálogo. Es un dibujo en diamante normal, de la marca Dunlop, que ésta distribuye a algunos fabricantes de motos, principalmente a Harley y a Triumph. Por este sendero ha circulado una moto en las últimas semanas, después de que comenzaran las lluvias.

Madden aún no decía nada.

—No comprobé el dibujo hasta tarde —prosiguió Booth, sacando un paquete de cigarrillos. Ofreció uno al inspector, quien declinó la invitación haciendo un leve gesto con la cabeza—. El inspector jefe Mulrooney ya se había ido, pero pasé por su casa y estuvimos hablando. Le dije lo que me rondaba por la cabeza. Estuvimos dudando si deberíamos esperar al informe del laboratorio... —Booth hizo una mueca—. No me parecía bien hacerle venir para nada, señor. Teniendo en cuenta lo que tienen entre manos... Pero el inspector jefe creyó que el asunto era demasiado serio como para dejar escapar una oportunidad, especialmente después de lo ocurrido en Stonehill. Así que me mandó llamarle a primera hora de la mañana.

Se hizo el silencio. Booth dio una calada al cigarrillo y miró con expresión expectante al inspector.

—¿Qué opina, señor? —preguntó al fin.

Madden volvió la vista hacia el camino, en dirección al cobertizo. Luego recorrió con la mirada los campos y los huertos colindantes. Finalmente se decidió a hablar:

—Quiero buscar marcas de pisadas. Quizás haya dejado alguna en este sendero. Miren en los charcos.

Los tres hombres se colocaron en línea para cubrir el ancho del sendero y fueron desandando el camino hasta la casa, con los ojos fijos en el suelo. Billy vio unas cuantas marcas de barro en un lateral del sendero, pero ninguna era la huella de un zapato. Ya casi estaba a la altura de la puerta del jardín cuando se dio cuenta de que Madden, que iba en medio, se había parado en mitad del camino. De cuclillas, observaba con detenimiento el suelo. Booth también le había visto.

—¿Ha encontrado algo, señor?

Hablando entre dientes, el inspector dio una respuesta ininteligible. Estaba concentrado en el círculo de barro seco que tenía frente a sí.

—Acérqueme un poco de hierba, por favor, agente.

Booth arrancó un puñado de la cuneta y se lo llevó a Madden. Con los hierbajos, éste improvisó un cepillo con el que empezó a limpiar el polvo y la arenilla acumulados sobre el barro seco. Se inclinó para soplar los restos. Billy se puso de cuclillas junto a él. Poco a poco, ante sus ojos empezó a dibujarse el contorno de una pisada: primero la planta, apenas marcada en el suelo blando; luego toda la huella. Madden volvió a soplar para quitar otras partículas de tierra. La traza aún más profunda del tacón apareció con mayor claridad. Billy vio que en el contorno exterior de aquel óvalo faltaba una muesca. A continuación oyó al inspector emitir un leve suspiro.

El joven jamás olvidaría esa escena. Durante el resto de su vida le acompañó la imagen de Madden volviéndose y buscando la mirada absorta del sargento. Y, en años posteriores, cada vez que le llegaba el aroma de los manzanos en época de recolección, volvía a oír las palabras, apenas audibles, del inspector:

—Es él. Es Pike.

13

Booth aparcó el coche delante del pub del pueblo, al lado de un cartel en el que aparecía San Jorge abatiendo al dragón. Los tres hombres caminaban a paso ligero por la calle; Billy y el sargento tenían que extender la zancada para seguir el ritmo de Madden. Knowlton parecía tener vida. Además de la carnicería, la panadería y la tienda de ultramarinos habituales, en la estrecha calle se veía además una sastrería y una tienda de antigüedades, la una junto a la otra, y un poco más abajo un bazar que vendía todo tipo de baratijas. A Billy apenas le daba tiempo a mirar en los escaparates al caminar.

Aparentemente en consonancia con los aires de grandeza del sitio, el policía local tenía una oficina en el salón de una casa situada en un extremo de la calle. Packard, un hombre cercano a la cincuentena con pelo canoso y la ancha frente surcada de profundas arrugas, no mostró sorpresa alguna al ver a Booth. Pero se quedó ojiplático al conocer la identidad del inspector, y palideció cuando Madden le dijo la razón que les había traído por allí.

—Creemos posible que ese hombre, Pike, viva por la zona.

Packard abrió el cajón central de su escritorio y sacó una copia del cartel enviado por la policía.

—Nos llegó ayer, señor. No puedo decir que conozca a este hombre.

—Mire estos otros, si no le importa —le dijo Madden, pasándole los dos retratos robot que había traído consigo—. Y me urge utilizar su teléfono.

Billy miró qué expresión ponía Packard mientras observaba con detenimiento los retratos, y al instante supo que no reconocía el rostro. El agente había dejado libre la mesa para que Madden pudiera hacer la llamada que tenía pendiente.

—No es un hombre que llame la atención sobre sí mismo —le dijo Madden mientras sostenía el auricular pegado a la oreja. Había pedido comunicación con Stonehill a través de la centralita de Folkestone—. No le encontrará alternando en el pub. Probablemente no tenga amigos.

Packard sacudió la cabeza.

—Vi uno de éstos hoy en el periódico. Lo siento, señor... —Y le devolvió los retratos. El inspector empezó a hablar por teléfono, pero la conversación no duró mucho y enseguida colgó.

—El señor Sinclair aún no ha vuelto de Londres. Le esperan allí en breve.

Consultó el reloj. Instintivamente, Billy le imitó. Era la una menos cuarto.

—Veamos si podemos reconstruir la secuencia de acontecimientos —le instó Madden a Booth, quien se había sentado en una de las dos sillas con respaldo recto que estaban delante de la mesa. Packard había ocupado la otra. Billy se quedó de pie tras ellos—. Pike debió de ir a Rudd's Cross el sábado por la mañana para preparar el viaje a Ashdown Forest. Supongamos que Biggs se lo encontró en el cobertizo y que se enzarzaron en una pelea. Sea como fuere, al final Pike lo mató, y después tuvo también que deshacerse de la señora Troy. No podía permitirse dejar testigos de que había estado por aquí... —El inspector encendió un cigarrillo. Booth ya estaba fumándose uno—. Lo sensato entonces habría sido limpiar todo e irse de aquí durante el fin de semana. Pero sabemos que estuvo en Ashdown Forest. No es un hombre sensato ni racional en el sentido en que usted y yo lo entenderíamos. Actúa por impulsos. —Hizo una pausa—. Así que pongamos que regresó a Rudd's Cross el domingo por la noche. Podría haber llegado sobre la medianoche, en cuyo caso habría tenido unas cuantas horas de oscuridad para limpiar aquello y deshacerse del cuerpo de Biggs. En cuanto a la plata... —Madden frunció el ceño y apretó los labios— creo que también se la llevó consigo. Le gusta dejar pistas falsas. En eso tiene experiencia. Su padre era guardabosque, ya sabe. —El inspector seguía con la mirada fija en Booth—. Yo diría que los ha enterrado en algún sitio, la plata y a Biggs.

El sargento apagó el cigarrillo.

—Pero ¿adónde pudo ir con la moto desde Rudd's Cross? —preguntó—. Todo Kent estaba en estado de alarma. Se detuvo a las motos que circulaban por la carretera hasta el lunes por la mañana. Aún en estos momentos se siguen haciendo controles esporádicos.

Madden sacudió la cabeza.

—No demasiado lejos, ésa es la respuesta. Y debió de viajar por carreteras secundarias y caminos. Conoce bien la zona. Estoy convencido de que vive por aquí cerca. Si cada vez que quería utilizar la moto tenía que venir a Rudd's Cross, no sería práctico vivir demasiado lejos... Dondequiera que viva, no le conocen, y, si el agente Packard está en lo cierto, tampoco le conocen demasiado en Knowlton. Pensamos que tiene un trabajo que le exige viajar: algún puesto que le obliga a recorrer el país, al menos los condados centrales.

Al escucharlos, Billy sintió deseos de intervenir. Sentía celos al ver que Madden le dirigía los comentarios a Booth. Desde luego, el sargento era un detective con dilatada experiencia, y seguramente había impresionado al inspector en Rudd's Cross por su habilidad a la hora de captar indicios. Con todo, el joven agente se sentía desplazado, igual que el primer día en Highfield.

Madden volvió a consultar su reloj.

—No sé ustedes —dijo—, pero nosotros no hemos desayunado. Tomemos algo rápido en el pub, y luego volveré y llamaré de nuevo a Stonehill. Tengo que hablar con el señor Sinclair como sea.

Y, tras pronunciar estas palabras, ya estaba en pie en dirección a la salida. Los otros le siguieron hasta el exterior, donde el inspector siguió hablando, girándose levemente hacia atrás, a Booth y a Packard. Billy iba a la zaga.

—Lo que me preocupa es que Pike decida marcharse del distrito, que levante el campamento y se largue, pues entonces tendríamos que empezar desde cero. Quizá no actúe siempre de manera racional, pero no es tonto. Debe de imaginarse que, una vez se descubra el cuerpo de la señora Troy, la policía irá en busca de Grail...

Siguió andando, y su voz se oía cada vez más lejana.

Billy se quedó plantado en el sitio.

Estaba mirando lo que tenía ante sí.

—¡*Styles*!

Billy volvió en sí. Miró a su alrededor. Madden lo llamaba desde un buen trecho más adelante en la calle, girado hacia él.

Billy le hizo señas. El corazón le latía a toda velocidad.

Madden le respondió poniendo los brazos en jarras, un gesto con el que indicaba que estaba perdiendo la paciencia. Pero enseguida se puso en marcha hacia él a paso raudo mientras los demás se esforzaban por seguirle.

—¡Señor! —llamó a voces Billy, aún a cierta distancia—. ¡Señor, mire!

El inspector se acercó hasta donde estaba y se paró. Con la mirada buscó el lugar que le señalaba Billy con el dedo. Jadeante, Booth venía pegado a sus talones.

—¿Qué ocurre? —preguntó el sargento mientras miraba hacia el escaparate del bazar. Sus ojos se fueron topando con una enorme variedad de objetos: un reloj de pie, una bandeja llena de cuentas de cristal, cojines de diversas formas y tamaños, un conjunto de grabados con escenas de caza...—. ¿Qué miran? —preguntó.

—¿Ve aquel cuadro de la casa en la pared de allá? —Madden hablaba de manera coloquial, pero Booth entendió al instante que debía fijarse en la pared del fondo de la tienda, detrás del escaparate. Al verlo, asintió.

—Es Melling Lodge.

A Billy le palpitó rápidamente el corazón. Temía haberse equivocado.

—Fue aquella figurilla sobre la fuente... —Las palabras comenzaron entonces a fluir por su boca—. El niño aquel tensando el arco, me acuerdo bien de él, y la parte delantera de la casa, con el banco fijo a la pared... —Y enseguida volvió a enmudecer. Sentía la mirada del inspector fija en él.

—Bien visto, agente.

—Gracias, señor.

Billy no levantó la mirada. Temía que Madden se fijara en sus ojos, que se habían humedecido de lágrimas. *Unas lágrimas de alivio,* pensó Billy. Pero enseguida sintió que Booth le daba con el codo en el torso. El sargento le sonreía.

—¿Qué le dije, chico? ¡Todo está en los pequeños detalles!

*

—Se hace llamar Carver, señor. Es chófer. Trabaja para una dama, la señora Aylward. Hermione Aylward. Es pintora. Su casa no está muy lejos de Knowlton. No hay duda de que es nuestro hombre.

Billy había visto enrojecer al agente Packard cuando se confirmó aquel extremo. El agente enseguida se ofreció a ir al pub a por unos bocadillos para todos. Billy pensó que debía de sentirse avergonzado por no haber reconocido el rostro de Pike al mirar el cartel o los retratos robot. El sargento Booth fue algo más compasivo:

—Es el uniforme —explicó, mientras Madden solicitaba que le pusieran con Stonehill—. Ves a ese Carver y ves un chófer. Sobre todo teniendo en cuenta que se trata de un tipo que jamás hace nada por llamar la atención ni te mira jamás a los ojos. No tienes razón alguna para seguirle de cerca o vigilarle de manera especial. Es él quien se ocupa de inspeccionarlo todo.

Madden hablaba por teléfono. Billy se imaginó al inspector jefe escuchándole al otro lado de la línea, con los ojos grises sin perder la concentración un instante.

—Todo está claro. Los hechos cuadran. La señora Aylward viaja mucho. Su especialidad son los retratos infantiles. ¿Se acuerda de los que había encima de la chimenea en el salón de Melling Lodge, el de la señora Fletcher con los dos niños? Ése lo hizo ella. Y también había retratos individuales de los niños en la habitación de los Merrick, en Croft Manor. Supongo que también confirmaremos su autoría. Es bastante conocida, al parecer.

No era eso precisamente lo que había dicho la señorita Grainger, pensó Billy. Se refería a Dorothy Grainger, la propietaria del bazar, tal y como rezaba en el cartel que estaba colgado encima de la puerta. Con un monóculo al ojo, les había recibido en pantalones y chaqueta deportiva de caballero. Había hecho su aparición cruzando la cortinilla de una puerta para anunciar que la tienda cerraba a la hora de comer y que tendrían que volver más tarde. Madden le había enseñado la placa policial.

—¡Madre mía! ¿En qué lío anda metida Hermione?

La señorita Grainger tenía el pelo cortado casi al rape y una tos de fumadora empedernida, y Billy había llegado a la conclusión de que debía de ser «una de ésas», aunque no sabía muy bien a qué se refería la expresión. Tenía el rostro, de toscos rasgos, surcado por arrugas de insatisfacción. Billy se quedó ojiplático cuando la vio encender un puro.

—¿Una distinguida pintora? ¡Venga ya, inspector! No exageremos. Gainsborough no se va a remover en la tumba, se lo aseguro. Y Turner también descansa en paz.

Billy no tenía ni idea de qué hablaba, pero sí podía deducir que resultaba insultante para la señora Aylward. De alguna manera, Madden lograba mantener la paciencia.

—¿Nos podría informar sobre este cuadro en concreto? —le había preguntado.

Al teléfono, le comentaba al inspector jefe:

—Los retratos infantiles los hace por encargo, pero también hace otras cosas: casas, paisajes y demás; de vez en cuando expone. Debió de pintar el cuadro de Melling Lodge a ratos, mientras la señora Fletcher y los niños posaban allí para ella.

El inspector no había creído necesario señalar lo obvio: que Pike seguramente habría llevado a la señora Aylward a Highfield, donde habría visto por primera vez a Lucy Fletcher.

La señorita Grainger había admitido tener un acuerdo comercial con Hermione Aylward: en la tienda exponía los cuadros que ésta no vendía, ofertados a precio de saldo. Sin embargo, a ninguna de las dos se les había pasado el significado especial del cuadro de Melling Lodge.

—Justo después de los asesinatos me mandó subir el precio, de las veinticinco libras normales a doscientas, y asegurarme de que la gente supiera el tema del cuadro. Quería que pusiera un cartel, pero yo me negué. Ante todo, hay una cosa que se llama buen gusto. Desde entonces casi no nos hablamos —les informó la señorita Grainger, esbozando una sonrisa de satisfacción—. Y, como ven, no ha habido compradores.

El chófer de la señora Aylward había salido a colación al principio de la conversación. Madden le había preguntado si ésta viajaba en coche.

—Pues sí. ¡En un Bentley pistonudo! Vamos, que uno pensaría que en él va la realeza.

—Entonces tendrá chófer, supongo —había preguntado Madden como si nada.

La señorita Grainger se había encogido de hombros.

—Por supuesto. Carver... ¿no se llama así? —añadió dirigiéndose al agente Packard, quien a su vez asintió antes de ruborizarse al caer en la cuenta de todo.

Billy no entendía por qué el inspector no le había mostrado los retratos de Pike. Eso se lo tuvo que explicar también el sargento Booth:

—¿Y dejarle ver que es Carver quien nos interesa? Todo Knowlton lo sabría antes de la caída de la tarde. No tenemos necesidad de descubrirnos. Todavía no hemos dado con él.

Pero sabían dónde estaba: no muy lejos.

—En este momento, volviendo de Dover, señor. Ha llevado a la señora Aylward allí a un almuerzo. Tienen previsto llegar para la hora del té. La señora pasará la tarde en casa.

Madden había llamado previamente a la residencia de la señora Aylward, haciéndose pasar por un cliente interesado en contratar los servicios de la artista. Únicamente había encontrado en casa a la criada.

—Dejé el recado de que volvería a llamar más tarde.

Madden guardó silencio durante unos instantes, mientras escuchaba al inspector jefe. Como si estuvieran cara a cara, asentía y le respondía con sonidos de confirmación. En dos ocasiones más volvió a consultar su reloj.

—Estaremos en la oficina de Packard, señor. Aquí le esperaremos. —Volvió a asentir—. Estoy de acuerdo. Debemos actuar cuanto antes.

Tras colgar el auricular, Madden miró a Booth y a Billy, quienes estaban sentados frente a él, al otro lado de la mesa.

—El inspector jefe ya viene de camino —anunció—. Pasará por Folkestone para recoger a una dotación de agentes armados. En cuanto lleguen, nos dirigiremos a la casa. Allí le detendremos.

14

Pike dejó de cavar y cruzó el jardín otra vez hasta la casa. Un seto de alheña le tapaba la carretera, pero no despegó la vista de la puerta mientras cruzaba el césped salpicado de hojas. Un pequeño camino llevaba hasta la puerta principal; detrás, había otra extensión de hierba sin cuidar rodeada de arbustos y una pared de ladrillo. Pike recorrió el jardín con la vista.

Al pasar junto al invernadero vio cómo la silueta corpulenta de la señora Aylward, una mujer de mediana edad, se inclinaba sobre una jardinera de peonias de interior. Tras ella permanecían cerradas las puertas dobles que daban al estudio colindante, pero Pike vio que en el interior de la casa las luces estaban dadas. Estaba cayendo la tarde.

Necesitaba mantenerse atareado, tener las manos ocupadas y la mente concentrada en algún detalle, por pequeño o trivial que fuera. Sentía que le estallaba la cabeza. Sus pensamientos le producían dolor.

Durante los dos últimos días había tenido varias veces la impresión de haber perdido el contacto con la realidad física que le rodeaba. En una ocasión, le había parecido ver de repente que el suelo se abría bajo sus pies y que él mismo, su conciencia, caía en ese oscuro pozo, dando vueltas como si se tratara de una hoja seca. Se había mordido el labio con fuerza, hasta el punto de hacerse sangre, para obligarse a sentir el dolor del *aquí* y el *ahora*.

En cualquier momento esperaba la llegada de la policía a la casa. Se había impuesto ciertas tareas en el jardín, desde donde controlaba la puerta delantera. Pero si permanecía demasiado lejos de las cuadras, podía ver bloqueada su vía de escape.

Como un péndulo, su espíritu oscilaba entre la rabia y el miedo.

Si venían a por él, ¡se las haría pagar muy caro!

Con todo, su ira no era nada comparada con el terror que le producía la idea de que le pudieran capturar. Siempre se había jurado que no le atraparían vivo. No podría soportar la vergüenza de verse ante el tribunal, de escuchar la lista de cargos leída en público. Por otra parte, le asaltaba un miedo aún mayor que casi no lograba racionalizar.

¿Qué sabían de su pasado? ¿Tendría que responder por ello?

La primera noticia de la red que se había desplegado para darle caza le había llegado el día anterior en la estación de Folkestone, donde había ido a recoger a la señora Aylward. Allí vio su propio rostro en un cartel clavado en el tablón de avisos, junto a la taquilla.

No había pasado ni media hora cuando, al llevar en coche a su ama de vuelta a casa, se habían encontrado con un control de policía apostado en las afueras de la ciudad. En el arcén esperaba toda una hilera de motocicletas, a cuyos conductores se estaba tomando declaración.

A Pike, que iba al volante del Bentley de la señora Aylward, le hicieron una seña para que continuase, pero ya entonces había sentido muy cerca las fauces de hierro de la trampa que le tenían tendida.

Sabía que tenía que irse del distrito. Una vez descubrieran el cadáver de la señora Troy, la policía iría puerta por puerta buscando a un tal Grail. Aun cuando no le asociaran con Pike, recordarían la cara del cartel y de los retratos robot que habían salido publicados en los periódicos.

Pero su motocicleta, escondida en ese momento en un escondrijo del campo que se extendía detrás de las cuadras, no le servía ahora de nada. Incluso el autobús le parecía arriesgado. ¿Cómo saber si la policía también estaba parando a los vehículos públicos?

Había pasado en vela casi toda la noche, buscando una solución a su dilema. Y ésta se le ocurrió a la mañana siguiente, pero para entonces ya estaba a medio camino rumbo a Dover.

¡La solución estaba en el coche que conducía! Con su uniforme de chófer, podía ir donde quisiera sin que lo parasen. No en vano, iban buscando a los motociclistas.

La idea le vino a la mente con tanta fuerza que se sintió tentado a salir de la carretera en ese mismo momento para resolver el problema menor que le causaba la presencia de la señora Aylward, que iba sentada en el asiento de atrás. Pero se controló a tiempo. Necesitaba sacar una ventaja de varias horas antes de que dieran la voz de alarma, y eso sólo podía conseguirlo si viajaba por la noche. Saldría mientas durmieran el resto de habitantes de la casa, de forma que no se le echaría de menos hasta por la mañana. Una vez se hubiera alejado lo suficiente, podría abandonar el coche, y luego... ¿Y luego?

En su mente revoloteaba la pregunta, pero para eso no tenía respuesta.

El futuro era sombrío.

De ahí en adelante debía vivir como un forajido: su rostro se exhibiría en las comisarías de policía y en los edificios públicos del país, mientras la bestia que dormía en su interior se iba creciendo y haciendo más exigente.

El futuro era un caos.

*

Pike cruzó las dos columnas de piedra que flanqueaban la entrada a las cuadras. Había luz en la cocina, donde se veía a la criada preparar la cena de la señora Aylward. Sabía, por ciertos comentarios que había oído, que la señora Rowley, la cocinera, iba a faltar al trabajo aquella tarde. Había llamado por teléfono para decir que no se encontraba bien. Eso le daba igual. Había tomado la decisión de abandonar la casa, y por ende el empleo con la señora Aylward, en las horas siguientes.

El Bentley estaba aparcado al otro lado del patio adoquinado, en las antiguas cuadras. Pike cerró las puertas tras de sí y encendió la luz. Había barrido bien la habitación donde dormía en el piso de arriba. Ya tenía casi todo lo que quería llevarse metido en el coche. En el maletero había guardado la ropa, el antiguo uniforme militar y el fusil. Unas horas antes de ese mismo día, mientras la señora Aylward almorzaba en Dover, había comprado un bidón de cinco galones de gasolina, para tenerlo como reserva. Lo había colocado sobre el asiento trasero y lo había inmovilizado rellenando el hueco con un trozo de loneta impermeabilizada rebujada en un fardo.

Ya estaba listo para salir. Sólo necesitaba encontrar su bolsa de lona, que todavía no había descargado del sidecar de la motocicleta.

El domingo por la noche había tenido que hacer dos viajes desde Rudd's Cross para desalojar el cobertizo sin dejar ni rastro de su presencia en la casa. Esperaba que la policía aún se estuviera preguntando por lo sucedido. Y ¿cómo interpretarían la desaparición de Biggs? En la bolsa había guardado todos los objetos de plata que había sustraído de la vitrina de la señora Troy. Su intención era alejarse de Knowlton antes de deshacerse de ella. Sólo había una posibilidad, muy remota, de que la policía no asociara a Carver, el chófer, con Pike o con Grail; sólo una posibilidad de que catalogaran de mero robo su fuga con el Bentley de la señora Aylward. Quería dejar las menos pistas posibles sobre su identidad. Cuanto más tiempo les tuviera entretenidos conjeturando qué había pasado, mejor.

Salió tras descorrer el cerrojo de la puerta trasera de las cuadras. Estaba cayendo la tarde. Un alto muro de ladrillo que se elevaba a sólo unos pasos delimitaba la finca. Detrás había un campo, también propiedad de la señora Aylward, que en su momento había adquirido junto con la casa y que había usado el anterior propietario a modo de prado para los caballos. Ahora no se le daba ninguna utilidad y estaba lleno de maleza. Pike había aparcado la motocicleta al otro extremo y la había escondido tras unos arbustos de considerable altura.

En el muro había una puerta de hierro que permitía el acceso al campo, pero Pike pasó de largo y prefirió utilizar una puertecilla más pequeña, de madera, que daba a un sendero que discurría, semioculto por un seto salvaje, por la linde del campo. Con la misma naturalidad con que buscó el cobijo del seto, fue avanzando sin apenas hacer ruido en la oscuridad.

No había recorrido ni veinte metros cuando escuchó una tos. Pike se paró en seco.

El sonido procedía de su izquierda, donde se extendía el campo. Automáticamente, se agachó y se llevó la mano a la bayoneta que llevaba colgada del cinturón, y allí permaneció sin moverse entre las impenetrables sombras. Al cabo de un minuto, oyó la voz de un hombre. Hablaba en voz baja; Pike no conseguía entender lo que decía. Con la mirada buscó el lugar de donde había procedido el sonido. Más allá de donde se acababa el campo, lindando con el horizonte, el cielo había adquirido la tonalidad de las perlas, con el suave brillo de los últimos rayos del sol. Contra ese tenue telón de fondo, y durante sólo un instante, el tiempo que tardó el hombre en cambiar de posición a ras de suelo, Pike divisó una silueta que le era familiar: el inconfundible contorno de un casco de policía.

Pike se lanzó cuerpo a tierra y, sin detenerse un instante, empezó a desandar el camino por el que había venido. No le faltaba práctica, pues había tenido que ir de esa guisa en incontables ocasiones. Sin embargo, la amenaza que se cernía sobre él en esos momentos parecía mucho mayor que los peligros que le habían acechado en medio de los socavones embarrados que dejaban los morteros y el alambre de espino que cubría la tierra de nadie. En menos de un minuto había alcanzado de nuevo la puertecilla de madera. Reptó por debajo de ella, y sólo cuando se vio de nuevo protegido por el muro de ladrillo se volvió a poner en pie, para después correr hasta la puerta de las cuadras.

Tenía muy clara cuál era la situación. Lo entendió todo en un instante. No se trataba de los típicos agentes que hacían la ronda casa por casa formulando las preguntas rutinarias. La presencia del policía en el campo significaba que había más por los alrededores. Con toda probabilidad ya habían cercado la casa. Sabían quién era y habían venido a detenerle.

Mentalmente gritó un «no» silencioso.

Nunca le capturarían.

Su primer impulso fue coger el fusil y la bayoneta, y lanzarse al ataque contra los agentes agazapados entre la hierba. ¡Matarles de un tiro! ¡Acabar con ellos a golpe de bayoneta! Romper el precario cordón policial y huir en medio de la noche.

La locura brotó en su mente como una flor encarnada. Pero, gracias al atisbo de cordura que aún le quedaba, se paró, jadeante, junto al Bentley.

¿Dónde irían primero? ¿A la casa o a las cuadras?

La respuesta era obvia. Sabían dónde encontrarle. La señora Rowley se habría encargado de informarles: la cocinera que no se encontraba bien, que no iría a trabajar aquella tarde.

Rápidamente se dirigió hacia las puertas delanteras y descorrió el cerrojo. El patio de las cuadras estaba vacío. Tampoco había nadie en la cocina iluminada. O bien la criada había subido al primer piso para hacer alguna tarea en la habitación de la señora Aylward, o bien la policía ya había llegado a la casa para evacuar a sus habitantes. Apagó la luz del establo y abrió las puertas de par en par. Necesitaba distraerles. Afortunadamente, tenía a mano todos los medios.

Corriendo, regresó al coche, sacó el bidón de gasolina del asiento trasero y comenzó a rociarlo todo: salpicó las paredes del inmueble y los tabiques de madera que separaban cada uno de los establos. La mitad del bidón lo empleó de esa manera; el resto lo guardó de nuevo en el coche.

Sólo se detuvo para comprobar si el patio seguía aún vacío antes de correr hasta el otro extremo de las cuadras, encender una cerilla y prender fuego a un montón de cachivaches y muebles viejos que allí se almacenaban. Las llamas se extendieron en un santiamén. De la pila rescató un marco de fotos que empezaba a arder y lo lanzó al establo más cercano antes de volver hasta el coche.

Sólo necesitó unos segundos para arrancar el motor. Pike se acomodó al volante. No tenía ningún plan definido, sólo la imperiosa necesidad de librarse del cerco que se iba estrechando en torno a él, un deseo desesperado que ardía en su mente con la misma ferocidad con la que, por entonces, consumía ya el fuego todas las cuadras, por las que se había ido extendiendo pasando de establo en establo. Esperó hasta que las llamas llegaron prácticamente hasta él para poner el coche en marcha.

En el momento en que el vehículo salía despacio por la puerta, un trozo de una viga de madera en llamas cayó sobre el techo del coche, que enseguida comenzó a arder.

Pike cruzó las dos columnas de piedra de la entrada y salió del patio. Un camino en curva conducía desde el invernadero hasta la puerta principal, pero, como al salir de la curva distinguió los faros de un coche en la entrada principal, de un volantazo el Bentley dejó aquel sendero de grava para adentrarse de nuevo en el jardín.

Intentó dar la vuelta en el césped y volver otra vez hasta el patio de las cuadras, desde donde podía salir por la puerta trasera que daba al campo. Sus propios faros sorprendieron a unos cuantos hombres con casco persiguiéndole por el jardín. Al sentir una súbita ráfaga de calor en el cuello se volvió y se dio cuenta de que el coche estaba ardiendo. Las llamas del techo prácticamente le rozaban la cabeza.

Los hombres que tenía delante echaron una rodilla a tierra, como si hubieran recibido una orden. Al instante siguiente, la luna del coche saltó en pedazos, y mientras Pike daba otro volantazo para hacer un trombo escuchó el sonido de los disparos y sintió un dolor punzante en la parte superior del brazo.

Pike emitió un gruñido tensando los labios. El dolor no tenía significado para él. Lo aceptaba como un peaje que tenía que pagar. No obstante, tuvo que agachar la cabeza para no sentir el calor de las llamas. Cuando el capó del Bentley giró del todo, vio otras figuras vestidas de azul salir del patio de las cuadras. Al oír el silbido de una bala rozarle la oreja, se agazapó contra la tapicería.

Justo delante de él se erigía el invernadero iluminado, en una de cuyas cristaleras se veía a la señora Aylward como si fuera una polilla gigante, con el rostro lívido mirando fijamente lo que ocurría en el jardín. En aquellos momentos le disparaban desde ambos lados. Se oía el martilleo de las balas golpear el chasis del coche. Un fragmento de cristal de la luna rota le cayó en la frente. Por los ojos comenzó a resbalarle la sangre.

Pike no quitó las manos del volante. Sin soltar el pie del acelerador, vio a la señora Aylward dar un paso atrás detrás de la cristalera y luego echarse a un lado, con movimientos pesados, tratando de esquivar a la enorme mole de metal que, como un rayo, se le echaba encima.

Con bramidos de rabia, Pike enfiló hacia el invernadero.

¡Pasara lo que pasara, no le cogerían vivo!

15

—¡ALTO EL FUEGO!

La orden dada a voz en grito quedó ahogada por el estruendo de cristales rotos que se oyó cuando el coche arremetió de lleno contra el invernadero, cuya estructura se vino abajo después de que el vehículo lo cruzara dejando la marca de las ruedas en el suelo tras impactar contra las puertas dobles para ir a estrellarse en uno de los muros de la casa, en el que abrió un boquete.

De un salto, Madden se puso en pie (se había echado cuerpo a tierra cuando comenzó el tiroteo) y, atravesando la línea de francotiradores, se dirigió hacia el invernadero en ruinas. Billy Styles le seguía los pasos. Llegaron al mismo tiempo que un par de agentes uniformados que venían desde la dirección contraria, desde el patio de las cuadras. En un rincón se distinguía una figura humana acurrucada bajo un manto de cristales rotos.

—Ésa es la señora Aylward; sáquenla de aquí —ordenó Madden a los dos policías—. Lleven cuidado; puede que tenga cortes de gravedad.

Sin dejar de correr, Madden avanzó entre los cristales rotos hasta el muro donde se había empotrado el coche. Con el impulso, el vehículo se había incrustado un buen trecho en el estudio al otro lado de la pared. Sólo sobresalía la parte de atrás. Por las ventanas rotas salía un humo negro. El techo del Bentley seguía en llamas.

—No vale la pena. Por ahí no podemos pasar.

Madden agarró a Billy del brazo y tiró de él. Pisando otra vez por el rastro de cristales que había dejado una de las ventanas, dio la vuelta corriendo hasta llegar a la parte delantera de la casa. La puerta estaba abierta. Al entrar, encontraron ya allí a un sargento con un agente. Los hombres daban vueltas por el vestíbulo sin saber muy bien hacia dónde ir.

El inspector se hizo camino entre ellos y continuó hacia donde debía de estar el estudio. Abrió una puerta. De la habitación en penumbra salió una humareda que invadió el vestíbulo. Dentro se veía el centelleo de las llamas, y Madden divisó con una sola mirada la mole negra del Bentley antes de volver sobre sus pasos, repelido por el tufo de los gases.

Los dos policías se habían arremolinado detrás de él. Tras ellos había una escalera. Madden llamó a Billy, quien se había quedado esperando en el vestíbulo.

—Vaya al piso de arriba. Compruebe si hay alguien allí y ocúpese de que bajen.

Sacó un pañuelo del bolsillo y se volvió otra vez hacia el estudio. Pero, mientras se acercaba a la puerta, distinguió el olor de la gasolina en la nube de humo.

—¡*Cuidado!* —exclamó, apartándose hacia un lado.

Con un rugido, una inmensa lengua de fuego salió súbitamente hasta el vestíbulo. Uno de los policías lanzó un grito y, tambaleándose, se echó hacia atrás. El fuego se apoderó de un tapiz que colgaba de la pared junto a las escaleras. El dintel de la puerta también había comenzado a arder.

—¡*Fuera!* —gritó Madden—. ¡*Todo el mundo fuera!*

A empujones echó a los dos agentes hacia la puerta de entrada, pero luego se volvió a la escalera, cuyo balaustre habían empezado a consumir las llamas. Cuando se disponía a subir las escaleras apareció delante de él una figura entre el humo. Era Billy. Llevaba un cuerpo al hombro, como si fuera un saco de patatas. Iba tambaleándose, haciendo todo lo posible por mantener el equilibrio a medida que bajaba por las escaleras alfombradas, en las que ya habían prendido las llamas.

—No se preocupe, señor —le dijo a voces—. Me las apaño solo.

Bajando de espaldas, Madden le fue guiando, sujetándole contra la pared para mantenerle alejado del balaustre en llamas. El cuerpo que llevaba al hombro era el de una joven vestida con uniforme de criada. Se le había soltado la melena, y, mientras conducía al joven agente hasta la puerta de entrada, el inspector tuvo que ir apagando algunas chispas que habían saltado a la cabellera. Cuando Billy cruzó la puerta de entrada, se oyeron los vítores de los policías allí congregados.

Sin dejar de toser, Madden divisó al inspector jefe, que en esos momentos venía hacia ellos atravesando a toda velocidad el jardín. Hollingsworth iba a su lado. Booth estaba en el camino de entrada, desde donde gritaba a un grupo de agentes que a toda prisa doblaban la esquina en dirección hacia ellos:

—¿Qué hacen aquí? ¡Vuelvan al patio! ¡Quédense en sus puestos!

Los hombres se dieron la vuelta y desaparecieron.

—¿John? —se interesó Sinclair, una vez estaba junto a Madden.

—Creo que está atrapado en el coche, señor —informó Madden antes de lanzar al suelo de grava un escupitajo ennegrecido por el humo—. No he podido entrar en la habitación. Toda la casa está ardiendo.

No había terminado de hablar cuando una de las ventanas delanteras estalló, dejando salir las llamas en la noche. Los policías que se habían congregado en el camino de entrada retrocedieron unos pasos.

—Pasarán horas antes de que podamos entrar —se lamentó Booth, quien se les había unido.

Madden divisó la figura de Billy Styles arrodillado en el suelo junto a la joven que había sacado al hombro de la casa. Ella también estaba arrodillada, echada hacia delante, vomitando. Billy la sujetaba rodeándole la cintura con el brazo.

Un sargento uniformado se presentó ante ellos.

—He mandado a un hombre carretera abajo en busca de un teléfono, señor. Llamará a la ambulancia y a los bomberos.

—Gracias, sargento —repuso Sinclair—. ¿Qué me dice de la señora Aylward?

—Los cortes que tiene no parecen muy graves, señor. Casi todos son en la espalda. De alguna manera logró escapar. Pero está en estado de shock. La tenemos tumbada y cubierta con mantas sobre el césped.

El inspector jefe miró alrededor. El resplandor de la casa en llamas iluminaba un buen trozo del jardín. Algunos policías se habían sentado. Se veía el centelleo de algún que otro cigarrillo encendido. Sinclair se encogió de hombros y sacó la pipa.

—Bueno... No podemos hacer nada sino esperar.

*

A medianoche se había consumido el fuego. Sin embargo, hasta bien pasado el amanecer el jefe de la brigada de bomberos que habían enviado desde Folkestone no dio permiso para entrar en las ruinas de la casa.

Mientras tanto, habían llegado dos ambulancias: una para la señora Aylward y su criada y la otra para Billy Styles, quien resultó tener quemaduras en las manos y ampollas por toda la cara y el cuello.

—Estoy bien, señor —le dijo, todo ufano, a Madden, quien, a pesar de las protestas de aquél, ordenó que se le metiera en el vehículo, del cual cerró él mismo las puertas.

Sinclair, al ver la escena desde la distancia, se reía entre dientes cuando el inspector volvió a su lado.

—¿Sabes, John? Creo que, después de todo, a lo mejor de ese joven sale un buen policía.

Durante toda la noche mantuvieron a agentes de guardia en la casa. Sinclair se había traído consigo a una docena de agentes uniformados de Folkestone, y el sargento al frente del grupo había organizado los turnos. Madden y el inspector jefe se retiraron a uno de los coches y consiguieron dormir, de manera intermitente, unas cuantas horas.

Con el primer lucero del alba se produjo otra llegada: la del inspector jefe Mulrooney, de Folkestone, un hombre grande y rubicundo de aspecto jovial que saludó calurosamente a sus colegas:

—Un buen trabajo nocturno, diría yo.

El jefe de policía de Folkestone había ordenado traer té y bocadillos de Knowlton. Congregados alrededor del furgón, los hombres se desperezaban y le hincaban el diente al desayuno.

Poco después de las ocho, una vez inspeccionó la casa, el jefe de bomberos se acercó. Él y sus hombres habían podido hacer poco. Las llamas ya llevaban un buen rato fuera de control cuando llegaron y, como la policía, habían pasado la noche vigilando y esperando. Dirigiéndose a Sinclair, dijo:

—Ya puede entrar, señor, pero sólo un minuto. La casa todavía es un horno.

El inspector jefe y Madden se pusieron las botas, los cascos y los gabanes que les prestaron otros bomberos. En el último minuto, Mulrooney decidió acompañarles:

—¿Es que se van a llevar ustedes solos toda la diversión? —les dijo afablemente.

374

El jefe de bomberos y un hombre de su brigada, armados con hachas, abrieron camino a través de lo que quedaba de la puerta principal. Las paredes de la casa todavía estaban en pie, pero el techo estaba completamente caído, de suerte que la luz del día entraba a raudales, ennegrecida por las cenizas. Toda la estructura de la casa humeaba. El calor era intensísimo.

Siguiendo las instrucciones de Madden, avanzaron a través del vestíbulo lleno de escombros hacia el estudio. El casco del Bentley, allí parado en medio de la habitación derruida, estaba cubierto por vigas que habían caído del techo y por restos de mampostería que despedían calor como si se de ascuas se tratara. El hedor acre del humo se mezclaba con otros olores.

Los dos bomberos hincaron sus hachas en aquel montón, y del coche fueron quitando trozos de madera y piedra carbonizados. Primero quedó al descubierto el capó partido por la mitad; luego el marco de hierro que sujetaba la luna. Trabajando como lo hacían con rapidez, consiguieron despejar enseguida la zona del conductor. La estampa que se abrió ante sus ojos les hizo retroceder.

Ante ellos se descubrió una imagen espantosa. Sentado al volante, casi soldado a él, estaba una figura humana carbonizada. Por entre la carne ennegrecida resaltaba la blancura de los huesos. Unas cuencas de los ojos vacías les miraban. Los dientes quedaban al descubierto en una sonrisa de la que habían desaparecido los labios.

—¡Dios santo! —balbuceó Sinclair, quien nunca había visto nada igual.

Madden, a quien le eran bastante familiares aquellas imágenes, miró hacia otro sitio.

Sólo Mulrooney estaba como si no pasara nada. Con evidente expresión de satisfacción, asentía.

—¡Bonita imagen!

16

La carretera que llevaba a la casa de la señora Aylward discurría entre huertos de árboles frutales y setos. De hecho, aunque estaban a menos de un kilómetro de Knowlton, ni la casa ni las cuadras se veían desde el camino, pues estaban ocultas por un seto de alheña y rodeados por los campos y los frutales.

—A Pike le debía de gustar esto —comentó Bennett en el momento en que les saludaba un policía cuando cruzaban la puerta de entrada el viernes por la mañana—. Ningún curioso. —Había venido de Londres en tren. Sinclair había ido a recibirle a la estación de Folkestone y juntos habían ido en coche hasta Knowlton.

El ayudante del comisionado adjunto sacudió la cabeza al ver la casa ennegrecida y en ruinas. Mientras el coche aparcaba frente a la casa, a la escalera salió un hombre con botas y un mono azul cargado con un cubo de escombros carbonizados.

—No pudimos empezar a inspeccionar la casa hasta bien entrada la tarde de ayer —explicó Sinclair a Bennett—. Hasta el momento hemos encontrado el fusil y la bayoneta de Pike. Estaban en el capó del coche. La bayoneta estaba envuelta con alguna clase de tela. No hay duda de que se proponía huir. Tengo la sensación de que llegamos justo a tiempo.

—Ha sido una pena para la casa —dijo Bennett mirando a su alrededor. Ya habían salido del coche y estaban en el camino de entrada. Cerca, estaba aparcado un furgón policial.

—Sí, pero no veo de qué otra manera podríamos haber actuado —declaró el inspector jefe. Aunque Sinclair estaba pálido y parecía agotado, a Bennett le complació ver que había recuperado su habitual porte y desenvoltura—. Tanto a Madden como a mí nos preocupaba que pudiera huir, y razones no nos faltaban. Se habría deshecho del coche una vez hubiera escapado. Habríamos tenido que empezar otra vez a buscarle. ¿Y quién sabe lo que no hubiera hecho mientras tanto?

Sinclair lanzó una mirada desafiante al ayudante del comisionado adjunto, quien se lo admitió con una sonrisa y un gesto de asentimiento.

—No le estoy criticando, inspector jefe. Simplemente pienso en la señora Aylward. Ha perdido la casa, la pobre mujer.

—Y ha pasado más miedo que vergüenza, por si fuera poco —admitió Sinclair con gravedad—. Pero no podía llamarla por teléfono y avisarla de que veníamos para acá. Lo más probable es que le hubiera dado un ataque de pánico, y Pike lo hubiera captado con sólo mirarla.

—¿Ha hablado ya con ella?

—Sólo un momentín, señor, por consejo médico. Fui a verla al hospital en Folkestone. Ha confirmado que visitó Highfield y Stonehill; hizo retratos para ambas familias. Lo de Bentham fue otra historia. Le habían encargado un retrato en otro lugar de la zona y, al pasar, se había fijado en una casa cerca del pueblo que valía la pena pintar: Bentham Court. Madden se acuerda de haber visto la casa desde la carretera al ir hacia allí. Una perla de estilo palladiano, en palabras de la señora. Los dueños le dieron permiso para pasar allí el día. Cree recordar que Pike se fue a buscar gasolina. En ésas, debió de ver a la señora Reynolds en el pueblo y seguirla hasta su casa. Así exploraba el terreno.

—¿Cuánto tiempo llevaba trabajando para ella?

—Cerca de un año. Vino sin referencias, pero le contrató a prueba durante un mes y al parecer trabajaba bien. Con todo, tenía pensado despedirle. Me confesó que su presencia le resultaba «pesada». —El inspector jefe arqueó con gracia una ceja—. Ésa es otra perla. La guardo para mis memorias.

Sinclair acompañó a Bennett en un recorrido alrededor de la casa hasta las ruinas del invernadero y le mostró el boquete en la pared donde había quedado atrapado el Bentley.

—He mandado que se lo llevaran a Folkestone esta mañana. Sacamos el cuerpo ayer. Eso fue un tanto desagradable.

—¿Dónde lo tienen ahora?

—Lo tiene el forense de Folkestone. No creí que valiera la pena hacer venir a Ramson hasta aquí. Ya poco puede hacer ninguno de los dos. No con los escasísimos restos que han quedado.

Cruzaron las dos columnas de piedra de la entrada al patio de las cuadras. Sinclair señaló un montón de escombros ennegrecidos, que marcaban la ubicación de los antiguos establos.

—Encontramos la motocicleta escondida al fondo de aquel campo. En el sidecar había una bolsa con los objetos de plata de la señora Troy. No termino de creer que tuviera intención de dejarla ahí. Quizá no le diera tiempo a recogerla antes de que nosotros nos presentáramos. —Hizo una pausa—. Madden está hoy en Rudd's Cross terminando los interrogatorios. Esa parte de la historia la hemos reconstruido bastante bien. La policía de Folkestone está rastreando la zona en busca del cadáver de Biggs. Estará por allí cerca: Pike tenía mucho que hacer esa noche. No pudo haber ido muy lejos con él.

Volvieron otra vez al coche.

—El comisionado adjunto quiere un informe completo —le anunció Bennett—. Y tendremos que decidir cuánto se filtra a la prensa. Nos están pidiendo a gritos más datos.

Los periódicos de por la mañana habían publicado la noticia de la muerte de Pike. Un escueto comunicado de Scotland Yard informaba de que la policía ya no buscaba a nadie en relación con los asesinatos ocurridos en Melling Lodge y Croft Manor.

—¿Quedarán muchos cabos sueltos?

—Bastantes —admitió Sinclair, con expresión apenada—. ¿Cómo logro Pike que le dieran por muerto? ¿De qué manera volvió de Francia? ¿Qué clase de vida llevó hasta que encontró trabajo con la señora Aylward? ¿Ha hecho otras cosas de las que no estamos al tanto? —Lanzó a Bennett una mirada sombría—. Por lo que respecta a sus antecedentes, albergo la esperanza de que nos sea de ayuda el expediente de la policía de Nottingham. Lo tengo encima de mi mesa en Londres. Todavía no he tenido oportunidad de mirarlo. Pero hay ciertas cosas que jamás sabremos: ¿Cuál fue el desencadenante? ¿Por qué comenzó a matar? ¿Y por qué a esas mujeres en concreto? —El inspector jefe meneó la cabeza y lanzó un suspiro—. Preguntas; nada más que preguntas. Y sin respuestas claras. Eso es lo que le gustaba a Sócrates, me dicen. Pero Sócrates no era policía.

*

Después de una breve visita a la comisaría central de policía de Folkestone para agradecerle al inspector jefe Mulrooney su ayuda, Bennett cogió el tren de primera hora de la tarde hacia Londres. Había quedado con Sinclair que éste entregaría el informe al comisionado adjunto el miércoles siguiente.

—Eso nos dará tiempo para presentarlo bien, señor. Mañana salgo de aquí, pero primero iré por Stonehill. Necesitamos que los Merrick nos relaten la visita de la señora Aylward y que nos confirmen si alguien recuerda haber visto a Pike en aquella ocasión. El inspector jefe Derry, de Maidstone, se nos ha ofrecido para hacer lo mismo en Bentham. Hablaré con él durante el fin de semana.

—¿Qué me dice de Madden? —preguntó el ayudante del comisionado adjunto.

—Regresa a Londres mañana por la tarde y el domingo bajará a Highfield.

—¡El domingo! —Bennett no pudo evitar protestar—. ¡Por Dios santo, ese hombre no ha parado de trabajar! ¿No se merece por lo menos un día libre?

—Claro que sí, señor —respondió Sinclair con tono solemne—. Y nada me complacería más a mí que usted lo convenciera.

—Ah, vaya... ¿Conque la idea ha salido del propio Madden?

—Insiste en encargarse él de ello. Pero ése es Madden de pies a cabeza: esclavo de su sentido del deber.

Aunque se tenía por agudo, Bennett se dio cuenta de que se perdía algo. Pero, como ya se estaban despidiendo, del comportamiento irónico del inspector jefe no pudo concluir nada más a excepción de que, de alguna manera, le estaba tomando el pelo.

*

Sinclair partió temprano al día siguiente para Stonehill. Madden no salía hacia Londres hasta por la tarde. El sargento Booth le acompañó a la estación. De camino, pararon en el hospital para preguntar cómo estaba el agente Styles, y les indicaron el camino hasta uno de los pabellones. Billy estaba sentado en una cama, con un pijama del hospital, con las manos vendadas y la cara blanca, cubierta de un ungüento.

—Me encuentro perfectamente, señor. ¿No puede ordenar que me den el alta? —le suplicó a Madden.

—No está en mis manos, me temo. Ya he preguntado. Le tendrán aquí hasta el lunes.

Ni siquiera la sonrisa de Madden, acontecimiento infrecuente, logró aliviar la consternación del joven. Tampoco se animó cuando, al poco rato, una enfermera trajo un jarrón de cristal con violetas, que colocó en su mesilla.

—De la joven que está en el pabellón B —le dijo a Billy, con una sonrisa.

—¿Y esto? —preguntó Booth con un brillo especial en los ojos marrones.

—La señorita Bridgewater es la joven que salvó el agente del fuego —explicó la enfermera—. Y espera que el agente vaya a verla a su pabellón para poder agradecérselo en persona.

—¡Agente! —le dijo Madden, con tono autoritario.

—¿Tengo que ir, señor?

—Acaba de decirme que se encuentra perfectamente...

Billy buscó el apoyo de Booth, pero tampoco lo encontró allí.

—Sáquele partido, chico. —Ése fue el único consejo que recibió por aquella banda—. Cuando está el sexo débil por medio, poco le dura a uno la condición de héroe.

17

En Highfield recordaban perfectamente el Bentley de la señora Aylward, aunque no tanto a la dama, si bien tanto Alf Birney como su hija se acordaban de haberla visto entrar en la tienda para hacer unas compras.

—Era a finales de abril —le dijo Stackpole a Madden—. May Birney recuerda que compró un ramo de narcisos y que preguntó por dónde se iba a Melling Lodge.

Al parecer, había aparcado el coche enfrente de la tienda, y ahí es cuando la señorita Birney había visto a Pike.

—Lo vio en la carretera, junto al coche, de perfil, justo como nos dijo. Llevaba puesta la gorra de chófer. Ahora le ha venido todo a la mente, dice.

Cuando llegó el inspector, casi estaba hecho todo el trabajo. Stackpole había tomado de nuevo declaración a los Birney. Llevaba la transcripción en el bolsillo del gabán, para que la leyera Madden.

—Ah,. y también tengo un recado para usted de la doctora Blackwell, señor —añadió el agente, con un rostro inexpresivo poco habitual en él—. Dice que estará de vuelta en su consultorio sobre las tres.

—Gracias, Will —replicó Madden, con idéntica impasibilidad.

Cuando, la noche anterior, había telefoneado a Helen, descubrió que ya había hecho planes: acompañar ese domingo a su padre a un almuerzo en Farnham.

—Pero le dejaré en casa al volver y me reuniré contigo en el pueblo. Estate pendiente de mi coche. Cariño, tengo muchas ganas de verte.

Madden, parco en palabras como siempre, sólo supo balbucear que la quería; al parecer con eso bastó.

Stackpole había estado esperando en el andén de la estación para saludarle. La sonrisa de aquel agente de elevada estatura iluminó aquel día gris de otoño.

—Es un placer verle otra vez por aquí, señor. El pueblo es otro desde que supimos las noticias. Hay mucha gente esperando para estrecharle la mano, se lo aseguro.

Un buen número de ellos al parecer se habían congregado en el Rose and Crown, donde Stackpole sugirió que pararan para comer algo. Tras haber saludado por lo menos a una docena de personas, Madden fue a cobijarse al refugio del reservado, que el señor Poole, el dueño del pub, cerró al público para que estuvieran solos. Mientras el agente pedía unas cervezas y unos bocadillos, Madden se acomodó a fin de leer con calma las declaraciones de los Birney.

—Me llevé una sorpresa al saber cuándo vino por aquí por primera vez —se sinceró Stackpole, quitándose el casco. En su manaza llevaba una pinta de cerveza amarga—. A finales de abril, según la señorita Birney. Seguramente debió de volver después en repetidas ocasiones. —Madden le contestó con un gruñido y siguió leyendo—. Desde mayo hasta finales de julio: eso son tres meses. ¿Qué estuvo haciendo por ahí arriba en los bosques? Sí, ya sé, construir el refugio, ¿pero después...?

El inspector guardaba silencio. Stackpole le miró de reojo.

—¿Qué ocurre, señor?

Madden señaló con el dedo índice una línea de la declaración.

—¿La doctora Blackwell...? —preguntó, y de repente se le arrugó el gesto.

El agente miró el papel echando un vistazo por encima del hombro del inspector.

—Ésa es la declaración de May, ¿verdad? Sí, recuerda que la doctora fue por la tienda aquella mañana. Justo antes de que entrara la señora Aylward. Luego fue cuando se percató de la presencia de Pike en el exterior.

—«Lo vi a través del escaparate de la tienda. Aquel hombre estaba girado hacia la parte de arriba la calle, con la vista fija en algo. Estaba allí parado como si fuera una estatua...».

—¿Y bien, señor? —Stackpole no había captado lo que quería decir el inspector.

—¿Qué miraba, Will? ¿A *quién* miraba?

Los ojos del agente delataron que iba cayendo en la cuenta.

—¡Dios santo! —exclamó, palideciendo acto seguido.

—Se parecían, ¿no? Ella me dijo una vez que la gente creía que eran hermanas. —Madden inclinó la cabeza—. Pike la vio a ella primero, Will. Antes siquiera de haber visto a Lucy Fletcher. —Hizo una pausa. El inspector levantó la mirada—. ¿Por eso estuvo tanto tiempo en los bosques? ¿Es que no sabía por quién decidirse? Siempre nos hemos preguntado por qué volvió. Llevaba con él la bolsa, así que pensamos que era para recoger algo. Pero no era para eso. Traía consigo todo lo que necesitaba.

Su compañero se acercó y le agarró del brazo.

—No le dé más vueltas, señor —le instó Stackpole—. Apártelo de su mente. Ya ha pasado todo.

En la cara de Madden se dibujaba la congoja.

—Que esto no salga de entre nosotros, Will —dijo con voz calma, sin despegar la vista del agente—. Ni una palabra de esto a la doctora Blackwell. *¡Jamás!* ¿Me has entendido?

*

Encontraron a Tom Cooper, el jardinero de los Fletcher, arreglando el seto de la parte delantera de su casa, situada al final de un sendero que salía de la calle principal. Cooper se quitó unos guantes de cuero ya agrietados para darle la mano al inspector.

—Me alegré al oír que el tipo ese había muerto, señor, aunque ojalá hubieran podido cazarle vivo. Yo esperaba ver en la horca a ese cabrón.

Cooper les dijo algo que no sabían: la señora Aylward había tardado dos días en terminar el retrato y había pasado la noche en un hotel de Guildford.

—Yo sólo vi al chófer el primer día, cuando llegaron. Trajo las cosas de la dama al recibidor desde el coche. La señora Fletcher le indicó dónde dejarlas. Luego aparcó el coche en el camino de entrada. La siguiente vez que vine por aquí no estaba, y ya no lo volví a ver. Pensé que a lo mejor había ido al pueblo.

—Allí es donde fue —dijo Madden después, cuando volvían sendero arriba, señalando con la cabeza hacia atrás, hacia los bosques de Upton Hanger, que resplandecían con los colores del otoño. La niebla de la mañana, que se estaba acumulando otra vez, tejía una trama de hilos plateados entre las copas de los pinos escoceses que se alineaban en la cumbre—. Por entonces ya sabía que iba a volver. Estaba reconociendo el terreno en busca de un lugar donde excavar el refugio.

Llegaron a la esquina. Al mirar a la calle principal, el inspector vio acercarse hacia ellos el pequeño biplaza rojo. Levantó el brazo. Stackpole notó una luminosidad especial en sus ojos y se sonrió sin que el inspector lo notara, oculto por el casco.

La doctora aparcó junto a ellos.

—¡Hola a los dos! —Su profunda mirada azul se quedó prendida en Madden—. Acabo de tropezarme con Jem Roker. Me estaba buscando. Su padre se ha caído de un almiar y se ha roto el brazo. Tengo que ir para allá... —explicó sonriente sin despegar la mirada del inspector—. ¡Vida de médico, ya se sabe...!

—¿Tardarás mucho? —preguntó impaciente.

—No más de una hora. Pero tengo que pasar por el consultorio antes. Venid conmigo un segundo.

Fueron tras el coche, que abandonó la carretera para adentrarse por un sendero que bordeaba la plaza. Cuando llegaron, encontraron abierta de par en par la puerta de la sala de espera del consultorio. Stackpole se quedó fuera.

—Le espero aquí, señor. —Y clavó la mirada en el cielo gris, como si encerrara algo digno de interés.

Madden entró y encontró a Helen en su escritorio. La doctora fue corriendo desde la mesa a abalanzarse en sus brazos. Él la apretó contra sí, sin decir palabra. La mera idea de que ella había estado tan cerca del peligro le hizo estremecerse de un modo que no supo controlar.

—John, ¿qué te ocurre?

—No, nada... Sólo... —Y desistió de encontrar las palabras adecuadas, para limitarse a abrazarla.

Helen le besó.

—Esa pobre gente de Stonehill... Estuve toda la noche en vela tratando de imaginarme lo que has debido de estar haciendo... Deseaba que estuvieras junto a mí, y no quiero que vuelvas a irte nunca más...

Él la estrechó aún más entre sus brazos y volvieron a besarse.

—Tengo que enseñarte una cosa —dijo Helen, y le llevó hasta el escritorio, de donde cogió un sobre—. Es de la doctora Mackay de

Edimburgo. Dice que Sophy ha empezado a hablar otra vez de su madre. Todavía nada sobre aquella noche, pero no tardará mucho, en opinión de la doctora. —Helen sacó un folio doblado del sobre y se lo entregó—. Esto lo hizo Sophy. La doctora Mackay pensó que me gustaría verlo.

Madden desdobló el papel. En él había un dibujo infantil pintado con lápices de colores, donde aparecía un lago con unas montañas al fondo. Unos patos con pico amarillo flotaban sobre el agua azul y unos pájaros gigantes surcaban el cielo.

—¿Éstos qué son? —preguntó Madden, señalando al papel.

Helen frunció el ceño.

—¿Las reses que hay en las tierras altas escocesas? —aventuró Helen.

Madden soltó una carcajada.

—¡Claro!

—Es un dibujo alegre, ¿no crees?

—Sí —dijo, y volvió a abrazarla. Allí se quedaron, inmóviles, unos momentos, antes de que Helen añadiera—: Casémonos enseguida —le susurró—. No esperemos más. ¡Queda tan poco tiempo...!

—¿Tiempo...? —John no la entendía, y se echó un poco hacia atrás para mirarle detenidamente a la cara—. Ahora tenemos todo el tiempo del mundo.

—No, se nos va; va pasando segundo a segundo. ¿No lo notas? —Riéndose, le lanzó una mirada desafiante—: Cásate conmigo ahora mismo, John Madden.

Él se quedó contemplando aquella mirada franca, sin parpadear.

—Por Dios, claro que sí.

*

Stackpole esperaba en la plaza, un poco más allá de donde estaba aparcado el Wolseley. Madden colocó el maletín de la doctora en el asiento del copiloto junto con las tablillas y las vendas que había cogido Helen del consultorio. Acto seguida, ella se metió en el coche.

—Cuando termines vete directamente a la casa. Papá va a pasar la tarde en Farnham, así que no encontrarás allí a nadie. Pero Molly se alegrará de verte. —Le miró fijamente durante un instante—. Volveré en cuanto pueda.

Tras saludar a Stackpole, Helen se alejó.

La última declaración que tomó Madden aquella tarde fue a la cocinera de los Fletcher, Ann Dunn, quien vivía al otro lado de la plaza. La mujer también se acordaba de la visita de la señora Aylward a Melling Lodge.

—Cuando terminamos de preparar la comida en cocina, mandé llamar al chófer, pero no estaba en el coche. Pensamos que quizá habría ido al pub. —La señorita Dunn se despejó un mechón de pelo de la frente con el brazo manchado de harina. Había encontrado un nuevo trabajo en la panadería del pueblo. El agradable olor a pan reciente invadía la casita—. Me acabo de acordar ahora: fue la pobre Sally Pepper la que salió a buscarle.

Las luces de la tarde comenzaban a palidecer cuando volvieron a atravesar la plaza. Stackpole miró al inspector y en sus ojos vio que estaba sumido en sus pensamientos, y de nuevo volvió a sonreírse. En el aire calmo flotaba el humo de las quemas propias del otoño. Cuando llegaron a la casa de Stackpole hallaron a la propia mujer del agente, con el pelo recogido con una pañoleta amarilla, atizando una hoguera con hojas secas.

—Aquí me tienes, Will Stackpole, haciendo tus tareas, como de costumbre. —Esbozó una sonrisa a modo de saludo para el inspector—. Llamaron desde Oakley mientras estabais fuera: Dick Wright, que dice que otra vez echa en falta un par de pollos. Y que también le han quitado comida de la cocina. Sigue insistiendo en que son los gitanos.

—¡Los gitanos! —bufó Stackpole, muerto de risa—. Cada vez que roban algo por aquí cerca, siempre son los gitanos.

La mención de Oakley reavivó la memoria del inspector.

—¿Qué pasó con nuestro amigo Wellings? ¿Al final le detuviste?

—No tuve oportunidad, señor. —Stackpole se quitó el casco y empezó a desabotonarse el gabán—. Se largó un día a medianoche. Hizo las maletas y se fue sin decir palabra. No me pareció que mereciera la pena intentar traerlo de vuelta aquí. El pub sigue cerrado desde entonces.

Madden divisó una cabellera rizada en una de las ventanas del piso de arriba de la casa.

—Hola, Amy —saludó.

La señora Stackpole se dio la vuelta.

—¿Qué haces ahí, señorita? ¡Vuelve enseguida a la cama! —La cabecita desapareció—. Amy está malita con el sarampión —explicó—. La doctora Blackwell dijo que pasaría por aquí al volver hacia casa.

Stackpole iba de aquí para allá con el rastrillo.

—A lo mejor quiere esperarla aquí, señor —propuso, sin inmutarse.

—No, creo que no, Will. —El inspector se colocó bien el sombrero—. Prefiero marcharme.

—¿Ya se vuelve? —preguntó el agente, perplejo.

—No en estos momentos.

—Entonces, ¿le seguiremos viendo por aquí?

—No me sorprendería.

Al volverse tras cruzar la puerta del jardín, Madden llegó a tiempo para ver a la señora Stackpole asestarle un codazo a su marido. Sonriendo, levantó el brazo en señal de despedida.

18

Muy bajos, rozando casi las copas de las altas hayas, se veían unos nubarrones negros. A la izquierda de Madden, en la distancia, los bosques de Upton Hanger no eran sino una sombra negra que destacaba en la tarde cada vez más oscura. Entre la niebla, Madden bajó por el sendero cobijado con un manto de silencio, alborozado y lleno de una felicidad que le animaba el espíritu y que le hacía aligerar sus pasos sobre el terreno húmedo.

Se detuvo un instante frente a las puertas cerradas de Melling Lodge para escudriñar el camino de entrada jalonado por olmos, pero ya había caído demasiado la tarde como para ver la casa. A la mente le vino el día que había cruzado por primera vez esas puertas en el Rolls-Royce de lord Stratton y de todo lo que había pasado desde entonces.

Pero, a medida que siguió caminando, le fue cambiando el ánimo. La euforia empezó a mermar para dar paso a un sentimiento de ligera inquietud. Al principio lo atribuyó al aire frío y la niebla cada vez más cerrada, que le recordaron, como siempre, aquellas noches gélidas que había pasado en la tierra de nadie, al acecho para tender una emboscada a las tropas enemigas.

Al mismo tiempo oía una voz gruñona hablarle desde el fondo de su conciencia. Madden tenía una facultad especial para recordar las cosas; de hecho, ésa era una de sus mejores bazas como detective: apenas olvidaba nada de lo que escuchaba. Pero esa tarde había estado distraído del trabajo. Había dejado vagar sus pensamientos, y ahora tenía la incómoda sensación de que se le había escapado algo importante. De haber estado oyendo, pero sin escuchar.

El camino se estrechó, y los setos a cada lado del sendero se iban acercando hasta casi tocarse. Llegó a donde la carretera dibujaba una gran curva. Por delante tenía el camino que discurría desde un ramal del bosque hasta la puerta lateral del jardín de la casa de Helen: el camino que Will Stackpole le había mostrado en su primera visita.

Aunque lo dudó durante un segundo, al final decidió seguir por la carretera asfaltada, pensando que a lo mejor se encontraba con Helen a su regreso en el coche. A los cinco minutos, llegó a la puerta principal, que estaba abierta. Detrás, el camino de entrada se estrechaba como un oscuro túnel.

Comenzó a bajar por aquella avenida de tilos, sintiendo el crujido que hacían las hojas secas bajo sus pies. Los árboles que se elevaban a ambos lados eran muy frondosos, y a través de ellos divisó un débil rayo dorado filtrarse entre la oscuridad. Al final del túnel, apareció, tenue, la forma blanca de la casa, levemente desdibujada por efecto de una niebla cada vez más espesa.

Madden se paró de golpe.

Había oído un ruido entre los arbustos que flanqueaban la hilera de árboles: un crujido más fuerte que el que producían sus pisadas al aplastar las hojas secas.

—Molly, ¿eres tú? ¡Ven, acércate, pequeña! —exclamó, llamando a la perrita.

Al segundo paró el ruido. El inspector se quedó inmóvil en una oscuridad densa, tupida por la niebla plateada. A su alrededor se hizo el más absoluto silencio. A continuación sintió un roce en la mejilla, y automáticamente levantó la mano...

Una hoja, que bajaba en espiral desde una de las ramas que pendían sobre él, se le posó en el hombro.

Otra vez volvió a oír el crujido, furtivo y fugaz, y esta vez reconoció en él el correteo de un animalillo. No sabía decir si era presa o predador, pero al momento siguiente se esfumó.

Con todo, no le desapareció la ansiedad, así que empezó a rebuscar en su mente, rastreando todos los acontecimientos de la tarde, las conversaciones que había mantenido, intentando dar con alguna frase extraviada que merodeaba como un fugitivo en lo más profundo de su mente, negándose a revelarse.

¿Era algo de lo que había dicho Stackpole?

Llegó hasta el final del camino de entrada y cruzó el pequeño terreno de grava que se extendía ante la casa. La luz del pórtico estaba apagada, pero la puerta no estaba cerrada con cerrojo, tal como le habían asegurado, de forma que pudo entrar y encender las luces del recibidor de la entrada. Para llegar al salón tenía que cruzar ese recibidor y un pasillo, por el que se adentró sin detenerse ni un segundo.

El salón estaba a oscuras, pero del recibidor entraba bastante luz como para distinguir dónde estaban las diversas lámparas de mesa. A medida que fue encendiéndolas, en los grandes ventanales que daban a la terraza, que tenían descorridas las cortinas, se reflejó la sala. Madden vio su propia figura en el espejo con marco dorado que estaba encima de la chimenea, e inmediatamente frunció el ceño, recordando.

¡No fue el agente! ¡Su mujer!

¡Era algo que había dicho la señora Stackpole!

Madden abrió la puerta que daba a la terraza y salió al exterior. La niebla era aún más espesa a ese lado de la casa: cubría todo el césped y envolvía el huerto que estaba al fondo del jardín.

Por dos veces silbó y llamó a la perra:

—¡Molly! ¡Molly!

De la oscuridad plateada no vino ningún aullido de respuesta. La niebla lamía las losas de piedra de la terraza.

A Madden se le puso de punta el vello del cuello. Como otros compañeros que también habían sobrevivido a las trincheras, el inspector había desarrollado un instinto para percibir el peligro. Algunos lo identificaban con el sexto sentido, pero, en realidad, era una forma aprendida de reaccionar ante los pequeños detalles y anomalías: un pequeño destello en las profundidades de la tierra de nadie; el repiqueteo de una hebra de alambre de espino en la oscuridad...

Ante las cosas que se salían de lo normal.

Volvió a silbar, y esta vez oyó un leve quejido. El ruido procedía de cerca, del comienzo de las escaleras de la terraza, que estaban ocultas por la niebla. Por encima de ese ruido, no obstante, escuchó otro más fuerte a sus espaldas: el estruendo del motor del Wolseley que se acercaba por el camino de entrada a la casa.

—Dick Wright dice que otra vez echa en falta un par de pollos. Y que también le han quitado comida de la cocina.

Madden se giró y salió corriendo hacia la puerta, cerrándola de un portazo, y después cruzó a la carrera el salón, para llegar a toda prisa hasta el recibidor y la puerta de entrada.

A la carrera para cortarle a Helen el paso.

Antes de terminar de cruzar la sala oyó el ruido de unas pisadas en la terraza, y se giró para ver cómo su propia imagen, reflejada en los ventanales, se hacía añicos al precipitarse sobre ellos el cuerpo de un hombre, que se llevó por delante el marco de madera y el cristal para aterrizar en el suelo al pie de la ventana y salir a continuación corriendo hacia él sin parar siquiera. Antes de tenerlo encima, a Madden sólo le dio tiempo para fijarse en el rostro pálido y cubierto de sangre y en un palo largo que Pike blandía en diagonal, a modo de barrera, por delante del cuerpo.

Ya era demasiado tarde cuando el inspector distinguió el brillo de la bayoneta en la punta del palo. Trató de echarse hacia un lado, pero Pike imitó el movimiento y, cuando Madden retrocedió tambaleándose, aprovechó para revolverse como una serpiente y clavarle el arma como un dardo, hundiéndola bien en el cuerpo del inspector y sacándola a continuación con un giro salvaje de muñeca.

Madden cayó de rodillas lanzando un gemido y luego se desplomó. Allí se quedó inmóvil.

*

Sin siquiera apagar el motor, Helen Blackwell entró corriendo en casa. Iba corriendo por el pasillo iluminado, llamando a Madden:

—John, quieren que vuelvas a Londres. El hombre calcinado no era Pike. No está muerto...

Al entrar en el salón, paró en seco. Sus ojos volaron desde la cristalera rota hasta el cuerpo de Madden tendido en el suelo; vio ambas cosas a la vez. Durante un instante, el tiempo que tarda un latido, se quedó petrificada. Paralizada por la conmoción. Luego, mientras abría la boca con la intención de emitir un grito, sintió una mano que, desde atrás, le tapaba los labios y otros brazos que le sujetaban los suyos. En la oreja sintió el calor de una respiración; también una barba rascarle el cuello.

Helen sabía quién era, o quién debía de ser. No tardó ni un instante en caer en la cuenta y, aunque estaba aterrorizada, enseguida opuso resistencia: balanceó el cuerpo de un lado a otro, con el fin de que su atacante perdiera el equilibrio. Era una mujer fuerte, y pronto sintió que él se debilitaba. En su respiración ronca se distinguía un punto de agotamiento. Junto con los bramidos incoherentes que salían de los labios de Pike, Helen escuchaba también gemidos de dolor.

En el forcejeo, se recorrieron toda la habitación, chocándose con los muebles, lanzando al suelo los taburetes y las mesas auxiliares, antes de llegar frente al espejo sobre la chimenea, donde Helen vio a su atacante. Se percató de que tenía la frente llena de sangre y los labios tensados, con los dientes bien al descubierto en constante gruñido. También vio una mancha oscura en la parte superior de su camisa caqui. Así que, cuando logró soltar una mano del abrazo asfixiante de su atacante, con toda la fuerza que pudo reunir hundió los nudillos en aquella marca.

Pike emitió un bramido de dolor y la soltó. No obstante, antes siquiera de tener tiempo para reaccionar, Helen sintió que, desde atrás, un manotazo la enviaba contra la chimenea, donde dio con la frente en la repisa. La doctora cayó de espaldas, sin sentido, sobre la alfombra, mientras la sangre le manaba a borbotones de un corte profundo a la altura de la ceja.

Sin dejar de emitir gruñidos de dolor, Pike la cogió por las axilas y arrastró su cuerpo inanimado hasta el sofá. Pike hipaba, casi llorando, y musitaba las mismas palabras una y otra vez:

—Sadie... ¡Oh, Sadie...!

La sangre que le brotaba de la frente le caía a la doctora sobre la blusa. Pike le sacó el pelo de detrás del cuerpo, donde se le había quedado atrapado, y se lo colocó por encima de los hombros.

—Oh, Sadie...

Le desabotonó la blusa y luego se agachó para subirle la falda. Pero, cuando se la había levantado hasta las rodillas, alguien le agarró por la espalda de la camisa y, alzándole, le giró. Un puñetazo tremendo en la barbilla le hizo tambalearse y caer hacia atrás, tropezándose con uno de los taburetes caídos antes de derrumbarse en el suelo, panza arriba.

—¡Cerdo asesino!

Encima de él, Stackpole le miraba en mangas de camisa. Pike intentó incorporarse agarrándose al respaldo de una mecedora, pero el agente le asestó otro puñetazo: Pike dio con la cara en la alfombra.

—¡Cabrón!

Stackpole le agarró con una mano por la parte de atrás de la camisa y, con la otra, del cinturón de cuero, y tiró de él hasta que lo puso a cuatro patas. Mientras el hombre, aturdido, sacudía brazos y piernas intentando orientarse, Stackpole le arrastró por el suelo y le estampó contra una vitrina acristalada. Acto seguido se oyó un ruido de porcelana y cristales rotos, que se esparcieron por la alfombra. Pike sacó la cabeza, llena de sangre, de la vitrina. El agente le lanzó a un lado.

Jadeante, y con el rostro invadido por la rabia, Stackpole miró a su alrededor. La doctora Blackwell se removía en el sofá, intentando levantar la cabeza, con un ojo todo ensangrentado.

—¡Cuidado!

Al grito de Helen, se dio rápidamente la vuelta y vio a Pike, que estaba tumbado en el suelo detrás de él, agarrar un palo largo con ambas manos. El golpe llegó tan rápido que Stackpole no pudo esquivarlo. La punta de la bayoneta le rozó al agente en el muslo, y se tambaleó hacia un lado antes de caer sobre una silla, dándose un baquetazo al aterrizar de espaldas.

Aturdido, vio que Pike, con el rostro ensangrentado y retorcido de dolor, trataba de ponerse otra vez en pie. El hombre luchaba por incorporarse apoyándose en el palo, pero, de repente, le quitaron de las manos el bastón y cayó otra vez al suelo. Tras él, arrodillado, apareció la figura de Madden, con el palo en las manos. El inspector tenía la frente inundada de sangre. Su cara exhibía una palidez cadavérica.

Pike gemía, allí tumbado boca arriba. Parecía que se le habían agotado las fuerzas. Cuando Stackpole se incorporó, vio que Madden, asimismo, estaba en pie. El inspector, trémulo, se alzaba sobre el cuerpo del hombre tendido en el suelo. Madden levantó el palo rematado por la bayoneta con sus manos temblorosas.

—¡Adelante, señor! —le instó Stackpole con voz quebrada—. ¡Mátele! ¡Mande a ese cabrón al infierno!

—¡John...! —le llamó la doctora Blackwell desde el sofá. Su voz sonaba suplicante.

Madden sostenía la punta del arma a menos de un palmo del pecho de Pike, cuyos ojos marrones se encontraron con los del agente sorteando el velo de un chorretón de sangre. En ellos no se adivinaba emoción alguna.

—¡Amos Pike! —exclamó Madden con voz débil—. Está usted detenido.

A Pike se le encendieron los ojos y se le contrajo la cara ensangrentada. Antes de que el inspector pudiera detenerle, Pike se incorporó y agarró el palo con sus manos. Y, de un solo impulso, se atravesó el pecho con la punta, que le dejó clavado al suelo. Por los labios empezó a salir la sangre a borbotones. El cuerpo se agitó, convulso, antes de quedar inerte.

Madden se dejó caer sobre las rodillas y a continuación se desplomó hacia un lado.

—John... —Helen Blackwell se acercó a gatas por el suelo—. ¡Cariño! —Se arrodilló a su lado y de un tirón le desgarró la camisa llena de sangre.

Stackpole se dirigía, renqueando, hacia donde estaban cuando el suelo comenzó a retumbar. Pike tañía con los pies, en espasmódicas sacudidas, un redoble sobre la alfombra. El agente le retiró del pecho el palo rematado con la bayoneta. Vio que se trataba del tronco de un árbol joven a uno de cuyos extremos había sujetado con alambre el sable. Lo elevó hacia lo alto, dispuesto a rematarlo. El tamborileo cesó.

—¿Está muerto? —preguntó la doctora Blackwell sin levantar la vista.

—Por siempre jamás.

—Will, ve hasta el teléfono. Llama al hospital de Guildford. Tienen que mandar enseguida una ambulancia con una enfermera. ¡De inmediato! Después, tráeme del coche el maletín. ¡*Corre!*

El agente se puso enseguida en marcha, medio cojeando, medio corriendo. Cuando regresó al cabo de unos minutos la encontró en la misma posición, arrodillada junto al inspector, limpiándose furiosamente la sangre del ojo y tapándole a Madden la herida con un trozo de seda que seguramente procedía de su ropa interior.

—Abre el maletín. Ahí hay gasas.

Stackpole obedeció. Helen sustituyó en un segundo el vendaje provisional. Luego, cogiendo la mano del agente local entre las suyas, le hizo sostener el apósito firmemente.

—Sujétalo así. No aprietes mucho. Voy a buscar unas vendas al piso de arriba. Sólo tardaré un segundo.

La visión del torso ensangrentado y la cara lívida de Madden le impresionó tanto a Stackpole que no pudo contener las palabras que le vinieron a los labios:

—¿Se va a...?

—¡*No!* —respondió Helen con furia—. No va a morir, ¿me oyes? —Y, volviéndose hacia él con la cara pálida y llena de sangre, añadió—: Le vamos a mantener con vida. Tú y yo.

Sin apenas notar el dolor en la pierna malherida, el agente se arrodilló junto al cuerpo de Madden, sin soltar en ningún momento el apósito. Escuchó el ruido de unas pisadas en el piso de arriba. Dejó que sus ojos erraran por la habitación. A pesar del caos que fueron descubriendo (el cadáver de Pike en el suelo, a pocos centímetros; los cristales y los muebles rotos desparramados por la estancia) y de la palidez atroz que exhibía el rostro del inspector, Stackpole sintió una extraña sensación de alivio.

No en vano, la conocía desde hacía muchos años, desde la infancia, y desde hacía mucho había aprendido a confiar en su palabra y en su criterio.

19

—Llevaba consigo en el coche el cuerpo de Biggs —explicó el inspector jefe—. De alguna forma consiguió ponerlo al volante, aunque no debió de serle fácil: él mismo estaba herido y la habitación llena de humo. Estaba a punto de irse cuando llegamos, ya saben, preparándose para escaparse. A lo mejor pensó que era buena idea llevarse el cadáver consigo y enterrarlo en algún sitio donde no lo encontrásemos. De esa manera nos despistaría: ¿Era Biggs quien había robado la plata? ¿Carver era de verdad Pike?

Por cómo le miraba fijamente, Sinclair supo que la doctora Blackwell escuchaba con atención todo lo que le decía.

—Sólo Dios sabe cómo se escapó —prosiguió—. Teníamos rodeado el sitio, pero los hombres iban corriendo de un lado al otro, y las cuadras estaban en llamas también. Todo era confusión. Yo supongo que salió por la cocina, una vez cruzó el patio de las cuadras. —Hizo una pausa—. Pero cómo pudo sobrevivir es todo un misterio. Literalmente, empotró el coche contra la pared lateral de la casa. El forense que examinó el cuerpo halló tres costillas rotas y lesiones en el cráneo. Además, presentaba una herida de bala en el brazo. Ese hombre tenía una fuerza y aguante increíbles.

—¿Cómo llegó hasta Highfield? —La doctora Blackwell miraba en esos momentos hacia la cama pintada de blanco situada al otro lado de aquella habitación de hospital. Sinclair se había dado cuenta de que no apartaba durante mucho tiempo los ojos de Madden. El inspector dormía profundamente.

—Un granjero que vivía a unos kilómetros de la casa de la señora Aylward denunció que le habían robado el coche durante la noche. Lo encontraron abandonado en un bosque cercano a Godalming hace diez días. El resto del trayecto debió de cubrirlo andando. Una fuerza increíble. Una tenacidad increíble también.

—Will Stackpole dice que estaba robando alimentos por la parte de las montañas que da a Oakley. Un granjero de la zona denunció robos de menor importancia —añadió la doctora Blackwell, que miraba otra vez al inspector jefe.

—Volvió a su antiguo refugio —afirmó Sinclair—. No podía reconstruirlo; no tenía las herramientas. Lo único que tenía era la bayoneta. Pero excavó un agujero en el terreno que estaba removido. Más bien parecía la madriguera de algún animal, en realidad. Me pregunto hasta qué punto era humano.

Sinclair se arrepintió al instante de sus palabras y la miró para calcular qué efecto tenían sobre ella. No en vano, él sólo podía imaginarse la sensación que producía saberse el objeto de una pasión tan retorcida y asesina. Con todo, si a la doctora le perturbaba aquel pensamiento, no lo mostraba en absoluto.

—Después caí en la cuenta de que seguramente volvió a por mí. Tengo el mismo aspecto que Lucy Fletcher. Debió de espiarnos a ambas desde las montañas. ¿Pero qué me dice de las otras, la señora Reynolds y la señora Merrick? —dijo, mostrando auténtica curiosidad.

—También tenían el cabello rubio, como usted. —«Y eran guapas», estuvo a punto de añadir, pero no quiso que pareciera que se tomaba excesivas familiaridades. La doctora Blackwell se había comportado con él con frialdad. Al acordarse de las veces que la había visto reír cuando habían coincidido en Highfield en anteriores ocasiones, se preguntó si también hoy sería testigo de su risa.

—Éramos todas del mismo perfil, entonces. Con un solo vistazo ya se volvía loco. La mirada fatídica. Como Tristán e Isolda —dijo Helen con amarga ironía antes de dirigir otra vez la mirada hasta la figura que yacía en el lecho.

—Su madre tenía el pelo del mismo color.

—¡La madre! —Los ojos de la doctora mostraron otra vez un renovado interés.

—Sí, ahora sabemos bastantes cosas de su pasado. Deje que le cuente primero lo del cadáver.

Sinclair empezaba a disfrutar de aquella conversación, lo que al principio le había parecido un tanto improbable. En las numerosas ocasiones que había venido a Guildford y Highfield durante las últimas dos semanas, había pasado varias veces por el hospital, pero siempre había encontrado dormido o sedado a Madden. Durante su última visita, unos días antes, había visto a la doctora Blackwell, vestida con su ropa de calle y la bata blanca de médico, tumbada sobre la otra cama de la sala, y sigilosamente se había ido de allí.

Esa tarde la había encontrado sentada en una silla junto a la cama del inspector, estrechándole la mano entre las suyas sobre el cubrecama. Madden tenía los ojos cerrados. La doctora también cabeceaba, pero se despertó al oír entrar al inspector jefe y, girándose, se puso enseguida en pie. A Sinclair le vino a la mente la imagen de una leona vigilando a su pareja herida, y se acercó a la cama con mucho cuidado.

—Duerme —le dijo la doctora—. Hay que procurar no despertarle.

Tenía la densa cabellera de pelo rubio recogida hacia atrás con un lazo, y el uniforme blanco de médico le hacía la cara muy pálida. En el corte que había recibido en la ceja le había salido una costra roja espantosa. Sinclair vio que la doctora no había intentado siquiera cubrirlo con maquillaje.

Al inspector jefe le sorprendió el aspecto de su colega. Con las mejillas hundidas y la piel blanca, los rasgos pálidos de Madden parecían los del rostro de un difunto.

La doctora Blackwell notó su reacción.

—Sé que tiene un aspecto terrible —le dijo—, pero está mejorando. Ha sido sobre todo por la pérdida de sangre, por la conmoción. Al principio no las tenía todas conmigo... No sabía si podríamos salvarle. Pero es muy fuerte... —Y le acarició a Madden la mejilla para después darle un beso en la frente. Era como si necesitase asegurarse de que el inspector seguía allí físicamente—. Claro que usted no tiene ni idea de hasta qué punto —exclamó, con cierto resquemor. —El inspector pensó que sí lo sabía, pero no estaba dispuesto a discutir sobre ese aspecto—. Ni usted ni yo nos imaginamos todo lo que los hombres como él sufrieron durante la guerra, todo lo que tuvieron que soportar. ¡Para verle así ahora...! —dijo, con la voz quebrada.

Entonces Sinclair entendió el porqué de su ira. Vio que le estaba acusando a él y a toda una humanidad indiferente del larguísimo calvario que había sufrido el inspector. Con humildad y sin replicar, admitió que aquella injusticia era, en el fondo, justa.

Ya a punto de marcharse, Sinclair había mostrado su desilusión por no haber encontrado despierto a Madden.

—Ahora tenemos casi todas las respuestas. A John le gustaría oírlas.

—¿Y por qué no me las cuenta a mí? —le sugirió con frialdad la doctora.

En el tren de vuelta a Londres, al inspector jefe le pareció divertido pensar que ni se le había pasado por la cabeza negarse a ello.

Habían trasladado las sillas hasta la ventana, lejos de la cama del enfermo. Fuera soplaba un fuerte viento. Las hojas doradas de la hilera de castaños que poblaban la calle golpeaban contra los cristales. La pálida luz de otoño resaltaba las ojeras que ensombrecían el rostro de Helen Blackwell. A medida que cambió la luz, fue iluminando el linóleo pulido del suelo y avanzando, haciendo formas cada vez más alargadas, hacia el hombre que yacía dormido sobre la cama.

—El forense de Folkestone, naturalmente, examinó el cuerpo que recuperamos del coche. Estaba muy desfigurado. Poco podía deducir de los restos. Pero una cosa le extrañó: los archivos de la guerra establecían la altura de Pike un poco por encima del metro ochenta y calificaban su complexión de musculosa. El cadáver parecía ser casi cinco centímetros más bajo. Y digo «parecía» porque estaba tan quemado que la carne se había consumido, alterando, por tanto, el tamaño real; además, lo encontramos sentado, una posición que dificulta una correcta medición.

—Y no había posibilidad de buscar marcas distintivas... —La doctora seguía el relato con indudable interés.

—Ninguna. Sin embargo, durante el examen, el forense había encontrado algo interesante: un llavero que debía de llevar el hombre en algún bolsillo de la ropa y que se le había adherido a la carne de la pierna. Se lo dio a la policía de Folkestone, quienes, al probar las llaves en los cerrojos que Pike había utilizado para cerrar el cobertizo donde guardaba la moto, vieron que no encajaban. Sin embargo, también era posible que fueran de las cerraduras de la casa de la señora Aylward o de las cuadras, extremo que era imposible de comprobar. —Hizo una pausa—. Entonces a uno de los detectives se le ocurrió otra cosa tras mirar bien el propio llavero. Estaba hecho con una moneda de chelín en la que habían taladrado un agujero, y recordó que eso era algo que hacían los que volvían vivos de la guerra. La moneda era el chelín de la Corona que se les daba a los hombres al alistarse y que éstos guardaban como recuerdo. Ciertamente,

Pike había servido en el ejército durante la guerra, pero llevaba ya varios años alistado como soldado profesional. Aun suponiendo que guardara ese chelín, al detective le pareció poco probable que un hombre como Amos Pike tuviera un gesto de sentimentalismo tal para convertirlo en un llavero. —El inspector jefe sonrió con aprobación—. A eso llamo yo buen trabajo de detective: a ver más allá de las pruebas. Es un hombre que se llama Booth. Un buen policía. Ya nos había sido de gran ayuda.

—¿El llavero pertenecía a Biggs? —preguntó la doctora Blackwell.

—Así es. Booth dio con esta explicación gracias a un amigo, pero eso no fue hasta el domingo a la hora de comer. Por entonces, yo regresaba de Stonehill en el tren. Llegué a Scotland Yard bien entrada la tarde. Allí me esperaba el recado de Booth. Intenté localizar a John en Highfield enseguida.

—Yo estaba en casa del agente cuando llamó —le confesó la doctora Blackwell. Aunque Sinclair ya lo sabía, pues lo había leído en la declaración que le había tomado a Helen la policía de Guildford, la dejó hablar—. Intentamos telefonear a John a mi casa, pero no respondía, así que decidimos acercarnos a buscarle. Pike debía de estar esperando fuera en el jardín cuando John encendió las luces. Encontramos el cadáver de nuestra perra cerca de la terraza.

—Gracias a Dios que Stackpole estaba con usted —observó Sinclair—. Pero lo que me pregunto es por qué no entró en la casa a la vez. ¿Por qué se quedó fuera?

—Estaba abriendo el asiento auxiliar del coche —le explicó—. Iba a tener que ir allí sentado cuando volviéramos para la comisaría. ¡Pobre Will, qué apretado iba a ir! —La doctora desvió la mirada—. Le debemos la vida, tanto John como yo. No se le olvidará a usted, ¿verdad?

El inspector jefe le garantizó que lo tendría muy en cuenta.

—Me habló usted de la madre de Pike... —dijo la doctora, recomponiéndose—. He leído en el periódico que su padre la asesinó y que le ahorcaron por ello.

—La prensa ha tenido acceso a ese dato —reconoció Sinclair, quien había albergado la esperanza de que la doctora olvidara el comentario—. Ahora están escarbando a ver si descubren el resto. Me atrevo a decir que al final saldrá todo a la luz. —Sinclair hizo una pausa. Sus superiores en Scotland Yard habían ordenado que se mantuvieran ocultos al público algunos de los hechos del caso. Pero en realidad no creía que debiera seguir con ella aquella prohibición—. Ebenezer Pike confesó el asesinato. Dijo que había encontrado a su mujer en la cama con otro. Lo admitió en el juicio, que no duró demasiado. En cualquier caso, al leer el expediente policial, me sorprendió que no se hiciera mención alguna del hombre al que había sorprendido con la señora Pike. Ni siquiera de su nombre. La implicación obvia era que habría salido huyendo y no le habrían encontrado.

La doctora Blackwell asintió, como si lo hubiera captado todo.

—Fue su hijo, ¿verdad? La encontró con su hijo.

El inspector jefe la miró con admiración. Él había llegado a la misma conclusión, aunque no con tanta rapidez.

—Sí, su padre lo admitió. Pero sólo con la condición de que no figurase en su confesión. Insistió mucho en ese aspecto, y al final tuvieron que pasar por ello. Hablé con el inspector que había trabajado en el caso y me contó que habían encontrado al chico en el dormitorio cubierto de sangre, de cuclillas en un rincón. Estaba desnudo, como su madre. Ella estaba tendida sobre la cama con la melena colgando del lecho y la garganta cortada. Fue uno de esos casos en los que a nadie le gusta pensar. Al chico lo mandaron a vivir con sus abuelos. A los pocos años se hizo soldado...

Sinclair interrumpió su relato y fijó la vista en el suelo. Al levantar la mirada vio que la doctora fruncía el ceño con gesto interrogante.

—Ahí no termina la historia, ¿verdad?

Sinclair se preguntó cómo lo había sabido. ¿Sería aquello acaso un ejemplo de lo que llamaban intuición femenina? Un pensamiento revolucionario le vino a la mente: ¡no le importaría demasiado tener a una Helen Blackwell o dos trabajando para él en la policía!

—Releí el expediente unas cuantas veces, pero no me quedaba satisfecho. No me pregunte por qué. —Estuvo tentado de pedir que le reconocieran también a él un atisbo de intuición—. Me pedí un día libre y bajé a Nottingham, y luego hasta el pueblo donde habían vivido los Pike. Se llama Dorton. Su casa estaba aproximadamente a un kilómetro, en una finca inmensa de la que Ebenezer Pike era el principal guardés. Hablé con el policía local. El asesinato ocurrió antes de que él llegara, pero me puso en contacto con el agente que le había precedido en el cargo, que todavía vivía allí, jubilado. —Sinclair sonrió—. George Hobbs, se llama. Tiene más de setenta años y sufre de reumas, pero está muy lúcido. Se acordaba muy bien del caso. En realidad, todavía está enfadado por ello.

—¿Enfadado?

—Él fue el primer policía en llegar a la escena del crimen. Conocía a todos los implicados. Era a quien tenían que haber recurrido para resolverlo. ¡Así pensaba entonces y nada le ha hecho cambiar de opinión! —Sinclair sonrió abiertamente—. Una maravillosa institución, la del policía del pueblo. Rezo por que no la perdamos nunca. —La rápida mirada que la doctora Blackwell le dirigió a Madden, quien murmuraba algo entre sueños, dejó entrever, sin palabras, un cierto sentimiento de impaciencia—. Hobbs me puso al tanto de los detalles. Primero, sobre la familia de los Pike. Ebenezer, el padre, era un hombre frío y duro, me dijo. Se casó con la hija de un granjero del lugar. Se llamaba Sadie Grail, y eso es interesante. Pike se hacía llamar Grail en el pueblo donde guardaba la motocicleta. Ahora bien, según Hobbs, la señorita Grail no estaba precisamente entera. La jovencita ya se había ganado cierta reputación en la zona, y al parecer su matrimonio no redujo en absoluto su desenfreno... —El inspector jefe miró a Helen Blackwell y se encogió de hombros—. En cualquier caso, tuvieron un hijo juntos, Amos Pike, pero Hobbs dice que el niño no puso fin a sus males. Pike le dio más de una paliza a su mujer. Ella se escapó varias veces de casa. En una ocasión, hasta atacó a su marido con un cuchillo de cocina. En ésas iba creciendo el joven Amos... ¡Quién sabe qué influencia ejerció todo aquello sobre él! Por otra parte, el chico también empezaba a ser problemático.

—¿Problemático?

—Según Hobbs, habían encontrado cosas extrañas en los bosques: animalillos descuartizados, a veces colgados de alguna rama. También mataron a dos gatos del pueblo... de una manera muy desagradable. Todo apuntaba a Amos Pike, pero nadie le había pillado con las manos en la masa. Se estaba haciendo mayor muy deprisa, dijo Hobbs. Era ya todo un chicarrón antes de llegar a los veinte. Y por otra parte había otra cosa, algo entre él y su madre, que al parecer preocupaba al agente.

—¿El qué? —La doctora le observaba ahora con mirada distante.

—La forma en que trataba al chico, incluso en público. —Sinclair hizo un gesto de asco—. Sólo puedo contarle lo que me dijo Hobbs. Le manoseaba, según él. «Y no de buenas maneras», así me dijo. Él pensaba que en parte lo hacía para enfadar a su marido. Pero había algo más, en su opinión. Hobbs la catalogó como «una mujer peligrosa». Cada cual tiene que sacar sus propias conclusiones, creo.

Al inspector jefe le embargó un sentimiento repentino de vergüenza, hasta que descubrió que a la doctora Blackwell no le afectaba tanto.

—Por lo que me cuenta, parece que trataba de decirle que abusaba del chico.

—Eso creo. El día de autos, la primera noticia que tuvo Hobbs del crimen fue cuando una mujer del pueblo, la señora Babcock, llegó a casa del agente en un estado de histerismo diciendo que había encontrado a Sadie Pike muerta en su casa. Hobbs salió corriendo hacia allá y, de camino, se encontró con Ebenezer Pike, que llevaba una navaja y la pechera llena de sangre. Le confesó al agente que había matado a su mujer. Cuando Hobbs llegó a la casa se encontró la escena que le he descrito antes. —Hizo una pausa—. Pidió refuerzos de fuera, y vinieron un par de detectives de Nottingham. Le dejaron muy claro que no necesitaban su ayuda, pero él, en cualquier caso, siguió haciendo sus propias averiguaciones. Descubrió que Pike había estado con otro guardés cerca de la casa poco antes del asesinato. El hombre aquel no supo decir a qué hora fue aquello, pero recordaba haber oído la campana de la iglesia mientras hablaban. —Sinclair ladeó la cabeza—. Hobbs estaba intrigado. Él mismo había oído la campana y se había preguntado por qué tocaba, pues era a media tarde y no parecía haber motivo para ello. Así que decidió preguntar al párroco, quien le dijo que había mandado instalar un badajo nuevo y que lo había estado probando. Hobbs fue otra vez a buscar a la señora Babcock. Le preguntó si recordaba haber oído la campana. Al parecer sí la había escuchado. Después de encontrar el cuerpo de la señora Pike, había salido al patio trasero a devolver. Fue entonces cuando oyó repicar las campanas. Se acordaba perfectamente porque pensó que alguien estaba dando la voz de alarma.

—El inspector jefe calló, meditabundo—. Ebenezer no pudo estar en dos sitios a la vez. Su mujer ya estaba muerta antes incluso de que él llegara a la casa. Hobbs intentó explicárselo a los detectives, pero ellos no le escucharon. Ya tenían un asesino; ya había confesado. No querían oír ni hablar de campanas que tocaban a media tarde ni de badajos nuevos. Dos chicos de ciudad repeinados, les llamó Hobbs. Seguramente le tomaron por un palurdo.

La doctora Blackwell tenía la cabeza inclinada.

—Ella le obligó a acostarse con él y él la mató.

—Eso parece —corroboró el inspector jefe, con un suspiro.

Durante un rato guardaron silencio. Al rato, Sinclair volvió a tomar la palabra:

—Madden conoció hace poco a una persona. Quizá se lo haya contado. Un doctor vienés. Éste le habló de rituales de sangre y de las primeras experiencias sexuales. De cómo esas pautas pueden marcar de por vida. Esos animalillos hallados en el bosque, los gatos... He estado pensando en todo ello —admitió el inspector jefe con una mueca—. Un hombre interesante, ese doctor. Me gustaría conocerlo en persona. Necesitamos saber más sobre estas cuestiones. —Miró a la doctora, que seguía inmóvil en su silla—. Bueno, el chico creció, pero ese tipo de cosas uno no las olvida, ¿verdad? Debió de tenerlo en la mente durante todos estos años. Y digo *en la mente*, y no *en mente*. No hay signos de que Amos Pike tuviera problema alguno de conciencia.

La doctora rompió su silencio, y en voz queda dijo:

—Pobre chico. Pobre hombre. Pobre criatura desdichada.

Sinclair la miró, asombrado.

—Sí, eso es cierto —admitió al cabo de unos instantes.

La doctora Blackwell se puso en pie y cruzó la habitación para situarse junto a Madden. Se inclinó sobre él, le colocó la ropa de cama y le alisó el pelo que le caía sobre la frente. Volvió a besarle. Sinclair percibió otra vez que la doctora tenía necesidad de tocarle, de sentirle para asegurarse de que seguía vivo. Y entendió que ya era hora de marcharse.

Cuando iban por el pasillo hasta la entrada, sintiendo el crujido que hacía el linóleo al pisarlo, se acordó de que le habían hecho un encargo.

—Hay mucha gente que pregunta por John. Pero uno en particular quiere que le mencione su nombre: el agente detective Styles. El hombre ha insistido mucho. ¿Se lo comunicará, por favor? A John le agradará oírlo.

—Se lo diré —prometió.

Cuando llegaron al recibidor de la entrada se volvió para despedirse, pero vio que la doctora quería añadir algo más. Tenía la vista apartada a un lado y fruncía el ceño; al parecer, estaba sopesando muy bien lo que quería decir antes de hablar. Finalmente se volvió hacia él:

—Prefiero decírselo ahora. Es muy probable que John no vuelva con usted.

El inspector jefe se quedó sin palabras por un instante.

—Mi intención es que se quede aquí conmigo, si puedo conseguirlo. Lord Stratton ha puesto a la venta algunas de sus tierras. La mayor parte de los terratenientes están haciendo lo mismo. Han tenido que apretarse el cinturón desde la guerra. He estado pensando que podríamos comprar una. John siempre ha querido volver a esta zona. Le agradará vivir en el campo.

Al confundido inspector le dio la impresión de que había perdido una batalla antes siquiera de saber que estaba envuelto en una.

—¿Y él qué dice? ¿Ha hablado ya con él? —replicó, buscando un argumento con el que defenderse—. ¡Es un poli de primera, le recuerdo!

—Es mucho más que eso —repuso la doctora, sin más.

El inspector jefe se paró un instante para reflexionar. Luego se resignó, aceptando la verdad.

—Sí, eso no se lo niego.

Como recompensa obtuvo la sonrisa que, en vano hasta entonces, había estado esperando ver durante toda la tarde.

—¿Son ustedes amigos? —le preguntó la doctora, con una nueva mirada.

—¡Eso diría! —respondió Sinclair, ofendido.

—Entonces espero volver a verle con frecuencia —repuso Helen, estrechándole la mano con fuerza—. ¡Adiós, señor Sinclair!

Mientras la observaba volver sobre sus pasos por el largo pasillo con paso acelerado, Sinclair desarrugó el gestó para esbozar una sonrisa. Le acababa de asaltar un pensamiento que le hizo alegrarse: a pesar de todo, y dejando de lado la situación en la que se encontraba en aquellos momentos, su amigo John Madden era un perro con suerte.

EPÍLOGO

¿Ya lo has olvidado?...
Levanta la vista y jura por el verdor de la primavera
que no olvidarás jamás.

—Siegfried Sassoon, «El día de después»

Durante la primavera del siguiente año, John Madden llevó a su mujer a Francia. Tras desembarcar en Calais, alquilaron un coche y viajaron hacia el sur hasta Arras, y desde allí hasta Albert, bordeando los extensos campos de batalla donde tantos jóvenes habían perdido la vida durante el verano de 1916. Al pasar por los campos en llano, un universo lleno de agua ribeteado por ríos y canales, y salpicado de diques rodeados de juncos y sauces, a Madden le sorprendió encontrar aquello tan familiar y tan cambiado a la vez. Las campesinas con faldas negras y enaguas rojas, con las piernas cubiertas por unas gruesas medias, eran tal y como las recordaba. Pero no así las granjas con el techo caído, las ventanas rotas y las paredes ennegrecidas, que habían reparado o reconstruido, o los graneros que, tan altos como las iglesias, estaban recién pintados y relucían con el sol de primavera.

No faltaban, con todo, los recordatorios del reciente conflicto. Albert, donde pararon para comer, era una ciudad que todavía luchaba por renacer. Bombardeada sin tregua durante la guerra, para cuando se declaró el armisticio había pasado de tener varios miles de habitantes a poco más de un centenar. En el pequeño restaurante donde comieron, en una calle todavía llena de socavones en la que los montones de escombros marcaban el lugar que habían ocupado las casas, entablaron una conversación con un ingeniero militar francés que les contó que él y sus hombres se dedicaban a limpiar los alrededores de las granjas de minas, obuses y granadas que no habían explotado, algo que, por cierto, había podido comprobar la pareja con sus propios ojos al ver los montículos de metal que, a intervalos constantes, se apilaban en las cunetas de la carretera. El hombre también les dijo que les llevaría años, décadas incluso, la labor, dada la cantidad del hierro que había quedado enterrado bajo la tierra, aparentemente incólume.

—No bastará con un siglo para limpiarla —predijo el hombre.

Un manto verde cubría los campos que Madden recordaba secos y polvorientos. Mientras viajaban por el paisaje plano, pensaba en lo distinto que en otros tiempos le había parecido aquello. Los pequeños oteros se asemejaban entonces a bastiones inexpugnables; un cerro podía equivaler a más de mil vidas perdidas en su conquista.

Lejos de seguir cegado por una amnesia autoimpuesta, sus recuerdos fluían libremente por aquellas horas que precedieron a aquella mañana de verano en la que para él cambió el mundo. Recordaba el colorido pálido de las flores en las cunetas y el sonido que hacían las botas de los hombres al pisar los pasos hechos con tablones cuando subían a las trincheras del frente. El sonido de los bombarderos aliados seguía retumbándole en los oídos, una noche infernal de ruido y tumulto en la que había vibrado la tierra y había temblado el aire a terribles golpes de martillo. Sobre todo, se acordaba de la alegría que le producía la compañía de otros hombres en aquel lugar, el sentimiento de camaradería que habían compartido mientras le plantaban cara a la muerte. Aquello nunca volvería a repetirse.

La tarde anterior habían parado en el pueblo de Hamel para que Madden pudiera contemplar la siniestra colina de Thiepval, donde tanto había padecido su batallón. Del brazo de Helen, le había señalado dónde había estado la primera línea de trincheras y le había contado cómo habían esperado él y el resto de miembros de su sección la señal de ataque a la luz pálida del amanecer.

Le dijo los nombres de algunos: Bob Wilson, Ben Tryon, Charlie Feather, el del pub *Crown and Anchor*; los mellizos Greig, mineros procedentes de Kent cuyas blancas mejillas estaban salpicadas por las motas azules del polvo de carbón; Billy Baxter y su primo Fred, ambos vendedores ambulantes de Whitechapel; Jamie Wallace, el de la voz dulce de tenor.

No les volvió a ver. Habían desaparecido, todos, aquella mañana, tras adentrarse en una nube de humo y polvo, la boca misma del infierno. Pero en su corazón guardó cálidamente su recuerdo, y ya no volvieron a aparecérsele en sueños.

*

Había sido Helen Madden, más que su marido, quien había querido hacer el viaje y quien había juzgado que aquel era el momento oportuno antes de que otras prioridades de la pareja hicieran impensable cualquier plan de viajar por el extranjero, al menos durante un tiempo.

En años anteriores, había visitado las tumbas de su hermano mayor y de su primer marido, que habían sido enterrados en Bélgica. Ahora deseaba hacer lo mismo con David, su hermano menor, cuyo cuerpo descansaba cerca de Fricourt en uno de los numerosos cementerios aliados que poblaban los campos de muerte de la cuenca del río Somme.

Unos seis meses antes, el Ministerio de Defensa había delegado el cuidado de todos los cementerios militares a la Comisión Imperial de Tumbas de Guerra. Enseguida se habían puesto a trabajar para convertir los cementerios en bellos lugares de peregrinación. Los Madden encontraron a un grupo de jardineros afanándose en unos parterres recién cavados que, a falta de cerca, bordeaban aquella inmensa extensión de terreno llena de filas y más filas de cruces de madera semiocultas por la niebla de la mañana. Pronto quitarían también las cruces, que sustituirían por lápidas blancas.

Helen dejó a su marido sentado en un banco situado junto al puesto del guardia, donde se exhibía un mapa del cementerio, y, sola, se dirigió hasta la tumba de su hermano. Llevaba un ramo de rosas blancas adornado con amapolas rojas como la sangre. Arrodillándose, lo dejó sobre el túmulo cubierto de hierba.

Por más que lo intentaba, sólo recordaba a David como un colegial de mejillas encarnadas que utilizaba muchas expresiones juveniles y durante el periodo de vacaciones alegraba con su ruidosa presencia la casa. Había ingresado directamente al terminar los estudios en un campo de entrenamiento militar, pero ni siquiera la imagen de su hermano vestido con un uniforme que no le terminaba de sentar bien la habían convencido de que era ya un adulto. Helen lloró en esos momentos por aquella juventud perdida, por aquella vida que, en sus comienzos, había visto vedados todos los dulzores de la vida.

Cuando se difundieron los planes de mantener los cementerios, ciertas voces habían abogado por que se reorganizaran por rangos, separando a los altos mandos de los soldados rasos. Éstas enseguida se vieron silenciadas por el deseo prácticamente unánime, expreso en todos los segmentos de la sociedad, de que los caídos debían descansar donde el destino y las circunstancias les habían dejado. En aquel gran estado democrático de la muerte, el segundo lugarteniente, David Collingwood, tenía por compañeros a un soldado de la Artillería Real y a un cabo primero del regimiento de Middlesex. Su hermana depositó una flor en cada una de sus tumbas.

Al ponerse despacio en pie, Helen Madden volvió la vista a donde la esperaba su marido. Habían desaparecido los últimos resquicios de niebla y el banco en el que estaba sentado John Madden brillaba bañado por los rayos plateados del sol. Aunque ya se le había curado completamente la herida y casi había recuperado todo su vigor, Helen no despegaba la vista de él. Le agradaba saber que lo tenía cerca.

Por su parte, Madden disfrutaba haciéndose el enfermo. Ya llevaba algún tiempo sintiéndose bien, pero le gustaban las numerosas atenciones que le prodigaba su esposa y no tenía ningún inconveniente en dejarse mimar durante algún tiempo.

En su primer viaje a Francia desde que finalizara la guerra, esperaba sentirse abrumado por los recuerdos, esos recuerdos que ella le había enseñado a no evitar. Sin embargo, aunque el pasado seguía todavía ahí, lo sentía retroceder, alejarse como una ola que de vez en cuando regresa para bañar las playas, pero sin dejar tras de sí una estela de terror.

En cuanto al futuro, lo sentía cada vez más cerca, y notaba con placer la imparable transformación de la alta y esbelta figura de su mujer, que semana a semana iba rellenándose con el hijo que portaba. Cuando todavía estaba a cierta distancia, los ojos de Helen se posaron en los suyos, y él se levantó y la esperó en pie, acordándose de que había sido precisamente aquella mirada lo que más le había impresionado cuando se conocieron. Y cómo traslucía la profundidad de su carácter.

Azul, inquebrantable, magnética. Un verdadero norte.

El sol refulgía en la cabellera de Helen mientras se acercaba hacia él. Sonriente, se acercó para agarrarse a su brazo:

—Vamos, amor mío —le instó, parándose para colocarle el cuello del abrigo y acariciarle la mejilla con la mano—; es hora de volver a casa.